Sam Hawken

Kojoten

Kriminalroman

Aus dem Amerikanischen
von Karen Witthuhn

Polar Verlag

Copyright © Sam Hawken

Translated from the English: LA FRONTERA
First published by: Betimes Books, 2013

Aus dem Amerikanischen von Karen Witthuhn
© 2015 Polar Verlag GmbH Hamburg
Alle Rechte vorbehalten. Kein Teil des Werkes darf in irgendeiner Form (durch Fotografie, Mikrofilm oder andere Verfahren) oder unter Verwendung elektronischer Systeme ohne schriftliche Genehmigung des Verlags verarbeitet, vervielfältigt oder verbreitet werden.
Der Abdruck des Vorworts erfolgt mit freundlicher Genehmigung von Tobias Gohlis.
Lektorat: Eva Weigl
Umschlaggestaltung: Detlef Kellermann, Robert Neth
Autorenfoto: Sam Hawken
Satz: Andre Mannchen
Gesetzt aus Adobe Garamond PostScript, InDesign
Druck und Bindung: CPI books GmbH, Leck, Deutschland
ISBN: 978-3-945133-23-1

www.polar-verlag.de

Für die Migranten

Hoy cruzo la frontera
Bajo el cielo
Bajo el cielo
Es el viento que me manda
Bajo el cielo de acero
Soy el punto negro que anda
A las orillas de la suerte

– »La Frontera«, Lhasa De Sela

Vorwort

Estás Perdido?
von
Tobias Gohlis

Die Grenze zwischen den Vereinigten Staaten und Mexiko ist einer der literarisch meist beschriebenen Brennpunkte der Erde. Es ist ein Streifen von Blut, Tod und Gewalt, ein umkämpfter, immer wieder durchlöcherter und wieder geschlossener Zaun, es ist LA FRONTERA.

3.144 Kilometer ist sie lang. 3.144 Kilometer Zaun.

Auf der nördlichen Seite die geballte technologische Kraft der Supermacht. Das Gelobte Land, das die Illegalen (die, die außerhalb des Gesetzes stehen) mit konzentrierter Wut fernzuhalten versucht. Das gleichzeitig ohne die billige Arbeitskraft der Immigranten aus dem Süden seinen Lebensstandard nicht halten kann.

Auf der südlichen Seite ein anderes Amerika. Armut, Hunger, schlechte medizinische Versorgung: fehlende Entwicklungsmöglichkeiten. Herrschende Klassen, wahnwitzig sich bereichernde Cliquen, die ihre Macht und Existenz auf die Unterdrückung und die Armut im Inneren gründen. Die jeden Tag Dankesbriefe in den Norden schicken: Danke für die Abschottung eurer Grenzen. Danke, dass eure Lebensverhältnisse dermaßen beschissen sind, dass eure Leute sie nur ertragen, indem sie unsere Drogen nehmen. Dank euch verdienen wir dreifach, vierfach damit.

Ich schreibe dieses Vorwort an dem Tag, an dem Ungarn Vollzug meldet. Nur wenige Tage waren nötig, um die Grenze nach Serbien mit einem 175 Kilometer langen Zaun aus NATO-Stacheldraht zu versehen. Die Grenze nach Serbien ist die Grenze des reichen Europas, und die ungarische Regierung hofft, aus der Rolle des kläffenden und bissigen Hundes in die des reichen kläffenden und bissigen Hundes aufzusteigen. Auch dieser Zaun ist weniger ein Hindernis als ein Zeichen. Ein Zeichen für die Gewalt der Konflikte, die auf beiden Seiten nicht gelöst sind. Ein Zeichen für die Ängste und Verbote auf der einen, für die Sehnsüchte und Wunschträume auf der anderen.

Mir fällt es schwer, das Wort »unmenschlich« zur Charakterisierung der Grenzzäune und Abgrenzungsaktionen zu verwenden. Denn hier zeigt sich nur die dumme, gewalttätige, angstbesessene Seite menschlichen Verhaltens. Mit der eine andere, optimistische, empathische, aufbauende korrespondiert.

Sam Hawken ist hierzulande mit dem Roman *Die toten Frauen von Juárez* als Autor der Grenze bekannt geworden. Und der Grenzüberschreitung. Zwei zwischen Wahn, Sehnsucht und Untergang taumelnde Außenseiter, der US-amerikanische Ex-Boxer Kelly Courter und der Polizist Rafael Sevilla, versuchen, einen kleinen Teil des großen Rätsels zu lösen, warum im mexikanischen Ciudád Juárez Hunderte von Frauen verschwunden – und wahrscheinlich ermordet worden – sind. Der Fall ist real, zum Beispiel hat ihn Roberto Bolaño in seinem Roman *2666* aufgegriffen. In Hawkens Roman wird Courters Freundin erschlagen aufgefunden, Courter als Sündenbock von der Polizei ins Koma geprügelt. Sevilla, aus Trauer um seine ebenfalls verschwundene Tochter zum Säufer geworden, wühlt weiter, bis er auf einen surreal wirkenden Zirkus stößt, in dem sich Männer zur Belustigung anderer totprügeln, während diese junge Mädchen vergewaltigen. Hawken, der 1970 in Texas geboren wurde, wollte, schnaubend vor Wut, mit diesem Roman wieder die Erinnerung an den Skandal der Feminizide wachrütteln, der bis heute andauert.

Kojoten, im Original 2013 unter dem Titel *La Frontera* erschienen, ist Hawkens dritter Roman, der an der Grenze zwischen den USA und Mexiko spielt. Im Unterschied zur aufgewühlten Hitzigkeit des ersten Romans ist der Ton sachlich, ruhig, unaufgeregt. Im Norden geht alles seinen Gang. Beamte der staatlichen Grenzschutzbehörde Customs and Border Protection (CBP) und Freiwillige »West Texas Border Volunteers« durchstreifen das riesige, leere Land in der Nähe der kleinen Grenzstadt Presidio. Wie überall, wo es Grenzübergänge gibt, liegt auf der anderen Seite des Rio Grande die mexikanische Kleinstadt Ojinaga. Dass etwas nicht in Ordnung sein kann, wird schnell deutlich. Eine Leiche mit einer Schusswunde wird gefunden, in der Nähe eines Vergewaltigungsbaums. Doch die Behörden können wenig aufklären. Unvermittelt wechselt Hawken die Szene: auf die andere Seite des Flusses und von dort nach San Salvador, von wo die junge Marisol sich nach dem Tod ihrer Mutter auf die lange Reise ins Gelobte Land macht.

Drei Erzählstränge, drei Perspektiven auf die Grenze. »Estás perdido?« – Bist du verloren –, wird Marisol zum Schluss gefragt. Sie antwortet nur indirekt. Denn alle an dieser Grenze sind verloren. Sie macht Menschen zu Verlorenen, die einen mehr, die anderen weniger.

Präsident Nixon, dem ein Krieg – in Vietnam – nicht reichte, eröffnete 1969 den Krieg gegen die Drogen. Seine Berater planten diesen Krieg als Zwangsmaßnahme gegen Mexiko. Damals existierte dort nicht ein einziges Drogenkartell. Die Bauern in Sinaloa sollten davon abgebracht werden, das Marihuana anzubauen, das die Veteranen, Vietnamkriegsgegner und andere Protestler in den USA zu sich nahmen. Nixons Berater schlugen vor, Mexiko zu zwingen, das Land der Bauern zu entlauben. Das Verfahren hatte auch gegen den Vietkong nichts gebracht. Um Druck auf die Mexikaner auszuüben, machten die USA die Grenze dicht. An den Übergängen brach der Verkehr zusammen. Damit fing es an.

Die Bauern, deren Felder verwüstet wurden, gingen in andere Gegenden Mexikos und organisierten sich, die Kartelle entstanden. Mitbeteiligt Polizei und Armee.

Der Krieg gegen die Drogen, der vor allem in Mexiko selbst und dort gegen die Armen geführt wurde, hat mindestens 100.000 Menschenleben gekostet.

Ganz nah bei den einfachen Menschen erzählt Sam Hawken von LA FRONTERA. So heißt der Roman im Original.

Tobias Gohlis
Hamburg 1. September 2015

TEIL EINS

ANA

1

Ana Torres wusste nicht, wie spät es war, vermutlich gegen Mittag. Die Sonne hing als reglose weiße Scheibe über ihr, bleichte Felsen und Staub gleichermaßen aus und drang wie eine glühende Klinge in ihre Kleidung ein. Zum Glück war sie nicht zu Fuß unterwegs, auch wenn Rico, der fuchsbraune Wallach, den sie ritt, sicherlich litt. Bald würden sie anhalten und sich das mitgebrachte Wasser teilen, auf Schatten konnten sie allerdings nicht hoffen.

Dies war Ranchland der schlechtesten Sorte. Spärliche Grasbüschel ernährten die Rinder notdürftig, vor allem aber beherrschten Kakteen, Yuccapalmen und gelegentlich ein paar Mesquitebäume die Landschaft. Einen erspähte Ana in südwestlicher Richtung, es sah aus, als würde er auf dem entblößten Felsrücken, der die Rippe eines Riesen hätte sein können, Wache stehen. Sie schnalzte mit der Zunge und trieb Rico darauf zu.

Trotz des Stetsons und der dunklen Sonnenbrille, die sie trug, stach ihr das grelle Licht in den Augen. Irgendetwas war seltsam an dem schwarzen, krummen Mesquitebaum, erst beim Näherkommen erkannte sie, was es war: In den Ästen hing ein rosa Stofffetzen.

»Na los, Faulpelz«, sagte Ana zu Rico. Das Pferd suchte sich vorsichtig seinen Weg zwischen losen Steinen und weichem Sand. Auf diesem unebenen Boden konnte man leicht umknicken, und Rico war kein dummer Esel.

Bald erkannte Ana, dass in den Ästen des Baums noch weitere Stoffstücke hingen, einige gelb, andere weiß. Sie wusste bereits, was sie vor sich hatte, hoffte aber, sich zu irren. Je näher sie kam, desto mehr wuchs die Gewissheit, und bei jedem Schritt wurde ihr schwerer ums Herz.

Schließlich hatten sie den Baum erreicht. Wie alle seiner Art war er verwachsen und hässlich, und zu dieser Tageszeit warf er kaum einen Schatten. Über die Ebene wehte eine Brise wie heißer Atem, die keine Abkühlung brachte. Die im Luftzug flatternden Stoffstücke waren nicht irgendwelche Fetzen: Es waren Unterhosen.

Ana stieg ab. Überall um den Baumstamm herum waren Fußspuren, und sie wollte nicht noch mehr davon zerstören, als sie es schon getan hatte. Der Baum war so verkrümmt, dass er Ana kaum überragte. Sie zählte insgesamt sechs Unterhosen. Einige neu, andere älter. Eine war mit Schäfchen bedruckt.

Sie öffnete die Satteltasche und kramte nach der Digitalkamera. »Bleib, wo du bist«, befahl sie, und Rico blieb gehorsam stehen.

Dann machte sie Fotos: vom Baum und von den Unterhosen, aus verschiedenen Perspektiven. Nachdem sie die Fotos überprüft hatte, packte sie die Kamera wieder ein.

Quer über dem Sattel lag, einem aufblasbaren Spielzeug ähnlich, ein schwerer Wasserschlauch. Ana ließ Wasser in ihre gewölbte Hand laufen und hielt sie Rico hin, der gierig soff. Dann trank sie selbst, spülte sich mit dem Wasser den trockenen Mund aus. Für diese Hitze und dieses Terrain trank sie bei Weitem nicht genug, aber sie hatte nicht vor, noch viel länger hier draußen zu bleiben.

Die Spuren waren mindestens einige Tage alt, die Umrisse schon verwischt. Ana ging in die Hocke und betrachtete sie eingehend, die unterschiedlichen Profile und Größen zeigten, dass etwa ein Dutzend Menschen hier vorbeigekommen sein musste. Sie hatten sich eine Weile hier aufgehalten, und die Unterhosen im Baum verrieten, was sie getrieben hatten.

Das Glitzern von etwas Goldenem erregte ihre Aufmerksamkeit. Halb im Staub vergraben entdeckte sie eine Patronenhülse Kaliber .45. Kurzes Suchen brachte vier weitere zutage. Die Anordnung deutete darauf hin, dass sie schnell hintereinander abgefeuert worden waren.

Der Großteil der Gruppe hatte schweres Gepäck bei sich getragen und war nach Norden weitergezogen, auch das konnte Ana erkennen. Ein Trio war leichter bepackt gewesen und hatte eine nordwestliche Richtung eingeschlagen.

Ana bestieg Rico und lenkte ihn nach Nordwesten.

Der Boden wellte sich hier leicht, und zuerst sah sie den Körper gar nicht. Er lag in einer Senke und war mit verwehtem Sand bestäubt. Ein Mann, wie Ana erkannte, bekleidet mit einer dunkelblauen Windjacke, Jeans und Turnschuhen. Er lag mit dem Gesicht nach unten. Von Nahem sah Ana, dass er mit grauen Strähnen durchsetzte schwarze Haare hatte.

Sie stieg ab und betrachtete den Leichnam. In dieser unveränderlichen Landschaft wirkte ein toter Körper noch lebloser. Die Brise bewegte nicht einmal den leichten Stoff der Windjacke des Mannes.

Auf seinem Rücken waren drei dunkle Flecke zu sehen. Schusswunden. Die Erde hatte gierig alles Blut aus den Austrittslöchern aufgesaugt und nichts Rotes übrig gelassen. Ohne die Flecke hätte man denken können, der Mann wäre gestolpert und lang hingeschlagen, um nie wieder aufzustehen. Ein natürlicher Tod.

Ana blickte sich um, als würde sie die anderen noch irgendwo sehen können, aber da war nichts und niemand. Sie nahm den Hut ab und wischte sich mit dem Ärmel den Schweiß von der Stirn. Dann hakte sie ein handgroßes GPS-Gerät von ihrem Gürtel ab und markierte ihre Position. Es war so gleißend hell, dass sie kaum den Bildschirm erkennen konnte.

Sie rührte die Leiche nicht an. Das musste warten.

Sie schwang sich wieder in den Sattel und folgte den Spuren noch ein Stück, bis sie auf nackten Felsen trafen und nicht mehr zu erkennen waren. Wer immer die Begleiter des Toten gewesen sein mochten, sie waren verschwunden. Ihre Geister lösten sich in Luft auf.

Dann folgte sie den Spuren der größeren Gruppe in die andere Richtung, bis sie wusste, was ihr Ziel gewesen war: die Abzweigung, die zur FM 170 führte. Auch diese Spuren würden sich auf dem Asphalt verlieren.

Ana griff zu ihrem Funkgerät.

2

Während Ana wartete, fotografierte sie die Leiche. Der kleine Bildschirm der Kamera wurde von der Sonne fast völlig ausgeblendet, selbst wenn sie ihn mit der Hand abschirmte. Als sie genug Aufnahmen gemacht hatte, verstaute sie das Gerät wieder in der Satteltasche.

Sie blickte nach Süden. Das Land lag hier in sanften Wellen, die den Horizont näher heranrückten und es schwierig machten, Entfernungen einzuschätzen. Die Grenze war meilenweit entfernt, aber doch näher, als es den Anschein hatte. In der Dunkelheit sah alles gleich aus. Im grellen Licht der Sonne glich die Landschaft dem Mond.

Sie wusste nicht, wie lange sie würde warten müssen, und vertrieb sich die Zeit, indem sie auf- und ablief. Rico stand still da und beobachtete sie. Ana hatte bereits die Ärmel hochgekrempelt und ihr Uniformhemd aufgeknöpft, sodass das weiße T-Shirt darunter sichtbar war, trotzdem schwitzte sie. Sie wünschte sich an einen netten, klimatisierten Ort irgendwo weit weg von dem Baum und der Leiche. Viel lieber hätte sie Berichte geschrieben und Fotos ausgedruckt, die kleinen, langweiligen Pflichten erledigt – um einfach eine Pause zu haben.

Nach etwa einer Stunde wurde das leise Geräusch eines Motors über das trockene Land herangeweht. Ana wandte sich um und sah Metall aufblitzen. Ein Truck näherte sich, verschwand ab und zu aus dem Sichtfeld, kroch dann mit der unnachgiebigen Stetigkeit eines Arbeitstieres weiter. Und rüttelte die darin sitzenden Männer mit Sicherheit durch. Da war ihr Rico lieber.

Der Truck kam ein paar Meter vor ihr zum Stehen, der Motor verstummte. Von Nahem sah sie den Blaulichtbalken auf dem Dach und die grüne Markierung der Grenzpolizei an den Seiten.

Die Türen wurden aufgestoßen, und drei Männer stiegen aus. Ana kannte sie alle beim Namen.

»Einen noch abgelegeneren Ort hast du dir nicht aussuchen können?«, fragte Darren Sabado. Er trug eine Sonnenbrille und hielt sich zusätzlich schützend die Hand vor die Augen, bevor er seine Kappe aufsetzte. Die beiden anderen Officers waren Julio Stender und Tyrone Trumble. Letzterer trug wie Ana einen Stetson.

Ana zuckte mit den Achseln. »Ihr habt's ja gefunden.«

»Gerade so. Der Truck hat in ein paar von den Kuhlen fast alle viere von sich gestreckt.«

»Wo ist die Leiche?«, fragte Stender.

»Da drüben«, erwiderte Ana.

Sie gingen zu dem Toten. Ana merkte, dass die Schatten etwas länger geworden waren. Die Sonne schien zwar direkt über ihnen zu stehen, doch sie bewegte sich.

»Ich habe ihn nicht angefasst«, sagte Ana.

»Wir müssen Fotos machen«, sagte Stender.

»Hab ich schon.«

»Du weißt, dass wir eigene machen müssen.«

»Nur zu.«

Während Trumble eine Kamera aus dem Truck holte und den Leichnam umkreiste und fotografierte, wartete Ana. Erst wenn alle Formalitäten erledigt waren, würden sie den Toten anfassen, bis dahin blieb er fast so etwas wie ein Objekt der Verehrung – oder auch der Angst. Das Heilige war unberührbar, und das Böse auch. Ana wusste nicht, ob der Mann böse gewesen war.

»Was schätzt du, wie lange er hier draußen liegt?«, fragte Darren.

»Schwer zu sagen. Seine Hände sind nicht allzu ausgetrocknet. Keine Bissspuren von Tieren. Eine Nacht, vielleicht zwei. Wenn wir sein Gesicht sehen, wissen wir mehr.«

Als Trumble fertig war, sagte er: »Okay.«

Ana durchsuchte die Gesäßtaschen des Toten, hoffte auf eine Brieftasche, fand aber nichts. Sie sah Darren an. »Umdrehen?«

Darren nahm die Schultern, Ana die Beine. Sie drehten den Toten auf den Rücken. Das bisher verborgene Blut wurde sichtbar, es hatte sich unter der Leiche angesammelt und war geronnen. Zwei Kugeln waren vorne wieder ausgetreten, die dritte steckte im Körper.

Das Gesicht des Toten war ausdruckslos, mit Sand verstaubt und glatt rasiert. Die Nase war beim Aufprall auf den Boden gebrochen, auf der Oberlippe klebte Blut.

Ana durchsuchte die Taschen der Windjacke. Auch sie waren leer. Dann die Vordertaschen der Jeans. Sie hatte nicht erwartet, etwas zu finden, aber auf irgendetwas gehofft. Das T-Shirt des Toten war blutgetränkt. Eine der Kugeln war direkt über dem Herz ausgetreten. Wahrscheinlich war er bereits tot gewesen, als er auf dem Boden aufschlug. Ana war erleichtert, denn in dieser Gegend war ein schneller Tod eine Gnade.

»Wieder ein Namenloser«, sagte Darren.

»Vielleicht bringen die Fingerabdrücke was«, erwiderte Trumble.

»Vielleicht«, sagte Ana. Sie betrachtete das Gesicht des Toten: die gebrochene Nase, das Blut. Es hieß oft, die Toten würden aussehen, als schliefen sie, aber Ana wusste, dass das nicht stimmte. Die Toten sahen *tot* aus. Der Leichnam wirkte völlig leblos. Sie wandte den Blick ab.

»Der Leichensack ist im Truck«, sagte Darren.

»Da hinten liegen Patronenhülsen«, sagte Ana. »Einsammeln?«

»Klar. Aber lass uns erst die Leiche einpacken.«

Stender ging zum Truck und öffnete den Laderaum. Kurz darauf kehrte er mit einem gummibeschichteten Sack zurück, der in der Mitte ordentlich gefaltet war. Er legte ihn neben dem Toten auf dem Boden aus, zog den Reißverschluss auf und klappte die Seiten zurück, die sich wie ein Schlund auftaten.

Wieder nahm Ana die Füße und Darren die Schultern. Sie hoben den Körper an und schwangen ihn auf den ausgebreiteten Sack. Trotz seiner schmalen Statur war der Tote schwer.

Sie schoben Arme und Füße in den Sack und klappten die Seiten zusammen. Der Reißverschluss schloss sich über dem Toten, und sein Gesicht verschwand aus ihrem Blickfeld.

»Ich helfe, ihn zum Truck zu tragen«, sagte Stender. Er und

Darren packten die Tragegriffe und hoben den Leichensack an. Sie trugen ihn zum Truck und hatten eine Weile zu kämpfen, bis sie ihn hineinhieven konnten.

Stender schloss den Truck. Darren kam zu der Stelle zurück, an der eben noch die Leiche gelegen hatte. Mit der Stiefelspitze schob er einen Kiesel über den blutbefleckten Boden. »Wir sind auf dem Weg an deinem Wagen vorbeigekommen«, sagte er zu Ana. »Brauchst du was? Mehr Wasser?«

»Wir schaffen es zurück.«

»Irgendwer muss den Bowders sagen, was du hier gefunden hast.«

»Mache ich«, sagte Ana.

»Sicher?«

»Sicher. Asservatentüten? Ich brauche etwa zehn.«

»Wir haben welche im Truck«, antwortete Trumble und ging sie holen.

»Zehn? Wie oft wurde geschossen?«

»Vier Mal.«

»Was hast du sonst noch gefunden?«, fragte Darren.

Ana zeigte auf den einsamen Mesquitebaum. »Einen Vergewaltigungsbaum«, sagte sie.

»Verdammt«, sagte Darren und trat einen weiteren Stein durch die Gegend.

Ana schwieg.

»Meinst du, der Typ gehörte dazu?«

»Schwer zu sagen. Er ist weggerannt und wurde erschossen. Eher nicht.«

»Trotzdem ...«

»Ich weiß.«

Trumble kam mit einem Bündel durchsichtiger Plastikbeutel zurück. »Ich glaube, das sind zehn.«

»Das reicht.«

Stender und Trumble gingen zum Truck. Darren zögerte.

»Ich habe alles«, sagte Ana.

»Okay. Wir sehen uns später.«

»Bis später.«

Ana wartete, bis der Truck gewendet hatte und auf dem Rückweg war, dann nahm sie Rico bei den Zügeln. Das Pferd folgte ihr gehorsam und geduldig.

Zuerst sammelte sie die einzelnen Patronenhülsen ein, wobei sie aufpasste, sie nicht mit den Fingern zu berühren. Anhand von Patronenhülsen waren schon Gerichtsverhandlungen entschieden worden – oder gescheitert. Das vergaß sie nie.

Dann holte sie mit der stumpfen Seite ihres Taschenmessers die an den Ästen baumelnden Unterhosen vom Baum. Sie schob jede in eine Tüte und die Tüten in Ricos Satteltasche. »So«, sagte sie zu sich selbst.

Sie stieg auf und ritt nach Norden.

3

In Schlangenlinien kehrten Ana und Rico zu ihrem Wagen zurück. Ana warf bereitstehende Pappstücke über die Weideroste auf dem Weg, ließ Rico darüber traben und stellte die Pappe wieder an den Zaun. Sie war von Wind und Wetter verwittert und würde bald ersetzt werden müssen.

Schließlich erreichten sie ein flaches, trockenes, steiniges Stück Land, auf dem nur wenige zähe Gräser ihr Dasein fristeten. Der Wagen glänzte weiß, hinter ihm war ein Pferdetransporter angekoppelt. Weit und breit war keine Menschenseele zu sehen.

Ana führte Rico in den Anhänger, gab ihm Wasser und schloss ihn ein. Dann setzte sie sich hinters Steuer, legte den Hut auf den Beifahrersitz und stellte die Klimaanlage an. Zuerst zirkulierte nichts als glühend heiße Luft durch den Wagen. Nach einer Weile mischte sich kühlere Luft darunter und trocknete den Schweiß auf Anas Gesicht.

Bis zum nächsten Schotterweg war es gut eine Meile. Nach weiteren zehn Minuten Fahrt erreichte Ana eine Teerstraße und lenkte Wagen und Anhänger auf den Asphalt. Ein kurzes Stück weiter stand ein niedriges, weiß gestrichenes Haus knapp zweihundert Meter hinter einem Stacheldrahtzaun.

Als sie ausstieg und das Tor öffnete, brannte die Sonne wieder auf sie herunter, aber in der Fahrerkabine war es inzwischen angenehm kühl. Sie fuhr die lange Auffahrt hoch, hielt ein Stück vom Haus entfernt an und stellte den Motor ab. Sie nahm den Hut und setzte ihn auf.

Der Hof war mit ordentlich geschnittenem, vor Trockenheit gelbem Gras bepflanzt, unterbrochen von einem Gehweg aus Beton, der zu einer überdachten Veranda führte. »Jemand zu Hause?«, rief Ana, als sie darauf zuging. Sie hörte, wie im Schatten der Veranda eine Tür geöffnet wurde, dann erschien eine Gestalt.

»Ranger Torres?«, fragte Claude Bowder.

Er war über sechzig, aber noch ein kräftiger Mann. Auf seinen Wangen wuchsen weiße Bartstoppeln. Er trug Arbeitshemd und Jeans, als wäre er gerade von der Arbeit nach Hause gekommen, und vielleicht war dem auch so.

»Mr. Bowder«, sagte Ana. Sie trat auf die Veranda und stand Bowder auf der anderen Seite der Fliegentür gegenüber. »Ich hab mir gerade Ihren Hintergarten angesehen.«

»Ach, ja?«, fragte Bowder. »Irgendwelche Wetbacks gesehen?«

Ana zuckte mit keiner Wimper. »Ich habe einen Toten gefunden«, sagte sie.

»Was?«

»Einen Toten, mit drei Schusslöchern im Rücken.«

»Sie kommen besser rein.«

Bowder hielt Ana die Fliegentür auf. Sie trat ein und nahm den Hut ab. Es tat gut, im Schatten zu sein, auch wenn die warme Luft im Hausinneren stand.

»Ich habe Eistee da, wenn Sie welchen wollen.«

»Gerne.«

Sie gingen weiter ins Haus. Es war einfach eingerichtet, nicht spartanisch, aber funktionell. Hier und da hingen ein paar Bilder, die meisten zeigten Bowders Enkelkinder. In einer Wohnzimmerecke stand ein Klavier, und wo der Raum in ein Esszimmer überging, bot ein langer Tisch Platz für Familienzusammenkünfte.

Bowder führte Ana in die Küche. Er goss Eistee in ein großes Glas und fügte eine Scheibe Zitrone hinzu. Das Glas begann sofort zu schwitzen, Anas Hand wurde nass.

»Schlimm genug, dass diese Wetbacks mein Land überqueren, jetzt bringen sie sich auch noch gegenseitig um«, sagte Bowder. »Sind Sie sicher, dass er erschossen wurde?«

»Ganz sicher«, erwiderte Ana. Sie probierte den Tee. Er war süß.

»Verdammte Wetbacks«, brummte Bowder, als wäre damit alles gesagt. Dann fragte er: »Muss ich irgendeine Gebühr dafür zahlen, dass Sie die Leiche weggeschafft haben?«

»Keine Gebühr«, sagte Ana, »aber wir müssen die Gegend im Auge behalten. Wenn die Grenzquerer einmal hier durchgekommen sind, kommen sie sicher wieder.«

»Wo war das?«

Ana beschrieb es ihm. Sie trank noch etwas Tee.

»Wenigstens gehen sie nicht da lang, wo mein Vieh sich aufhält. Das hätte mir noch gefehlt. Wissen Sie, dass von den *Open-Borders*-Aktivisten welche versucht haben, auf meinem Grund und Boden eine Wasserstation aufzustellen, ohne mich zu fragen? Kamen einfach durchs Tor hereinspaziert und haben auf bestem Weidegrund einen Haufen Wasserkanister unter einen Baum gestellt. Ich hab sie vertrieben. Hab gedroht, wenn sie noch mal kämen, würde ich ihnen wegen unbefugten Betretens den Sheriff auf den Hals hetzen.«

»Wie gesagt, wir müssen Ihr Grundstück eine Weile überwachen«, sagte Ana. »Das bedeutet verstärkte Präsenz der Border Police, und ich komme einmal die Woche vorbei und schaue nach, ob irgendwas übersehen wurde.«

»Ist mir recht. Was immer Sie für nötig halten.«

»Okay, gut.«

»Aber was ist mit dem toten Mexikaner? Kann der mir Ärger einbringen?«

Ana sah Bowder prüfend an, aber er wirkte arglos. Der Tote hatte mitten im Nirgendwo gelegen, auf Land, das Bowder sowieso kaum nutzte. Sie bereute, die Umgebung nicht nach Reifenspuren abgesucht zu haben, aber jetzt war es zu spät, um dorthin zurückzukehren. Rico brauchte Ruhe.

»Ich weiß es nicht«, sagte Ana schließlich. »Hängt davon ab, was wir rausfinden.«

»Was wollen Sie damit sagen?«

»Nun, zunächst einmal wird sich ein Gerichtsmediziner die Leiche ansehen.«

»Ich dachte, er ist erschossen worden?«

»Trotzdem. So sind die Regeln.«

»Scheiße«, sagte Bowder. »Gottverdammte Wetbacks. Sogar wenn sie tot sind, machen sie nichts als Ärger.«

Ana trank aus und stellte das Glas ab. »Ich würde mir deswegen erst mal keine Sorgen machen, okay? Wir regeln das.«

»Also gut«, sagte Bowder widerstrebend. »Ich bring Sie zur Tür.«

Er begleitete Ana hinaus, wo sie zum Schutz gegen das grelle Sonnenlicht den Hut aufsetzte, dann zog er sich wieder hinter die Fliegentür zurück. »Sobald ich mehr weiß, sage ich Ihnen Bescheid«, sagte Ana.

»Ich bin hier.«

»Bis dann, Mr. Bowder.«

Sie ging zum Wagen zurück und stellte schnell die Klimaanlage wieder an. Wendete vorsichtig den Wagen mit Anhänger und fuhr durch das Tor hinaus. Bei einem Blick in den Rückspiegel sah sie, dass Bowder sie beobachtete. Beim zweiten Hinsehen war er verschwunden.

4

Die Büroräume der United States Customs and Border Protection in Presidio, Texas, befanden sich in einem niedrigen, graubraunen Gebäude. Der Posten lag abseits der großen Grenzstrecken, das einzige Bemerkenswerte war der hohe Fahnenmast vor der Tür, an dem sowohl die US-Fahne als auch die von Texas wehte. Ein uniformierter Agent kümmerte sich jeden Morgen und jeden Abend um die Beflaggung.

Ana hatte den Anhänger abgekoppelt. Rico stand wieder in dem Stall, in dem auch die Pferde der Border Patrol untergebracht waren. Drum herum gab es viele schattenspendende Bäume, reichlich Futter und Wasser und weichen Boden. Nach dem steinigen Untergrund auf Claude Bowders Ranch das reinste Paradies.

Sie parkte hinter dem Gebäude, nur einige Trucks und ein paar Autos standen dort. Die Präsenz des Grenzschutzes belief sich auf weniger als hundert Agents, ohne unterstützendes Personal. Presidio war keine große Stadt.

Der Ort lag zweihundertvierzig Meilen südlich von El Paso und genau an der Grenze. Obwohl man in wenigen Minuten ins Niemandsland gelangte, war nicht alles hier Wüste und Felsen. Presidio hatte weniger als fünftausend Einwohner, und der Grenzübergang nach Ojinaga in Mexiko war klein. Vor ihrer Versetzung hatte Ana noch nie von Presidio gehört. Auf einem Schild am Stadtrand stand: »Willkommen an der echten Grenze«. Wenn es heiß und trocken und die Straßen menschenleer waren, schien das mehr als zuzutreffen.

Der Hintereingang des Gebäudes war durch einen elektronischen Türöffner und eine Überwachungskamera gesichert. Drinnen war es kühl, fast kalt, und Ana fröstelte.

Es lag am Gouverneur von Texas, dass sie überhaupt hier war. Er hatte versprochen, an allen Übergängen entlang der Grenze zu Mexiko Texas Rangers zu postieren. Das nannte sich »Texas Recon Teams«, aber oft erledigte ein einzelner Ranger die Arbeit von zweien oder dreien. Presidio verdiente keine volle Besetzung.

Die Border Patrol hatte ihr großzügig ein eigenes Büro angeboten, aber Ana hatte sich für eine der Arbeitsnischen vorne im Gebäude entschieden, wo die Agents Anrufe entgegennahmen und den endlosen Papierkram erledigten, der an einer Grenze anfällt. Außerdem befand sich in dem Gebäude noch eine Verwahrstation für illegale Einwanderer, und der knapp bemessene Raum für die vielen Aufgaben war heiß umkämpft. Ana wollte so wenige Probleme wie möglich verursachen.

Sie hängte ihren Hut an einen Haken und ging zu ihrem Platz. Um sie herum klingelten unablässig Telefone. Einwohner riefen mit Hinweisen an. Jemand am Grenzübergang musste dringend Personendaten abfragen. Irgendwer verlangte immer Aufmerksamkeit, und zwar *sofort*.

Ana hatte ihre Nische nicht eingerichtet, sie war noch so kahl wie an dem Tag, als sie sie übernommen hatte. Nur ein alter grauer Computer und ein Stuhl standen darin. Selbst ein Kaffeebecher fehlte.

Der Leichenfund machte mindestens drei Berichte erforderlich. Im ersten musste sie darlegen, warum sie sich überhaupt auf dem Land von Claude Bowder aufgehalten hatte, im zweiten den Zustand der Leiche beim Auffinden beschreiben und Schlüsse daraus ziehen und im dritten die nächsten Schritte erläutern. Zuerst würde die Gerichtsmedizin die Todesursache feststellen, danach würde man versuchen, die Identität des Toten herauszufinden. Dafür würde man die Fingerabdrücke des Toten nehmen und sie durch die Datenbank laufen lassen. Mit Glück war in ein, zwei Tagen klar, wer der Mann gewesen war.

Und dann war da noch der Vergewaltigungsbaum. Der einen eigenen Bericht verdiente. Ana fiel ein, dass sie die Asservatentüten im Wagen gelassen hatte. Sie würde sie später holen und einem Agent für weitere Ermittlungen übergeben. Natürlich wusste sie, dass die Sache im Sande verlaufen würde. Vergewaltigungsbäume waren zwar eine Tragödie, aber dennoch nichts als Ausrufezeichen in der Geschichte der Grenze.

Ihren ersten Vergewaltigungsbaum hatte Ana eine Woche nach ihrer Ankunft in Presidio gesehen. Damals hatte sie nicht gewusst, was sie vor sich hatte, aber trotzdem Fotos gemacht und die Unterhosen eingesammelt. Die Border Police Agents hatten sie aufgeklärt, seitdem wurde ihr beim Anblick dieser Bäume immer schlecht. Bisher hatte sie vier gesehen. Heute den fünften.

Sie verdrängte die Gedanken an den Baum und widmete sich den Berichten. Egal, worum es ging, der Sprachstil musste sachlich und distanziert sein. Eine Leiche war nur insofern bemerkenswert, als dass sie untersucht und registriert und in die heilige Statistik des Grenzschutzes eingespeist werden musste. Dass ein

Mensch ermordet worden war, zählte nicht. Darum ging es nicht. Sie würden den Mörder ohnehin nicht zu fassen bekommen.

Eineinhalb Stunden später war Ana fertig und spürte ihre vom Kauern über der Tastatur und Tippen im Zweifingersystem verspannten Schultern. Sie lehnte sich zurück, streckte sich und sah am anderen Ende des Raums Darren Sabado. Er hob grüßend die Hand und kam zu ihr.

»Wie geht's?«, fragte er.

»Ganz gut. Ich leite gerade alles in die Wege.«

»Wir haben die Leiche zum Gerichtsmediziner gebracht. Er sagt, in ein, zwei Tagen gibt er uns Bescheid.«

Ana nickte. Sie hatte nichts Schnelleres erwartet. In Presidio ging es gemächlich zu.

»Wie lief es bei Bowder?«

»Gut. Er befürchtete, er würde eine Gebühr aufgebrummt bekommen oder so was.«

»Sieht ihm ähnlich.«

»Er hat auch gesagt, dass die Aktivisten von *Open Borders* wieder auf seinem Grundstück waren. Kannst du im Sheriffbüro Bescheid sagen?«

»Klar. Was haben sie diesmal gemacht?«

»Was sie immer machen: Wasser aufgestellt.«

»Solange das alles ist, hab ich nichts dagegen.«

»Bowder denkt, sie würden sein Land in einen Highway für Überquerer verwandeln.«

»Hast du's ihm ausgeredet?«

»Was soll das bringen?«

Ana stand auf. Mit Stiefeln war sie fast so groß wie Darren. Er war kein hochgewachsener Mann. »Ich muss was essen und dann am Konsulat vorbei, um denen von der Leiche zu berichten. Hast du gegessen?«

»Vorhin. Aber ich könnte was trinken.«

»Okay. Ich hole nur meinen Hut.«

5

Das Mittagessen bestand aus einem mit Cola heruntergespülten Cheeseburger mit Pommes. Darren leistete Ana Gesellschaft und versorgte sie mit dem neuesten Büroklatsch. Als sie fertig war, gingen beide ihrer Wege. Darren stieg in seinen Truck und ließ Ana auf der sonnenbeschienenen Straße zurück.

Das mexikanische Konsulat verfügte über kein eigenes Gebäude. Es lag im dritten Stock eines vierstöckigen Hauses, in dem sich auch eine Bank und eine Arztpraxis befanden. Ana parkte vor der Tür und meldete sich am Empfang. Ein Junge verließ mit seiner Mutter gerade die Praxis.

Oben war es still und kühl. Der Teppich war tiefrot, das Konsulat selbst sah abgesehen von dem Staatswappen an der Eingangstür aus wie ein normales Büro. Eine einsame Rezeptionistin surfte im Internet, während sie auf Besucher wartete, die selten kamen. Sie fragte Ana nach ihrem Namen und gab ihn nach hinten durch.

Nach wenigen Minuten erschien Jorge Vargas. Er war klein, hatte Pomade im Haar und empfing Ana mit einer Umarmung und angedeuteten Wangenküssen. Ana ließ ihn. Sie mochte Vargas.

»*Ana, ¿cómo estás?*«, fragte er.

»Sehr gut«, sagte Ana. »Wie geht es Ihnen? Wir haben uns lange nicht gesehen.«

»Mindestens drei Monate«, sagte Vargas. »Warum kommen Sie nie zu Besuch?«

»Viel zu tun«, sagte Ana.

»Immer haben alle zu tun. Sogar ich habe zu tun.«

»Sie können mich jederzeit besuchen.«

»Auf Polizeireviere reagiere ich allergisch. Alte Angewohnheit.«

Vargas führte Ana in sein Büro, dessen Einrichtung aus dunklen Holzmöbeln und bequemen Sesseln bestand. Er bot ihr einen an und setzte sich ebenfalls. Als er die Beine übereinanderschlug, sah sie seine auf Hochglanz geputzten Halbschuhe. Er war immer gut gekleidet, obwohl es niemanden gestört wäre, wenn er ab und zu das Jackett ausgezogen und die Ärmel hochgekrempelt hätte.

»Erzählen Sie«, sagte Vargas.

»Ich war heute Morgen auf dem Land eines Ranchers auf Patrouille«, sagte Ana. »Und bin auf einen toten Mexikaner gestoßen.«

»Oh nein.«

»Er hatte keine Papiere bei sich. Man hatte ihn in den Rücken geschossen.«

»Das ist schrecklich.«

»Ich habe mir gedacht, Sie würden es lieber direkt von mir erfahren als durch einen Brief.«

»Und Sie haben keine Ahnung, wer es sein könnte?«

»Nach der gerichtsmedizinischen Untersuchung lassen wir die Fingerabdrücke durchlaufen.«

»Wenn Sie uns Kopien schicken, machen wir das Gleiche.«

»Gut«, sagte Ana.

Vargas Miene war düster. Einen Moment lang kaute er an seinen Fingerknöcheln herum, hörte dann abrupt auf, als wäre ihm gerade aufgefallen, was er da tat. »Denken Sie, es könnte ein *narcotraficante* gewesen sein?«, fragte er schließlich.

»Möglich. Es gibt Hinweise, dass die Gruppe, zu der er gehörte, schwer beladen war. Das könnte Drogen bedeuten.«

»Man würde meinen, für all das wären wir weit genug weg von den großen Grenzübergängen«, sagte Vargas. »Aber das Zeug ist jetzt überall. Ich kann Ihnen gar nicht sagen, wie leid es mir tut.«

»Bei mir müssen Sie sich nicht entschuldigen. Schließlich wurde einer Ihrer Landleute erschossen.«

»Das rückt uns alle in ein schlechtes Licht«, sagte Vargas.

Ana wechselte das Thema. »Der Gerichtsmediziner sagt, es dauert ein paar Tage, bevor er die Todesursache offiziell bekanntgeben kann. Dann wohl noch mal ein, zwei Tage, um die Fingerabdrücke durchs System laufen zu lassen. Danach können wir alles in die Wege leiten, um die Leiche ans Konsulat zu überstellen.«

»Ja, danke. Aber ohne Namen hängt sie im luftleeren Raum.«

Das sollten Sie inzwischen kennen, dachte Ana, ohne es auszusprechen. Auf der anderen Seite der Grenze lagen Dutzende von Leichen aufgehäuft, bei vielen fehlten die Köpfe, die Hände oder andere Gliedmaßen. Namenlosigkeit war der Normalfall. »Wir finden heraus, wer er war«, sagte sie stattdessen.

»Haben Sie Zeit für eine Aussage über den Leichenfund?«, fragte Vargas.

Ana sah auf die Uhr. »Ich kann mir die Zeit nehmen.«

»Gut.«

Vargas rief die Rezeptionistin herein, die einen Stenografieblock und einen angespitzten Bleistift mitbrachte. Die Frau setzte sich an die Seite, Ana betrachtete sie aus dem Augenwinkel. Dann begann sie mit ihrem Bericht.

Die Details des Leichenfunds waren schnell erzählt, Ana hatte ja eben selbst erst alles aufgeschrieben. Die Rezeptionistin schrieb mit, und Vargas unterbrach nur, um den einen oder anderen Punkt zu klären. Als sie fertig waren, verließ die Rezeptionistin den Raum.

»Danke sehr. Ich lege das heute Nachmittag meinem Bericht bei.«

»Es tut mir leid«, sagte Ana. »Ich finde nie gern eine Leiche.«

»Kein Grund zur Entschuldigung. Im Gegenteil, wir müssten uns entschuldigen, weil wir diese Gewalt in Ihr Land tragen.«

»Lässt sich nicht ändern«.

Vargas dachte nach. »Vielleicht nicht«, sagte er. »Trotzdem ist es bedauerlich. Wir sollten unsere Probleme auf unserer Seite der Grenze behalten.«

Ana sagte nichts. Sie sahen sich schweigend an. Schließlich sagte sie: »Ich muss los.«

»Natürlich. Sie haben viel, viel zu tun.«

»Wie immer.«

Sie gingen zurück in den Empfangsbereich. Die Rezeptionistin surfte nicht mehr im Internet, sondern tippte ihre Notizen ab. Sie blickte nur kurz von ihrer Arbeit auf.

»Sie sollten öfter vorbeikommen, nicht nur mit schlechten Neuigkeiten«, sagte Vargas.

»Ich versuche es.«

Vargas hauchte ihr einen Kuss auf die Wange und brachte sie zur Tür. »Auf Wiedersehen, Ana.«

»Jorge.«

Sie verließ das Gebäude. Es war kurz vor vier. Sie stieg in den Wagen, wendete mitten auf der Straße und fuhr Richtung Süden. Es war nicht gelogen, sie hatte immer viel, viel zu tun.

6

Der Grenzübergang von Presidio war nicht groß. Es gab nur zwei Fahrbahnen, plus einer dritten für gründliche Durchsuchungen und einer vierten für die Rückreise nach Mexiko. Seitlich daneben stand ein schlichtes Gebäude mit Büros, einer Stelle zur Registrierung von Fingerabdrücken und einer Zwei-Mann-Zelle. Ana parkte hinter dem Gebäude und ging nach vorne.

Der Einreiseverkehr in die USA war in Presidio längst nicht so stark wie in Laredo oder McAllen oder El Paso, dennoch stand eine ganze Reihe Wagen in der sengenden Sonne, deren Insassen warteten, bis sie an der Reihe waren. Beide Fahrbahnen waren offen, jede mit drei Agents besetzt. Ein siebter ging mit einem Schäferhund an der Leine dazwischen hin und her. Als er Ana entdeckte, winkte er. Sie winkte zurück.

Die Agents an der näher gelegenen Fahrbahn untersuchten einen Pick-up, auf dessen Ladefläche sich ein Haufen Schrott stapelte. Ein Agent verhörte den Fahrer auf Spanisch, während ein zweiter mit einem an einem langen Metallstab befestigten Spiegel um das Fahrzeug herumging. Ein dritter folgte dem zweiten, klopfte den Pick-up an verschiedenen Stellen ab und horchte auf das Geräusch, dass das Metall unter seinen Fingerknöcheln abgab.

Der Schäferhund wurde herbeigerufen. Sein Führer umrundete mit dem Hund den Truck, zeigte auf die Felgen und unter die Karosserie. Der Hund tat, wozu er ausgebildet war, spürte aber nichts auf. Der Truck durfte weiterfahren. Langsam schob sich die Wagenreihe ein Stück vorwärts.

»Wie geht's, Ranger?«, sagte der Agent, der den Fahrer befragt hatte. Er hatte bereits die Papiere des nächsten in der Hand. »Langeweile?«

»Nein, Sandy, ich drehe nur meine Runde.«

»Na, wenn du was zu tun haben willst, kannst du eine Weile meinen Job hier übernehmen«, sagte Sandy.

»Ich spar's mir.«

Der Hundeführer kam mit seinem Hund. Ana ging in die Hocke und streichelte das Tier. »Hallo, Frankie. Na, bist du ein guter Junge?«

Frankies Führer hieß Pollen. Er streckte Ana die Hand entgegen. »Nichts gefunden heute«, sagte er. »Wir haben mehr oder weniger den ganzen Tag gearbeitet.«

»Ich würde sagen, das sind gute Neuigkeiten.«

Die ewig gleichen Abläufe wiederholten sich bei allen Wagen. Der Spiegel kam zum Einsatz, die Autos wurden abgeklopft, dann wurde der Hund gerufen. Ana, die das Ganze schon tausend Mal miterlebt hatte, sah gleichmütig zu. Die Teams machten den ganzen Tag und bis in die Nacht hinein dieselben Handgriffe. Der Grenzübergang schloss nie. Nur die Gesichter der Agents wechselten.

Sandy winkte den Wagen durch. Weiter zum nächsten.

Pollen kehrte zurück. Er stellte sich mit dem Hund immer unter die Überdachung, trotzdem hechelte Frankie in der Hitze heftig. »Ich hab gehört, du hast heute was Interessantes gefunden.«

»Das hat sich bis hierher rumgesprochen?«

»Die Leute reden.«

»Die Leute sollten besser den Mund halten.«

»Was hast du gefunden?«

Ana zögerte, schüttelte dann den Kopf. »Kein Grund zur Sorge. Eine Leiche.«

»Hitze?«

»Erschossen.«

Pollen pfiff leise. »Ein echtes Rätsel.«

»Wahrscheinlich nur ein *narco*, der einen Fehler gemacht hat, als er auf unserer Seite der Grenze war.«

»Trotzdem ...« An Pollens Uhr klingelte ein Timer. Er stellte ihn ab und wandte sich an Sandy. »Auszeit. Wir sehen uns in einer Stunde.«

»Ich zeig dir *den* hier in einer Stunde.«

»Kann ich dich zu einem Kaffee einladen?«, fragte Pollen Ana.

»Sicher.«

Sie betraten das Gebäude. Drinnen gab es keine Klimaanlage, durch die geöffneten Fenster wehte nur eine schwache Brise herein. In jeder Ecke des kleinen Raums surrten Ventilatoren. Neben einer Kaffeemaschine standen Becher, Milchpäckchen und ein Getränkeautomat.

Pollen und Frankie arbeiteten immer eine Stunde und machten dann eine Stunde Pause. Nur er selbst kannte seinen sich ständig ändernden Dienstplan, damit er für die Grenzquerer nicht vorhersehbar war. Vor Hunden hatte alle *narcos* Angst.

Frankie bekam eine Schüssel mit Wasser vorgesetzt, das er gierig aufschlabberte. Pollen ließ den Hund von der Leine, und Frankie zog sich in seine Ecke zurück, wo ein Hundebett mit angekauten Rändern lag.

»Wie willst du den Kaffee?«, fragte Pollen.

»Ich glaube, ich verzichte.«

»Wie du willst. Er ist heute tatsächlich mal frisch.«

»Es ist zu heiß für Kaffee.«

»Je heißer der Tag, desto heißer der Kaffee. Der bringt einen zum Schwitzen.«

»Ich schwitze schon genug.« Ana stellte sich vor einen Ventilator und ließ sich anpusten.

Pollen holte sich einen Becher Kaffee und sah den vorrückenden Wagen auf den Fahrbahnen zu. Sandy und die anderen winkten die Fahrzeuge stetig durch. Ana sah einigen nach, als sie weiterfuhren, und dachte darüber nach, wo die Fahrer hinwollten und was sie dort machen würden. Sie hatte keine Ahnung.

»Das ist hypnotisierend«, sagte Pollen.

Ana nickte.

»Erzähl mir von dem Toten.«

»Da gibt's nicht viel zu sagen. Mexikaner. Von hinten erschossen. Mit dem Gesicht nach unten im Dreck, Beute für die Bussarde. Hab ihn zufällig gefunden, als ich bei Claude Bowder auf Patrouille war.«

»Bowder, wie? Lässt sich ja kaum ein besserer Ort zum Sterben denken.«

»Jedenfalls geht alles seinen Gang. Wir setzen die Tüpfelchen auf jedes i und schicken die Leiche Ende der Woche auf den Heimweg.«

»Hm«, sagte Pollen. »Hey, Karen hat neulich nach dir gefragt. Sie will wissen, wann du wieder zum Steakessen vorbeikommst.«

Presidio war eine Kleinstadt. Die Agents hielten zusammen, ständig wurden Grillabende und Partys veranstaltet. Manchmal ging Ana hin und saß am Rande, dabei, aber nicht zu nahe dran. Obwohl sie das Abzeichen trug, gehörte sie nicht dazu, aber bei Pollens Frau fühlte sie sich willkommen, und das war gut.

»Bald«, versprach sie.

»Sie wird dich beim Wort nehmen.«

»Ich weiß.«

7

Das Haus lag am Ende einer Schotterstraße auf einem flachen, mit widerspenstigem Grün bewachsenen Hügel am Stadtrand. Ana hatte es nicht wegen seiner Abgeschiedenheit ausgewählt, sondern weil es billig und verfügbar gewesen war, aber die Stille gefiel ihr auch. Die Auffahrt war lang und gewunden, und die nächsten Nachbarn lebten eine halbe Meile entfernt.

Als sie eintrat, traf sie die abgestandene Luft im Haus wie eine Wand. Sie drehte an den Knöpfen der am Fenster im Wohnzimmer befestigten Klimaanlage, und kalte Luft begann zu zirkulieren. Bald würde das Haus wieder bewohnbar sein.

Ihr Hut landete auf einem Haken neben der Tür, die Stiefel gleich darunter. Ana löste das Lederband, das ihre Haare zusammenhielt, schüttelte sie aus und tapste in Socken ins Schlafzimmer hinüber, um ihre Arbeitskleidung auszuziehen.

Texas Ranger trugen keine richtige Uniform, hatten sich aber an bestimmte Vorgaben zu halten. Manchmal kam sich Ana in diesem Westernstil zu männlich vor. In Shorts und T-Shirt fühlte sie sich wohler, die bloßen Füße genossen den Holzboden. Im Wohnzimmer wurde es immer kühler.

Der Fernseher versprach Ablenkung. Ana ließ sich aufs Sofa fallen und zappte durch die Kanäle, bis sie bei einer Kochsendung landete, die ihr ausreichend harmlos erschien. Sie sah sich den Rest der Sendung an und gleich danach die folgende. Was lief, war egal, solange es nett und anspruchslos war.

Als es Zeit zum Abendessen war, ging sie in die Küche und bereitete sich ein Kotelett zu, das sie am Morgen aus der Kühltruhe genommen hatte. Sie zwang sich, ein bisschen Salat dazu zu essen, außerdem Bohnen. Sie saß vor dem Fernseher, ließ sich vom Kochkanal berieseln und Rezepte und Küchenkniffe an sich vorbeirauschen.

Das Haus war einfach eingerichtet, die Wände nackt. Ana hatte es bei ihrer Ankunft in Presidio möbliert übernommen und nichts geändert, da sie erwartet hatte, nicht länger als höchstens sechs Monate zu bleiben. Aus sechs Monaten waren zwölf geworden, dann achtzehn, und jetzt war sie schon über zwei Jahre in Presidio County. Darüber wollte sie lieber nicht zu genau nachdenken. Als es draußen Nacht wurde, flackerte das Licht des Fernsehers in seltsamen Schatten über die leeren Wände.

Irgendwann war sie müde und genervt von dem nicht enden wollenden Aufmarsch kochbegeisterter Damen. Sie stellte den Fernseher aus und blieb im Dunkeln sitzen. Nur die Klimaanlage rauschte, draußen herrschte vollkommene Stille.

Sie trug den Teller in die Küche und wusch ihn ab. Er wirkte auf dem Abtropfgestell einsam, aber Ana hatte schon lange keine Gäste mehr zum Essen gehabt. Sie suchte im Kühlschrank nach

Bier, erinnerte sich, dass sie keins eingekauft hatte, und schubste verärgert die Tür zu.

Das Bett im Schlafzimmer hatte sie wie jeden Morgen gemacht. Eine alte Angewohnheit. Sie schlug die Decke zurück und ging ins Badezimmer, duschte und putzte sich die Zähne. Danach war sie so müde, dass sie es kaum noch unter die Decke schaffte, bevor sie einschlief.

8

Als Ana aufwachte, hatte sie keine Ahnung, wie spät es war. Im Zimmer war es dunkel. Sie sah auf die Uhr auf dem Nachttisch. Kurz nach ein Uhr nachts. Sie hatte drei Stunden geschlafen.

Sie lag im Bett und horchte. Die Klimaanlage im Wohnzimmer rauschte immer noch, und die kühle Luft war bis ins Schlafzimmer gekrochen. Ana wusste nicht, was sie geweckt hatte.

Scheinwerferlicht zog über die Fenster, dann hörte sie das Motorengeräusch eines Trucks. Sie stand auf.

Bevor Darren Sabado seinen Schlüssel benutzen konnte, hatte sie die Haustür geöffnet. »Hey«, sagte sie.

»Hey. Tut mir leid, dass ich so spät komme. Ich habe jetzt erst Pause machen können.«

»Wie viel Zeit hast du?«

»Etwa eine Stunde.«

Sie zogen sich im Schlafzimmer aus und legten sich ins Bett. Darren hatte es eilig, und Ana fiel ein, dass es fast zwei Wochen her war. Ihr Liebesspiel dauerte nicht lange. Als Darren fertig war, rollte er sich neben Ana und hielt sie im Arm, während der Schweiß auf ihren Körpern trocknete.

»Jetzt müssen wir uns überlegen, was wir die restlichen fünfundvierzig Minuten machen«, zog Ana ihn auf.

»Klappe! Das war länger.«

Ana legte ihre Hand auf Darrens Bauch. Sie waren beide mager, von den strapaziösen, langen Stunden im Freien geformt. Darren konnte ohne Probleme einen Tagesmarsch unter sengender Sonne hinlegen. Ana ebenso.

»Wo ist Jeannie heute Nacht?«, fragte Ana.

»Zu Hause bei den Kindern, wie immer.«

»Bleibt sie je auf, bis du kommst?«

»Nicht, wenn ich Doppelschicht habe. Ich nehm's ihr nicht übel, ich würde auch meinen Schlaf wollen.«

Jeannie Sabado war ganz anders als ihr Mann. Sie war klein und weich und sah aus, als wäre sie aus Versehen in Presidio gelandet. Ana war ihr ein paarmal bei den Pollens beim Grillen begegnet. Sie hatten wenig Gesprächsstoff gefunden.

»Hat irgendwer gesehen, dass du hier rausgefahren bist?«

»Niemand. Ich habe dem Dispatcher gesagt, dass ich ein Nickerchen in meinem Truck halte.«

»Wann ist deine Schicht zu Ende?«

»Warum?«

»Ich dachte, wir könnten vielleicht zusammen frühstücken.«

Darren schüttelte den Kopf. »Zu riskant.«

Natürlich wusste sie, dass er das sagen würde. Sie hatten bereits zusammen Mittag gegessen. Presidio war eine Kleinstadt, und es würde Gerede geben, wenn sie sich zu oft zusammen blicken ließen. Jeannie würde nicht lange brauchen, um die richtigen Schlüsse zu ziehen.

Sie hielten ihre Affäre jetzt schon etwas über ein Jahr lang geheim. Die Mechanismen der Diskretion waren fast zur zweiten Natur geworden. Darren kam zu ihr, wenn er es einrichten konnte – normalerweise spät am Abend oder früh morgens –, und Ana war das recht. Er stellte keine Ansprüche an sie, und sie erwiderte das. Sie waren nicht verliebt. Keiner würde mit jemand anderem davonlaufen.

»Wie war es bei Vargas?«, fragte Darren.

»Gut. Er wird keinen Stunk machen.«

»Hab ich mir gedacht. Er ist in Ordnung. Außerdem sollte er sich langsam dran gewöhnt haben. Vor ein paar Jahren haben wir gefühlt noch jeden zweiten Tag Leichen an der Straße aufgesammelt.«

»Die waren aber nicht erschossen worden«, sagte Ana.

»Das ist ein Unterschied. Hast du Bier da?«

»Nein. Nächstes Mal bringst du welches mit.«

»Ich hätte echt Lust auf Bier.«

Ana setzte sich auf. Darren folgte mit dem Finger der Linie ihres Rückgrats. Sie stand auf und hob ihre Pyjamahose vom Boden auf.

»Was ist los?«, fragte Darren.

»Nichts. Ich will mich nur bewegen.«

»Wir können uns hier bewegen.«

»Meinst du, du schaffst zwei Runden, Cowboy?«

»Ich gebe mir gerne Mühe.«

Ana zog ihr Top über. »Heute nicht.«

Sie ging in die Küche und ließ Wasser aus der Leitung in ein Glas laufen. Darren folgte ihr kurz darauf in Unterhose. Er umschlang ihre Taille. »Komm schon«, sagte er. »Wir haben noch Zeit.«

»Ich hab gesagt, *heute nicht*.«

»Ist gut«, sagte Darren, aber sein Ton verriet, dass es das nicht war.

Ana trank das Wasser aus und stellte das Glas in die Spüle.

»Macht der Tote dir so sehr zu schaffen?«

»Der Tote nicht.«

Darren zögerte, sagte dann: »Der Baum.«

Ana nickte, auch wenn es dunkel war.

»Hast du Vargas davon erzählt?«

»Was würde das für einen Unterschied machen?«

»Keine Ahnung. Es ist erwähnenswert.«

»Er könnte ja doch nichts machen. Lohnt sich nicht, Dreck aufzuwirbeln.«

Sie lehnte sich gegen die Arbeitsfläche. Bisher hatten die Fragen nach dem Toten den Vergewaltigungsbaum verdrängt, jetzt sah sie ihn vor ihrem inneren Auge klar vor sich. Darren stand schweigend da.

»Vermutlich macht mir das mehr aus als gedacht«, sagte Ana schließlich.

»Das ist verständlich.«

»Ja?«

»Klar, weil —«

»Weil ich eine Frau bin?«

Darren sah schuldbewusst drein. »Das war nicht alles, was ich sagen wollte. Hey, mir geht das auch nahe. Aber wir können nichts dagegen tun. Der Tote, da können wir was machen, aber der Baum ... das ist zu kompliziert.«

»Ich wünschte, es wäre nicht so.«

»Das wünschen wir uns beide.«

Danach schwiegen sie lange, bis im Schlafzimmer der Timer von Darrens Handy klingelte. Er verließ die Küche, holte seine Uniform und zog sie im Dunkeln an. Ana sah ihm von der Schlafzimmertür aus zu.

»Tut mir leid«, sagte sie.

»Muss es nicht. Jeder hat Gefühle.«

»Texas Ranger sollten eigentlich hartgesottener sein.«

»Na«, sagte Darren, kam auf sie zu und küsste sie, »da bin ich ja froh, dass dieser Texas Ranger es nicht ist. Dann wäre sie nicht menschlich.«

»Wann denkst du, können wir wieder ...?«, fragte Ana.

»Ich hab erst nächste Woche wieder Nachtschicht.«

»Hältst du's so lange aus?«

»Wenn du's aushältst«, sagte Darren.

Ana folgte ihm zur Tür und sah zu, wie er den Truck wendete und die lange Auffahrt hinabfuhr. Einige Minuten später war es, als wäre er nie dagewesen. Die Nacht hatte sogar die Rücklichter verschluckt.

Der Schlaf ließ auf sich warten. Ana lag auf dem Bett und starrte die dunkle Decke an, aber seitdem sie von dem Vergewaltigungsbaum gesprochen hatte, konnte sie an nichts anderes mehr denken. Sie sah vor sich, wie sie die Unterhosen von den dornigen Ästen des Mesquitebaums gepflückt und zu dem Toten getragen hatte.

»Schlaf jetzt«, befahl sie sich streng, aber ihr Körper gehorchte nicht.

Sie wälzte sich erst auf die eine, dann auf die andere Seite, kniff die Augen fest zu, konzentrierte sich auf ihren Atem ... alles, um ihre Gedanken zur Ruhe zu bringen. Doch sie fanden immer wieder einen Weg zurück zu dem Baum, vermischten sich mit der Erinnerung an Darrens Hände auf ihrem Körper, an ihn in ihr, an sein Gewicht auf ihr.

Was, wenn der Untergrund felsig gewesen wäre?

Zwei Stunden vergingen. Ana stand auf, floh vor den Fernseher und stellte wieder den Kochkanal an, wo aber inzwischen Infomercials liefen. Sie schaute trotzdem zu, saugte das blaue Licht des Fernsehers auf und ließ alles andere hinter sich.

Schließlich wurde es draußen Tag, zumindest kündigte er sich an, und Anas Augen fühlten sich an wie mit Sand ausgerieben. Sie war alles andere als ausgeruht, und als sie sich vom Sofa erhob, schmerzten ihre Beine.

Zum Frühstück bereitete sie sich Eier mit Speck und Toast zu, die sie mechanisch aß. Das Sonnenlicht machte es möglich, wieder an andere Dinge zu denken, und Ana überlegte, was heute alles anstand. Augentropfen linderten das Jucken und die Röte. Starker Kaffee vertrieb die Übermüdung.

Ana zog sich ein frisches Hemd und Jeans an und befestigte ihre Waffe am Gürtel. Sie stieg in ihre Stiefel und trat hinaus in den überraschend kühlen Morgen. Auf der Windschutzscheibe ihres Wagens hatte sich Tau gesammelt, den die Scheibenwischer wegwischten.

9

Egal, wie früh Ana in den Stall kam, die Stallburschen waren immer schon auf den Beinen und hatten sich an die Arbeit gemacht. Sie wohnten gemeinsam in einem Haus auf dem Gelände, ein halbes Dutzend Mexikaner, die sich untereinander immer nur auf Spanisch unterhielten und allen anderen aus dem Weg gingen.

Ana kannte keinen von ihnen beim Namen und wusste nichts über sie.

Die Pferde waren im Korral, stöberten gemächlich in frischen Heuhaufen herum oder starrten in die Luft, wie Pferde es tun. Ana sah Rico am anderen Ende des Korrals stehen und kauen. Manchmal konnte er äußerst verfressen sein.

Anas Trailer war neben einigen anderen auf der anderen Seite des Stalles abgestellt. Sie brauchte eine Weile, um ihn anzukoppeln, dann fuhr sie den Wagen vor den Korral.

Es war immer noch kühl. Nachts wurde es kalt in der Wüste. Ana sah einen der Mexikaner das Seil um einen Heuballen herum aufschneiden und das Heu für die Pferde auseinanderschütteln. Als er aufblickte, hob sie die Hand. Er erwiderte den Gruß.

Sie ging am Zaun entlang auf den Mann zu. »¿*Cómo estás esta mañana?*«, fragte sie.

»*Estoy bien*«, erwiderte der Mexikaner. Dann blickte er auf das Heu hinunter, als würde ein Augenkontakt, der länger als zwei oder drei Sekunden anhielt, ihm körperliche Beschwerden bereiten. So kannte Ana diese Männer: Sie huschten geschäftig über das Gelände und gaben sich mit niemandem außerhalb ihrer eigenen Gruppe ab.

»Wird heiß heute«, sagte sie auf Spanisch.

»*Sí.*«

Einen kurzen Moment lang hörte Ana ihre innere Stimme den Mexikaner nach seinen Papieren fragen. Ein aufblitzender, aber deutlicher Gedanke, eher ein unfreiwilliger Reflex. Natürlich würde der Mexikaner gehorchen. Und natürlich würden seine Papiere in Ordnung sein. Die Border Patrol und das Büro des Sheriffs hatten hier ihre Tiere stehen. Sie würden keine Illegalen beschäftigen.

»Schönen Tag dann«, sagte Ana.

»*Gracias, señora. Buenos días.*«

Ana betrat den Stall. Die Luft roch schwer nach Heu und Pferdemist. Sie sah einen weiteren Mexikaner eine Schaufel holen, um die erste von zehn Boxen auszumisten. Diesmal versuchte sie gar nicht erst, den Mann in ein Gespräch zu verwickeln, es würde genauso ablaufen.

Sie fand Sattel und Zaumzeug neben Ricos Box und hievte beides auf ihre Schultern. Als sie aus dem Stall trat, kam gerade ein Truck neben ihrem Wagen zum Stehen, auf dem das Logo des Sheriffbüros prangte. Der Mann, der ausstieg, war Clayton Sellner.

Sheriff Sellner trat an den Holzzaun, der den Korral begrenzte, und stellte einen Stiefel auf die untere Strebe. »Morgen, Ana«, rief er.

»Sheriff. Was bringt Sie her? Wollen Sie ausreiten?«

»Heute nicht. Haben Sie eine Minute?«

»Sicher.«

Ana ging zu ihm und hängte den Sattel über die obere Strebe des Zauns. Sheriff Sellner nahm den Hut von seinen weißen Haaren, betrachtete prüfend die Krempe und setzte ihn wieder auf. Er stand mit dem Gesicht zur Sonne, das Morgenlicht ließ es rosa und orangefarben aufleuchten.

Schließlich sagte der Sheriff: »Hab gehört, Sie haben gestern draußen auf Claude Bowdens Land einen toten Mexikaner gefunden.«

»Das stimmt.«

»Ich hab's von Courtney Passey erfahren, als die CBP die Leiche zur Autopsie gebracht hat.«

»Oh.«

»Ja, genau. Niemand ist auf die Idee gekommen, bei einem Tötungsdelikt im County den Sheriff zu holen.«

Ana schüttelte den Kopf. »Tut mir leid, Sheriff. Hab ich total vergessen. Hab wohl gedacht, die CBP würde Ihnen Bescheid geben. Alle wussten schon Bescheid.«

»Ich nicht. Und ich habe auch keine Kopien der Berichte bekommen, wie es eigentlich sein sollte.«

»Die sind gestern ins System gegangen. Sie hätten sie per Mail bekommen müssen.«

»Bis heute Morgen nicht.«

»Das tut mir wirklich sehr leid.«

Eine graue Stute trottete an ihnen vorbei, als würde sie sie belauschen wollen. Sheriff Sellner schwenkte sanft den Hut, und das Tier drehte ab. Ana sah zu Rico hinüber. Er hatte sie bisher völlig ignoriert.

»Die Ranger sind ja inzwischen ganz dicke mit der Border Patrol«, sagte Sellner.

»Das gehört zu meinem Job. Der Gouverneur will, dass wir eng mit der CBP zusammenarbeiten!«

»Aber nicht auf Kosten des County!«

»Da haben Sie recht. Es tut mir leid.«

»Hören Sie auf zu sagen, dass es Ihnen leid tut. Je öfter Sie das sagen, desto weniger klingt es echt.«

»Okay.«

Sheriff Sellner war schon älter, hatte aber einen scharfen Verstand. Der Blick, mit dem er Ana fixierte, war klar. »Das nächste Mal, wenn Sie über eine Leiche stolpern, will ich als Erster davon erfahren. Wenn es sich um Drogenpakete oder so was handelt, spiele ich gerne die zweite Geige und lasse der Border Patrol den Vortritt, aber ein paar Sachen müssen über das Sheriffbüro laufen.«

»Versprochen.«

Sheriff Sellner sah sie noch einen Moment lang streng an, dann wurde seine Miene weicher und er ließ seinen Blick über den Korral wandern. »Ich bin froh, dass Sie auf den Ländereien Patrouille reiten«, sagte er. »Selbst wenn Sie nichts finden. Die Leute fühlen sich einfach sicherer, wenn sie wissen, dass ein Texas Ranger ein Auge auf alles hält.«

»Ich tue, was ich kann.«

»Sicher. Es geht um die persönliche Note. Wenn die CBP mit Trucks und Pferden den Fluss hoch und runter absucht, ist das nur Alltag. Das übliche Spiel. Die Leute sind daran gewöhnt.«

Ana nickte und schwieg. Sie wollte endlich Rico satteln und verladen. Der frühe Morgen war die beste Zeit, um sich in die Weiten des Hinterlands zu begeben, danach wurde die Hitze unerträglich. Sie spürte die Minuten verstreichen, aber Sheriff Sellner war nicht in Eile.

»Wie ist der Mexikaner gestorben?«

»Von hinten erschossen.«

»Das ist nicht gut. Wird Vargas vom Konsulat Krach schlagen?«

»Ich glaube nicht.«

Sellner nahm den Fuß vom Zaun. »Nun gut«, sagte er. »Ich habe wohl alles gesagt.«

»Immer gerne, Sheriff.«

»Wo wollen Sie heute hin?«

»Zu den Hudnalls.«

»Ganz schön rau da draußen.«

»Ich schaffe es schon.«

»Da bin ich sicher. Denken Sie daran: Zuerst zu mir.«

»Ist gut.«

Sheriff Sellner tippte an seinen Hut und schlenderte zurück zu seinem Truck. Als er wieder hinter dem Steuer saß, winkte er noch einmal kurz, und Ana winkte zurück. Dann war er weg. Sie hob den Sattel hoch.

10

Um Presidio herum waren etwa zwanzig Ranches von unterschiedlicher Größe angesiedelt. Ana konzentrierte sich auf diejenigen südlich der Farm-to-Market 170, weil anzunehmen war, dass Grenzquerer diese Straße zu erreichen versuchten, wo sie von einem Truck mitgenommen werden und mit unbekanntem Ziel verschwinden konnten. Niemand würde die Straße überqueren und sich tiefer in das immer unberechenbarere Terrain hineinwagen. Dort draußen wartete das Nichts.

Sheriff Sellner hatte das Gebiet der Hudnalls als rau bezeichnet, aber die ganze Gegend war hart. Ein paar Rancher hielten eine widerstandsfähige Rinderart, die von kargem Gras und wenig Wasser leben konnte, aber die meisten schickten große Schaf- oder Ziegenherden über ihr Land. Diese Tiere konnten noch unter den allerhärtesten Bedingungen überleben und fraßen Dinge, bei denen jedes Rind die Nase rümpfen würde.

Ana hatte freien Zugang zu zehn der zwanzig Ranches, alle lagen in ihrem bevorzugten Gebiet. Die Eigentümer erlaubten auch die Border Patrol auf ihrem Grund, aber Ana bereitete den Boden, indem sie von Haus zu Haus ging und die Genehmigung einholte, das Land jederzeit unangemeldet durchqueren zu können. Es war zum Besten der Rancher, verlangte aber manchmal etwas Überzeugungsarbeit.

Ana nahm die asphaltierte Straße bis zum Ende und bog dann auf einen zweispurigen Weg ab, der durch zerklüftetes Gelände führte. Rechts und links standen hohe Zäune, die zwei Gebiete begrenzten. Der Maschendraht leitete Ana mit ihrem Trailer durch eine enge Rinne, die vor einem zugeketteten Tor endete.

Sie hatte den Schlüssel an einer Kette dabei, öffnete das Tor und verschloss es sorgfältig wieder hinter sich. Das war die allererste Regel beim Überqueren von Ranchland: Was man aufmachte, verschloss man auch wieder. Ganze Herden hatten sich schon auf Wanderschaft begeben, wenn jemand diese einfache Grundregel missachtet hatte.

Jetzt war sie auf dem Land der Hudnalls. Zuerst wuchsen hier noch dicht an dicht Mesquitebäume, doch bald wurde die Landschaft genauso felsig wie auf dem Grundstück der Bowders. Sie erreichte einen zum Wenden freigeräumten Platz und hielt.

Hier draußen herrschte Totenstille. Das offene Land schluckte jedes Geräusch und gab nichts zurück. Sogar ein Schuss klang nach nicht mehr als einem zerbrechenden Ast und verflog. Wer den Himmel anrief, erntete nichts als gleißendes Blau.

Sie ließ Rico aus dem Anhänger und führte ihn ein paarmal im Kreis, damit er die Beine strecken konnte. Im Sattel sitzend markierte sie ihre Position auf dem GPS-Gerät, das sie in ihre Hosentasche steckte. Dann ritt sie ins offene Gelände hinaus.

Heute würde sie der Grenze viel näher kommen als gestern. Sie würde einen Kreis reiten, an dessen südlichstem Punkt sie das Flussufer sehen konnte. Damit hätte sie gerade ein Viertel des Hudnall-Gebiets abgedeckt, vielleicht auch weniger, aber Sheriff Sallner hatte recht, die Rancher fühlten sich sicherer.

Wenigstens war es noch früh genug am Tag, um Spuren leicht erkennen zu können. Solange die Schatten lang waren, konnte sie Abdrücke sehen, ohne sich weit aus dem Sattel lehnen und mit zusammengekniffenen Augen den Boden absuchen zu müssen.

Mittags würden alle Konturen vom Sonnenlicht ausgewaschen sein, und sie würde nur noch nach großen Dingen wie zurückgelassenen Bündeln oder Rastplätzen suchen können. Oder nach Körpern.

Ana hatte irgendwo gelesen, dass Menschen immer im Kreis laufen, wenn ihnen ein konkreter Anhaltspunkt fehlt: ein Zaun, ein größere Landmarke oder die Sterne. An dieser Stelle entlang der Grenze war die Freiheit fast zum Greifen nah, aber manchmal verliefen sich die Grenzquerer auch dann noch, wenn sie den Fluss schon überwunden hatten.

Nur dann nicht, wenn sie von einem *coyote* geführt wurden. *Coyotes* wussten, wie sie gehen mussten, denn sie hatten den Weg schon Dutzende oder Hunderte von Malen genommen. Die modernsten von ihnen nutzten GPS-Geräte wie das von Ana, mit denen es unmöglich war, sich zu verlaufen. Aber wenn ein *coyote* seine Gruppe im Stich ließ, änderte sich alles.

Im Laufe der Zeit war Ana ein paar *coyotes* begegnet, normalerweise hinter Gittern in der Border Patrol Station. Die *coyotes* stellten die größte Gefahr dar. Beim ersten Anzeichen von Ärger ließen sie ihre Schützlinge auf sich allein gestellt in der Wüste zurück, oder aber sie raubten sie aus, oder, schlimmer noch, ein weiterer Vergewaltigungsbaum markierte ihren Weg.

Ohne den *coyote* waren die Grenzquerer hilflos. Mit ihm waren sie leichte Beute.

Einmal war Ana auf eine Vierergruppe gestoßen, die mitten im Nirgendwo im Schatten eines Mequitebaums rastete. Sie hatte ihre Spur auf dem Weg drei Mal gekreuzt. Die vier waren tatsächlich im Kreis gelaufen und immer wieder bei derselben Baumgruppe angekommen. Sie waren seit zwei Tagen ohne Wasser und Nahrung unterwegs gewesen, bei Temperaturen von über vierzig Grad am Tag. Sie behandelten Ana wie einen Engel, selbst dann noch, als sie zwei Stunden lang über felsigen Boden laufen mussten, um am Ende von der Border Patrol in Empfang genommen und verhaftet zu werden.

Die Wahrscheinlichkeit war hoch, dass sie es wieder versuchen würden.

11

Als Ana ein paar Meilen geritten war, sah sie ein dickes Gestrüpp aus Mesquitebäumen vor sich. Nach den vereinzelten Kakteen und zähen, sich am Boden duckenden Büschen, an denen sie bisher vorbeigekommen war, waren die Bäume das einzige echte Anzeichen von Leben weit und breit.

Die Entfernung täuschte, und Ana musste noch eine ganze Weile reiten. Als sie die Bäume erreicht hatte, lenkte sie Rico durch sie hindurch zu einer Senke im Boden, die von Schlamm umgeben war.

Sie wusste nicht, woher das Wasser stammte, aber die Senke wurde teilweise von den Bäumen abgeschirmt und trocknete daher nicht aus. Obenauf lag verwehter Staub, und es ließ sich nicht feststellen, wie tief das Wasser war.

Ana stieg ab, führte Rico ans Wasser und ließ ihn dort stehen. Er würde nicht davontrotten.

Überall waren Viehspuren zu sehen, neuere und ältere. Die Hudnalls ließen ihre Herde frei über das Land wandern und grasen, wo sie wollte, und dies war eine häufige Anlaufstelle. Die Tiere, die hier kamen und gingen, bereiteten Ana keine Sorgen.

Auf der anderen Seite der Senke entdeckte sie dagegen Abdrücke von Turnschuhsohlen, tief in die feuchte Erde eingesunken. Im Schlamm und unter den Mesquitebäumen fand sie außerdem mehrere Snackverpackungen und einen leeren Wasserkanister.

Die Grenzquerer waren entweder durch Glück oder geplant auf das Wasserloch gestoßen und hatten im Schatten Rast gemacht. Das Wasser war eigentlich nicht für Menschen geeignet, aber wenn der Körper nach Flüssigkeit schreit, ist einem alles egal. Zwischen den Fußspuren fand Ana auch Abdrücke von den

Knien der Grenzquerer, entstanden, als sie sich zum Wasser hinuntergebeugt hatten.

Ana überprüfte auf dem GPS-Gerät die Entfernung zur Grenze. Vom Fluss hierher war es weit. Wahrscheinlich hatten die Grenzquerer ihn bei Nacht durchschwommen und bei Tagesanbruch hier Schutz gesucht. Und dann die größte Tageshitze abgewartet, dreckiges Wasser getrunken, das nur für Tiere geeignet war, und Energieriegel und Chips gegessen. Es fiel Ana leicht, sich die Szene auszumalen.

Sie vermutete, dass es sechs Personen gewesen waren. Als sie aus den Spuren im Schlamm alles Erkennbare herausgelesen hatte, bestieg sie Rico und drehte eine langsame Runde um die Bäume und die Wasserstelle herum. Sie fand heraus, von wo die Gruppe gekommen war, und wusste ein paar Minuten später auch, dass sie nach Norden gezogen war.

Sie blickte ab und zu nach unten, um sicherzugehen, dass sie noch auf der richtigen Spur war, und folgte dem Weg, den die Gruppe eingeschlagen hatte. Die sechs schienen direkt nach Norden gegangen zu sein, angelockt von der FM 170 und ihren Verheißungen. Sie waren weder nach rechts noch links abgeschwenkt. Ein *coyote* musste sie geführt haben.

Schließlich wurden die Spuren schwächer. Der Boden war jetzt steiniger, es gab weniger lose Erde. Einmal verlor Ana die Spur aus den Augen und musste danach suchen. Beim zweiten Mal fand sie sie nicht wieder. Sie sah auf dem GPS-Gerät nach, sie war den Spuren zweieinhalb Meilen lang gefolgt.

Ohne wirklich enttäuscht zu sein, wandte sie sich wieder nach Süden. Die sechs waren schon vor einer ganzen Weile hier entlanggekommen, sie saßen bestimmt nicht mehr an der Straße und warteten darauf, mitgenommen zu werden, sondern waren lange weg. Wenn Ana überhaupt etwas fand, dann immer nur das hier: die verwitterten Überbleibsel einer Spur, die längst erkaltet war. Nur sehr selten stieß sie auf so etwas wie die Leiche eines Mexikaners.

Ana verbrachte den Rest des Morgens damit, sich der Grenze bis auf etwa eine Meile zu nähern. Dabei ließ sie Staub und Felsen hinter sich und trabte auf fruchtbarerem Land mit robuster

Vegetation weiter. Der Fluss lag irgendwo jenseits der Bäume, spürbar, aber nicht sichtbar. Ohne ihr GPS-Gerät hätte Ana nichts von ihm geahnt.

Manchmal überlegte sie, nachts auf Patrouille zu gehen, wenn die Grenzquerer unterwegs waren, aber hatte sich jedes Mal dagegen entschieden. Hier draußen wäre sie allein auf sich gestellt und trotz ihrer Waffe schutzlos. Die vier Mexikaner, die sie damals aufgespürt hatte, waren zu erschöpft gewesen, um ihr gefährlich werden zu können, aber nachts in Begleitung eines *coyote* hätte es anders ausgehen können.

Schließlich beendete sie ihre Tour und lenkte Rico am Rand der Bäume entlang Richtung Norden. Die Sonne stand jetzt hoch am Himmel, und Ana spürte die sengende Hitze. Sie trank etwas von ihrem Wasservorrat, spülte vor dem Schlucken ihren Mund aus, und ritt weiter. *Und Meilen Wegs noch bis zum Schlaf*, dachte sie.

Einmal meinte sie, in der Entfernung etwas Ungewöhnliches zu sehen, das sich jedoch von Nahem als merkwürdig geformte Erdhügel und kürzer werdende Schatten erwies. Tiefe Langeweile überfiel sie, zu oft und zu lange hatte sie immer das Gleiche gesehen. Am Ende hatte sie die Nase von der Landschaft so voll, dass schon ein paar Kakteen ihre Aufmerksamkeit auf sich ziehen konnten.

Nordöstlich von sich bemerkte sie eine Staubwolke. Vermutlich fuhr da einer der Hudnalls im Truck entlang. Sie wusste, dass die Familie dort eine Herde hielt, hatte aber bisher nur einige Hufabdrücke gesehen, nicht die Tiere selbst. Vielleicht kamen sie nur gelegentlich an dieses Wasserloch und suchten sich ihr Wasser und Schatten auch an anderen Stellen.

Schließlich legte sich der Staub wieder, damit war es auch mit dieser Abwechslung vorbei. Ana ritt mit halb geschlossenen Augen, ließ Rico sich seinen Weg suchen und gab nur die generelle Richtung vor. Inzwischen war es Mittag, und sie würde wohl nur dann etwas Interessantes finden, wenn sie buchstäblich darüber stolperte.

Sie setzte ihren Weg fort.

Als sie endgültig genug davon hatte, mehr oder weniger ziellos über das karge Land zu reiten, suchte sie eine kleine Ansammlung von Mesquitebäumen auf und stieg ab. Hier gab es ein wenig Schatten und den Anflug eines Windhauchs aus Süden, und es war fast angenehm, auf den Steinen zu sitzen und das Mittagessen auszupacken.

Sie hatte ein Sandwich und einen Apfel dabei und ließ sich Zeit damit. Dabei behielt sie den Horizont im Blick, aber es war nichts zu sehen. Sie hatte nichts anderes erwartet.

Das Wasser aus dem Camelbak war warm, aber sauber. Ana dachte an das abgestandene, schlammige Wasser aus der Senke und schüttelte sich. Hier draußen war man besser nicht verzweifelt und durstig.

Ana hätte in dieser Gegend auf Dauer nicht überleben können. Der menschliche Körper brauchte mehr Flüssigkeit, als Rico tragen konnte, und Ana brauchte mehr im Magen als ihr karges Mahl. Und auch Rico musste Futter und Wasser haben. Letzteres konnte er an der Wasserstelle bekommen, aber das struppige Gras reichte nicht zum Grasen. Ana hatte keine Ahnung, wie das Vieh hier überlebte, das in ihren Augen immer abgemagert wirkte.

Rein und raus, mehr konnte Ana nicht tun. Bis zur Erschöpfung reiten und dann zu ihrem klimatisierten Wagen und den übrigen Annehmlichkeiten der Zivilisation zurückkehren. Ganz sicher würde sie nicht versuchen wollen, über Zäune zu klettern und einen Gewaltmarsch zum Highway hinzulegen. Aber die Grenzquerer waren von einem anderen Schlag.

Nach dem Mittagessen streckte Ana sich auf dem harten Boden aus und legte sich den Hut aufs Gesicht. Es tat gut, die Augen von der Sonne abzuschirmen, deren gleißendes Licht sogar noch durch die Sonnenbrille drang. Sie ließ ihre Gedanken treiben und nickte kurz ein, ohne zu wissen, wie lang.

Rico wartete geduldig in der Gluthitze, bis Ana wieder aufstieg und ihren Weg fortsetzte. Sie schwitzte stark, und die Sonne brannte unbarmherzig auf sie herunter. Aber erst, wenn sie aufhörte zu schwitzen, musste sie sich Sorgen machen: Dann war ihr Körper dabei zu überhitzen, und von hier würde sie es nicht heil zurück zum Wagen schaffen.

Sie überquerte den rauesten Teil des Hudnall-Gebiets, setzte vorsichtig über eine Erdspalte, die bei schweren Regenfällen, wenn sie denn kamen, eine natürliche Rinne bildete. Schließlich erreichte sie wieder baumbewachsenes Terrain und meinte, irgendwo westlich Kühe muhen zu hören.

Das GPS-Gerät führte sie zum Wagen zurück, der vor Hitze kochte. Ana verlud Rico, setzte sich ans Steuer und fuhr den Weg zurück, den sie gekommen war.

Heute wartete kein Papierberg auf sie. In der CBP-Station würde sie nur einen kurzen Bericht schreiben, wo sie gewesen war und warum, und diesen nach oben weiterleiten. Sie wusste nicht genau, wer ihre Berichte eigentlich las, aber bisher waren keine Beanstandungen oder Verbesserungsvorschläge bei ihr angekommen.

Der Gouverneur hatte sich ausgedacht, dass seine »Ranger Recon Teams« wie die legendären Ranger früherer Zeiten operieren sollten: unabhängig arbeiten und den Willen der Regierung mit Abzeichen und Waffe durchsetzen. Neu war lediglich der Papierkram. Manchmal wünschte sich Ana genauere Vorgaben, irgendeine Spezialaufgabe, die sie davon erlösen würde, im endlosen Hinterland herumzureiten oder als Verstärkung für die CBP einzuspringen, wenn diese ihre Probleme nicht selbst in den Griff bekam.

Ob sie Presidio jemals wieder verlassen würde?

Die Stadt an sich war nicht so schlimm. Inzwischen kannte sie die Leute dort, und diese kannten sie. Einige hatten erst wegen des mythenhaften Rufs der alten Ranger einen weiten Bogen um sie gemacht, aber viele waren einfach nur neugierig gewesen. Ana hatte eine Menge Fragen über ihren Job beantwortet und war sicher, dass ihre Antworten nicht halb so aufregend wie erhofft ausgefallen waren. Sie konnte sich einfach nicht vorstellen, hier Wurzeln zu schlagen, und hatte es bisher nicht einmal ansatzweise versucht.

Da gab es Darren Sabado, aber auch von ihm würde sie sich mit Leichtigkeit verabschieden können, sollte ihr Grenzeinsatz morgen beendet werden. Sie müsste nur die Sachen aus ihrer Kommode und ihrem Schrank einpacken und wäre fort. Zwar wünschte sie sich nicht weg aus Presidio. Und überlegte auch nie, was sie stattdessen machen könnte. Sie blieb, weil es von ihr erwartet wurde und Presidio der Ort war, an den sie geschickt worden war.

Das Tor der Hudnalls war in Sichtweite, als aus Anas Funkgerät Stimmengemurmel drang. Sie hatte die Lautstärke heruntergedreht. Meistens war nur das leere Geschwätz der CBP-Agents zu hören, die diesen Teil der Grenze bewachten. Ana hörte selten zu, sie hatte nichts damit zu tun.

Sie öffnete das Tor, fuhr hindurch und schloss sorgfältig hinter sich ab. Sie fragte sich, ob die Grenzquerer, deren Spuren sie gesehen hatte, hier entlanggekommen waren. Die Zäune waren hoch und mit Stacheldraht bewehrt. Sie zu überklettern wäre ein schmerzhaftes Unterfangen gewesen. Vielleicht waren die sechs dem zweispurigen Weg bis zur FM 170 gefolgt, wo sie ein Truck aufgenommen hatte. Ana hatte das Bild vor Augen.

Wagen und Anhänger zogen auf dem unebenen Weg eine Staubwolke hinter sich her. Ana sah im Rückspiegel Ricos langes Gesicht, unbeweglich wie eine Zen-Maske. Falls er sich über irgendetwas ärgerte, behielt er es für sich.

Auf dem Highway trat sie aufs Gas und machte sich auf den Weg nach Hause. *Nach Hause.* Das war Presidio, Texas. War sie endlich so weit, so zu denken? Sie wusste es nicht.

12

Erst als Ana ihren Namen zum dritten Mal aus dem Funkgerät hörte, merkte sie, dass jemand sie zu erreichen versuchte. Sie drehte lauter und nahm das Mikro. »Ruft da jemand nach mir? Hier spricht Ranger Torres.«

Tyrone Trumbles Stimme kam knisternd und verzerrt aus dem Lautsprecher. »Ranger Torres, Trumble hier. Wie ist deine Position?«

»Ich bin auf der FM 170 auf dem Weg in die Stadt. Vielleicht zehn Meilen von den Hudnalls entfernt.«

»Kannst du schnell zum Anwesen der Sheedys fahren?«

»Klar, was gibt's?«

»Die Sensoren am Fluss haben angeschlagen, da ist jemand unterwegs. Wir sind auf dem Weg dorthin. Haben uns gedacht, du würdest dabei sein wollen.«

Ana hatte eigentlich genug von der Hitze, wäre lieber weitergefahren und hätte sich von der Klimaanlage abkühlen lassen, aber sie drückte aufs Mikro und sagte: »Kann ich machen, bin auf dem Weg.«

»Verstanden.«

Sie drosselte das Tempo, wendete vorsichtig und fuhr schnell zurück. Die Einfahrt zur Ranch der Sheedys lag etwa sechs Meilen hinter dem zweispurigen Weg auf das Land der Hudnalls. Ana war vor einer Woche dort auf Patrouille gewesen, ohne irgendetwas zu finden. Jetzt war etwas da.

Ihr Ziel war schnell erreicht. Am Straßenrand sah sie einen CBP-Truck mit breitem grünen Streifen an der Tür vor dem Tor warten. Ana hielt dicht dahinter. Sie ließ den Motor laufen und stieg aus.

Trumble erwartete sie. Er tippte sich an den Hut. »Ranger. Das ging schnell.«

»Ich fange gerne Bösewichte.«

»Die Sensoren liegen weit hinten. Ich hab gedacht, wenn wir nah genug dran sind, könntest du mit dem Pferd rein, und wir schneiden ihnen den Weg ab. Ich hab einen Heli angefordert, aber die warten noch, bis wir genauer wissen, womit wir es zu tun haben.«

»Fahr vor.«

Ana folgte dem CBP-Truck durch das offene Tor und wartete, während Trumble es wieder schloss. Sie fuhren eine aufgeschüttete Schotterstraße entlang, die aussah, als würde sie häufiger genutzt als der Weg der Hudnalls, was vermutlich zutraf. Die beiden Wagen wirbelten so viel Staub auf, dass sie im Umkreis von Meilen zu sehen waren. Ana hoffte, sie jagten keine Profis.

Nach sechs Meilen Fahrt in südliche Richtung hielten sie an. Trumble stieg aus, ab jetzt würden sie den Weg abseits der Straße fortsetzen müssen. Ana stellte ihren Wagen ab und holte Rico aus dem Anhänger.

Nach der luftigen Fahrt trat das Pferd nur sehr widerwillig hinaus in die Hitze, beruhigte sich aber schnell. Ana stieg auf und ritt zu Trumble. Jetzt erst sah sie, dass Stender hinter dem Steuer des Trucks saß.

»Wir machen einen weiten Bogen nach Westen und kreisen sie ein. Du gehst sie direkt von vorne an, versuch ihnen den Weg abzuschneiden. Dann können wir das Vögelchen nach Hause bringen.«

»Alles klar.«

Der CBP-Truck fuhr vom Schotterweg ab und rumpelte zwischen vereinzelten Baumgruppen hindurch über den unebenen Boden in Richtung Westen. Ana wartete, bis sie das Motorengeräusch nicht länger hörte, dann schnalzte sie mit der Zunge, und Rico setzte sich in Bewegung.

Es war keine leichte Aufgabe. Sie hatte nur eine ungefähre Vorstellung von der Richtung und keine Ahnung, mit wie vielen Grenzquerern sie es zu tun bekommen würde. Wenn sie ihre Spuren gefunden hatte, würde sie mehr wissen, aber das war nicht so leicht – eine dünne Linie in einem riesigen Gebiet aus trockener Erde.

Sie ließ das Funkgerät an, das manchmal knisterte, wenn Trumble die Meilen abzählte. Rico trottete in der lähmenden Hitze vor sich hin. Ana nahm den Hut ab und wischte sich mit dem Ärmel über die Stirn.

Die Spur war leichter zu finden, als sie erwartet hatte. Die Gruppe war vielleicht sechs Personen stark und kümmerte sich nicht darum, ihre Spuren zu verwischen. Ana stolperte plötzlich und unerwartet darüber, als sie gerade in Gedanken versunken war. Sie funkte Trumble an. »Hab die Spur gefunden«, sagte sie und las die Koordinaten von ihrem GPS-Gerät ab.

»Verstanden«, erwiderte Trumble. »Wir kommen.«

Ana stieg ab, um sich die Spuren genauer anzusehen. Die Männer waren schwer bepackt und hatten in der Hitze sicherlich zu leiden. Und sie waren erst vor Kurzem an dieser Stelle vorbeigekommen. Ana stieg wieder in den Sattel und folgte ihnen.

Nach einer halben Stunde entdeckte sie sie und gab Trumble die neuen Koordinaten durch. »Ist der Hubschrauber schon in der Luft?«

»Ist auf dem Weg. Und wir sind in der Nähe.«

»Sie haben mich noch nicht gesehen. Ich bleibe auf Abstand, bis der Heli kommt.«

»Roger.«

Die Männer liefen, ohne sich umzudrehen, sonst hätten sie Ana sofort gesehen. Ana fragte sich, warum sie die Überquerung am helllichten Tag gewagt hatten, bei Temperaturen von über vierzig Grad. Obwohl sie ausreichend Wasser bei sich hatte und kein Gepäck schleppen musste, wünschte sie sich sehnlichst, sich irgendwo in den Schatten stellen zu können. Und die Männer unterzogen sich diesem Gewaltmarsch. Wie verzweifelt mussten sie sein?

Sie hörte den Helikopter, bevor sie ihn sah, ein schrappendes Geräusch, von der schwachen Brise herübergeweht. Auch die Männer wurden aufmerksam und beschleunigten ihre Schritte. Sie hatten den schlimmsten Abschnitt des Terrains fast hinter sich und würden bald die schützenden Bäume erreichen. Ana trieb Rico an und verringerte den Abstand zwischen sich und der Gruppe, ohne sich noch darum zu kümmern, ob sie gesehen wurde; die Männer konnten nur weiter geradeaus gehen und würden direkt Trumble und Stender in die Arme laufen.

Der Helikopter sauste über Ana hinweg und in elegantem Bogen auf die Männer zu. Der Abwind zerrte an ihr und wirbelte einen kleinen Staubsturm auf. Die Männer schauten nach oben und rannten, so schnell sie konnten. Inzwischen mussten sie Ana bemerkt haben, sie hatte den Abstand bereits um die Hälfte verringert und holte schneller auf, als die Männer zu Fuß fliehen konnten.

Die Gruppe erreichte die Baumgrenze und teilte sich auf, jeder schlug eine andere Richtung ein. Ana sah das Weiß-Grün des CBP-Trucks, der einen kleinen Abhang herabgefahren kam. Der Helikopter schwebte tief über der Szenerie, und die Fliehenden mussten sich gegen den von ihm erzeugten Wind stemmen. Ana hörte den Piloten über Funk mit Trumble sprechen.

Auch sie hatte jetzt die Bäume erreicht und setzte einem der Männer nach. Das Gebüsch war nicht dicht und bot keine Versteckmöglichkeiten. Sie galoppierte dem Flüchtenden hinterher und schrie über den Lärm der Rotoren hinweg: »Texas Ranger! Auf den Boden!«

Der Mann trug ein mit Klebeband umwickeltes Paket über die Schultern geschlungen. Er rannte im Zickzack, versuchte, sie abzuschütteln, aber Rico hielt spielend mit.

»Legen Sie sich auf den Boden!«, befahl Ana auf Spanisch.

Endlich ließ sich der Mann auf die Knie fallen und legte sich flach auf den Bauch. Er hielt seine Arme so, dass Ana sie sehen konnte. Das Paket hing wie ein silbernes Schneckenhaus auf seinem Rücken. Ana ließ sich aus dem Sattel gleiten, nahm dem Mann das Paket ab und legte ihm Handschellen an. Das Dröhnen des Helikopters war ohrenbetäubend, sie konnte Trumble und Stender kaum hören, die den Männern, die sie erwischt hatten, Befehle zubrüllten.

Ana ließ den gefesselten Mann liegen und stieg wieder auf ihr Pferd. Sie sah, dass Trumble und Stender drei weitere Männer gefasst hatten, zwei waren also noch frei. Der Helikopter über ihr drehte sich und zeigte mit der Nase in Richtung der Fliehenden. Ana nahm die Verfolgung auf.

Mühelos holte sie sie ein und trieb sie wie Schafe zusammen. Sie versuchten nicht einmal, sich aufzuteilen und ihr die Jagd zu erschweren, sondern gaben einfach auf. Ana trieb sie zurück zu den anderen. Trumble und Stender hatten die bereits gefassten Männer mit Kabelbindern gefesselt und nahmen auch die letzten beiden in Empfang.

Der Helikopter schwebte noch einen Moment über ihnen, dann flog er hoch in den Himmel und verschwand. Ana konnte endlich wieder ihr eigenes Wort verstehen und auch hören, was die CBP-Agents zu den verhafteten Männern sagten.

»Was tragt ihr bei euch?«, fragte Trumble. »¿*Qué llevas?*«

»Marihuana«, sagte einer der Männer.

»Wenigstens ist er ehrlich«, merkte Stender an.

Die Männer waren erschöpft, verschwitzt und mit dem vom Helikopter aufgewirbelten Staub verklebt. Alle waren jung, und die meisten nicht für die Hitze und die gleißende, brennende Sonne angezogen. Kein Einziger trug wenigstens eine Sonnenbrille oder einen Hut.

»Ruf einen Truck zur Verstärkung, ja?«, trug Trumble Stender auf. »Ich versorge sie mit Wasser. Ranger?«

»Ich helfe«, sagte Ana.

Sie holten Wasserflaschen und einen großen Sanitätskasten, der alles von Pflastern bis hin zu Beuteln mit Salzlösung enthielt, aus dem CBP-Truck.

Die Hände der Männer waren vor deren Körpern gefesselt. Als sie die Flaschen zum Trinken ansetzten, sah es aus, als würden sie beten.

Ana, Trumble und Stender sammelten die Pakete ein und legten sie vor dem Truck auf einen Haufen.

»Danke für die Amtshilfe, Ranger Torres«, sagte Trumble.

»Kein Problem. Was schätzt du?«

»Auf den ersten Blick? Vielleicht hundertfünfzig Pfund. Verrückt, bei dieser Hitze so ein Gewicht mitzuschleppen.«

Stender durchsuchte die Taschen der Männer, fand aber nur ein bisschen mexikanisches Geld und Kleinkram. Keiner hatte ein GPS-Gerät oder eine Karte dabei. »Irgendwer in dieser Gruppe hat Erfahrung«, sagte er. »Sie kannten den Weg.«

»¿Quién es el jefe?«, fragte Ana.

Die Männer tauschten Blicke, sahen dann sie an. »Kein Boss«, sagte einer.

»Kein Boss«, wiederholte Trumble. »Klar.«

Ana sprach die Männer weiter auf Spanisch an: »Wir nehmen euch zur Station mit. Dort werden eure Fingerabdrücke genommen. Dann wissen wir, wer ihr seid.«

»Macht ruhig«, sagte ein anderer Mann. »Ich bin noch nie in Amerika gewesen.«

Ana sah ihn an. Er war nicht anders als die anderen gekleidet und hatte ebenfalls ein Paket getragen, aber er sah ihr beim Sprechen in die Augen.

»Usted es el jefe«, sagte sie.

»Vielleicht«, sagte der Mann auf Spanisch, dann auf Englisch: »Beweisen Sie's.«

13

Die Männer wurden auf zwei Trucks geladen und zur Station in Presidio gefahren. Ana traf dort ein, nachdem sie Rico in den Stall zurückgebracht hatte. Sie gab ihm Wasser, rieb ihn ab und wartete, bis er in seiner Box zur Ruhe gekommen war, dann erst fuhr sie los. Seit sie die Männer zuletzt gesehen hatte, waren fast drei Stunden vergangen.

Von allen waren die Fingerabdrücke genommen worden. Zwei waren wegen unerlaubter Einreise in die USA in der Datenbank registriert. Die anderen waren unbekannt.

»Was ist mit dem Klugschwätzer?«, fragte Ana Trumble.

»Wie er gesagt hat: Er ist sauber. Falls er schon mal in den USA gewesen ist, hat er sich nicht erwischen lassen.«

Ana ging zu der Verwahrzelle, in der die Männer saßen und warteten. Der mit dem vorlauten Mundwerk sah sie kommen und lächelte leicht. »Wie geht's, *chica*?«, fragte er.

»Mir geht's gut, *pendejo*«, erwiderte Ana.

»Sie können mich einen Volltrottel nennen, aber ich bin klug genug, um zu wissen, dass Sie mich nicht hierbehalten werden.«

»Sie kommen morgen vor einen Richter. Drogenschmuggel in die Vereinigten Staaten ist ein Verbrechen.«

»Ich bekomme einen Klaps auf die Hand und werde nach Mexiko zurückgeschickt.«

»Vielleicht.«

»Sie werden schon sehen.«

Ana sah dem Mann direkt in die Augen. Schließlich senkte er den Blick. »Ja, das werden wir schon sehen«, sagte sie.

Sie ging hinüber zu dem gesicherten Beweismittelraum, der weiter hinten im Gebäude lag, und klopfte an die Tür. Stender ließ sie ein.

Die Bündel waren aufgeschnitten und die darin enthaltenen Päckchen herausgenommen worden. Jedes war so groß wie ein Ziegelstein und fest mit Plastikfolie umwickelt. Trumble stapelte auf dem großen Tisch Päckchen auf Päckchen zu einer Marihuanawand auf. Am Ende würde er sie auf eine digitale Güterwaage legen und das Gewicht bestimmen.

»Ich hab's mir anders überlegt«, sagte er zu Ana. »Ich erhöhe auf zweihundert Pfund.«

»Gute Beute.«

»Nicht schlecht. Hab schon bessere gemacht.«

»Nicht in letzter Zeit.«

»Nein, nicht in letzter Zeit.«

Ana sah zu, wie Trumble die letzten Päckchen auspackte. Er zählte sie und schrieb die Anzahl auf. Stender zählte noch einmal nach und bestätigte sie. Dann begannen sie mit dem Wiegen. Insgesamt brachten die Päckchen zweihundertzehn Pfund auf die Waage.

»Nah dran«, sagte Trumble.

Nach dem Wiegen wurden die Päckchen in Fünfzig-Pfund-Blöcken mit Plastikfolie umwickelt. Gewicht und Anzahl der Päckchen wurden an der Seite vermerkt. Die ganze Prozedur der Beweisaufnahme hatte über eine Stunde gedauert.

»Ruf McClees und sag ihm, wir sind so weit, das Zeug kann weggepackt werden«, trug Trumble Stender auf.

»Ich gehe«, sagte Ana. »Ich muss sowieso meine Berichte schreiben.«

»Danke noch mal. Wegen heute.«

»Jederzeit.«

Ana fand McClees in der Asservatenkammer. Er rieb sich die Hände. »Ein Batzen Gras. Muss man einfach lieben.«

Sie ging zu ihrer Arbeitsnische und setzte sich an den Schreibtisch. In der Station ging es ruhig zu, und die Berichte waren schnell geschrieben. Mit halbem Auge bekam sie mit, wie Trumble, Stender und McClees die Beute in die Asservatenkammer trugen, wobei sie triumphale Geschichten austauschten. An Grenzübergängen wie McAllen waren Drogenfunde von bis zu eintausend Pfund so häufig, dass CBP-Agents »1K-Clubs« bildeten und beim Grillen darauf anstießen. In Presidio waren zweihundert Pfund Anlass für eine einwöchige Party.

Ana hielt die Augen nach Darren offen, aber er war nirgends zu sehen. Sie überlegte, nach ihm zu fragen, entschied sich aber dagegen. Stattdessen schrieb sie ihre Berichte zu Ende, stand mit schmerzendem Rücken vom Schreibtisch auf und sah auf die Uhr. Abendessenzeit.

Sie verabschiedete sich von dem Agent am Empfang und verließ die Station. Da die Sonne langsam unterging und die Hitze nicht mehr so drückend war, hatte sie Lust, ein wenig zu laufen. Überall spielten Kinder oder fuhren Fahrrad.

Ana entschied sich für ein kleines Restaurant, das Nervennahrung servierte. Bei einem Hamburger und einem Bier dachte sie über den Tag nach. Es war ihr wichtig, sich immer bewusst zu machen, was sie getan hatte, selbst an den stinklangweiligen Tagen. Ihr Job bestand zu einem großen Teil aus Untätigkeit und Langeweile, und diesem Gefühl wollte sie sich nicht überlassen.

Sie lehnte den angebotenen Nachtisch ab, bezahlte und ging.

Da ihr Kühlschrank nahezu leer war, hielt sie an dem Tante-Emma-Laden an der Hauptstraße an und kaufte ein. Als sie zu ihrem Wagen zurückkehrte, stand die Sonne so tief, dass die vereinzelten Wolken rot aufleuchteten.

Sie fuhr, ohne das Radio anzustellen, und betrat ihr stilles Zuhause. In solchen Momenten wünschte sie sich einen Hund, der sie begrüßen würde, aber die Anschaffung eines Hundes würde bedeuten, sich hier niederzulassen, und dazu war sie noch nicht bereit. Sie mochte angefangen haben, überhaupt über Presidio als mögliches Zuhause nachzudenken, aber es *war* noch nicht Zuhause.

Eine ausgiebige Dusche spülte den Dreck herunter und kühlte sie ab. Sie zog bequeme Klamotten an, dann fiel ihr ein, dass sie mal wieder ihren Anrufbeantworter abhören könnte.

Eine automatisierte Nachricht der Texas Ranger Association Foundation wegen einer Fundraising-Veranstaltung im weit entfernten Grapevine, Texas. Diese fanden nie näher als El Paso statt, und auch das war zu weit, um an einem steifen Dinner teilzunehmen und den ganzen Abend lang die Hände möglicher

Sponsoren zu schütteln. Kein Wort von ihren Vorgesetzten, von denen sie tagtäglich auf Neuigkeiten wartete, vor allem, wenn diese bedeuten würden, dass sie weiterziehen könnte. Und am Ende eine Nachricht von ihrer Mutter.

Ana, hier ist deine Mutter. Ich habe vor einem Monat schon mal angerufen, und es wäre schön, wenn du Zeit hättest, mich zurückzurufen. Es gibt nichts Wichtiges. Dad und mir geht es gut. Wir würden nur gerne von dir hören, das ist alles. Ruf an, wenn du Zeit hast. Wir lieben dich! Bis dann.

Ana hatte nicht gemerkt, dass ein Monat vergangen war. Die Tage in Presidio gingen allmählich ineinander über. Ana beschloss, ihre Mutter zurückzurufen ... morgen. Heute Abend war sie für Smalltalk zu müde. Sie wollte nur den Fernseher und ihre Ruhe.

Sie schlief mitten in einer Sendung ein und wachte mitten in einer anderen wieder auf. Sie hatte nicht einmal mitbekommen, dass sie eingenickt war. Sie stellte den Fernseher ab und ging im Dunkeln ins Bett.

Morgen. Morgen wäre alles besser.

14

Ana wachte durstig auf, blieb aber im Bett. Sie lag still da und lauschte dem Geräusch der Klimaanlage im Wohnzimmer.

Schließlich stand sie doch auf und holte sich aus dem Badezimmer ein Glas Wasser. Es dämmerte noch nicht einmal, und sie hätte gerne weitergeschlafen, wusste aber, dass es nicht klappen würde. Also ging sie ins kühlere Wohnzimmer und machte auf einer Decke einhundert Push-ups, gefolgt von Sit-ups, bis ihr der Bauch wehtat.

Eigentlich hatte sie sich für heute vorgenommen, eine weitere Ranch abzureiten, aber jetzt keine Lust mehr dazu. Während sie sich anzog, überlegte sie, was sie stattdessen tun könnte. Zu Hause bleiben stand außer Frage, außerdem fiel ihr nichts ein, das sie zu Hause den ganzen Tag lang beschäftigt hätte. Sie zog sich an, stellte die Klimaanlage ab und verließ das Haus.

Um diese Zeit war es ruhig auf den Straßen. Die Stadt erwachte erst zu den Geschäftszeiten zum Leben, und die Rancher kamen erst, wenn sie die Tiere versorgt hatten. Sie waren wahrscheinlich als Einzige schon auf den Beinen und bei der Arbeit, bevor die Sonne richtig an Kraft gewann und es zu heiß zum Denken wurde.

Ana ließ sich treiben und fuhr durch das Zentrum von Presidio auf den Grenzübergang zu. Dort war immer noch die Beleuchtung an und die Fahrbahnen praktisch leer. Sie parkte neben dem Gebäude.

Für Pollen und Frankie war es noch zu früh, stattdessen waren Henry Million und sein Hund Paco im Dienst. Ana ging ins Gebäude und holte sich einen Kaffee. Während sie ihn trank, sah sie den CBP-Agents bei der Arbeit zu. Ob früh am Morgen, spät am Abend oder mitten in der Nacht, der Ablauf blieb gleich, alle mussten sich derselben gründlichen Untersuchung unterziehen. Ana grauste bei dem Gedanken an die Langeweile.

Als der Kaffeebecher leer war, ging sie in den kleinen Büroraum und holte zwei große Aktenordner von einem Plastikregal. Sie schlug das mitgebrachte Notizbuch auf, suchte eine leere Seite und schrieb das Datum darauf. Dann machte sie sich daran, den Inhalt der Aktenorder zu durchforsten.

Einer enthielt Arbeitsprotokolle. Meistens hatten sich die Agents nur zum Dienst an- und wieder abgemeldet, ohne dass in der Zwischenzeit irgendetwas Interessantes passiert war. Hatte man Schmuggelware gefunden, war das zusammen mit einer Referenznummer vermerkt, die Ana auf den zweiten Ordner mit detaillierteren Informationen verwies. Hatte jemand versucht, mit einem gefälschten oder ungültigen Pass über die Grenze zu kommen, oder durfte nicht in die USA einreisen, dann war auch das notiert. Diese Fälle waren es, die Ana interessierten, und sie schrieb sich jeden einzelnen zusammen mit den wichtigen Details aus den Berichten auf.

Sie kam nur langsam voran, die Arbeit war in etwa so monoton wie das, was die CBP den lieben langen Tag an der Grenzstation machte. Die Aktenordner brachten keine großen Erkenntnisse, aber Ana war verpflichtet, sie mindestens einmal im Monat durchzusehen und eine Zusammenfassung der Daten nach Austin zu schicken.

In Anas Augen war das reine Zeitverschwendung, weil dieselben Informationen auch in den offiziellen Berichten der CBP enthalten waren. Die Daten waren identisch, aber aus irgendeinem Grund wollten Anas Vorgesetzte sie lieber von jemandem aus den eigenen Reihen vorgesetzt bekommen. Ana hatte den Verdacht, dass das auf dem Mist des Gouverneurs gewachsen war, dessen Antipathie gegenüber der CBP allgemein bekannt war.

Die Tür wurde geöffnet, und einer der Agents kam herein. Plante hieß er, glaubte Ana. Sie hatten noch nicht viel miteinander zu tun gehabt. Er ging zur Kaffeemaschine und goss sich Kaffee ein.

»Morgen, Ranger«, sagte er.

»Morgen.«

»Überprüfen Sie uns?«

»Ich mache nur meine Arbeit.«

»Verstehe. Jeder will mitreden. Ich bin Willie.«

»Ana Torres.«

Sie gaben sich die Hand. Während Ana die letzten Informationen in ihr Notizbuch übertrug, schaute ihr Willie Plante über die Schulter. Ihre Schrift war verkrampft und schwer lesbar, wie sie wusste, aber außer ihr würde niemand die Notizen lesen.

»Was machen Sie, wenn Sie nicht abschreiben?«, fragte Plante.

»Was immer so anfällt. Die Ranger haben einen breitgefassten Tätigkeitsbereich.«

»Wie schön. Hier herrscht immer nur dieselbe alte Routine.«

Ana wünschte sich, der Mann würde gehen. Solange er neben ihr stand, fiel es ihr schwer, sich zu konzentrieren. Sie kannte ihn nicht gut genug, um ihn nicht zu mögen, aber hatte keine Lust auf sein Gequatsche.

»Wissen Sie —«, setzte Plante erneut an, da quietschte das Funkgerät an seinem Gürtel.

»Willie, wir brauchen dich in der Zwei.«

»Irgendwas ist. Entschuldigen Sie mich, Ranger.«

Willie ließ seinen Kaffeebecher neben Ana stehen und eilte hinaus zu den Fahrbahnen. Ana sah, dass die Agents ein kleines, blaues Auto herauswinkten. Sie legte den Stift weg und ging hinaus.

Henry Millions Hund sprang freudig neben dem Wagen hin und her. Die Fahrerin, eine junge Frau im Businesskostüm, war ausgestiegen und hielt ihr Baby im Arm. Als Ana dazukam, trug der verantwortliche Agent Plante gerade auf, die Frau in die Verwahrzelle zu bringen.

Der Agent hieß Artie Kopp. Ana kannte ihn von den Grillfesten bei den Pollens. Ein kräftiger Mann mit stark angegrauten Haaren und von der unnachgiebigen Sonne bronzegefärbter Haut. Er ließ Henry mit Paco noch eine Runde um den Wagen drehen, dessen Türen jetzt offen standen.

Paco sprang aufgeregt schnüffelnd auf den Beifahrersitz. Henry ermutigte den Hund: »Hol's dir, mein Junge! Hol's dir!«

Die Vordersitze waren sauber. Paco kletterte auf den Rücksitz, auf dem ein Babysitz angebracht war, den der Hund anbellte. Henry zog ihn weg und gab ihm ein schwarzes Gummispielzeug. Paco verbiss sich darin und hatte den Fund sofort vergessen.

»Sehen wir mal nach«, sagte Kopp. Ein weiterer Agent, dessen Namen Ana nicht kannte, kam zur Verstärkung und stand daneben, während Kopp den Fahrersitz nach vorne zog und sich in den Wagen beugte, um den Babysitz loszumachen. Er hob ihn heraus und stellte ihn auf den Boden. Der Sitz war einfach und blau und voller Krümel und Flecken. Ana konnte nichts Ungewöhnliches daran erkennen.

Kopp riss das Polster ab, fand aber nichts. Dann drehte er den Sitz um und steckte den Finger in jede einzelne Öffnung. »Bingo«, sagte er. Und zog aus einem Hohlraum einen kleinen Beutel mit weißem Puder hervor.

»Koks?«, fragte Ana.

Kopp schien sie jetzt erst wahrzunehmen. Er zuckte mit den Schultern. »Wahrscheinlich. Vielleicht. Wir prüfen das. Henry, schick den Hund noch einmal um den Wagen. Wenn nötig, nehmen wir ihn auseinander.«

Ana folgte Kopp zurück ins Gebäude. Sie wartete, während der Agent eine Probe des Puders mit einem daumengroßen Tester prüfte. Die darin enthaltene Flüssigkeit verfärbte sich blau, es war Koks. »Aha«, sagte Kopp.

Neben Anas Notizbuch und Aktenordnern stand eine Waage. Kopp wog nach. »Einundvierzig Gramm.«

Ana betrachtete die Frau mit dem Baby in der Verwahrzelle. Die Frau sah verzweifelt aus. Das Baby griff nach ihren Haaren und gluckste. Ana fragte: »¿De ónde vienes?«

»Ojinaga«, sagte die Frau.

»Wussten Sie, dass in dem Babysitz *cocaína* war?«

Die Frau nickte.

»Es ist keine große Menge, wahrscheinlich bekommt sie hundert Dollar dafür, dass sie's rüberbringt«, sagte Kopp. »Wenn sie sich als verlässlich erweist, dann geben sie ihr mehr. So läuft das.«

Die Frau schaute abwechselnd Ana und Kopp an. Ana sah die Resignation in ihrem Blick. Man würde sie verhaften, ihre Fingerabdrücke nehmen und sie so lange von ihrem Baby trennen, bis sie vor einen Richter gestellt und verurteilt wurde. Ana sah alles vor sich ablaufen, als wäre es bereits geschehen. Mutter und Kind würden erst bei der Ausweisung nach Mexiko wiedervereinigt werden.

»Wie alt ist Ihr Kind?«, fragte Ana.

»Achtzehn Monate.«

»Ein Mädchen?«

»*Sí.*«

»Tut mir leid«, sagte Ana.

»Es ist, wie es ist«, erwiderte die Frau.

»Ich muss das jetzt protokollieren«, sagte Kopp. »Wollen Sie das auch in Ihr Buch schreiben?«

Ana drehte der Verwahrzelle den Rücken zu. »Später. Brauchen Sie wen, der die beiden zur Station fährt?«

»Ich rufe einen von uns, Ranger. Sie müssen sich die Mühe nicht machen.«

Es macht keine Mühe, wollte Ana sagen, ließ es aber. Stattdessen sah sie wieder zu den Fahrbahnen hinüber. Der namenlose Agent brach mit einem Stemmeisen, das so lang war wie er selber groß, den hinteren Stoßdämpfer des blauen Wagens ab. Der vordere war bereits entfernt. Sie würden das Auto Stück für Stück auseinandernehmen – das Armaturenbrett abbauen, den Teppich herausreißen, den Tank prüfen –, bis sicher war, dass nichts mehr zu finden war. Was übrig blieb, würde zerlegt werden oder vielleicht wieder zusammengeklatscht und zur Auktion freigegeben, denn da das Auto bei einem Verbrechen zum Einsatz gekommen war, ging es automatisch in den Besitz der Vereinigten Staaten über.

Auf den anderen Fahrspuren lief alles seinen normalen Gang. Niemand schenkte dem Wagen der Frau Beachtung. Henry ließ Paco andere Autos abschnüffeln. Ana konnte Henry fast hören: *Hol's dir, Junge! Hol's dir!*

»Ich gehe jetzt«, sagte sie zu Kopp. »Und mache später weiter.«

»Wir sind hier.«

Ana sammelte ihr Notizbuch ein und ging nach draußen. Die Temperatur war bereits gestiegen. Sie war froh, dass sie heute nicht auf Patrouille geritten war, der Tag würde brüllend heiß werden.

Sie ging zu ihrem Wagen und setzte sich ans Steuer. Sie überlegte, wo sie jetzt hinfahren sollte. Die CBP-Station wartete auf sie, und sie könnte damit anfangen, ihre Notizen abzutippen, aber sie wollte noch nicht los. Der Gedanke an die Frau und ihr Baby ließ ihr keine Ruhe, sie wusste, dass sie den ganzen Tag darüber nachdenken würde. Sie hätte die Frau gerne gefragt, warum sie so ein Risiko eingegangen war, wenn sie ihr Kind dabei hatte, aber kannte die Antwort: wegen des Geldes. Nur dafür wurde man zum Schmuggler, das war hier nicht anders als überall sonst an der Grenze.

Schließlich ließ sie den Wagen an und fuhr los, ohne zu wissen, wohin sie wollte und was sie machen würde, wenn sie dort war. Sie fuhr weiter, bis ihr Handy klingelte und sie erfuhr, dass der Obduktionsbericht über den toten Mexikaner fertig war.

15

Das Büro des Gerichtsmediziners von Presidio County befand sich in einem Regierungsgebäude zwei Blocks von dem Krankenhaus entfernt, in dem die Obduktionen durchgeführt wurden. Ana parkte am Straßenrand und betrat das Gebäude, in dem es gut roch und kühl war. In den Obduktionsraum selbst ging sie nicht gern, dort stank es nach Desinfektionsmitteln und Verwesung.

Sie musste am Empfang warten, bis man sie vorließ. Die Sekretärin winkte sie herein, und sie trat durch eine Eichenimitat-Tür in das Büro von Dr. Joshua Mikesell.

Dieser telefonierte gerade und deutete auf einen Stuhl. »Ja«, sagte er. »Zweihundert. Genau. Okay. Auf Wiedersehen.«

Er legte auf, lächelte und kam um den Tisch herum, um Ana zu begrüßen. Ein sehr dünner Mann mittleren Alters mit einem Haarkranz um den oben kahlen Kopf. Wenn er lächelte, entblößte er viele Zähne. »Ana, wie geht es Ihnen?«, fragte er.

»Ganz gut. Ich gönne mir heute einen ruhigen Tag.«

»Das würde ich auch gerne tun. Ich bin heute nur ungefähr eine Stunde im Büro, den Rest stehe ich am Seziertisch. Sie haben Glück, mich zu erwischen.«

»Ich habe einen Anruf bekommen, dass mein Bericht fertig sei.«

»Ja, der ist hier.« Mikesell suchte auf seinem Schreibtisch. »Toter Mexikaner mit drei Schusswunden. Das war einfach.«

Ana nahm den Bericht entgegen. Das Papier war fast so dünn wie die Haut einer Zwiebel. Auf der ersten Seite waren Ansichten des menschlichen Körpers von vorne und hinten abgedruckt, auf denen die Schusswunden markiert und nummeriert worden waren. Den Rest würde sie später lesen.

»Todesursache war ein Schuss ins Herz«, sagte Dr. Mikesell. »Hat seine Pumpe sofort zum Stehen gebracht, würde ich sagen. Ansonsten hätten die beiden anderen Kugeln den Rest erledigt, beide haben die Lunge durchschlagen. Er wäre an seinem eigenen Blut ertrunken.«

»Haben Sie die Kugeln aus seinem Körper entfernen können?«

»Eine. Die war von einem Rückenwirbel abgelenkt worden. Beim Aufprall auf den Knochen hat sich die Metallhülle stark verformt, aber Sie können wahrscheinlich noch ballistische Daten herauskriegen.«

»Wir lassen sie analysieren.«

»Hier ist sie«, sagte Mikesell und gab Ana ein gelbes Blatt Papier, an das ein Plastikbeutel getackert war. Ana legte zu den die anderen. »Viel Glück damit.«

»Noch irgendwas?«

»Nun, abgesehen von den Schusswunden war er gut in Form. Alle inneren Organe waren gesund, er wies wenig Körperfett auf und zeigte keine Anzeichen von Mangelernährung. Er hat auf sich achtgegeben. Und er hatte sehr gute Zähne.«

»Bedeutet das was?«

»Dass er ein nettes Lächeln hatte.«

»Haben Sie Fingerabdrücke genommen?«

»Ja. Die sind an die CBP gefaxt worden. Ich habe nichts gehört, aber die würden mir eh nichts sagen.«

Ana stand auf. In Stiefeln war sie gute fünf Zentimeter größer als Mikesell. »Vielen Dank, Doktor Mikesell.«

»Bitte, nennen Sie mich Josh.«

»Okay. Noch mal danke. Das hilft uns.«

»Werden Sie denjenigen kriegen, der das getan hat?«

Ana hielt an der Tür inne. »Wahrscheinlich nicht.«

»Schade drum.«

»Ja.«

16

Ana fuhr zurück zur CBP-Station. Niemand sah auf, als sie zu ihrer Arbeitsnische ging, und es nahm auch niemand Notiz von ihr, während sie ihren Autopsiebericht schrieb. Sie überlegte kurz, ob wohl die Mutter mit ihrem Baby schon hergebracht worden war, aber hielt sich davon ab, in den Verwahrzellen nachzusehen. Vielleicht, wenn sie fertig war, aber erst dann und nur vielleicht.

Die aus dem Körper geborgene Patrone würde zur Untersuchung nach Austin geschickt werden müssen. Ana betrachtete sie und sah, was Dr. Mikesell beschrieben hatte: Das Metall war stark verformt. Es würde so gut wie unmöglich sein, Züge und Felder davon abzulesen. Aber vielleicht würde sie ja eine Überraschung erleben. Das hatte es schon gegeben. Wenigstens hatte sie die Patronenhülsen, und Auszieherspuren auf dem Messing waren fast so ergiebig wie ballistische Untersuchungen, solange sie die Waffe fand. Was nicht sehr wahrscheinlich war.

Ana rief den Bericht über die Fingerabdrücke des Toten auf. Es hatte keinen Treffer gegeben, der Mann tauchte im System nicht auf, weder war er bei legalen Grenzübergängen registriert noch bei einer illegalen Überquerung erwischt worden. Er war namenlos, und so würde es auch bleiben, es sei denn, die mexikanischen Behörden hatten Unterlagen, die den amerikanischen fehlten.

Das erinnerte sie daran, dass sie Jorge Vargas vom Konsulat würde anrufen müssen, außerdem einen zweiten Bericht schreiben mit den wichtigsten Ergebnissen ihrer Ermittlungen und diesen zusammen mit dem Leichnam in den nächsten Tagen ans Konsulat überstellen. Die Mexikaner würden alles wissen wollen, aber sie würden eine Enttäuschung erleben. Es gab nichts zu wissen.

Ein Schatten fiel auf sie. Es war Darren. »Hey«, sagte er.

»Hey. Was treibst du denn hier?«

»Jemand muss ja das Fort bewachen, wenn alle anderen Spaß haben«, sagte er. »Und du?«

»Nichts Neues. Ich gebe den toten Mexikaner ins System ein. Die Fingerabdrücke haben keinen Treffer ergeben. Er war nicht registriert.«

»Das muss frustrierend sein.«

»Dich frustriert es nicht?«

»Ich weiß nicht. Wenn da draußen jemand vor Hitze oder durch einen Schlangenbiss oder so was umkommt, dann hab ich vielleicht Mitgefühl, aber wenn *narcos* andere *narcos* abknallen ... dann eher nicht.«

»Vielleicht war er kein *narco*.«

»Wir werden's nie erfahren, wie? Hast du Vargas schon was geschickt?«

»Ich wollte gerade einen Bericht für ihn schreiben.«

»Er wird um nichts in der Welt zugeben, dass da draußen Verbrecher einen anderen Verbrecher kaltgemacht haben«, sagte Darren. »Und sollte die *policía* irgendwas finden, dann kannst du drauf wetten, dass du nichts davon erfährst. Informationen fließen nur in Richtung Süden über die Grenze, nie nach Norden.«

»Seit wann bist du so negativ drauf?«

Darren schüttelte den Kopf. »Keine Ahnung. Vielleicht liegt's an mangelndem Sex.«

Sie sahen sich beide um, aber niemand schien sie gehört zu haben. Ana legte ihren Finger auf die Lippen und winkte Darren dichter heran. Er beugte sich zu ihr. »Was?«

»Wenn du so heiß bist, wann kannst du dann kommen?«

»Vielleicht heute Nacht. Ich sage Jeannie, dass ich mit ein paar von den Jungs ausgehe. Das prüft sie nie nach.«

»Okay. Und lass bis dahin die Hände aus den Taschen, ja?«

Darren lächelte. »Jawohl, Ma'am.«

Er richtete sich auf und tat so, als würde er seine Krawatte zurechtzupfen. Ana sah sich wieder um, aber niemand schenkte ihnen Beachtung. »Danke, dass du mir wegen der Fingerabdrücke Bescheid gesagt hast«, sagte sie.

»Wie? Oh, ja, klar. Kein Problem.«

»Bis später dann.«

»Bis später.«

Als Darren gegangen war, widmete sich Ana wieder ihrer Tastatur. Ihre Hände zitterten leicht, und sie ballte sie zu Fäusten. Als sie wieder aufsah, war Darren verschwunden und niemand beobachtete sie. Sie hatte nichts zu befürchten.

Sie brauchte fast eine Stunde für den Bericht ans Konsulat und formulierte ihn so detailliert wie möglich, weil sie wusste, dass Vargas das schätzen würde. Seine Vorgesetzten waren wie ihre: Sie wollten immer Antworten, auch wenn es keine gab. Ana wusste, dass Vargas nie froh darüber war, wenn es wieder einen Todesfall auf der texanischen Seite des Flusses zu vermelden gab.

Die Polizei auf der mexikanischen Seite hatte gute Arbeit geleistet und verhindert, dass die Massaker die Grenze überquerten, wenigstens galt dies für Ojinaga und Presidio. Vom Grenzübergang aus sah Ana manchmal auf der anderen Seite der Brücke Militärfahrzeuge stehen, die den Verkehr nach Norden im Blick behielten. Sie wusste nicht, wie viele Soldaten in Ojinaga stationiert waren. Die Stadt war ähnlich klein wie Presidio. Ana konnte sich nicht vorstellen, dass die großen Kartelle diesem Grenzübergang viel Aufmerksamkeit widmeten, aber die in der Asservatenkammer angehäuften Drogen sprachen eine andere Sprache.

Sie druckte den Bericht für Vargas aus und legte ihn in eine Mappe. Vielleicht würde sie ihn heute noch vorbeibringen. Blieb noch die Leiche, aber der Papierkram kam aus dem Büro von Dr. Mikesell, nicht von ihr. Ana überlegte, ob sie Vargas von der Frau und ihrem Baby berichten sollte. Vielleicht konnte er etwas für die beiden tun.

Auf dem Weg nach draußen kam Ana an Darren vorbei, aber sie sahen sich nicht an. Als sie im Wagen saß, klingelte ihr Handy.

»Torres.«

»Ana? Hier ist Mom.«

Ana fiel ein, dass sie hatte anrufen wollen. Sie stellte auf Lautsprecher und legte das Handy auf das Armaturenbrett. »Hallo, Mom. Wie geht's dir?«

»Ich hoffe, ich störe dich nicht bei der Arbeit, aber du hast nicht zurückgerufen, und —«

»Kein Problem. Ich habe gerade Zeit.«
»Sonst kann ich auch später anrufen.«
»Nein, wirklich. Erzähl, was ist los?«

Sie hatten seit über einem Monat nicht miteinander gesprochen, und ihre Mutter hob zu einem Bericht an über alles, was sich in der Zwischenzeit ereignet hatte. Ana erfuhr von ihrem Vater und ihren Onkeln und was ihre Mutter alles vorhatte, seit sie in Pension gegangen war. Ana brauchte nichts zu sagen, ihre Aufgabe bestand im Zuhören. Irgendwann würde sich ihre Mutter nach Anas Tag und Leben erkundigen, und Ana würde sagen, was sie immer sagte: *Ich habe viel zu tun. Ich passe auf mich auf.*

Ana machte dieses Ritual nichts aus. Manchmal fand sie es regelrecht tröstlich. Früher, als sie noch jünger und ungeduldiger gewesen war, war sie mit ihrer Mutter oft kurz angebunden gewesen oder hatte mit den Augen gerollt, wenn deren Geschichten vom Hundertsten ins Tausendste gingen, aber inzwischen wusste sie, dass ihre Mutter ihr alles nur aus Fürsorglichkeit erzählte, und weil sie wollte, dass Ana Teil der Familie blieb, egal, wie weit entfernt sie war.

»Was macht Presidio?«
»Immer das Gleiche. Hier passiert nicht viel.«
»Haben sie gesagt, dass sie dich versetzen? Zurück nach San Antonio vielleicht?«
»Ich habe nichts gehört. Solange sie mich hier brauchen, lassen sie mich hier.«
»Dein Vater und ich sollten dich mal besuchen.«
»Das könnt ihr gerne tun. Aber es gibt hier nichts zu sehen. Mesquitebäume. Rinder.«
»Ich habe in den Nachrichten gehört, dass die Kartelle entlang der Grenze Geiseln nehmen. Leute, die versuchen, in die USA zu kommen. Sie halten sie fest, verlangen Lösegeld und bringen sie um, wenn sie nicht zahlen können.«
»Das passiert weit weg von hier«, sagte Ana.
»Kommen da bei euch viele rüber?«
»Nein. Ein paar. Für die ist das größte Problem die Hitze, nicht die Kartelle.«
»Das ist gut. Sie wollen ja nur ein besseres Leben.«

»Dafür gibt es legale Wege, Mom. Und dann müssen sie auch keine Angst vor Los Zetas oder wem auch immer haben. Wenn sie legal einreisen, habe ich nichts mit ihnen zu tun.«

»Aber die Immigrationsbestimmungen machen es so *schwer*.«

»Wie gesagt, Mom: Es ist so schwer wie nötig. Einige von diesen Leuten haben Verbrechen begangen. Das sind schlechte Menschen.« Ana dachte an den *narco*-Schmuggler, der sie *chica* genannt hatte. Der Gedanke verflog schnell. »Die Bestimmungen filtern diese Leute heraus.«

»Ich hoffe nur, du gehst nicht zu hart mit ihnen um, wenn du sie fängst.«

»Tue ich nicht.«

Sie war jetzt auf halbem Wege zum Konsulat und wusste, dass das Gespräch sich dem Ende zuneigte. Ihre Mutter redete immer dann über Immigrationsbestimmungen, wenn es nichts mehr aus der Familie zu erzählen gab. Sie waren sich da nie ganz einig, stritten sich aber auch nicht darüber.

»Ich lasse dich lieber wieder arbeiten«, sagte ihre Mutter.

»Ja, ich muss weitermachen«, erwiderte Ana.

»Pass auf dich auf, *mija*. Sei vorsichtig da draußen.«

»Bin ich. Versprochen.«

»Ich melde mich wieder.«

»Bye, Mom.«

Damit war das Gespräch beendet. Ana schob das Handy zurück in ihre Tasche und warf einen Blick auf die neben ihr liegende Mappe. Wenn ihre Mutter wüsste, was sie gerade machte, was sie in den letzten Tagen gemacht hatte, würde sie sich nicht weiter sorgen. In Presidio passierte einfach nie etwas. Selbst wenn jemand ums Leben kam – bis Ana auftauchte, war die Gefahr lange vorüber.

Sie war überflüssig.

17

Am Ende entschied Ana, die Fahrt zu Vargas ins Konsulat könne noch warten. Sie fuhr früh nach Hause, ließ die Mappe im Wagen liegen und nutzte die Gelegenheit für ein Nickerchen. Nach dem Aufwachen fühlte sie sich träge und wünschte, sie hätte etwas anderes getan. Sie wartete darauf, dass Darrens Schicht zu Ende war.

Als sie seinen Truck auf der Einfahrt hörte, ging sie zur Tür und ließ ihn herein. Sie küssten sich in der offenen Tür. Seine Hände strichen sofort über ihren Körper. Sie wehrte sich nicht.

Im Schlafzimmer zogen sie sich gegenseitig aus und hatten Sex auf der Bettdecke. Sie ließen sich Zeit. Ana zwang Darren, auf sie zu warten, bevor sie ihm gab, was er brauchte. Danach lagen sie nackt und verschwitzt ineinander verschlungen da, Anas Füße baumelten über die Bettkante.

»Es bleibt gut«, sagte Darren nach einer Weile.

»Wie viel Zeit hast du?«

»Noch etwa eine Stunde.«

Draußen war es noch hell, der lange Sommertag schien ewig zu verweilen. Ana betrachtete das Spiel aus Schatten und Licht an der Decke, der Schweiß trocknete auf ihrer Haut, ein paar Haare klebten auf ihrer Stirn und im Nacken. Dunkel würde es erst nach neun werden, was ihr viel zu lange erschien.

»Fragt sie nie?«, wollte Ana wissen.

»Nein. Warum?«

»Du bist ständig weg. Doppelschichten, Nachtschichten … da würde es naheliegen, dich im Auge zu behalten.«

»Gut für uns, dass sie es nicht tut«, sagte Darren.

»Gut für uns.«

Sie schwiegen. Ana hatte ihren Arm auf Darrens Brust gelegt

und konnte das regelmäßige Schlagen seines Herzens spüren. Sie sog seinen Geruch ein, der sich mit dem von Sex vermischte. Die Dusche lockte, aber Ana wollte sich noch nicht bewegen.

»Sag schon«, meinte Darren schließlich.

»Sag was?«

»Was du sagen willst.«

»Ich will gar nichts sagen.«

Darren rückte ein wenig ab von ihr. Ana schloss die Lücke nicht. »Du hat Jeannie erwähnt, du musst doch irgendwas sagen wollen. Also sag's einfach.«

»Wirklich, Darren. Ich habe nichts zu sagen.«

Er schwieg kurz und sagte dann: »Du willst es beenden, stimmt's?«

Ana stützte sich auf einen Ellenbogen und sah ihn an. »Wovon redest du?«

»Ich hab mir gedacht, dass das irgendwann passiert. So was kann nicht ewig so weitergehen.«

»Wo kommt das jetzt her?«, fragte Ana.

Darren befreite sich aus ihren Armen und setzte sich auf. Er sah die Wand an und sagte mit ausdrucksloser Stimme: »Sie fragt.«

Ana sagte nichts. Sie wartete darauf, dass er weitersprechen würde. Im Zimmer mischten sich Wärme, Atemlosigkeit und Erwartung. Sie wollte schon die Decke über ihren nackten Körper ziehen, denn das Gefühl von Intimität zwischen ihnen hatte sich verflüchtigt.

»Sie hat mich vorgestern gefragt, ob ich eine Affäre habe.«

»Was hast du gesagt?«

»Ich hab nein gesagt. Was sollte ich denn sonst sagen?«

»Meinst du, sie weiß, dass ich es bin?«

»Könnte sein. Vielleicht. Die Liste infrage kommender Frauen bei der Arbeit ist ziemlich kurz.«

»Aber es könnte doch jede sein.«

»Ich glaube nicht, dass sie denkt, ich würde mich mit einer Zivilistin einlassen.«

Jetzt zog Ana wirklich die Decke über sich. Sie setzte sich auf, lehnte sich ans Kopfende und lauschte der einkehrenden Stille und dem Summen der Klimaanlage nebenan. Im Haus wurde es nie kühl genug.

»Was willst du tun?«, fragte sie schließlich.

Sie betrachtete die angespannten Muskeln in Darrens Rücken, als er sich bewegte. Er war ein gut aussehender Mann, die perfekte Mischung aus anglo-amerikanischer Mutter und Latino-Vater. Von beiden Elternteilen hatte er das Beste mitbekommen, und er war stark und verlässlich und gut im Bett. Seine innere Zerrissenheit war spürbar.

Er sah sie über die Schulter hinweg an. »Ich will dich weiterhin sehen.«

»Aber Jeannie —«

»Ist mir egal. Sie und ich haben uns schon vor einer ganzen Weile auseinandergelebt. Wir berühren einander nicht mal mehr. Und wenn ich bei dir bin ... ist es anders.«

Ein Zittern durchlief Ana. Sie sprach in ruhigem Ton. »Was willst du damit sagen?«

»Ich will sagen, dass ich mich in dich verliebt habe.«

Das war alles ganz falsch. Er sagte etwas, das Ana nicht hören wollte, und er sagte es mit Überzeugung. Tränen glitzerten in seinen Augenwinkeln. Gleich würde er sich umdrehen und sie in den Arm nehmen wollen und ihr wieder und wieder sagen, dass er sie liebte. Sie wollte das nicht. Ihr Verstand lehnte sich dagegen auf.

»Ich habe gesagt, ich liebe dich«, sagte Darren.

»Du gehst jetzt besser«, erwiderte Ana.

»Was? Geht's denn nicht darum? Du willst mehr, und weil du gedacht hast, ich würde es dir nicht geben, wolltest du es beenden. Es gibt keinen Grund, es zu beenden, weil ich dich liebe. Wir gehören zusammen.«

Ana stand auf, war sich ihrer Nacktheit bewusst und holte sich aus dem Schrank einen Bademantel, den sie fest um sich wickelte. »Ich habe von Anfang an gesagt, dass es so nicht laufen würde«, sagte sie. »Ich habe es gesagt, und du hast zugestimmt.«

»Halt mal: Willst du sagen, du *willst* nicht, dass ich dich liebe?«

»Ich will sagen ... geh jetzt. Wir reden später darüber.«

Darrens Miene war finster. »Ich will nicht gehen.«

»Musst du aber. Das ist mein Haus.«
»Erst will ich hören, dass du mich liebst.«
Ana legte eine Hand an ihren Kopf. Irgendwo hinter ihren Augen war ein schmerzhaftes Pochen. Sie schauderte wieder. Es fiel ihr schwer, nicht zu brüllen, was sie brüllen wollte. *Raus! Nimm deine Sachen und geh!*
»Darren ... du hast gewusst, dass ich was Unverbindliches wollte. Nichts hat sich geändert.«
»Das stimmt nicht, *alles* hat sich geändert. Ich liebe dich, Ana.«
»Kannst du bitte *aufhören*, das zu sagen? Du denkst, du weißt, was ich will, aber da liegst du falsch. Als ich gesagt habe, ich will, dass wir Freunde sind und nicht mehr, da habe ich es so *gemeint*. Und jetzt *musst* du gehen. Wir reden *ein andermal* darüber.«
»Gut.«
Darren stand vom Bett auf und sammelte seine Sachen ein. Er zog sich im Wohnzimmer an, außerhalb ihres Blickfelds, und sie war froh darüber. Sie wollte ihn heute Abend nicht mehr sehen. Schließlich wurde die Tür geöffnet und geschlossen und der Motor seines Trucks gestartet. Ana wartete, bis er halb die Auffahrt hinuntergefahren war, dann erst wagte sie sich aus dem Schlafzimmer. Er hatte nichts zurückgelassen. Gut.
Sie wusste nicht, wie sie sich fühlte, ob sie weinen oder wütend sein sollte, stattdessen lief sie durchs Haus und beschäftigte sich mit kleinen Aufgaben wie dem Wegräumen des sauberen Geschirrs und der Vorbereitung des Abendessens. Halb erwartete sie, er würde anrufen, aber inzwischen saß er zu Hause bei Jeannie am Abendbrottisch und tat so, als wäre alles in Ordnung.

18

Ana hatte vergessen, den Wecker zu stellen, und verschlief am folgenden Morgen. Als sie sich in aller Hast anzog, frühstückte und zum Wagen rannte, stand die Sonne bereits hoch am Himmel. Da sie gestern nicht Patrouille geritten war, war sie sowieso schon hinter ihrem Plan und würde das in der nächsten Woche irgendwie ausgleichen müssen.

Auf halbem Weg zum Stall klingelte ihr Handy. Zuerst wollte sie nicht drangehen, vermutete Darren, aber es war nicht seine Nummer. Sie nahm ab.

»Ranger Torres, Sheriff Sellner hier.«

»Guten Morgen, Sheriff. Was kann ich für Sie tun?«

»Nun, ich bin hier bei den Sheedys und wollte Sie fragen, ob Sie kurz vorbeikommen können.«

»Noch mehr Grenzquerer?«

»Bringen Sie Ihr Pferd mit. Ich denke, Sie werden sich umsehen wollen.«

»Bin auf dem Weg. Geben Sie mir eine Dreiviertelstunde.«

Verärgert legte sie auf. Wenn er wollte, konnte Sheriff Sellner äußerst geheimnisvoll tun, und jetzt wollte er. Er hätte das Ganze weniger umständlich machen und einfach sagen können, was los war, aber er sperrte sich, und zwar vermutlich in erster Linie, weil er sich wegen des toten Mexikaners auf den Schlips getreten fühlte. Als Retourkutsche ließ er Ana jetzt antanzen.

Sie brauchte eine halbe Stunde, um zum Stall zu kommen und Rico fertig zu machen, und noch länger zu den Sheedys. Sheriff Sellner würde sich die Verspätung natürlich merken.

Bill Sheedys Truck stand hinter Sellners am Tor geparkt. Der Sheriff winkte Ana zu. Sie fuhr langsam heran, parkte und stieg aus.

»Morgen, Ranger«, sagte Bill Sheedy. Er sah verdrossen aus, und Ana dachte schon, sie hätten es mit einer weiteren Leiche zu tun. Aber das hätte nicht einmal Sheriff Sellner für sich behalten, außerdem wären dann weit mehr Leute vor Ort gewesen.
»Guten Morgen, Mr. Sheedy. Wie geht es Ihnen?«
»Um ehrlich zu sein, ich bin ziemlich sauer.«
»Das Problem liegt da drüben«, sagte Sellner. »Folgen Sie uns, Ranger?«
»Fahren Sie vor.«
Sie fuhren als Karawane durch das Tor und eine ganze Weile über Land. Ana fragte sich, ob sie zu der Stelle unterwegs waren, an der Trumble, Stender und sie die illegalen Grenzquerer eingefangen hatten, aber Bill Sheedy bog ab und führte sie durch ihr unbekanntes Gebiet, bis sie schließlich anhielten.

Ana stieg vor einem versprengten Haufen Kakteen aus. Grillen zirpten einander aus den Mesquitebäumen zu, wenn es zu heiß wurde, würden sie verstummen.

»Etwa hundert Meter da lang«, sagte Bill Sheedy und zeigte nach Süden.

Sie gingen unter den Bäumen hindurch, bis sie an einen hohen Stacheldrahtzaun kamen, dem sie noch etwa zwanzig Meter folgten. Dann hatten sie ihr Ziel erreicht.

Die Hälfte der zehn Stränge straff gespannten Stacheldrahts war zerschnitten worden und bildete ein Loch im Zaun. »Sehen Sie das? Die haben den Zaun einfach durchgeschnitten.«

»Er hat heute Morgen die Zäune überprüft und ist darauf gestoßen«, sagte Sheriff Sellner.

Ana untersuchte den Boden auf beiden Seiten des Zauns. Sheedys Stiefelabdrücke waren leicht zu erkennen, aber es gab auch viele andere. »Ich kann nicht sagen, wie viele hier durch sind. Dem Anschein nach eine Menge. Zehn bis fünfzehn.«

»Und soll ich Ihnen sagen, was der größte Mist daran ist?«, fragte Sheedy. »Keine fünfzig Meter weiter hab ich eine Leiter an den Zaun gestellt, eben damit sie ihn *nicht* aufschneiden müssen, wenn sie hier durchkommen. Die Leiter hat mich fünfhundert Dollar gekostet! Und dann kommen die und hacken einfach ein Loch mitten in den Zaun.«

»Er hat mich sofort angerufen«, sagte Sellner. »Und ich habe gleich Sie angerufen.«

»Verstehen Sie mich nicht falsch, Sheriff, aber was kann ich tun? Der Schaden ist bereits angerichtet.«

»Sie behalten doch das Hinterland hier im Auge, stimmt's?«

»Ja.«

»Na, ich hab mir gedacht, Sie könnten einen Blick auf Bills Gebiet werfen, vielleicht mal gucken, ob die Illegalen noch mehr beschädigt haben. Da draußen stehen noch mehr Zäune, vielleicht wurden die auch zerschnitten.«

Ana runzelte die Stirn, wandte aber das Gesicht so ab, dass Sellner es nicht mitbekam. Sie hatte nicht vorgehabt, sich heute bei den Sheedys aufzuhalten, und der Sheriff besaß nicht die Autorität, ihr vorzuschreiben, was sie wann zu tun hatte. Aber Bill Sheedy war wütend, Sellner hatte Erwartungen und Rico war schon im Trailer.

Sie wandte sich wieder an Sellner und Sheedy und lächelte. »Klar«, sagte sie. »Kann ich machen.«

»Sehr verbunden, Ranger Torres«, sagte Sellner. »Sie kommen auf dem Untergrund mit Ihrem Pferd besser klar als ich mit meinem Truck.«

Und Sie müssen sich nicht weiter darum kümmern. »Natürlich«, sagte Ana. »Ich hole Rico aus dem Anhänger und fange gleich an.«

Bill Sheedy streckte ihr seine Hand hin. »Danke, Ranger. Vielleicht können Sie rauskriegen, von wo die gekommen sind.«

»Aus Mexiko, Mr. Sheedy.«

Sheriff Sellner lachte. »Aus Mexiko! Der ist gut.«

Die drei verabschiedeten sich, und Sheedy und Sellner machten sich auf den Weg zurück zur Schotterstraße. Ana führte Rico aus dem Anhänger, zog den Sattel nach und stieg auf.

»Na komm, Faulpelz«, sagte sie. »Wir haben heute wohl Zaundienst.«

19

Ana verbrachte den ganzen Morgen und den frühen Nachmittag damit, Bill Sheedys Land abzureiten. Während die Temperatur mit der Sonne am Himmel immer weiter stieg, folgte sie dem Zaun über mehrere Meilen, entdeckte aber keine weiteren Löcher. Es war reine Zeitverschwendung.

Die Spuren der Grenzquerer waren leicht zurückzuverfolgen, und Ana schätzte die Gruppe schließlich auf dreizehn Personen. Sie hatten sich vermutlich in der Nacht schnell vorwärtsbewegt, waren von einem erfahrenen *coyote* geführt worden und hatten offenes Gelände überquert und den Zaun einfach zerschnitten, anstatt daran entlangzugehen. Dass sie die Leiter verfehlt hatten, war kaum überraschend, vermutlich hatten sie sie in der Dunkelheit gar nicht gesehen.

Ana brachte Rico in den Stall zurück und wartete, bis er zur Ruhe gekommen war, dann erst fuhr sie weiter. Der Bericht für Vargas lag immer noch auf dem Beifahrersitz, sie schaute kurz im Konsulat vorbei und gab ihn ab, dann aß sie ein spätes Mittagessen und fuhr früh nach Hause. Sie wollte vermeiden, in der Station Darren zu begegnen, und sowieso würde niemand ihre Abwesenheit bemerken.

Die Stimmung des vergangenen Abends hing noch im Raum, und Ana fühlte sich in ihren eigenen vier Wänden nicht wohl. Sie wollte sich ein Bier aus dem Kühlschrank holen, hatte aber wieder keins gekauft. Am Ende blieb ihr nur, sich vor den Fernseher zu setzen und die Geräusche und Bilder über sich hinwegrauschen zu lassen, wie sie es viel zu oft tat.

Zum Abendessen fuhr sie in das Restaurant, in dem sie auch zu Mittag gegessen hatte. Und fluchte, als sie Barbecuesoße auf ihr Hemd kleckerte.

Es gab durchaus Dinge, die sie hätte tun können, aber nichts reizte sie. Andererseits wollte sie auch nicht zurück vor den Fernseher in ihrem leeren Haus. Sie kannte niemanden, bei dem sie einfach so am Abend hätte vorbeischauen können, und niemand fiel ihr ein, den sie hätte anrufen können. Also wanderte sie durch die Straßen von Presidio, sah sich Schaufenster und fremde Menschen an, bis schließlich die Sonne unterging und ihr nur blieb, wie alle anderen auch nach Hause zu fahren.

In dieser Nacht lag sie wach im Bett, dachte an Darren und was er gesagt und wie sie reagiert hatte. Zwar hatte sie es sich nicht anders überlegt, aber wenn sie anders mit der Situation umgegangen wäre, wäre er vielleicht nicht so wütend abgehauen. Und obwohl er nur selten hier gewesen war, vermisste sie ihn.

Sie schlief spät ein und wachte früh auf. An Träume konnte sie sich nicht erinnern. In frischer Kleidung fühlte sie sich gleich wie neu, und als sie in den kühlen Morgen hinaustrat, war sie viel positiver gestimmt als am Abend zuvor.

In der CBP-Station hatten die meisten von der Morgenschicht den Dienst noch nicht angetreten. Ana setzte sich in ihre Nische und gab die gestrigen Aktivitäten ein, beschrieb die ergebnislose Suche auf dem Land von Bill Sheedy und unterschlug, dass sie den Großteil des Tages eigentlich gar nichts gemacht hatte.

Einer der Agents der Morgenschicht, Adam Ludden, brachte ihr einen rosa Zettel. »Das kam gestern Abend durch die Zentrale. Anruf vom Konsulat.«

»Danke«, sagte Ana. Sie las die Nachricht und rief Jorge Vargas an. Ihr Anruf wurde sofort durchgestellt.

»*Buenos días*«, sagte Vargas. Er klang wie frisch aus dem Bett gesprungen, gestärkt und gebügelt für den neuen Tag, während die Kollegen in den CBP-Büros sich nur mithilfe von viel Kaffee durch die morgendliche Routine schleppten. »Wie geht es Ihnen heute Morgen?«

»Gut, danke. Ich habe gerade Ihre Nachricht bekommen.«

»Könnten wir uns wohl treffen und darüber sprechen? Natürlich nur, wenn Sie Zeit haben.«

»Ich habe Zeit. Ich komme gleich vorbei.«

»*Gracias*. Ich bin hier.«

Ana nahm ihren Hut und verließ die Station durch die Hintertür. In wenigen Minuten hatte sie die Stadt durchquert, Presidio kannte keinen morgendlichen Stau. Im Konsulat wurde sie von derselben Rezeptionistin wie beim letzten Besuch mit einem höflichen Lächeln empfangen.

Vargas kam aus seinem Büro, ergriff zur Begrüßung Anas Hände und hauchte ihr einen Kuss auf die Wange. Er bat sie in sein Büro und bot ihr Kaffee an. Sie lehnte ab. »Dann zum Geschäftlichen«, sagte er, und sie nahmen auf den bequemen Ledersesseln Platz.

»Ich vermute, Sie wollten mich wegen des Berichts sprechen?«, fragte Ana.

»Ja. Ich habe ihn an meine Vorgesetzten in Mexico City gefaxt. Ihr Gerichtsmediziner hat seine Arbeit wie immer sehr gründlich gemacht. Vielen Dank für die schnelle und sorgfältige Bearbeitung.«

»Das gehört zu unserem Job.«

»Das weiß ich und habe es auch meinen Vorgesetzten gesagt, als sie anriefen und fragten, wie in dem Todesfall ermittelt wurde.«

»Nun, wir haben die Fingerabdrücke durchlaufen lassen, aber sie waren nicht im System«, sagte Ana. »Wir haben die Patronenhülsen, die am Tatort gefunden wurden, und ein paar andere Beweismittel, aber viel lässt sich da nicht rausholen. Nur Spuren, die aus dem Nichts kommen und wieder im Nichts verschwinden. Unsere Ermittlungen sind mehr oder weniger abgeschlossen.«

»Aber haben Sie Tatverdächtige?«

»Alles deutet auf eine interne Auseinandersetzung hin. Mexikaner gegen Mexikaner.«

»Verstehe, aber sind Sie noch irgendeinem anderen Ermittlungsstrang nachgegangen?«

Ana blinzelte. Vargas beugte sich vor, wartete auf eine Antwort, aber sie wusste nicht, was sie sagen sollte. »Nun, nein«, erwiderte sie schließlich. »Es scheint alles recht eindeutig.«

Vargas nickte und wedelte mit den Händen, als wollte er die Stimmung zwischen ihnen verscheuchen. »Ich entschuldige mich«, sagte er. »Wahrscheinlich haben Sie völlig recht. Ich kenne Sie und weiß, dass Sie bei Ihrer Arbeit mit absoluter Gründlichkeit vorgehen. Die Texas Ranger sind das Beste, was der Staat Texas zu bieten hat, stimmt's? Verglichen mit der Customs and Border Protection ... sind Sie sehr gut.«

»Ich bemühe mich«, sagte Ana.

»Die Sache ist die, meine Vorgesetzten möchten von alternativen Ermittlungsansätzen in diesem Mordfall hören.«

»Was für alternative Ansätze?«

»Ich sage es nur ungern. Ich möchte Sie nicht beleidigen.«

»Schon gut, sagen Sie, was Sie zu sagen haben.«

»Sie möchten wissen, ob es möglich wäre – auch wenn es, wie Sie sagen, unwahrscheinlich ist –, dass unser Landsmann von einem Amerikaner getötet wurde.«

Der Gedanke war in den Raum gestellt worden, und Vargas lehnte sich zurück. Ana nickte langsam, aber sie dachte daran, wo und wie sie die Leiche gefunden hatte, an den Vergewaltigungsbaum und die Spuren und alles andere, was sie am Tatort gefunden hatte. Schließlich sagte sie: »Ich glaube nicht.«

»Sie verstehen, dass ich das weitergeben muss.«

»Das verstehe ich. Aber wie gesagt, ich glaube nicht. Ich habe außer den Spuren der Grenzquerer keine anderen gefunden, und der Zustand der Leiche und die Indizien am Tatort ... nein, ich glaube nicht.«

Vargas verzog das Gesicht, als hätte er Schmerzen. Er beugte sich wieder vor. »Meine Vorgesetzten haben mich gebeten zu fragen, ob Sie absolut sicher sind.«

»Ich bin absolut sicher.«

»Aber es muss irgendetwas geben, dem Sie noch nicht nachgegangen sind. Fragen, die nicht gestellt wurden. Irgendeinen Verdächtigen, wie zweifelhaft auch immer. Ich frage nur, damit ich nach Mexico City zurückmelden kann, dass alles getan wurde, was getan werden konnte. Dann werden keine weiteren Nachfragen folgen.«

»Ich weiß nicht, was Sie von mir erwarten. Beweise sind Beweise.«

»Bitte, Ana. Um meinetwillen.«

Ana runzelte nachdenklich die Stirn. Vargas brachte sie dazu, ihre eigenen Überzeugungen zu hinterfragen, zumindest öffnete er Zweifeln die Tür. Sie ging die Szenerie im Geiste noch einmal durch, überlegte, mit wem sie gesprochen hatte und was dabei herausgekommen war, und sagte dann: »Es gibt da eine Person, die ich befragen könnte.«

»Wirklich? Das wäre wunderbar.«

»Es bedeutet, den Unmut der Rancher in Presidio County in Kauf zu nehmen«, sagte Ana. »Das würde ich normalerweise nicht riskieren, wenn Sie mich nicht darum bitten würden.«

»Glauben Sie mir, ich mache das nicht zum Vergnügen.«

Ana stand abrupt auf, Vargas tat es ihr nach. Sie ging zur Tür und nahm ihren Hut vom Haken. »Ich werde ein paar Tage brauchen«, sagte sie. »Können Ihre Leute in Mexico City so lange warten?«

»Wenn ich ihnen sage, dass Sie etwas unternehmen, halten sie die Füße still.«

»Ich unternehme etwas. Danach ist der Fall abgeschlossen.«

»Selbstverständlich. Ich erwarte keine neuen Ergebnisse, was immer Sie auch vorhaben. Sie verstehen, dass ich —«

»Sie sind nicht der Einzige, der Bescheid wissen will«, sagte Ana. »Keine Sorge, ich verstehe schon. Ich rufe an, wenn ich mehr Informationen habe. Oder wenn ich herausgefunden habe, dass es nichts Neues gibt.«

»Vielen Dank, Ana.«

Ana seufzte und verließ das Büro, ohne Vargas' Handschlag und Wangenkuss abzuwarten.

Draußen im Wagen stellte sie den Motor an und ließ die Klimaanlage laufen, um die Fahrerkabine abzukühlen, fuhr aber noch nicht los. Sie war nicht verärgert, aber das Gefühl war mit dem zu vergleichen, das sie verspürt hatte, als Sheriff Sellner einfach davon ausgegangen war, sie würde gerne an einem heißen Sommertag endlose Kilometer Zaun abreiten. Und es gefiel ihr gar nicht.

Am liebsten wäre sie zurück ins Konsulatsbüro marschiert und hätte verkündet, dass sie wusste, was sie tat, dass der Tatort sorgfältig untersucht worden war, die Beweise korrekt interpretiert, und man ihre Schlussfolgerungen doch bitte nicht anzweifeln sollte. Leider war das unmöglich. Sie unterlag genauso den Formen der Pflichterfüllung wie Jorge Vargas, und beide wussten es. Es waren Fragen gestellt worden, und von ihr wurde erwartet, diese schnell, kompetent und zur allgemeinen Zufriedenheit zu beantworten.

Sie schlug mit der flachen Hand gegen das Lenkrad. »Gottverdammt«, fluchte sie laut. Mehr war nicht zu sagen.

Sie funkte den CBP-Dispatcher an. »Ranger Torres hier. Falls jemand fragt, ich bin eine Weile draußen bei den Bowders. Ich lasse das Funkgerät an, oder Sie können mich über Handy erreichen.«

»Verstanden, Ranger«, sagte der Dispatcher.

Ana legte den Gang ein und wendete mitten auf der Straße. In östlicher Richtung verließ sie die Stadt.

20

Das Haus der Bowders wirkte still und verlassen. Ana sah weder Claude Bowders Truck noch den seiner Frau, und hoffte schon, es wäre niemand zu Hause und sie könnte ein andermal wiederkommen. Trotzdem stieg sie aus und ging über ein kleines Rasenstück auf die Haustür zu.

»Jemand zu Hause?«, rief sie. Auf der Veranda öffnete sie die Fliegentür und klopfte an die Haustür dahinter. Das offizielle Klopfen, das allen Polizeibeamten beigebracht wurde: scharf, hart, nachdrücklich.

Bevor sich drinnen etwas regte, musste sie noch zwei Mal klopfen. Claude Bowder öffnete die Tür in T-Shirt und Socken und sah so triefäugig aus, als hätte er getrunken.

»Ranger Torres? Was soll der Lärm? Da will man *einmal* ausschlafen.«

»Tut mir leid, Mr. Bowder. Kann ich reinkommen?«

»Klar können Sie das. Herein!«

Ana trat ein und nahm den Hut ab. Bowder schloss hinter ihr die Tür. Zum ersten Mal bemerkte Ana einen leichten Geruch von Mottenkugeln im Haus.

»Ich hole mir Eistee. Wollen Sie auch?«

»Nein, danke.«

»Lieber Kaffee?«

»Ich möchte nichts.«

»Es macht keine Mühe.«

»Wirklich nicht.«

Sie folgte Bowder in die Küche, wo er einen Krug Eistee aus dem Kühlschrank nahm und sich ein großes Glas eingoss. Im Krug schwammen Zitronenscheiben, von denen Bowder eine mit spitzen Fingern herausfischte und in sein Glas fallen ließ.

»Meine Frau ist bei ihrer Schwester in Uvalde«, sagte er. »Sie kommt erst in ein paar Tagen zurück. Ich dachte, ich entspann mich mal, während sie weg ist.«

»Klingt nach einem guten Plan«, sagte Ana.

»Was kann ich für Sie tun? Es hat hoffentlich nicht schon wieder Ärger auf meinem Land gegeben? Mir reicht's für eine Weile.«

»Kein neuer Ärger. Der alte«, sagte Ana.

»Der tote Wetback?«

»Genau der.«

»Was ist mit ihm?«

»Nun, der Gerichtsmediziner ist mit der Untersuchung fertig, und der Tote kann nach Mexiko rückgeführt werden. Aber die mexikanischen Behörden haben noch ein paar Fragen zu dem Mord und finden, ich sollte etwas unternehmen, um diese zu beantworten.«

Bowder hob sein Glas und sah Ana über den Rand hinweg an. Er trank und sagte: »Was für Fragen?«

»Sie erinnern sich, dass er von hinten erschossen wurde?«

»Ich erinnere mich.«

»Soweit ich sagen kann, wurde er von seinen eigenen Leuten erschossen. Alles deutet darauf hin. Es gibt keinen Grund, etwas anderes anzunehmen.«

Bowder verengte die Augen. »Aber?«

»Aber ... da sind diese Fragen.«

»Scheiße.« Bowder stellte mit Schwung sein Glas ab. »Die denken, ich hätte es getan, stimmt's?«

»So wird es nicht gesagt.«

»Die denken, ich hätte da draußen irgendeinen Wetback abgeknallt.«

»Sie denken, es könnte jemand damit zu tun haben.«

Bowder schüttelte den Kopf. »Und Sie haben denen nicht gesagt, wohin sie sich ihre verdammten Spekulationen stecken sollen? Wer erzählt so eine Scheiße über mich?«

»Niemand hat irgendetwas von Ihnen gesagt«, erwiderte Ana. »Die mexikanischen Behörden wissen nur, dass viele Rancher entlang der Grenze wütend sind, und wollen sichergehen, dass es von denen keiner war.«

»›Rancher, die wütend sind‹, was für ein Bockmist. Die lassen die Wetbacks frei über die Grenze rennen und werfen uns dann vor, dass wir sauer sind? Ich hoffe, Sie haben denen gesagt, wo sie hingehen sollen.«

»Nein, ich habe gesagt, ich würde es mir ansehen.«

»*Was?*«

Ana hob beschwichtigend die Hände. Sie spürte Bowders Wut wie Hitzewellen auf sich zukommen. *Ich hoffe, Sie wissen das zu schätzen, Jorge.*

»Wollen Sie sagen, dass ich auf meinem eigenen Grund und Boden verdächtigt werde, Ranger?«

»Ich will nur sagen, dass ich den Mexikanern den Gefallen tue, mir die Sache anzusehen. Ich eröffne sicher keine neue Ermittlung. Uns allen ist klar, was da draußen abgelaufen ist: Gewalt von Mexikanern gegen Mexikaner.«

»Jetzt wünschte ich, ich *hätte* ihn abgeknallt.«

»Das sollten Sie nicht sagen«, erwiderte Ana. »Hören Sie zu: Es lässt sich alles ganz leicht regeln. Ich muss nur wissen, ob Sie eine .45er besitzen, und falls ja, sie zur Untersuchung durch einen Forensiker mitnehmen.«

»Was für eine Waffe tragen *Sie*, Ranger?«

»Eine .40er Glock.«

»Dann sind Sie ja vom Haken.«

»Mr. Bowder, Sie sind nicht *am Haken*. Es geht nur darum, Sie als Verdächtigen auszuschließen. Also, besitzen Sie eine .45er?«

»Vielleicht ja, vielleicht nein.« Bowder verschränkte die Arme vor der Brust. »Wie wollen Sie da rankommen, wenn ich nicht kooperiere? Brauchen Sie keinen Gerichtsbeschluss?«

»Wenn Sie die Waffe freiwillig herausgeben, brauche ich keinen Gerichtsbeschluss. Und das hoffe ich.«

»Was für eine Scheiße.«

»Bitte, Mr. Bowder. Das macht es uns allen leichter.«

»Ihnen vielleicht. Ich habe meine Rechte!«

»Niemand nimmt Ihnen Ihre Rechte.«

Bowder grummelte etwas, das Ana nicht verstand, und griff wieder zu seinem Glas. Er trank es aus und hielt es dann unentschlossen in der Hand, als wüsste er nicht, was er damit tun solle, bevor er es absetzte. »Ich will, dass Sie wissen, dass ich nur unter Protest kooperiere.«

»Sagen Sie bloß.«

»Jetzt werden Sie ja nicht witzig!«

»Tut mir leid. Haben Sie eine .45er?«

»Ja, habe ich. Einen Colt Serie 70. Mit Rosenholz-Griff.«

»Schöne Waffe.«

»Ja. Und ich will sie unbeschädigt zurück.«

»Ich nehme sie heute mit, schicke sie nach El Paso, und übermorgen haben Sie sie wieder. Ich gebe Ihnen mein Wort. Niemand wird sie zerlegen, wir schießen nur ein paar Testrunden und prüfen die Auszieherspuren auf den Hülsen.«

Bowder verließ die Küche und blieb eine Weile verschwunden. Mit der Pistole in der Hand kam er schließlich zurück. Die Waffe war brüniert und hatte tatsächlich einen Griff aus Rosenholz. Ana sah zu, wie er die Waffe sicherte und das Magazin herausnahm, dann gab er sie ihr.

»Ich glaube Ihnen, Ranger Torres.«

»Sie können sich auf mich verlassen, Mr. Bowder.«

»Und das wird beweisen, dass ich den Wetback nicht erschossen habe?«

»Soweit sich überhaupt etwas beweisen lässt. Ich mache mir da keine Sorgen.«

»Sie verstehen, dass ich nicht in Jubel ausbreche?«
»Ich finde selbst raus ...«
»Ich bringe Sie zur Tür«, sagte Bowder.

Draußen in der Sonne setzte Ana ihren Hut wieder auf. Sie blickte zurück zu Bowder, der mit saurer Miene hinter der Fliegentür stand. Schließlich nahm sie ihm gerade die Waffe weg, sie wollte gar nicht wissen, was ihm sonst noch alles durch den Kopf ging. Sie hob eine Hand zum Abschied und ging zu ihrem Wagen.

Als sie den Motor anließ, war Bowder im Haus verschwunden. Es lag still da, als wäre niemand daheim.

21

Früh am nächsten Morgen brach Ana mit der in ein Tuch eingeschlagenen Pistole auf dem Beifahrersitz auf. Sie nahm die US 67 aus der Stadt heraus Richtung Marfa, etwa sechzig Meilen entfernt. Die Stadt wachte gerade erst auf, als Ana hindurchfuhr, ein weiterer Flecken in den Weiten von Texas. Sie durchquerte auch Valentine und Van Horn, hielt sich rechts und fuhr durch trockenes Land, bis sie die I 10 erreichte und ihr bis nach El Paso folgte.

Ana gehörte der in San Antonio stationierten Company D an und hätte nichts dagegen gehabt, gen Osten in den ihr vertrauten Ort zu fahren. El Paso war die Heimat von Company E, lag aber zweihundert Meilen näher. Sie traf am späten Vormittag dort ein und suchte sich ihren Weg zum Hauptquartier der District Company an der Franklin Avenue. Ihr Dienstausweis verhalf ihr zu einem Platz in der Parkgarage.

Hier war alles anders. Ana hatte schon fast vergessen, wie das Arbeitsleben auch aussehen konnte. In vielen Büros arbeiteten viele Menschen, und noch mehr kamen ihr auf den Gängen entgegen. Allein in diesem Gebäude arbeiteten Hunderte. Ana fühlte sich merkwürdig exponiert, als würde der Staub von Presidio noch an ihr kleben und sie als Fremde brandmarken.

Das Büro, das sie suchte, lag im dritten Stock. Ein funktioneller Raum mit einem hohen Empfangstisch und einer Milchglastrennwand, die die dahinter arbeitenden Menschen vor neugierigen Blicken schützte. Ana zeigte der Frau am Empfang ihren Ausweis. »Ich bin mit Ranger Unrein verabredet. Ranger Torres, Company D.«

»Einen Moment, bitte.«

Ana nahm auf einem Stuhl an der Wand Platz. Während sie wartete, sah sie den sich drehenden Deckenventilatoren zu. Schließlich hörte sie Stimmen, dann kam ein hochgewachsener Mann hinter der Trennwand hervor. »Ranger Torres?«, fragte er.

»Das bin ich.«

»Kommen Sie rein. Ich bin Lance Unrein.«

Sie ging Unrein durch eine Schwingtür neben dem Empfangstisch entgegen. Der Ranger schüttelte ihr fest die Hand und führte sie dann in einen Bereich hinter der Trennwand, in dem mehrere Tische den Platz bestmöglich ausnutzten. Unrein schien der Einzige zu sein, der anwesend war. Er bot Ana einen Stuhl an.

»Was können wir für Sie tun?«

»Ich habe hier eine Waffe, die untersucht werden muss, dazu eine Patrone und Hülsen zum Vergleich. Bei uns in Presidio ist jemand erschossen worden. Mexikanischer Staatsbürger. Es deutet alles darauf hin, dass er beim illegalen Überqueren der Grenze von einem anderen Mexikaner erschossen wurde, aber wir müssen den Rancher ausschließen, dem das Land gehört. Das hier ist seine Waffe.«

Unrein nahm die .45er und wog sie in der Hand. »Das können wir gerne für Sie tun. Die Hülsen und die Patrone?«

Ana holte die Asservatenbeutel mit den leeren Patronenhülsen vom Tatort und der deformierten Kugel hervor. Sie war froh, dass sie sie noch nicht nach Austin geschickt hatte. »Ich hätte gern das ganze ballistische Programm.«

»Warten Sie hier, ich leite das in die Wege.«

Unrein verschwand durch eine Tür. Es verging viel Zeit, aber Ana war es gewohnt zu warten. Polizeiarbeit bestand hauptsächlich aus Warten: auf den richtigen Moment, die richtige Person, den richtigen Beweis. Das galt erst recht für die Kriminaltechnik.

Eine halbe Stunde später kehrte Unrein ohne die Waffe und die Beutel zurück. »Ich habe sie zur Analyse geschickt«, sagte er. »Und angeordnet, sie ganz oben auf den Stapel zu legen, weil Sie von auswärts kommen. Trotzdem dauert es ein paar Stunden. Haben Sie schon zu Mittag gegessen?«

»Nein, ich bin direkt hierhergefahren.«

»Dann lade ich Sie ein. Ich kenne ein Restaurant.«

Sie fuhren zu einem mexikanischen Restaurant ein paar Meilen vom Hauptquartier entfernt. Die Betreiber schienen Unrein zu kennen und wiesen ihm und Ana eine gemütliche Tischnische in einer ruhigen Ecke zu.

»Ich hätte Sie wohl fragen sollen, was Sie mögen«, sagte Unrein. »Wir kommen gerne zum Mittagessen oder nach Schichtende hierher. Das Essen schmeckt, und die Preise sind okay.«

»Klingt gut.«

Ana musterte Unrein. Mit seinen sandfarbenen Haaren und hellen Augen war er ein gut aussehender Mann. Sie bestellte ein Bier, das in der Flasche und mit einer Limettenscheibe in den Hals gesteckt kam. Unrein nahm Mineralwasser.

»Früher konnten wir kurz über die Grenze springen und drüben gut essen gehen«, sagte er. »Aber das machen wir nicht mehr. Julio und Josefina, die Wirte, sind aus Juárez, und sie fahren nicht mal mehr hin, um Verwandte zu besuchen.«

»Wie weit sind wir von der Grenze entfernt?«, fragte Ana.

»Nicht weit. Etwa eine Meile.«

»Wie sieht es am Grenzübergang aus?«

»Immer viel los. Aber die CBP hat genug Leute, die brauchen uns nicht. Nicht wie da bei Ihnen. Presidio, stimmt's?«

»Stimmt.«

»Haben Sie einen Kollegen?«

»Nein, ich arbeite allein.«

»Das muss scheiße sein.«

Ana reagierte nicht darauf. Sie nippte an ihrem Bier. Es war kalt und schmeckte frisch wie die Limette. Vor ihrer Zeit in Presidio hätte sie wahrscheinlich mitten am Tag kein Bier getrunken, jetzt war es ihr egal. Unrein sagte nichts dazu.

Ein Kellner kam und nahm die Bestellung auf. Ana ertappte sich bei dem Gedanken, ob er seine Papiere dabeihatte.

»Aber es muss allemal besser sein als in El Paso«, sagte Unrein, um die Wartezeit zu füllen. »Wir haben jedes erdenkliche Problem: illegale Grenzquerer, Schmuggel, Bandenkriminalität, Gewalt ... alles dabei. Die Polizei vor Ort ist unterbesetzt. Wir tun unser Bestes, um sie zu unterstützen und die Kriminalität im Griff zu behalten.«

»In Presidio gibt es kaum Bandenkriminalität«, sagte Ana. »Wir haben es mit Grenzquerern zu tun, Drogenschmuggel, solchen Sachen. Im kleinen Rahmen. Im *sehr* kleinen Rahmen.«

»Wär was für mich.«

»Wollen Sie tauschen?«, fragte Ana, und obwohl es nicht komisch war, lachten beide.

»Wenigstens ist Ojinaga ruhiger als Juárez. Da drüben werden jeden Tag fünf, sechs Leute umgebracht. Militär und Polizei fahren in gepanzerten Wagen Patrouille. Die haben es mit einer Situation zu tun, die gerade außer Kontrolle gerät. Und El Paso ist die vorderste Frontlinie. Wenn es losgeht, können wir uns auf das Schlimmste gefasst machen.«

»Da haben Sie recht«, sagte Ana. »Ojinaga ist ruhig. Alles ist ruhig.«

Das Essen kam. Ana ertappte sich dabei, dass sie Unrein beobachtete, und wusste erst nicht, warum. Dann ging ihr auf, wie lange es her war, dass sie mit jemand anderem als Darren gegessen hatte. Sie war an Darren gewöhnt, wusste, wie er aß, sein Fleisch schnitt. Das hatte etwas Behagliches, etwas Vertrautes, und dieser Gedanke machte ihr mehr zu schaffen, als sie zugeben wollte.

»Erzählen Sie mir von dem toten Mexikaner«, sagte Unrein.

»Da ist nicht viel zu sagen. Ich habe im Hinterland einen Vergewaltigungsbaum gefunden, daneben die Patronenhülsen, die ich Ihnen gegeben habe, und die Leiche. Drei Mal in den Rücken geschossen. Wir wissen weder seinen Namen noch wo er hergekommen ist. Sobald Ihr Bericht da ist, ist der Fall für mich erledigt.«

»Vergewaltigungsbaum?«, fragte Unrein.

»So was kennen Sie hier in der Stadt wohl nicht?«

»Nein. Nie davon gehört.«

Ana spielte mit ihrem Essen und suchte nach den richtigen Worten. Sie trank den letzten Schluck Bier. »Die *coyotes* machen manchmal auf der amerikanischen Seite halt. Sie trennen die Frauen von den Männern und ... vergewaltigen sie. Egal, wie alt oder jung sie sind. Und danach hängen sie die Unterhosen in einen Baum, wie Trophäen. Und lassen sie da. Ich finde sie dann.«

»Herrgott. Passiert das oft?«

Ana nahm einen Bissen und kaute eine Weile, bevor sie antwortete. Das Bild des Vergewaltigungsbaums stieg in ihr auf, sie verdrängte die Erinnerung und konzentrierte sich auf den vor ihr sitzenden Mann. »Nicht oft«, sagte sie. »Aber oft genug.«

»Warum tun die das?«

»Das weiß keiner so genau. Vielleicht wollen sie den Grenzquerern Angst einjagen. Vielleicht haben sie einfach Spaß daran. Ich weiß es nicht. Aber ich weiß, dass ich die Bäume nicht gerne finde.«

»Wem ginge das nicht so?«

Sie schob ihren Teller beiseite. Der Appetit hatte sie verlassen.

»Wir sind wohl nicht die Einzigen, die Probleme haben«, sagte Unrein.

»Wie gesagt, wenn Sie tauschen wollen, bin ich gerne bereit.«

»Ich will gar nicht daran denken, so was zu finden. Und als Frau ...« Unrein beendete den Satz nicht.

»Ich möchte meinen, das würde auch einen Mann erschüttern.«

»Zweifelsohne.«

Ana winkte den Kellner heran und bestellte ein zweites Bier, ihr war egal, was Unrein davon hielt. Sie musste ja nicht gleich fahren, außerdem machten ihr zwei Bier nichts aus. »Wechseln wir das Thema«, sagte sie.

»Okay. Wie lange dauert es, bis Sie in Presidio erlöst werden?«

»Keine Ahnung. Ich bin seit fast zwei Jahren da, bisher war keine Rede von einer Versetzung. Ich nehme einen Tag nach dem anderen. Halte ein Auge auf die Dinge, auf die ich ein Auge halten soll, und helfe ab und zu dabei, Menschen einzusammeln. Lebendige und tote.«

»Arbeiten die CBP-Typen gut mit Ihnen zusammen?«

Ana dachte an Darren. »Wir kommen klar. Sie wissen, weshalb ich da bin.«

»Wo Aufruhr ist, ist ein Ranger«, sagte Unrein.

»Ich hätte gern ein bisschen mehr Aufruhr da draußen«, erwiderte Ana. »Dann wäre es nicht so langweilig.«

Sie beendeten ihr Mittagessen, und Ana ließ die zweite Flasche halb voll stehen. Unrein bezahlte die Rechnung – eine Aufmerksamkeit von Company E, sagte er – und fuhr sie zum Hauptquartier zurück. Dort suchte sich Ana einen Platz auf einer langen Bank im Korridor vor Unreins Büro und fiel in eine Art Trance, wartete, ohne nach rechts oder links zu schauen, ließ sich vom Treiben um sie herum einlullen wie vom Zirpen der Zikaden im Gebüsch.

So verbrachte sie Stunden, dachte an nichts und bewegte kaum einen Muskel. Einmal kam Unrein und fragte, ob sie etwas brauchte, vielleicht einen Kaffee, aber sie lehnte ab. Sie wartete, während langsam tickend die Zeit verging.

Als Unrein wiederkam, schwebte Ana in anderen Sphären. Er hatte eine Mappe dabei, außerdem Claude Bowders Pistole und die Asservatenbeutel. Auch die Waffe war in einen solchen Beutel gesteckt worden. Unrein sagte etwas. »Was?«, fragte Ana.

»Ich habe gesagt, Ihr Bericht ist fertig. Tut mir leid, dass es so lange gedauert hat.«

»Kein Problem.«

»Kommen Sie rein, wir werfen einen Blick darauf.«

Sie setzten sich an seinen Schreibtisch. Ana öffnete die Mappe und fand darin drei Blatt dünnen Papiers und einige Fotokopien, vergrößerte und mit einem Stift markierte Bilder der Patronenhülsen, der deformierten Kugel und der unversehrten Vergleichspatrone, die man im Ballistik-Labor in einen Wassertank geschossen hatte. Sie brauchte nur wenige Sekunden, um den Bericht zu überfliegen und das Ergebnis zu verstehen.

»Und?«, fragte Unrein.

»Kein Treffer«, sagte Ana.

»Wie Sie es sich gedacht haben?«

Ana nickte. »Ich hatte nie einen Zweifel.«

»Nun, jemand in Presidio kann jetzt besser schlafen.«

Ana steckte den Bericht ein und hielt Unrein die Hand hin. »Vielen Dank für Ihre Mühe.«

»Jederzeit. Was immer Sie brauchen.«

»Ich muss mich gleich wieder auf den Weg machen, um das hier morgen früh in die richtigen Hände zu übergeben.«

»Wie, Sie wollen nicht im schönen El Paso übernachten? Nachts hört man die Schießereien in Juárez.«

Ana lächelte. »Das lasse ich mir entgehen.«

»Ihr Pech.«

Unrein brachte sie zur Tür, kurz darauf saß sie wieder im Wagen. Die Sonne würde ihr noch ein paar Stunden den Weg weisen, aber bis sie zu Hause ankam, würde es dunkel sein.

Zu Hause. Wieder dieses Wort. Es gefiel ihr nicht.

22

Es war schon nach zehn Uhr abends, als Ana vor der CBP-Station anhielt, aber noch immer waren Agents im Dienst. Niemand sprach mit ihr, während sie den Ballistik-Bericht kopierte, keiner nahm Notiz von ihr, als sie ging. Kurz nach elf war sie zu Hause und nahm Claude Bowders Waffe mit hinein. Als sie am nächsten Morgen aufwachte, lag die Waffe in Plastik eingepackt auf dem Küchentisch und wartete darauf, ihrem Besitzer zurückgebracht zu werden.

Auf der Fahrt zu den Bowders dachte Ana an El Paso. Dort würde man wegen einer Waffe oder eines toten Mexikaners kein

Aufheben machen, dazu hatten sie dort viel zu viel um die Ohren. Und ein zerschnittener Zaun würde auch nicht dazu führen, dass man stundenlang durch den Staub kroch und Phantomüberquerer suchte. In El Paso gab es echte Probleme, echte Verbrechen, Ciudad Juárez lag wie ein bösartiges Geschwür auf der anderen Seite der Grenze und wartete nur darauf, sich über den Fluss hinweg auszubreiten. Immerhin kannte man dort keine Vergewaltigungsbäume. Das war schon was.

Heute standen beide Trucks der Bowders vor dem Haus, und bevor Ana aussteigen konnte, kam Elaine Bowder keifend aus der Haustür gefegt. Claude Bowder folgte seiner Frau.

»Ranger! Wie können Sie es wagen, meinem Mann zu unterstellen, er hätte irgendeinen Wetback abgeschossen? Ist es so weit gekommen? Dass man einen Rancher wie einen Kriminellen behandelt, weil auf seinem Land ein Mexikaner einen anderen umbringt? Antworten Sie, Ranger!«

Ana hob die Hände, um Mrs. Bowders Tirade abzuwehren. »Niemand unterstellt irgendwem irgendetwas. Und hier ist die Waffe Ihres Mannes zurück, wie versprochen.«

Claude Bowder nahm die Pistole entgegen und drehte die Plastiktüte in seinen Händen. Seine Frau schwieg kurz, und er brummte: »In Ordnung.«

»Finden Sie nicht, Sie schulden Claude eine Entschuldigung?«, fragte Mrs. Bowder.

»Mr. Bowder, ich entschuldige mich für das Ärgernis. Ich mache nur meinen Job.«

»Ihr *Job* ist es, die Wetbacks davon abzuhalten, den Fluss zu überqueren!«, rief Mrs. Bowder.

»Und sicherzustellen, dass niemand die Gesetze des Staates Texas bricht«, erwiderte Ana. »Mord ist ein Verbrechen, auch wenn es ein Mexikaner war, der ums Leben gekommen ist.«

»Geschieht denen recht, wenn sie herkommen«, sagte Mrs. Bowder, schien aber an Dampf verloren zu haben.

»Die Ergebnisse der Tests waren eindeutig«, teilte Ana Claude Bowder mit. »Ihre Waffe ist *nicht* die, mit der der Mexikaner erschossen wurde.«

»Hab ich doch gesagt, oder?«, erwiderte Bowder.

»Und *ich* habe gesagt, dass ich das auch nicht annehme. Also beruhigen wir uns alle.«

»Ich *bin* ruhig«, sagte Mrs. Bowder.

»Okay.«

»Gehen Sie zum Treffen?«, fragte Mrs. Bowder. »Werden Sie allen erklären, dass Claude unter Verdacht stand, an einer Schießerei beteiligt gewesen zu sein? Das werden sicher alle wissen wollen.«

»Wann ist das Treffen noch gleich?«

»Morgen Abend.«

»Ich werde da sein. Und Ihr Mann stand nie unter Verdacht, Mrs. Bowder.«

»Jacke wie Hose.«

»Und vielleicht hat es am Ende was Gutes«, sagte Ana. »Allen muss klar sein, dass sie nicht einfach die Waffe auf Grenzquerer richten können, die zufällig über ihr Land kommen.«

»Sonst werden sie von Ihnen eingebuchtet.«

»Ganz genau.«

»Na, für mich ist das Thema beendet«, sagte Bowder. »Ich hab meine Waffe wieder, der tote Wetback ist auf dem Weg zurück nach Mexiko, wo er hingehört, ab jetzt geht alles wieder seinen geregelten Gang. So geregelt wie möglich jedenfalls. Manchmal scheint es, als würde alles rückwärts laufen.«

»Es tut mir wirklich leid, Mr. Bowder«, sagte Ana. »Wenn ich irgendetwas tun kann –«

»Halten Sie einfach die gottverdammten Wetbacks von meinem Land fern! Es ist schon schlimm genug, ohne dass die sich gegenseitig umbringen.«

»Ich tue, was ich kann.«

»Besser ist es. Bis morgen Abend dann. Wir treffen uns bei den Gaughans.«

»Ich denke daran.«

Bowder legte seiner Frau eine Hand auf die Schulter. Elaine Bowder wandte sich widerwillig ab, als hätte sie Ana gerne noch etwas an den Kopf geworfen, fände aber im Moment nicht die richtigen Worte. Ana atmete tief durch. Dann ging sie zurück zu ihrem Wagen.

Ihr nächstes Ziel war das mexikanische Konsulat. Sie überlegte, anzurufen oder den Bericht einfach zu faxen, fuhr dann aber direkt dorthin. Es war immer noch früh, als sie vor dem Gebäude parkte und hineinging.

Jorge Vargas sah sie sofort. Anstatt ihm die Hand zu geben, hielt Ana ihm die Mappe mit dem Bericht hin. Vargas schien es nichts auszumachen. Er bat Ana herein.

Sie wartete, während er den Bericht las. Schließlich klappte er die Mappe zu und legte sie auf seinen Schreibtisch. »Nun«, sagte er, »es sieht so aus, als hätten Sie recht gehabt. Wer immer der Täter war, es war nicht dieser Señor Bowder.«

»Ich hoffe, dass das Ganze damit abgeschlossen ist«, sagte Ana.

Vargas nickte rasch. »Natürlich, natürlich. Wie ich Ihnen bereits sagte, wollten allein meine Vorgesetzten in Mexiko diese Frage beantwortet haben. Um sicherzugehen. Ich weiß, dass Sie Verständnis haben.«

»Ich verstehe genau. Haben Ihre Leute ihn identifizieren können?«

»Ich weiß es nicht. Ich habe nichts weiter gehört. Und ich bezweifle auch, dass ich noch was hören werde. Da er kein legaler Besucher der Vereinigten Staaten und kein Immigrant war, hatte unser Büro nichts mit ihm zu tun.«

»Also werde ich es nie erfahren«, sagte Ana.

»Ist Ihnen das wichtig?«

»Er ist auf amerikanischem Boden gestorben. Er sollte wenigstens einen Namen haben.«

»Er wird einen bekommen. Und wenn es Ihnen wichtig ist, werde ich ihn in Erfahrung bringen. Nur Ihnen zuliebe.«

»Danke, aber machen Sie sich keine unnötige Mühe.«

»Betrachten Sie es als einen Gefallen von mir.«

Ana erhob sich. »Ich muss gehen.«

»Können Sie nicht noch ein bisschen bleiben?«

»Nein, ich habe zu tun. Und wollte Ihnen den Bericht nur persönlich bringen. Betrachten Sie das als einen Gefallen von mir.«

»Mache ich. Und danke Ihnen noch einmal.«

Sie verabschiedeten sich wie immer mit Luftküssen und guten Wünschen. Ana verließ das Büro erleichtert, denn jetzt war alles erledigt. Der tote Mexikaner war nicht mehr ihre Sorge. Sie konnte zu ihren eigentlichen Aufgaben zurückkehren. Bis die nächste Leiche auftauchte.

23

Am nächsten Abend fuhr Ana zu den Gaughans, die ein mittelgroßes Stück Land besaßen, das der Schaf- und Ziegenzucht vorbehalten war. In der Nähe ihres Wohnhauses stand eine Windmühle, die aus großer Tiefe ein Rinnsal an Wasser in ein großes Reservoir aus Beton im Hinterhof pumpte. Ana dachte, mit einem Silo dazu wäre das Bild perfekt.

Vor dem Haus der Gaughans war etwa ein Dutzend Trucks geparkt, außerdem zwei offizielle Fahrzeuge, eines vom Sheriffbüro, das andere von der Border Patrol. Ana erinnerte sich, dass Darren das Treffen erwähnt hatte, und ihr grauste davor, ihm gegenüberzustehen.

Der Geruch von Gegrilltem wehte über das Dach hinweg. Im Hinterhof wuchs ein großer Schattenbaum, der sein Wasser teilweise aus dem Reservoir bezog. Ein Grill und ein langer Holztisch waren aufgestellt worden, an dem einige Rancher saßen, die meisten älter und grauhaarig, und Rindersteak, Würstchen und Burger aßen. Ana sah Darren neben Matthew Millwood vom Sheriffbüro stehen und einen Burger von einem Pappteller essen. Beide trugen schusssichere Westen, auf Darrens standen die Worte BORDER PATROL. Als er Ana ansah, wandte sie den Blick ab.

Ausnahmslos alle Rancher trugen Tarnkleidung, Männer wie Frauen. Sie hatten außerdem Basecaps oder Armbinden mit einem Abzeichen, das den Umriss von Texas und die Aufschrift *West Texas Border Volunteers* zeigte. Waffen waren keine zu sehen, aber Ana wusste, sobald die Polizei nicht mehr in der Nähe war, würden sich die meisten dieser Leute bewaffnen.

»Da kommt der Ranger!«, rief jemand, und das allgemeine Begrüßen setzte ein. Jemand drückte Ana einen Hamburger in die Hand. Claude Bowder kam und bot ihr eine geöffnete Flasche RC Cola an. Sie nahm sie und sah sich nach einem Platz um, um alles abzustellen.

Es ging familiär und laut zu. Ana sah Mrs. Bowder, die sie über den Tisch hinweg mit einem vorwurfsvollen Blick bedachte. Ana wandte sich ab. Claude Bowder selbst schien ihre Gegenwart nicht zu stören. Er stellte sich mit einem dicken Aktenordner in der Hand neben den Schattenbaum. Langsam erstarben die Gespräche.

»Ich möchte dieses Treffen der West Texas Border Volunteers jetzt offiziell eröffnen!«, verkündete Bowder. »Okay, alle miteinander, Ruhe jetzt.«

Die letzten Stimmen verstummten. Ana aß den Burger, den sie eigentlich nicht wollte.

»Wir alle wissen, wie ereignisreich der letzte Monat gewesen ist«, sagte Bowder. »Bei Bill Sheedy wurden mehrere Wetbacks geschnappt, und ihr habt alle von dem Mexikaner gehört, der auf meinem Land erschossen wurde.«

Bei den Worten sah Bowder Ana direkt an. Sie dachte, er würde mehr dazu sagen, aber er sprach weiter.

»Die werden mit jedem Tag dreister, und wir müssen alle noch besser aufpassen. Die Wetbacks bei Sheedy waren am helllichten Tag unterwegs. Und wer weiß, wo sich der Mörder des Mexikaners rumtreibt. Vielleicht kommt er heute Nacht wieder rüber. Ranger Torres ist heute Nacht bei uns, außerdem Agent Sabado von der Border Patrol und Deputy Millwood. Wenn ihr irgendetwas seht, dann ruft ihr sie zu Hilfe, und sie kümmern sich um die Situation. Wir wollen nicht, dass sich irgendwer eine Kugel einfängt. Ich werde euch jetzt zuteilen. Heute Abend verteilen wir uns über drei Grundstücke: meins, und die von den Sheedys und von den Esteps.«

Bowder las aus dem Aktenordner vor. Die Volunteers hatten eine komplizierte Karte ausgearbeitet, die die meisten Grundstücke entlang des Rio Grande miteinbezog, heruntergebrochen in »Sektoren« und nach einem System mit Buchstaben und Nummern versehen, das Ana sich nie zu verstehen bemüht hatte. Das war Sache der Rancher, nicht der Behörden. Die Rancher schoben dann in Gartenstühlen oder auf Hochsitzen Wache und lauerten auf illegale Grenzquerer. In dem unwahrscheinlichen Fall, dass ihnen einer über den Weg lief, riefen sie die Behörden.

»Wie schmeckt der Burger?« Darren sprach von hinten in ihr Ohr, und Ana zuckte unwillkürlich zusammen. Er lachte und legte ihr eine Hand auf den Arm. »Was ist, hab ich dich erschreckt?«

»Nein, du hast mich nicht erschreckt«, log Ana.

»Du trägst deine Schussweste ja gar nicht. Du weißt doch, die stehen darauf, wenn wir in voller Montur kommen.«

»Ich habe mich für bequem entschieden.«

»Du siehst gut aus.«

Ana wandte den Blick ab. »Nicht hier.«

»Ich hab doch nur gesagt, dass du gut aussiehst.«

»Nicht hier.«

»Jawohl, Ma'am«, sagte Darren und ging.

Als alle Aufgaben verteilt worden waren, brachen die Rancher allmählich zu ihren Fahrzeugen auf. Bowder blieb zurück. »Wo werden Sie sein?«, fragte er Ana.

»In der Nähe. Ich bin per Funk erreichbar, falls jemand mich braucht.«

»Ich trage die .45er bei mir, die Sie mir weggenommen hatten. Sie werden mich nicht verhaften, wenn ich sie auf dem Weg zu meinem Sektor nicht in einem Waffenkoffer verschließe, oder?«

»Nein.«

»Gut. Bis später, Ranger.«

Ana, Darren und Millwood warteten, bis sich alle Rancher auf den Weg gemacht hatten, bevor sie zu ihren Trucks gingen. Sie würden an verschiedenen Stellen entlang des Highways, der an den Ranches vorbeiführte, Stellung beziehen. Dann würden sie über Funk in Kontakt bleiben und den Gesprächen der Wachposten lauschen. Normalerweise dauerte es fünf oder sechs Stunden, bis der erste Rancher von Kälte und Müdigkeit und Langeweile geplagt wurde. Das steckte schnell die anderen an, und dann war der Spuk wieder für einen Monat vorbei.

»Bis dann!«, sagte Millwood zu Ana und Darren, setzte sich ans Steuer, wendete in einer Staubwolke und fuhr davon. Sheriff Sellner rechnete Überstunden an, wenn man sich freiwillig als Kindermädchen für die West Texas Border Volunteers meldete.

»Also«, sagte Darren. »Können wir jetzt reden?«

»Wir müssen los«, erwiderte Ana.

»Ich würde jetzt wirklich gern reden.«

Ana, die schon halb an ihrem Wagen war, drehte sich um. »Worüber willst du reden? Das Gleiche wie letztens? Ich habe dir gesagt, was ich fühle.«

»Du hast gesagt, wir können darüber reden.«

»Dann hab ich mich geirrt. Es gibt nichts zu bereden.«

»Du willst also sagen, dass es vorbei ist?«

»Ich will sagen ... ich sage, vielleicht wäre es gut, einen Schritt zurückzumachen. Wir wollen offensichtlich unterschiedliche Dinge, und je länger wir weitermachen, desto schwieriger wird es.«

Darren ging einen Schritt auf Ana zu, aber ihr Blick hielt ihn auf. »Ich werde mich nicht dafür entschuldigen, dass ich dich liebe«, sagte er.

»Dann nicht. Aber erwarte nicht, dass ich dich auch liebe.«

Ana sah Schatten über Darrens Gesicht huschen. Er öffnete den Mund, um etwas zu sagen, machte ihn wieder zu und biss die Zähne zusammen. Schließlich trat er einen Schritt zurück. »Okay«, sagte er.

»Lass es einfach eine Weile ruhen.«

»Okay.«

»Fahren wir.«

Ana ging zu ihrem Truck, Darren zu seinem. Er folgte ihr vom Hof, zog nach einigen Minuten Fahrt an ihr vorbei und verschwand in der zunehmenden Dunkelheit.

Sie fuhr, bis sie etwa im Zentrum des überwachten Gebietes war, und stellte sich an den Straßenrand. Auf dem Funkgerät verfolgte sie den von den Volunteers genutzten Kanal. Schon jetzt wurde viel geschwatzt: nichts Neues im Hinterland. Ana stellte Motor und Scheinwerfer aus, saß im Dunkeln und lauschte.

Nach einer Weile ging der fast volle Mond auf und warf sein geisterhaftes Licht auf die Umgebung. Die Volunteers waren mit der Zeit ruhiger geworden, hatten sich auf ihren Posten eingerichtet und spähten durch Ferngläser und Nachtsichtgeräte und andere verfügbare Überwachungsgeräte. Irgendwie schien sie dieses Ritual zu beruhigen, auch wenn es immer ergebnislos verlief.

In der Fahrerkabine wurde es mit der Zeit stickig. Ana öffnete das Fenster und ließ die kühle Nachtluft herein. Vor Kälte stellten sich ihre Nackenhaare auf. Es war nicht so kalt, dass sie ihren Atem sehen konnte, aber zu kalt, um ohne angemessene Ausrüstung durch die Nacht zu streifen. Der Temperaturunterschied zwischen Tag und Nacht ist das Schlimmste an dieser Gegend, dachte Ana.

Stunden vergingen. Das Funkgerät krachte. »Hier ist Claude in Sektion 2A.«

»Was ist los, Claude?«, fragte irgendwer.

»Bin nicht sicher. Da drüben könnten Licht und Bewegung sein. Ich warte noch ab. Ranger, sind Sie da?«

Ana nahm das Mikrofon vom Armaturenbrett. »Ich bin da.«

»Ich bin ziemlich weit draußen, in der Gegend, wo Sie neulich den toten Mexikaner gefunden haben. Hier könnte was sein.«

Ana verspürte Anspannung. »Darren, Millwood, hört ihr das?«

»Ich höre«, sagte Darren über Funk. Millwood bestätigte ebenfalls.

Danach blieb es bis auf das leise Knistern des Funkgeräts lange ruhig. Schließlich war wieder Bowder zu hören: »Da bewegt sich definitiv was. Ich habe ein Licht gesehen. Sie sind noch ein ganzes Stück weg, kommen aber direkt auf mich zu.«

»Verstanden«, sagte Ana. »Bin auf dem Weg.«

»Unterwegs«, schloss sich Darren an.

Ana ließ den Wagen an, wendete auf der Straße und fuhr zurück in die Richtung, aus der sie gekommen war. Die Grenzlinien zwischen den Grundstücken waren ihr mittlerweile so vertraut, dass sie sie sogar im Dunkeln wahrnahm. Sie war nur Minuten vom Eingangstor zu Bowders Grundstück entfernt. Als sie dort ankam, konnte sie auf der Straße noch keinen weiteren Wagen kommen sehen.

Ana durchquerte das Tor und fuhr so schnell, wie sie es wagte, den Schotterweg entlang. Hier draußen waren Weißwedelhirsche und andere größere Tiere unterwegs, die einem vors Auto springen und Unheil anrichten konnten. Sie funkte Bowder an. »Haben Sie Ihre GPS-Koordinaten?«

Bowder gab sie ihr, und sie tippte sie im Fahren mit einer Hand ein. Tatsächlich: Er war weniger als eine halbe Meile entfernt von dem Vergewaltigungsbaum und dem Fundort des toten Mexikaners.

»Können Sie sie noch sehen?«

»Sie nähern sich. Langsam, aber sicher. Wie lange brauchen Sie noch?«

»Ich komme so schnell ich kann. Ich fahre jetzt von der Straße runter.«

Der Wagen wurde durchgerüttelt, als Ana vom Schotterweg ab und auf das unebene Land fuhr. Sie wich den im Scheinwerferlicht auftauchenden Bäumen und Büschen aus. Je weiter nach Süden man kam, desto rauer wurde der Boden, wie sie sich erinnerte, es lauerten gefährlich klaffende Rinnen, die einen Wagen, selbst einen mit Vierradantrieb, auf Grund gehen lassen konnten. Aber die Grenzquerer, die Bowder gesehen hatte, waren zu Fuß unterwegs und langsamer als sie.

»Darren, bist du da?«

»Ich bin ein kleines Stück hinter dir, sehe deine Lichter aber nicht.«

»Ich bin hier draußen.«

»Ich komme. Millwood, sind Sie da?«

»Fast. Ich glaube, ich habe das Tor verpasst.«

»Beeilung.«

Auf dem GPS-Display war Ana ein Diamant in der Mitte und Bowder ein Punkt, der langsam auf sie zusteuerte. Ihr Truck geriet in ein paar tiefe Furchen, einmal dachte sie schon, sie würde stecken bleiben, aber es ging weiter. Mit einem Pferd war man hier draußen besser dran.

Schließlich wuchsen die Bäume spärlicher, der Untergrund war zwar nicht besser, aber sie musste wenigstens nicht mehr Gebüsch und Ästen ausweichen. Vor ihr lag die Wüste. Sie würde bald das Licht ausschalten müssen, um die Grenzquerer nicht zu warnen. Nur im Licht des Mondes und der Sterne zu fahren, war kein Kinderspiel.

»Ich bin noch ungefähr zwei Meilen entfernt«, sagte sie schließlich und stellte die Scheinwerfer ab. Die Lichter der Armaturen spiegelten sich auf der Innenseite der Windschutzscheibe, aber Ana hielt den Blick auf die fahl beleuchtete Landschaft gerichtet. Ihre Reifen zermalmten kleinere Steine und gruben größere um. Die Stoßdämpfer des Wagens waren steif, und Ana spürte jeden Huckel. »Darren, bist du auf dem Weg?«

»Ja. Mach dir um mich keine Sorgen.«

Schließlich war sie nahe genug, um auf einem kleinen Hügel einen schwarzen Fleck zu erkennen. Eine Taschenlampe wurde in ihre Richtung geschwenkt: Bowder gab ihr Signale. Sie brachte den Wagen hinter dem Hügel zum Stehen und stellte den Motor ab. Als sie ausgestiegen war, sah sie Bowder gemeinsam mit seiner Frau auf ihrem provisorischen Wachposten: Klappstühle, Decken und ein Nachtsichtgerät auf einem Stativ. Bowder kam ihr mit einem Gewehr in der Hand entgegen.

»Gerade rechtzeitig. Sie sind keine Meile mehr entfernt, glaube ich.«

»Wie viele sind es?«

»Kann ich nicht sagen. Vielleicht zehn, fünfzehn.«

»Lassen Sie mich sehen.«

Bowder überließ Ana seinen Stuhl. Sie spähte durch das Nachtsichtgerät, das die Umgebung grünlich erscheinen ließ und so kahl wie eine Mondlandschaft. Sie erkannte den einsamen Mesquitebaum und dahinter eine Gruppe von Menschen.

Sie bewegten sich dicht aneinander gedrängt und ziemlich schnell vorwärts. Ana sah kurz den Kegel einer auf den Boden gerichteten Taschenlampe aufleuchten. Ein erfahrener *coyote* schaltete nur ab und zu die Lampe an, um den Weg zu finden, ohne Aufmerksamkeit zu erregen, auch wenn hier draußen eigentlich niemand zu erwarten war.

»Werden Sie mit der ganzen Gruppe fertig, Ranger?«, fragte Elaine Bowder.

»Muss ich nicht. Darren ist auf dem Weg.«

»Ich kann Ihnen Verstärkung geben«, sagte Claude Bowder und hielt sein Gewehr hoch. Den Colt hatte er auch dabei.
»Das ist nicht nötig. Es wird nicht geschossen.«
»Was, wenn die bewaffnet sind?«
»Wir werden versuchen, sie festzunehmen, ohne dass es zu einer Schießerei kommt.«
Ana behielt die stetig näher kommende Gruppe der Grenzquerer im Auge, bis endlich Darrens Truck zu hören war. Sie verließ ihren Posten und ging Darren entgegen.
»Wir haben es mit etwa einem Dutzend zu tun, vielleicht mehr«, sagte sie. »Am besten gehen wir sie von zwei Seiten an und versuchen, sie an der Flucht zu hindern.«
»Willst du auf Millwood warten?«
»Hast du eine Ahnung, wo er ist?«
»Ich glaube, er musste noch mal umdrehen. Ich habe Verstärkung gerufen, aber die wird eine Weile auf sich warten lassen. Wir können einen Heli losschicken, wenn es sein muss.«
»Also nur du und ich.«
»Alles klar. Ich hole mein Gewehr.«
Ana überprüfte ihren Gürtel. Sie hatte ihre Pistole, Munition, eine Taschenlampe und ein halbes Dutzend Kabelbinder dabei. Ihre Hände zitterten leicht, sie wusste nicht, ob das der Kälte oder dem Adrenalin geschuldet war.
Darren kam mit seinem Gewehr zurück. Auf dem Lauf war ein Taclight montiert, das er probeweise an- und ausschaltete.
»Alles klar«, sagte er.
»Die machen einen Bogen«, zischte Bowder atemlos. »Sie kommen genau auf uns zu.«
»Darren?«
»Ich bin bereit.«
»Dann los.«
Gemeinsam machten sie sich auf den Weg. Ana wusste, dass sie im Mondschein bald sichtbar sein würden, hoffte aber trotzdem auf den Überraschungseffekt. Hier draußen im Dunkeln rechnete kein Mensch mit den Behörden. Schon gar nicht in so kleiner Besetzung. Eher würde man noch Pferde oder Geländewagen oder Trucks und einen Helikopter erwarten. *Schön wär's*, dachte Ana.

Jedes Mal, wenn sie mit den Stiefeln über einen Stein kratzte oder einen Kiesel wegtrat, zuckte sie zusammen, denn es klang, als würde hier eine Armee marschieren. Sie suchte das Gelände vor sich nach Bewegung ab, horchte auf Geräusche. Als plötzlich die Taschenlampe wieder aufleuchtete, merkte sie, dass die Gruppe viel näher war, als sie gedacht hatte.

Darren schlich ein Stück links von ihr in dieselbe Richtung. Ana konnte die Gruppe jetzt sehen, die entschlossen voranmarschierte, alle trugen große Bündel bei sich. Mit der rechten Hand zog Ana ihre Waffe, mit der linken die Taschenlampe aus dem Gürtel. Da war es wieder: das Zittern.

Da sie sich sonst verraten hätten, konnten Darren und Ana sich nicht absprechen. Also pirschte sich Ana immer noch unbemerkt bis auf etwa zehn, fünfzehn Meter an die Gruppe heran, ließ dann die Taschenlampe aufleuchten und rannte los. »Texas Rangers! ¡Manos arriba!«

Sie sah Darrens Taschenlampe ein ganzes Stück links von sich aufleuchten und hörte ihn die Grenzquerer auf Spanisch anbrüllen, die Hände hochzunehmen, *hoch!* Die Überquerer gerieten in Panik und riefen wild durcheinander. Der Mann mit der Taschenlampe richtete den Strahl direkt auf Ana, dann hörte sie einen Schuss.

»Sie schießen!«, schrie Darren.

Aus einer Gewehrmündung leuchtete ein orangefarbener Blitz auf. Eine Kugel schlug gegen einen Felsen irgendwo rechts von Ana, plötzlich wurde sie von einem heftigen Schlag in die Seite herumgeschleudert und bekam keine Luft mehr. Weitere Schüsse, sie kippte nach vorne um. Die Pistole in ihrer Hand wurde abgefeuert, Ana konnte sich nicht entsinnen, den Abzug gezogen zu haben. Jemand schrie.

Etwas sauste an ihrem Ohr vorbei. Noch ein Schuss. Sie feuerte auf den Knien zurück. Die Grenzquerer warfen sich zu Boden, nur der Mann mit der Taschenlampe blieb aufrecht stehen und schoss immer weiter.

Darrens Gewehr ging los, und die Taschenlampe flog in hohem Bogen durch die Luft. Ana fiel hart auf den Ellbogen und verlor dabei ihre Pistole. Der Druck auf ihrer Brust war unerträglich und vermischte sich mit Schmerz.

»Ana! Ana!«

»Ich bin okay«, flüsterte Ana. Sie schmeckte Salz.

Sie rollte sich auf den Rücken, Darren war bei ihr. Wieder und wieder schrie er *Officer verwundet!* in das an seiner Schulter befestigte Mikrofon. Ana konnte nicht tief atmen, eigentlich konnte sie überhaupt nicht atmen. Die Sterne flackerten.

»Behalt die Augen offen«, sagte Darren zu ihr. Er drückte auf ihre Brust, und sie nahm wahr, dass unter seinen Händen etwas Warmes, Nasses war. »Hörst du mich? Bleib bei Bewusstsein. Hilfe ist auf dem Weg.«

Ana drehte den Kopf. Sie sah die Grenzquerer auf dem Boden kauern und hörte sie auf Spanisch lamentieren, verstand aber kein Wort. Nicht mal Darren, der immer noch auf sie einredete, war verständlich. Die Worte klangen verzerrt, zerbrochen. *Gott, diese Schmerzen!*

Sie sah einen Mann mit den Stiefelspitzen gen Himmel gerichtet im Staub liegen. Und wusste, dass er tot war.

Darren schrie sie an, Ana blickte in sein Gesicht und sah, dass es sich in Finsternis auflöste.

24

»Darren?«, fragte sie.

Es war hell, die Sonne schien durch ein Fenster und ließ das Bett golden schimmern. Die Luft war klar und kalt, aber Ana lag unter einer warmen Decke. Sie sah die Zimmerdecke, das Neonlicht.

»Darren ist nicht da«, sagte jemand. »Ich bin's, Julio.«

Ana drehte den Kopf und stellte dabei fest, dass ihr Nacken steif war und schmerzte. Julio Stender saß an ihrem Bett, in Uniform, den Hut in den Händen. Die Zimmertür stand offen, draußen ging eine Krankenschwester vorbei. Ana atmete tief ein und spürte, dass unter ihrem Nachthemd etwas ihre rechte Seite einengte. In ihrer linken Hand steckten Schläuche an Kanülen.

»Stender?«

»Wir haben uns abgewechselt, die ganze Mannschaft von der Station. Du hast Darren verpasst. Er war gestern hier.«

»Wo bin ich?«

»Im Krankenhaus in Alpine.«

Ana versuchte sich aufzurichten, gab aber auf, als Schmerzen wie Stromstöße durch ihre Seite jagten. Stender streckte eine Hand aus, berührte sie aber nicht. Sie sank zurück in die Kissen.

»Du hast einen Lungenschuss abgekriegt«, sagte Stender. »Wir mussten dich da raustragen, dann hat dich ein Heli ausgeflogen. Du hast viel Blut verloren. Wir dachten... wir dachten, du würdest es vielleicht nicht schaffen.«

»Seit wann bin ich hier?«

»Etwa eine Woche. Die meiste Zeit haben sie dich betäubt.«

Ana berührte vorsichtig ihre rechte Seite und fühlte den Verband. Sie drückte lieber nicht. Sie versuchte sich an den Moment zu erinnern, als sie angeschossen wurde, aber die Bilder vermischten sich, ließen sich nicht greifen und verursachten ihr Kopfschmerzen.

»Willst du was trinken?«

»Ja.«

Stender verschwand und blieb eine Weile weg, und Ana sah sich im Zimmer um. Es war klein und spärlich eingerichtet, für Besucher stand nur ein Stuhl zur Verfügung. Nicht einmal ein Telefon gab es. Sie war an Monitore angeschlossen, die stumm geschaltet waren und von denen sie sowieso nichts ablesen konnte. Weder Bilder noch Blumen verschönerten das Zimmer, wären aber auch fehl am Platz gewesen. Ein steriler, funktioneller Raum, der sie an ihr Haus in Presidio denken ließ. Wenn sie dort auszog, würde es sein, als wäre sie nie da gewesen.

Stender kam mit Wasser und Eis in einem Pappbecher zurück. »Die haben gesagt, das hier darfst du«, sagte er. Er half Ana, den Kopf zu heben. Sie war durstiger, als sie gedacht hatte, und trank den Becher in einem Zug aus.

»Mehr«, bat sie.

»Kommt sofort.«

Sie schaute aus dem Fenster, konnte aber außer hellblauem Himmel und Sonnenlicht nichts sehen. Bender kam zurück, sie trank den Becher wieder aus.

»Die kommen gleich, um nach dir zu sehen«, sagte er.

»Erzähl mir, was passiert ist.«

»Das sollte Darren tun, er war dabei.«

»Aber jetzt ist er nicht da. Erzähl du.«

»Nun, als ihr die Grenzquerer gestellt habt, hat der *coyote* angefangen, auf dich zu schießen. Einfach so, ohne Warnung. Er hat dich angeschossen, aber du hast ihn erwischt! Darren sagt, er weiß nicht, wie du das gemacht hast, aber du hast ihn genau in die Brust getroffen. Dann hat Darren den Rest erledigt.«

»Wie geht es Darren?«

»Gut. Er hat sich Sorgen um dich gemacht. Wie wir alle. Der Gouverneur hat extra wen hergeschickt, der die Sache untersuchen soll. Bestimmt kommt er noch hier vorbei. Jetzt, wo du wach bist, werden alle kommen wollen.«

»Das ist schön«, sagte Ana.

»Das Beste hab ich dir noch gar nicht erzählt.«

»Was denn?«

»Die Waffe, mit der du angeschossen wurdest, ist zur Analyse nach Austin geschickt worden. Die Ballistiker haben rausgefunden, dass damit auch der tote Mexikaner erschossen wurde. Er war's! Du hast den Typen gekriegt!«

Ana schloss die Augen. Obwohl sie unter Medikamenten stand, konnte sie mit etwas Konzentration den tief sitzenden Schmerz in ihrer verbundenen Seite fühlen. Sie blieb so lange still, dass Stender sich schließlich in den Besucherstuhl am Bett setzte. Da öffnete sie die Augen. »Ich schlafe nicht«, sagte sie.

»Ich war mir nicht sicher.«

»Bitte sag allen in meinem Namen danke. Ich weiß es wirklich zu schätzen.«

»Richte ich aus.«

»Haben die Ärzte gesagt, wie es weitergeht?«

»Mir nicht. Bestimmt sagen sie es dir bald.«

Ana nickte. Sie wusste, dass sie etwas zu sagen hatte, hatte aber

niemanden, dem sie es sagen konnte. Stender war ein netter Kerl, aber nicht derjenige, den sie jetzt sehen wollte. »Frag mal ... frag Darren, ob er zu Besuch kommen kann«, sagte sie.
»Mache ich. Er wird kommen wollen. Er hat dich den ganzen Weg zu seinem Truck getragen und dich da rausgefahren.«
»Sag ihm ... ich möchte ihn sehen.«
»Klar.«
Mehr wollte sie Stender nicht sagen. Hätte sie sich umdrehen und ihm den Rücken zukehren können, sie hätte es getan. Jetzt würden alle kommen und ihr das Beste wünschen und ihr gratulieren oder was auch immer sie tun wollten. Ana wusste, was *sie* wollte.

TEIL ZWEI

LUIS

1

Ein kratzendes Geräusch weckte Luis González. Er öffnete die Augen und ließ den Blick schweifen, ohne den Kopf zu bewegen. Durch das Schlafzimmerfenster fiel weiches Licht herein. Die Uhr auf dem Nachttisch tickte. Alles so wie gestern Abend, als er zu Bett gegangen war.

Wieder das Kratzen. Luis richtete sich auf und horchte. Er trug nur ein T-Shirt, seine Arme waren ausgekühlt. Die Nachtluft strömte durch das halb offene Fenster herein. Tagsüber wurde es stickig und heiß im Zimmer, doch jetzt war es fast kalt.

Er schlug die Decke zurück und schwang sich aus dem Bett, lief mit bloßen Füßen schnell über den Betonboden zum Schrank und warf sich einen Bademantel über. Hausschuhe besaß er nicht.

Das Haus war klein und vollgestopft. Überall an den Wänden hingen Bilder, die Räume waren mit Möbeln zugestellt. Das meiste hatte seinen Eltern gehört; als seine Mutter starb, hatte er nicht gewusst, wohin damit, und es nicht übers Herz gebracht, die Sachen wegzuwerfen. Luis ging gerade durch den kleinen Flur auf die Küche zu, da setzte das Kratzen wieder ein.

Er öffnete die Hintertür und stand einem Hund gegenüber, der auf der anderen Seite der Fliegentür hockte. Das Tier war weiß mit großen braunen Flecken und schmutzig vom Schlafen auf dem Boden. Es hob eine Pfote und wollte wieder kratzen.

»Guten Morgen, *señor*«, sagte Luis. »Kann ich etwas für dich tun?«

Weitere Hunde kamen angelaufen, bis sich schließlich ein gutes Dutzend vor der Tür versammelt hatte, in allen Größen und Formen und allesamt Promenadenmischungen. Erwartungsvoll drängten sie sich hinter dem weiß-braunen Hund.

»Darf ich erst meinen Kaffee trinken?«, fragte Luis.
Die Hunde blieben stumm. Luis schloss die Tür.

Er setzte Wasser auf und ging zu einer offenen Vorratskammer, in der sich Dosen mit Hundefutter unter Regalen mit Lebensmitteln stapelten. Daneben stand ein großer Sack Trockenfutter, in dem eine Schaufel steckte.

Die sechs großen Futternäpfe hatte er am Abend zuvor ausgewaschen und neben die Spüle gestellt. Er trug sie zu einem kleinen Küchentisch mit einer karierten Decke und fing an, Dosen zu öffnen.

Als alle Näpfe gefüllt waren, schaufelte er großzügige Portionen Trockenfutter darüber und mischte alles mit der Hand durch. An der Tür kratzte es wieder.

»Ich bin ja gleich da!«, rief Luis.

Er wusch und trocknete sich die Hände. Als er die Hintertür aufmachte, hatte sich kein Hund von der Stelle bewegt. Er trug die ersten drei Näpfe nach draußen. Die Hunde sprangen schwanzwedelnd um ihn herum.

Die Veranda hinter dem Haus wurde durch eine breite, ausgeblichene Markise vor der Sonne geschützt. Ein paar Plastikstühle standen herum, außerdem ein selten benutzter Grill.

Kaum hatte Luis die drei Näpfe abgesetzt, drängten die Hunde heran. »Keine Balgerei«, ermahnte er sie. »Es kommt noch mehr.«

Er holte die übrigen Näpfe und stellte sie in eine andere Ecke. Das Rudel teilte sich in zwei, drängelte sich um die besten Plätze, aber keiner der Hunde schnappte zu oder bellte.

Die Tiere wurden zwei Mal am Tag gefüttert; die riesigen Futtermengen stellten Luis' einzige regelmäßige Ausgabe dar. Er selbst aß wenig und war so mager wie seine Hunde.

Natürlich hatten alle Namen. Er konnte sie ja nicht einfach nur *perro* nennen. Er spielte mit ihnen und lief mit ihnen, und abends holte er vor dem Essen einen Tennisschläger und pfefferte ein paar alte Bälle in die Landschaft. Die Hunde jagten den Bällen im Rudel nach, aber reihten sich hinter demjenigen ein, der als Erster die Trophäe zwischen den Zähnen hatte.

Alle Hunde waren Rüden. Wenn eine Hündin sich der Meute

anzuschließen versuchte, sorgte Luis dafür, dass sie woanders unterkam. Er wollte keine Welpen. Das würde ihm und seinen Freunden das Leben nur erschweren. Sie lebten weit genug von der Stadt entfernt, dass die Hunde läufigen Hündinnen nicht hinterherstreunten. Sie blieben in der Nähe des Hauses, lungerten im Schatten unter der Markise herum oder jagten ab und an einem wagemutigen Kaninchen nach. Einmal, als er die Hunde gerade füttern wollte, sah Luis einen Hirsch, aber das Rudel verjagte ihn.

Luis schaute seinen Hunden beim Fressen zu, bis die Kälte ihn ins Haus trieb. Das Wasser kochte. Er rührte sich einen Instantkaffee zusammen und trank ihn, während er Eier und Chorizo zum Frühstück briet. Als er sich zum Essen setzte, schoben die Hunde draußen schon die leeren Näpfe über den Boden. Sie würden sie so lange auslecken, bis nicht einmal mehr der Geruch von Futter übrig war.

Nach dem Frühstück duschte Luis lauwarm und ließ sich beim Rasieren Zeit. Er hatte sich ein Ziegenbärtchen stehen lassen, das er mit Stolz trimmte. Bei einem Blick in den Spiegel entdeckte er, dass weitere graue Haare zu den bereits vorhandenen dazugekommen waren. Luis war zweiundvierzig.

Er zog Jeans und Turnschuhe und ein kurzärmeliges Hemd an, das er am Abend zuvor gebügelt hatte. Als er wieder aus dem Haus trat, stand die Sonne höher am Himmel und die Luft war schon nicht mehr ganz so kühl. Er sammelte die leeren Näpfe ein, wobei ihn die Hunde nicht aus den Augen ließen: Vielleicht war ja heute der Tag, an dem er es sich anders überlegen und einen Nachschlag bringen würde.

Er wusch die Näpfe in der Küche ab und stellte sie zum Trocknen hin. Es war immer noch früh, er hatte keine Eile. Draußen hinter dem Haus nahmen die Hunde ihre jeweiligen Lieblingspositionen ein, starrten ins Nichts, behielten aber immer wachsam die Nase in der Luft.

Luis mochte die Aussicht von seiner Hintertür. Von hier aus konnte man die Sonne über dem vereinzelt mit Bäumen bewachsenen Land aufgehen sehen, die den Staub golden und rot aufleuchten ließ. Nach Osten hin standen keine anderen Gebäude, außer einem alten Schuppen, den er kaum nutzte, und Luis stellte sich manchmal vor, er wäre der letzte Mensch auf Erden. Nur er und seine Hunde.

»Zeit für die Arbeit«, sagte er zu den Tieren. Er schloss die Hintertür ab, tätschelte Papi und Amigo, die zu ihm getrottet kamen, und ging zu seinem alten Pick-up-Truck, der im Schatten vor dem Haus stand.

Das nächste Haus war mehr als eine Meile entfernt. Ojinaga lag noch weiter westlich, nah genug, dass Luis nachts die Lichter sehen konnte, aber weit genug entfernt, um am Tag unsichtbar zu sein. Die Fahrt dorthin dauerte fast eine halbe Stunde.

Er setzte sich ans Steuer, startete den Motor und fuhr vorsichtig den Schotterweg entlang. Keiner der Hunde kam, um ihn zu verabschieden. Sie wussten, er würde zurückkommen.

2

Ojinaga war kein großer Ort. Insgesamt lebten dort weniger als zwanzigtausend Einwohner, was Luis völlig reichte. Er war hier aufgewachsen, und wenig hatte sich seit seiner Kindheit verändert. Mehr Lichter, einige neue Häuser und Geschäfte, aber im Grunde immer noch eine Stadt, die von Ackerbau und Viehzucht lebte, und wenn alles gut ging, würde es auch so bleiben.

Hin und wieder gab es Überlegungen, Ojinaga zu einem größeren Grenzübergang in die Vereinigten Staaten auszubauen. Die Puente Ojinaga diente schon seit Menschengedenken als Verbindungsbrücke nach Presidio und Texas. Sie war weder sehr groß noch überfüllt. Auch das war gut.

Die Farmer in Ojinaga verkauften ihre Erzeugnisse hauptsächlich südlich der Grenze, nicht wie die großen industriellen Farmen, die vor allem in die USA lieferten. Deren Trucks, aus Süden kommend, rumpelten Tag und Nacht über den Bulevar Libre Comercio, aber glücklicherweise nie in großer Zahl.

Einmal war Luis in Nuevo Laredo gewesen und hatte die vielen Trucks dort gesehen. Um nichts in der Welt wollte er dort wohnen. Und er wollte auch nicht, dass sich die *maquiladoras*, die Fabriken, die Güter für amerikanische Kunden herstellten, weiter ausbreiteten. Bisher gab es nur zwei davon, die aber keine Gefahr für die Umwelt darstellten. In einer wurden Fertighäuser produziert. An diesem Morgen blieb ihm keine Zeit mehr, über diese Dinge nachzusinnen. Er fuhr um den Block herum und parkte auf der Rückseite einer Ladenzeile. Durch eine Hintertür aus Metall, die ein Rostfleck in der Form eines explodierenden Sterns zierte, betrat er einen der Läden.

Im dunklen und stillen Lagerraum tastete er nach dem Lichtschalter und machte das Licht an. Da er kaum etwas lagerte, waren die meisten Regale leer.

Luis stellte lieber so viele Waren wie möglich vorne im Laden aus, wo sie sich in den Regalen stapelten. Er ging einen Gang entlang zwischen Schuhen auf der einen und Energiegetränken und Proteinriegeln auf der anderen Seite. Campingausrüstungen, Batterien und Rucksäcke waren ebenfalls im Angebot. Sogar Camelbak-Wasserschläuche bekam man bei ihm, obwohl sie teuer waren und sich schlecht verkauften. Außerdem T-Shirts und Windjacken und gefütterte Westen. Neben der Kasse standen Aufsteller mit Koffeintabletten und Energieriegeln.

Der Tresor war hinter der Ladentheke in den Boden eingelassen. Luis zog die Kassenlade heraus und zählte routinemäßig das Bargeld. Die Bank lag auf seinem Heimweg, er brachte die Tageseinnahmen dort jeden Abend vorbei. Er schob die Lade in die Kasse zurück.

Er schloss die Eingangstür auf und öffnete auch das Gitter davor. Dann ging er hinaus und schob die drei Rollläden hoch, die die Fenster sicherten. Zu guter Letzt spannte er die Markise auf, damit es in der größten Tageshitze vor dem Laden einigermaßen kühl blieb.

Luis drehte das Schild an der Tür von GESCHLOSSEN auf OFFEN und trat wieder nach draußen. Auf der Straße war weit und breit niemand zu sehen. Er schlenderte hinüber in den nächsten Laden, aus dessen Tür der Duft von Kaffee strömte.

Tomás Hernandez stand hinter der Theke seines kleinen Lebensmittelladens und packte Zigaretten in einen Ständer. Als Luis hereinkam, lächelte der alte Mann ihn an. »*Buenos días*«, sagte Hernandez. »Wie geht's dem Hundemann heute Morgen?«

»Gut. *¿Y tú?*«

»Ich überlebe.«

»Sind die Zeitungen da?«

»Natürlich sind sie da. Wie immer.«

Luis nahm eine Ausgabe der *Ojinaga Hoy* aus dem Regal und legte sie auf die Ladentheke. Die Zeitung war dünn und ließ sich in kaum zwanzig Minuten in Gänze durchlesen, aber Luis pflegte diese Angewohnheit seit vielen Jahren.

»Du solltest abonnieren«, sagte Hernadez, als Luis ihm Geld gab.

»Dann würde ich dich nicht jeden Morgen sehen.«

»Ist meine Gesellschaft so gut?«

»Gut genug«, sagte Luis. »Danke für die Zeitung.«

»*De nada*. Was hast du heute vor?«

»Das Gleiche wie immer: was verkaufen, bisschen Geld einnehmen. Und du?«

»Ich glaube, das mache ich auch. Gestern lief es gar nicht.«

»Das liegt an der Hitze. Da gehen die Leute nicht gerne einkaufen.«

Hernandez zuckte mit den Achseln. »Mir macht die Hitze nichts. Ist besser als Kälte. Die Leute sollten mal tausend Meilen nach Süden fahren, dann wissen sie, was Hitze ist.«

»Wem würden wir dann Waren verkaufen?«

»Du wirst immer Kunden haben.«

»Vielleicht.«

»Nicht vielleicht. Alle kommen zum Hundemann.«

Luis wischte die Bemerkung mit der Zeitung beiseite. »Du tust so, als wäre ich berühmt.«

»Bist du auch, weißt du das nicht?«

»Ach, lass gut sein, alter Mann. Ich muss zurück. Bis morgen.«

»Bis morgen, Hundemann.«

Als Luis in seinen Laden zurückkehrte, lag der Gehweg immer noch verlassen da. Ein Pick-up mit einem halben Dutzend Arbeitern auf der Ladefläche kroch vorbei, auf dem Weg zu einem Luis unbekannten Ziel.

Er las die Zeitung von vorne bis hinten durch, inklusive der Kleinanzeigen. Danach stellte er sich ans Fenster und schaute auf die menschenleere Straße hinaus. Gegenüber machte gerade der Friseur auf, und im Gebäude daneben war in der Zahnarztpraxis das Licht angegangen.

Luis seufzte, dann las er die Zeitung noch einmal.

3

Erst nach halb zwölf sah er die ersten Kunden. Sie kamen zögernd die Straße entlang und verlangsamten ihre Schritte vor dem Schaufenster. Der Mann war Anfang zwanzig und trug einen dünnen Schnurrbart, das Mädchen, das ihm nicht von der Seite wich, wirkte genauso jung. Sie hielten sich aneinander fest, als hätten sie Angst, ein bloßer Lichtstrahl könnte sie trennen.

Luis ließ ihnen Zeit, beobachtete sie von der Ladentheke aus, während sie sich langsam der Tür näherten. Auf der Schwelle hielten sie inne, dann traten sie gemeinsam, Arm in Arm, in den Laden.

»*Hola*«, sagte Luis lächelnd. »*Bienvenido.*«

Der junge Mann nickte steif. »*Hola, señor.*«

»Seht euch nur um«, sagte Luis. »Wenn ihr was braucht, kommt zu mir. Ich bin Luis.«

Daraufhin wagten die beiden sich in den ersten Gang hinein. Luis hörte sie flüstern, ab und zu prüften sie ein Preisschild. Sie ließen sich Zeit und warfen Luis verstohlene Blicke zu.

Früher hätte Luis sie für Ladendiebe gehalten, aber inzwischen wusste er es besser. Die beiden waren nicht aus Ojinaga – das war ihm auf den ersten Blick klar – und hatten keine Ahnung, was sie erwartete. Sie wussten nicht, ob Luis bellen oder beißen würde, obwohl er weder das eine noch das andere vorhatte.

Er ließ sie stöbern und beschäftigte sich damit, Gegenstände um die Kasse herum zurechtzurücken, die das nicht nötig hatten. Wenn er die beiden die ganze Zeit beobachtete, würde sie das nur verunsichern, und sie sollten sich wohlfühlen. Am Ende würden sie schon zu ihm kommen.

Sie sahen sich eine Viertelstunde lang im Laden um, trauten sich hin und wieder, etwas aus dem Regal zu nehmen und zu betrachten, bevor sie es wieder zurückstellten. Luis ließ sie langsam näher kommen, schließlich stand der junge Mann mit leeren Händen vor ihm an der Ladentheke. »*Perdóneme, señor*«, sagte er.

Luis blickte auf, als wäre er freudig überrascht, den jungen Mann dort stehen zu sehen. »Du brauchst mich nicht *señor* zu nennen«, sagte er. »Ich heiße Luis.«

»Entschuldigung ... Luis. Meine Frau und ich, wir haben ein paar Fragen.«

»Ich helfe gern.«

Der junge Mann winkte seine Frau heran, und sie wurden wieder zu siamesischen Zwillingen. Luis korrigierte seine Alterseinschätzung. Wahrscheinlich waren sie nicht älter als neunzehn. »Wir ... wir wollen rüber. Was brauchen wir?«

Luis nickte. »Bei mir seid ihr richtig.«

»Das haben wir gehört.«

Luis trat hinter der Theke hervor. Er war nicht groß; der junge Mann überragte ihn um gute fünf Zentimeter, stand aber zusammengesunken da. Luis hätte ihn am liebsten an den Schultern gepackt und aufgerichtet. *Steh gerade, Mann!* Er musterte das Paar von Kopf bis Fuß, betrachtete die Windjacken und die Jeans. Sie sahen aus, als hätten sie seit Tagen ihre Kleidung nicht gewechselt, was vielleicht auch so war.

»Wie heißt ihr?«, fragte Luis.

»Ich bin Joaquín. Das ist Sofia.«

»Joaquín, Sofia. Freut mich.«

Luis streckte ihnen die Hand entgegen. Joaquín schüttelte sie zuerst, dann Sofia. Sie schienen fast Angst zu haben, zu fest zuzupacken.

»Vor allem braucht ihr Schuhe«, sagte Luis. »Zeigt mal eure Sohlen.«

Sie hoben nacheinander die Füße, und Luis begutachtete das Profil, suchte nach Löchern und Rissen. »Brauchen wir neue?«, fragte Joaquín.
»Nein, ich glaube, die gehen. Sie sind nicht neu und nicht zu alt. Ehrlich gesagt, neue Schuhe bringen meistens nur Ärger. Man bekommt Blasen, und die tiefen Profilsohlen hinterlassen deutlichere Spuren, die die Amerikaner leichter finden können. Sind das die Sachen, die ihr tragen wollt?«
»Ja.«
»Sind die Windjacken nachts warm genug?«
»Wenn wir uns bewegen, schon. Wenn wir schlafen, wird es zu kalt.«
»Ihr werdet keine Zeit zum Schlafen haben«, sagte Luis. »Sie reichen also. Geht ihr mit einem *coyote* mit?«
Joaquín nickte. »Natürlich. Wir gehen mit —«
»Sag's mir nicht. Ich will's nicht wissen.«
»Warum nicht?«
»Weil es mich nichts angeht. Mir ist nur wichtig, dass ihr sicher rüberkommt und dass drüben alles gut geht. Habt ihr Gepäck?«
»Die Sachen, die wir aus Torreón mitgebracht haben.«
»Was wäre das?«
»Kleinigkeiten. Erinnerungsstücke. Einmal Kleidung zum Wechseln.«
»Mehr nicht?«
»Mehr konnten wir nicht tragen.«
»Keine Sorge, das war richtig. Manche wollen viel zu viel mitnehmen. Man soll nicht mehr tragen, als in einen Rucksack passt. Und falls ihr ins Wasser müsst, werdet ihr Wechselkleidung brauchen.«
»Es heißt, es wird Boote geben.«
Boote. Wenn die beiden Glück hatten, erwarteten sie ein oder zwei völlig überladene Schlauchboote, im schlimmsten Fall nur ein paar Reifenschläuche. Dann würden sie und alles, was sie bei sich trugen, völlig durchnässt am anderen Ufer ankommen. Drüben in tropfnassen Klamotten über Land zu marschieren, war nichts, das Luis ausprobieren wollte.
»Geht ihr in der Nacht?«
»Ja.«

»Dann braucht ihr was, das euch wach hält. Koffeintabletten oder was zu trinken. Bei der Überquerung hält euch das Adrenalin auf Trab, aber um es drüben bis zum Highway zu schaffen, braucht ihr Wachmacher. Ich kann euch welche verkaufen. Und ihr braucht Wasser. Eine Trinkflasche reicht schon. Wenn man lange läuft, schwitzt man auch nachts noch. Ihr werdet euch wenigstens den Mund ausspülen wollen.«

Luis zeigte ihnen alles. Mit nur wenigen Dingen in den Händen kamen sie an die Kasse zurück, Waren im Wert von ein paar hundert Pesos. Luis hätte ihnen mehr verkaufen können, Sachen, die sie nicht brauchen würden, aber das hier reichte aus. Er packte die Sachen in eine Papiertüte.

»Danke, *señor*«, sagte Joaquín.

»Was habe ich gesagt? Ich heiße Luis.«

»Darf ich noch etwas fragen?«

»Ihr könnt mich fragen, was immer ihr wollt.«

»Es heißt, Sie hätten früher Leute über die Grenze gebracht.«

»Das stimmt.«

»Aber jetzt machen Sie das nicht mehr?«

»Nein. Jetzt habe ich diesen Laden. Für Leute wie euch.«

Zum ersten Mal sprach Sofia. »Werden wir es schaffen?«

»Das hängt von eurem *coyote* ab. Und von ein bisschen Glück. Die Amerikaner wissen, was sie tun, aber sie können nicht alle kriegen. Die Chancen stehen gut.«

»Vielen Dank, Luis«, sagte Sofia.

»Gern geschehen. Wo wollt ihr hin, wenn ihr drüben seid?«

»Baltimore, Maryland«, sagte Joaquín. »Da haben wir Verwandte, die uns helfen, Arbeit zu finden.«

»Das ist ein weiter Weg.«

»Der erste Schritt ist der schwerste.«

»Das stimmt. Ich wünsche euch viel Glück.«

»Auf Wiedersehen, Luis.«

»Auf Wiedersehen.«

Luis sah ihnen nach, Joaquín hatte sich die Papiertüte unter den Arm geklemmt. Er fragte sich, ob heute noch ein weiterer Kunde kommen würde. In den heißen Monaten lief das Geschäft nur schleppend.

4

Gegen dreizehn Uhr zog Luis die Rollläden wieder herunter und schloss gerade die Ladentür ab, als auf der Straße jemand hupte. Ein großer Ford-Truck rollte auf der anderen Straßenseite vorbei, wendete in einem großen Bogen und kam vor Luis' Geschäft zum Stehen. Das Fenster auf der Beifahrerseite wurde heruntergefahren, und der Fahrer lehnte sich über den Sitz. Seine Augen waren hinter einer dunklen Sonnenbrille verborgen, das Haar mit Gel geradezu festgeklebt. An jedem Finger seiner Hand glitzerten Ringe. »Hundemann! He, Hundemann!«
»Ángel. Was willst du?«
»Willst du gerade essen gehen?«
»Vielleicht.«
»Komm mit. Ich lade dich ein.«
»Schon gut. Ich kann selbst bezahlen.«
Ángel betrachtete Luis über seine Sonnenbrille hinweg. »Hab dich nicht so, Hundemann. Komm schon. Ist doch nur ein Mittagessen.«
Luis zögerte. »Also gut«, sagte er schließlich. »Fahr ums Gebäude rum.«
»Wie du wünschst!«
Luis schloss die Tür von innen ab und ging nach hinten. Er machte das Licht aus und trat aus der Hintertür nach draußen. Dort wartete Ángel auf ihn, der Motor des Trucks tuckerte vor sich hin.
»¡*Muy bien!*«, rief Ángel, als Luis die Beifahrertür öffnete und einstieg. Ángel trug ein weißes Hemd mit offenem Kragen, der den Blick auf das goldene Kreuz auf seiner Brust freigab. Im Hosenbund steckte eine .45er Automatik, für jeden sichtbar, der hinschauen wollte. »Wir essen Tacos!«

Ángel bog auf die Straße ab. Die Fenster des Trucks waren dunkel getönt und wehrten die Sonne ab. Luis legte den Sicherheitsgurt an.

»Wie läuft's in deinem Laden, mein Freund?«, fragte Ángel.

»Gut. Bisschen langsam.«

»Ich fahre jeden Tag vorbei. Meistens herrscht Grabesstille. Wie schaffst du es, die Miete reinzukriegen?«

»Das geht schon. Der Vermieter lässt mit sich reden.«

Ángel nickte, als würde er mit dem Kopf zu Musik wippen, doch das Radio war ausgestellt. Luis betrachtete die am Rückspiegel baumelnden Anhänger, darunter ein Bild von Unserer Lieben Frau von Guadalupe. Er legte seine Hände in den Schoß.

»Es wäre hilfreich zu wissen, was du willst«, sagte er.

»Wieso denkst du, dass ich was will?«

»Sonst wärst du nicht gekommen.«

»Hab ich nicht gerade gesagt, dass ich jeden Tag an deinem Laden vorbeifahre? Ich denke immer an dich, *amigo*. Ich schicke niemanden über den Fluss, ohne an dich zu denken. Francisco auch.«

Ángel lenkte den Wagen auf die Hauptstraße und hielt direkt auf die Grenzbrücke zu. Sie kamen an mehreren Restaurants vorbei, aber vor keinem stoppte er. Beim Fahren behielt er immer die Umgebung im Auge, beobachtete alles.

»Ich hatte heute zwei von deinen Kunden im Laden.«

»Wieso glaubst du, dass es meine waren?«

»Du verdrängst alle anderen aus dem Geschäft.«

»Falsch. Ich hole sie *mit* ins Geschäft. Zusammen mit mir.«

Ángel fuhr an den Straßenrand und hielt vor einer kleinen Taquería. Sein Truck war bei Weitem der größte und protzigste unter den hier geparkten Wagen. Als er den Motor abstellte, hörte auch die Klimaanlage auf zu summen. Sofort wurde die Luft im Wagen dick.

»Dann los.«

Ángel ging voraus. Die kleine Taquería war mit billigen Plastikmöbeln ausgestattet, roch aber wunderbar nach gewürztem Fleisch. An einem Tisch an der Wand saßen zwei Männer und aßen. Sobald sie Ángel und seine Waffe erblickten, packten sie den Rest ihrer Mahlzeit ein und gingen. Luis wäre ihnen gerne gefolgt.

Er hörte schweigend zu, während Ángel für sie eine riesige Mahlzeit bestellte. Ángel neigte zur Dicklichkeit, hatte sich bereits ein Doppelkinn zugelegt, und sein Bauch drückte gegen den Pistolengriff. Als alles bestellt war, zeigte er auf einen Tisch. Dort würden sie sitzen. Luis gehorchte.

Ein Mann kam hinter der Theke hervor und brachte zwei Tamarind-Jarritos an den Tisch. Ángel setzte sich Luis gegenüber und knackte mit den Fingern. »Also.«

»Also«, erwiderte Luis.

»Warum bist du so störrisch, Hundemann? Habe ich was gesagt, das dich beleidigt hat? Rieche ich?«

»Das ist es nicht«, sagte Luis. Er trank einen Schluck Limonade. »Ich bin schon aus dem Geschäft ausgestiegen, bevor du und Francisco überhaupt eingestiegen seid. Ich mag meinen Laden.«

»Und du wohnst gerne mit deinen Hunden vor der Stadt.«

»Das auch.«

Ángel musterte Luis und griff zu seiner Flasche, trank sie halb leer und setzte sie wieder ab. Wassertropfen liefen vom Glas auf den Tisch. »Was ist los, willst du kein Geld?«

»Ich will für mich selbst arbeiten. Nicht für Los Zetas.«

»Gehöre ich zu Los Zetas? Ich bin selbstständiger Geschäftsmann.«

»Jeder zahlt an Los Zetas.«

»Du bist schlauer, als du aussiehst.«

Luis rollte die Flasche zwischen den Händen hin und her und hinterließ dabei ein nasses Muster auf dem Tisch. Es war heiß in der Taquería, nur ein einziger Ventilator rührte träge die Luft um. Durch die weit offen stehende Tür wehte der Sommer herein. »Als ich an der Grenze gearbeitet habe, gab es Los Zetas da noch nicht. Dann sind sie aufgetaucht und haben alles verändert. Ich wollte nichts damit zu tun haben. Du verstehst, was ich sagen will, oder?«

»Ich verstehe es.«

»Dann weißt du, warum ich nein sagen muss.«

»Es muss ja nicht für ewig sein. Du sollst meinen Leuten nur ein paar von deinen alten Routen und Kniffen zeigen. Du hast Erfahrung. Die nicht. Die verdammten Amis sind uns drüben ständig auf den Fersen.«
»Auch da drüben hat sich vieles geändert. Die Grenze wird viel besser bewacht.«
»Aber du bist nie geschnappt worden.«
»Ganz sicher arbeiten *coyotes* für dich, die auch noch nie geschnappt wurden. Und die Möglichkeiten, den Fluss zu überqueren, sind begrenzt. Ich kann deinen Leuten nichts beibringen, was sie nicht schon selbst wüssten.«
»Was, wenn du für mich arbeiten könntest, ohne jemals mit Los Zetas zu tun zu haben?«, fragte Ángel.
»Und wie willst du das hinkriegen?«
»Ich bin ein guter Mittelsmann«, sagte Ángel.
Das Essen kam: mit Wachspapier ausgelegte Plastikkörbe, in denen dicht an dicht Tacos lagen. Ángel hatte scharfes Hackfleisch zu seinen Tacos bestellt, für Luis Grillfleisch. Ángel hatte ein gutes Gedächtnis: Grillfleisch aß Luis am Liebsten.
Sie aßen und schwiegen. Neue Kunden kamen herein und gaben ihre Bestellungen auf. Wenn sie Ángel sahen, machten sie einen weiten Bogen um seinen Tisch. Um Luis und Ángel herum war eine unsichtbare Grenze gezogen, die alle respektierten. Luis gefiel es gar nicht, darin gefangen zu sein.
»Was sagst du?«, fragte Ángel schließlich.
»Nichts anderes.«
»Selbst, wenn ich dir Los Zetas vom Hals halte?«
»Wie ich schon sagte: Ich habe genug von diesem Leben.«
»Also sind da nur noch du und die Hunde.«
»Sieht so aus.«
Ángel zuckte mit den Schultern. Er aß den letzten Taco auf und wischte sich mit einer Papierserviette den Mund ab. »Na, ich hab getan, was ich konnte. Dein Dickkopf ist einfach zu stark für mich. Ich sage Francisco, dass du endgültig ausgestiegen bist. Er meinte, ich könnte dich ganz sicher überreden, vor allem, wenn viel Geld dabei rausspringt.«
»Was ist dieser Tage viel Geld?«

»Zumindest genug, um deinen Laden noch lange halten zu können.«
»Ich komme klar.«
»Hm. Vielleicht. Iss auf, ich muss los.«
»Ich nehme den Rest mit«, sagte Luis.
»Dickkopf, echt. Gut, nimm's mit. Ich muss gehen.«
»Ich kann auch einfach zurücklaufen«, schlug Luis vor.
»Du willst wirklich *nichts* mit mir zu tun haben, wie?«, fragte Ángel.
»Das ist es nicht.«
»Okay, ich gehe. Meine Tür ist immer offen, falls du deine Meinung änderst.«
Ángel stand auf, streckte sich, damit alle seine Waffe sehen konnten, und ging zur Tür. Kurz darauf hörte Luis den Motor des Trucks aufröhren und wartete, bis das Geräusch sich entfernt hatte. Er wickelte die Tacos in Wachspapier ein, trank aus und ging.

5

Luis wanderte an den Läden vorbei und hielt sich in deren Schatten, denn die Sonne brannte herab und brachte die Luft zum Kochen. Er beschloss, sich heute eine lange Mittagspause zu gönnen und den Laden erst eine halbe Stunde später als sonst zu öffnen. Für den Rückweg würde er gut zwanzig Minuten brauchen, warum sollte er sich beeilen? Vermutlich würde er ohnehin keine Kunden verpassen.

Auch wenn Luis es nicht zugeben wollte: Ángel hatte recht. Das Geschäft lief schleppend, im Laden war es oft still wie im Grab. Als er noch als erstklassiger *coyote* bekannt gewesen war, war es besser gelaufen. Die Leute waren gekommen, hatten bei ihm eingekauft und ihn oft um Rat gefragt, aber wenn sie ihn baten, sie über die Grenze zu bringen, hatte er immer abgelehnt.

Der Job eines *coyote* beinhaltete viel mehr, als die Leute über den Fluss und durch das Grenzgebiet zum nächsten Highway zu führen, man brauchte Verbindungen und Geld und andere Dinge, die Luis nicht mehr hatte. Die Gruppe über den Fluss zu bringen war das eine, aber wenn man keinen Wagen organisiert hatte, der die Überquerer am Highway abholte, oder eine Unterkunft in Presidio, wo sich alle ausruhen und dann einzeln weitergeschleust werden konnten, konnte man sicher sein, im Handumdrehen geschnappt zu werden.

Die Zeiten waren vorbei, als Luis die Kontaktpersonen auf der amerikanischen Seite, die die Grenzquerer abholten oder versteckten, noch gekannt hatte. Diese Verbindungen gehörten jetzt Ángel und dessen Bruder. Und wenn Luis wieder einsteigen würde, wäre er von den beiden abhängig.

Gerade kam auf der Straße ein großer, grüner Truck in Sicht. Ein Armeefahrzeug mit offenem Heck, über gebogene Stahlträger ließ sich ein Verdeck aufziehen. Dort saßen Soldaten. Sie hatten Waffen bei sich, deren Läufe nach oben zeigten.

Luis trat in den Schatten einer Markise und ließ den Truck vorbeifahren. Die Soldaten schenkten ihm nicht die mindeste Beachtung. Einige unterhielten sich, Luis schnappte im Vorbeifahren ein paar Worte auf. Die anderen hockten stoisch da und ließen sich von der Sonne quälen.

Die Regierung behauptete, die Soldaten würde Los Zetas bekämpfen, aber Luis hatte noch nie davon gehört, dass sie irgendjemanden bekämpften. Sie machten ihr Ding, Ojinaga machte sein Ding, und keiner kümmerte sich groß um den anderen. Manchmal half die Armee der Polizei bei Verhaftungen, aber diese liefen weitgehend gewaltlos ab. Das Schlachten, das in den großen Städten entlang der Grenze stattfand, schien Ojinaga zu verschonen.

Luis sah dem Truck nach, bis der nach zwei Blocks rechts abbog, dann setzte er seinen Weg fort. Das war eine alte Angewohnheit: Behalte die Autoritäten im Auge und beweg dich nicht, solange du nicht weißt, wo sie warum hinwollen. Die Soldaten hatten Ojinaga einfach daran erinnern wollen, dass sie noch da waren und man mit ihnen zu rechnen hatte.

Luis fragte sich, was Los Zetas von den Soldaten hielten. Der Machtbereich des Kartells erstreckte sich über das gesamte Grenzgebiet, und Luis wusste, dass sie sich in den Städten im Osten nicht scheuten, die Armee in Straßenkämpfe zu verwickeln. Hier schienen sie sich die Mühe gar nicht erst zu machen. Vielleicht, weil in Ojinaga so wenig passierte, dass es den Aufwand nicht lohnte. Ángel Rojas und sein Bruder waren keine Schwerverbrecher. Sie schmuggelten Menschen und manchmal Marihuana über die Grenze, waren aber kleine Fische.

Luis überquerte die Straße und ging auf ein kleines Gebäude zu, das ein Schild als Praxis eines DENTISTA auswies. Nachts war das Schild erleuchtet, aber tagsüber von der Sommersonne fast ausgeblichen. Als er die Tür öffnete, wehte ihm ein solch kalter Luftzug entgegen, dass seine Haut kribbelte.

Die winzige Praxis bot kaum genug Platz für drei Stühle, auf denen Patienten sitzen und warten konnten. Daneben drängte sich noch ein kleiner Kaffeetisch, auf dem einige Zeitschriften lagen. Hinter dem Empfangstisch saß eine Sprechstundenhilfe und aß ein Sandwich aus einer braunen Papiertüte. Als Luis hereinkam, blickte sie auf.

»Luis!«, sagte sie.

»Adriana. Ich hoffe, ich störe nicht.«

»Nein, nein. Komm rein! Ich wollte nur gerade was essen. Der Doktor ist mittagessen gegangen.«

Adriana Segura war eine zierliche Frau mit feinen Gesichtszügen, das lange, glatte Haar hatte sie bei der Arbeit zu einem Zopf gebunden, dazu trug sie eine farbenfrohe Bluse. Wenn sie lächelte, sah man ihre strahlend weißen Zähne. Logisch, da sie für einen Zahnarzt arbeitete.

»Ich habe auch was zu essen dabei«, sagte Luis. Er zeigte ihr die eingewickelten Tacos. »Darf ich dir ein paar Minuten Gesellschaft leisten?«

»Natürlich. Komm hier rum und setz dich zu mir. Da steht ein Hocker.«

Luis ging hinter den Empfangstisch. Dort herrschte penible Ordnung: Terminbücher, Notizzettel, Stifte, Stempel, alles an seinem Platz. Adriana war ein ordentlicher Mensch, und Luis gab sich Mühe, es ihr gleichzutun, wenn er mit ihr zusammen war. Er setzte sich neben sie auf einen dreibeinigen Hocker und wickelte vorsichtig seine Tacos aus. Hätte er bloß Servietten mitgenommen.

»Ich habe nicht damit gerechnet, dich heute zu sehen«, sagte Adriana.

»Ich war zufällig in der Nähe.«

»Wie schön. Danke dir.«

Dr. Guzman, für den Adriana arbeitete, war einer von vielen Zahnärzten in Ojinaga. Die Praxen lagen alle dicht beieinander und wetteiferten um Patienten. Die Zahnmedizin gehörte für die Amerikaner zu Ojinagas Hauptattraktion, und trotz der Soldaten, Los Zetas und der drohenden Gewalt kamen viele über die Grenze, um hier ihre Zähne untersuchen und behandeln zu lassen.

Luis aß seine Tacos, Adriana ihr Sandwich. Ihm reichte es völlig, sie nur zu betrachten, denn in seinen Augen war sie die wunderbarste Frau in ganz Ojinaga. Das war vielleicht ein bisschen übertrieben. Sie war über zehn Jahre jünger als er, aber das schien ihr nichts auszumachen, also grübelte er auch nicht darüber nach. Und sie war wunderschön.

»Ich würde meinen Apfel mit dir teilen, habe aber kein Messer«, sagte Adriana.

»Schon gut. Ich bin satt.«

»Habe ich schon gesagt, dass es schön ist, dich zu sehen?«

»Du erwähntest es, ja.«

Adriana lachte sanft über sich selbst. »Ich habe vorhin gedacht, dass mir heute etwas fehlt. Mir war nicht klar, dass du es bist. Wie läuft es im Laden?«

»Schleppend«, gab Luis zu, aber er wollte jetzt nicht darüber reden. »Und hier?«

»Auch schleppend. Ich habe den ganzen Papierkram abgearbeitet und nichts mehr zu tun. Doktor Guzman dreht vor Langeweile bald durch. Er macht diese Puzzles mit Nummern und Kästchen. Kennst du die? Sudoku? Kommt aus Japan.«

»Kenne ich nicht.«

»Manchmal macht er den ganzen Tag nichts anderes. Das lenkt ihn ab, wenn das Geschäft schlecht läuft.«

»Ich könnte ja zum Nachgucken reinkommen.«
»Wie sind deine Zähne?«
Luis biss sie klickend zusammen. »Scharf.«
»Wie bei deinen Hunden.«
»Wie bei meinen Hunden.«
Adriana biss in ihren Apfel und wischte sich den Saft vom Kinn. Sie errötete. »Ich vergesse meine Manieren.«
»Hab ich nicht bemerkt.«
»Ich habe meiner Mutter von deinen Hunden erzählt. Sie will wissen, wie das ist, wenn man mit so vielen Tieren zusammenlebt.«
»Mir gefällt es. Wenn ich mich einsam fühle, leisten sie mir Gesellschaft.«
»Fühlst du dich einsam?«
Luis betrachtete seine Hände. »Nur manchmal.«
»Das sollten wir ändern.«
»Wie geht es deiner Mutter?«, fragte Luis.
»Gut. Na ja, einigermaßen. Sie muss vielleicht bald zur Dialyse. Sie tut mir so leid. Und sie ist so weit weg. Ich wünschte, ich könnte sie öfter besuchen, aber da ich ihr Geld schicke, bleibt mir nicht genug für die Reise übrig.«
»Zahlt der Staat nicht für ihre Behandlung?«
»Nur für die Ärzte. Sie muss ihren Lebensunterhalt bestreiten und eine Krankenschwester bezahlen, die sich um sie kümmert.«
»Ist das teuer?«
»Sehr.«
Luis nickte. »Du solltest sie überreden, zu dir nach Ojinaga zu ziehen. Sie könnte sich hier im Krankenhaus behandeln lassen.«
»Ich glaube nicht, dass sie von zu Hause wegziehen will. Dort hat sie all die Jahre mit Papa gelebt. Ein Umzug wäre zu viel für sie.«
»Du solltest trotzdem darüber nachdenken. Du hast hier einen guten Job, und wenn ihr zusammen wohnen würdet, wäre es auch nicht so teuer.«
Adriana sah einen Moment lang nachdenklich aus, und Luis meinte, eine Träne in ihrem Augenwinkel glitzern zu sehen, bevor sie sich abwandte. Sie legte den Apfel halb gegessen beiseite und

begann, sorgfältig die Papiertüte zusammenzufalten. Sie würde sie wieder benutzen.

»Das ist nur ein Gedanke«, setzte Luis schnell nach.

»Danke«, sagte Adriana und legte eine Hand auf seine.

Luis sah auf die Wanduhr. »Ich sollte gehen«, sagte er. »Ich kann den Laden nicht ewig geschlossen lassen. Wer weiß, wer da alles vorbeikommt?«

»Du musst gehen?«

»Tut mir leid. Aber ich mache es wieder gut: Wollen wir Dienstagabend tanzen gehen? Im Tanzsaal wird Musik gespielt. Wir werden Spaß haben.«

»Sehr gern«, sagte Adriana. Sie lächelte. Die Tränen waren verschwunden. »Wann?«

»Ich glaube, es geht um sieben los. Ein Büfett gibt es auch.«

»Holst du mich ab?«

»Natürlich. Wenn es dir nichts ausmacht, in meinem Truck gesehen zu werden.«

»Dein Truck ist völlig in Ordnung.«

»Gut. Dann abgemacht.«

Adriana stand auf und gab Luis einen Kuss auf die Wange. »Noch mal danke, dass du vorbeigekommen bist. Ohne dich wäre es langweilig gewesen.«

»De nada.«

Luis stellte den Hocker zurück in die Ecke und umrundete den Empfangstisch. In der Tür hielt er inne und sah sich auf der Straße um. Niemand zu sehen, weder Ángel noch die Soldaten noch sonst jemand. Es war zu befürchten, dass es in seinem Laden genauso aussehen würde: Er würde wieder einmal auf Kunden warten, die nie kamen.

»Wir sehen uns morgen Abend«, sagte Luis.

»Ich freue mich darauf.«

Als er aus der Praxis trat, versetzte die Hitze ihm einen Schlag, der ihm aber nichts ausmachte. In Gedanken war er bereits beim nächsten Abend – was er anziehen würde, was sie machen würden, was sie sagen könnten –, die staubige Straße nahm er gar nicht wahr. Erst am Laden kam er wieder in der Wirklichkeit an, die darin bestand, bis Geschäftsschluss auf dem Posten zu bleiben.

»Tanzen«, sagte er laut, um die Zukunft nicht verlassen zu müssen.

Tanzen.

6

Am Dienstag lief das Geschäft zum ersten Mal seit Tagen wieder besser. Sowohl am Morgen als auch am Nachmittag kamen Kunden, ein Mann kaufte Luis sogar eines der teuren Camelbaks ab.

Tatsächlich war es vom Fluss bis zum Highway gar nicht so furchtbar weit, aber Luis riet immer zu einem zusätzlichen Wasservorrat. Manchmal mussten Überquerer stundenlang unter der sengenden Sonne auf den sie abholenden Pick-up warten, und es war auch schon vorgekommen, dass eine Gruppe von ihrem *coyote* im Stich gelassen wurde, ziellos durch die Wüste gewandert und der Hitze erlegen war.

Es gab nördlich der Grenze durchaus auch Menschen, die helfen wollten und an den trockensten Stellen Trinkwasserstationen für die Grenzquerer einrichteten. Den Ranchern war das ein Dorn im Auge, und oft fand man die Stationen zerstört vor, die Plastikflaschen zertreten und das Wasser versickert.

Luis hatte seine Gruppen manchmal über schwieriges Gelände geführt, aber sie dabei nie in Gefahr gebracht. Früher hatte er gewusst, welche Ranch von der Border Patrol am nachlässigsten bewacht wurde, auf welcher Route einem die wenigsten Zäune den Weg versperrten, auf welchen Seitenwegen seine Leute ungesehen vorwärtskamen und trotzdem schnell ihr Ziel erreichten. Er glaubte nicht, dass dieses Wissen jetzt noch galt, was immer Ángel Rojas auch sagen mochte. Wenn seine Kunden solche Dinge wissen wollten, lenkte er das Gespräch lieber auf konkrete Tipps zu Ausrüstung und Vorräten. Zu oft kamen Überquerer voller Hoffnung, aber mit kaputten Schuhen oder mit Kleidung in seinen Laden, die der Witterung und den Strapazen nicht angemessen war. Diesen Leuten verkaufte er seine Waren mit gutem Gewissen, da er wusste, dass er damit zu ihrer Sicherheit beitrug. Ángels *coyotes* kümmerten sich nicht um solche Dinge. Sie brachten die Menschen in dem Zustand über die Grenze, in dem sie bei ihnen ankamen, auch wenn sie schon nach sehr kurzem Marsch lauter spitze Steine in den Schuhen hatten. Solange sie die Leute zum verabredeten Zeitpunkt am verabredeten Ort ablieferten, reichte das. Wer dem Tempo oder dem Gelände nicht gewachsen war, wurde ganz einfach sich selbst überlassen.

Luis schloss den Laden an diesem Abend etwas früher, um in Ruhe erst nach Hause und dann zu Adriana fahren zu können. Die Hunde sprangen auf, als er auf sein Haus zu fuhr, und hießen ihn bellend willkommen.

Er nahm sich Zeit, alle zu streicheln und sich beschnüffeln zu lassen, dann ging er hinein und bereitete das Futter vor. Es war noch früh, aber er würde erst spät nach Hause kommen und seine Lieblinge sollten nicht hungern. Den Hunden war die Zeit egal, sie stürzten sich auf die Näpfe, als hätten sie seit Tagen nichts zu fressen bekommen.

Luis duschte und legte seine Kleidung auf dem Bett zurecht. Er würde ein schickes Hemd und eine gute Hose anziehen, dazu auf Hochglanz polierte Stiefel, die er nur zu solchen Anlässen trug. Die Hose war zerknittert und musste schnell noch gebügelt werden. Fertig angezogen, betrachtete sich Luis im Spiegel. »Nicht schlecht«, sagte er.

Ein paar von den Hunden trotteten ihm nach, als er wegfuhr, kehrten aber bald zum Haus zurück. Sie waren an sein Kommen und Gehen gewöhnt, und solange er zur nächsten Mahlzeit wieder da war, konnte ihr Rudelführer gerne seine Marotten ausleben. Und er würde mit interessanten Gerüchen zurückkommen. Ein Hochgenuss.

Adriana wohnte kaum eine halbe Meile von Dr. Guzmans Praxis entfernt im zweiten Stock eines Wohnblocks. Luis bog auf den kleinen Parkplatz ein und hupte zwei Mal. Adriana erschien in der Wohnungstür und kam schnell die Treppe heruntergelaufen. Luis stieg aus, um ihr die Beifahrertür zu öffnen.

Sie trug ein leichtes Baumwollkleid mit einem blauen Blumenmuster, elegant mit Spitze verziert. Ihre Schultern waren entblößt, das Haar fiel in Wellen über die nackte Haut. Als sie an Luis vorbei in den Wagen stieg, roch er ihren Duft. Auch, als er sich hinters Lenkrad setzte. Ein Parfüm, das sie nur zu besonderen Anlässen wie diesem hier trug und das ihm sehr gefiel.

»Entschuldige die Verspätung«, sagte Luis. »Ich hätte den Laden früher schließen sollen.«

»Kein Problem. Ich bin auch eben erst fertig geworden.«

»Wollen wir los?«

»Ja.«

Luis fuhr quer durch die Stadt. Der Parkplatz vor dem Tanzsaal war gut gefüllt, er musste eine Lücke suchen. Danach bezahlte er für sie beide den Eintritt, und sie gingen hinein.

Die Band spielte bereits, die ersten Gäste tanzten. Dicker Zigarettenqualm sammelte sich unter der Decke, doch der Geruch von frisch zubereitetem Essen überwog. Viele Tische waren schon besetzt, Luis entdeckte einen noch freien in der Nähe der Band. »Erst etwas essen?«, fragte er Adriana. Sie nickte.

Er ging und kam mit zwei vollen Tellern an den Tisch zurück. Sie aßen Enchiladas und *refritos* mit Reis und wischten die Teller mit Tortillas sauber. Ein Mann kam mit einem Tablett voll Bier, Luis kaufte ihm zwei Flaschen ab und stieß mit Adriana an.

»Jetzt tanzen wir«, sagte Adriana und erhob sich. Sie nahm Luis an der Hand, und er folgte ihr.

Sie tanzten zu jedem *norteño*-Lied, das gespielt wurde, ob schnell oder langsam. Um sie herum drehten sich andere Paare, auf allen Gesichtern lag ein Lächeln. Erst als die Band eine Pause einlegte und Musik vom Band anging, leerte sich die Tanzfläche wieder. Luis holte neues Bier.

Adrianas Gesicht glänzte leicht verschwitzt, aber in Luis' Augen strahlte sie dadurch nur noch mehr. Das Tanzen und die Hitze der Körper im Saal hatten auch ihn zum Schwitzen gebracht, aber es fühlte sich gut an.

»Die Band gefällt mir«, sagte Adriana.

»Da bin ich froh. Ich glaube, sie kommt aus Chihuahua.«

»Wie geht's deinen Füßen?«

»Ich kann noch tanzen, wenn du noch kannst.«
»Aber sicher!«
Die Band kehrte zurück und spielte weiter. Diesmal führte Luis Adriana auf die Tanzfläche, sie waren das erste Paar. Sie tanzten aus purer Freude am Tanzen. Luis hatte das Gefühl, alle anderen um sie herum würden verschwinden, bis nur noch er und Adriana übrig waren, sogar die Band verschwand, ihre Musik schwebte durch die vibrierende Luft.

Stunden später wurde das letzte Lied gespielt. Die langen Büfetttische waren leergegessen, auch die Bierverkäufer hatten ihre Tabletts weggestellt. Froh und erschöpft verließen Luis und Adriana die Tanzfläche. Die Gäste drängten schon zu den Türen hinaus.

»Danke für den schönen Abend«, sagte Adriana.
»Ich danke dir. Ich habe lange nicht mehr so viel getanzt.«
»Es ist spät. Ich sollte besser nach Hause gehen.«
»Dann los.«
Der Mond leuchtete zwischen vereinzelten Sternen. Der Abend war kühl geworden, und Luis genoss den Fahrtwind auf seinem Gesicht. Er blickte hinüber zu Adriana und sah ihr Haar wehen. Er hätte sie gerne geküsst.

Als sie Adrianas Wohnung erreicht hatten, stieg Luis schnell aus und öffnete Adriana die Autotür. Sie roch so frisch wie zu Beginn des Abends.

»Hier verlasse ich dich«, sagte Luis.
»*Buenas noches*, Luis.« Sie gab ihm einen raschen Kuss auf den Mund, dann trennten sie sich. Luis spürte, dass er rot wurde.
»Gute Nacht«, sagte er.
Er wartete, bis sie die Treppe zu ihrer Wohnung hochgestiegen war. In der Tür drehte sie sich um und winkte ihm zu. Er winkte zurück.

Er stieg wieder ein und machte sich auf den Heimweg. Ohne Adriana wirkte das Auto auf einmal seltsam leer. Er wünschte sich, sie würde noch neben ihm sitzen, mit wehenden Haaren am offenen Fenster. Dann dachte er an den Tanz und die Musik und fuhr fröhlich nach Hause.

7

Am nächsten Tag wachte Luis sogar noch vor den Hunden auf und machte sich in der kleinen Küche ein einfaches Frühstück mit Kaffee. Vom Küchentisch aus beobachtete er durch die offenen Vorhänge den Sonnenaufgang. Danach ging er ins Schlafzimmer und zog sich Trainingshose, Sweatshirt und Laufschuhe an.

Draußen dehnte er erst ein Bein, dann das andere, und lockerte den Rücken. Die Hunde drängten sich um ihn, sie wussten, was jetzt kam, und machten sich bereit.

»*Vamos*«, sagte Luis und lief in langsamem Tempo los. Die Hunde hefteten sich an seine Fersen.

Er folgte einem staubigen Pfad, den die Hunde ausgelaufen hatten. Dieser führte in einer geraden Linie über offenes Gelände, machte am Ende einen Bogen und kam als Schlaufe wieder auf sich selbst zurück. Die Hunde hatten eigene Vorstellungen von der Größe ihres Reviers.

Luis erhöhte das Tempo, und sie hielten spielend mit ihm mit; die kleineren rannten ihm gefährlich dicht vor die Füße und schossen wie Pilotfische hin und her. Die größeren trabten mit hängender Zunge neben ihm her und beobachteten jede seiner Bewegungen. Er war ihr Anführer, ihr Leithund.

Schließlich hatte er die Schleife erreicht und lief den Bogen nach links. Trotz der kühlen Morgenluft schwitzte er, atmete aber gleichmäßig. Sein Herz schlug schnell und regelmäßig. Er hätte fast ewig so weiterlaufen können.

Der Pfad führte dicht an einem Mesquitebaum vorbei, dem Luis ausweichen musste. Die Hunde liefen einfach unter den Ästen hindurch. Ein Hase brach aus seinem Versteck hervor und rannte um sein Leben, aber das Rudel blieb bei Luis. Ohne ihn hätten sie den Hasen vielleicht gejagt, aber im Moment hatten sie Wichtigeres zu tun.

Das Haus war nur noch ein Fleck am Horizont. Während Luis mit den Hunden unterwegs war, wachten anderswo die Leute gerade auf und begannen ihren Tag. Er lief gern mit den Tieren, wenn auch nicht jeden Tag. Ihre Gesellschaft war die Art von Freundschaft, die er verstand und schätzte. Wo immer er hinging, sie würden ihm bedingungslos folgen. Wenn er sie tagsüber alleine zu Hause ließ, konnte er sicher sein, dass sie bei seiner Rückkehr da waren und ihm seine Abwesenheit nicht übel nahmen. So waren Hunde, und Luis wunderte sich, dass nur wenige Menschen dies verstanden.

Die Schleife war zu Ende, sie liefen wieder auf dem Pfad, auf dem sie gekommen waren. Die größeren Hunde hechelten heftig. Er sollte häufiger mit ihnen laufen gehen, sie wurden faul und fett. Luis beschloss, die nächsten drei Tage früher aufzustehen und eine Runde mit ihnen zu drehen.

Zurück am Haus ging er eine Weile auf und ab, bis sich sein Herzschlag normalisiert hatte. Er dehnte seine Muskeln, um Krämpfe zu vermeiden, ging dann ins Haus und bereitete das Futter für die Hunde vor, die sich ausgehungert auf die Näpfe warfen.

Danach duschte Luis und zog sich an. Sein Tanzoutfit hatte er beiseitegelegt. In den nächsten Tagen würde er die Sachen mit der Hand waschen, bügeln und für den nächsten gemeinsamen Abend mit Adriana weghängen. Er überlegte, sich noch ein paar Hemden zuzulegen, um ein bisschen Auswahl zu haben, konnte aber eine solche Ausgabe nicht wirklich rechtfertigen, denn es gab Wichtigeres, beispielsweise seine Hunde.

Diese hatten alles bis auf den letzten Krümel aufgefressen, als er wieder aus dem Haus trat. Er streichelte die, die angetrottet kamen, und rief den anderen einen Abschiedsgruß zu. Dann setzte er sich in seinen Truck und machte sich auf den Weg in die Stadt.

Als er auf die geteerte Straße abbog, die ins Zentrum von Ojinaga führte, sah er am Straßenrand ein Armeefahrzeug stehen. Einige Männer in Uniform liefen über die Fahrbahnen, jemand hatte Signalleuchten ausgelegt. Luis fuhr langsam darauf zu.

Ein Soldat hob die Hand, um ihn anzuhalten, und Luis gehorchte. Drei der Uniformierten, alle mit ausdruckslosen Mienen und automatischen Waffen in der Hand, umstellten seinen Truck.
»Ausweis«, sagte der, der bei Luis am Fenster stand.
Luis holte seinen Ausweis hervor. Die Hände ließ er lieber auf dem Lenkrad liegen, auch wenn die Soldaten keinen besonders nervösen Eindruck machten. Anstatt zu lächeln, setzte er das gleiche stoische Gesicht auf wie auf seinem Ausweisfoto.
»Wo wollen Sie hin?«, fragte der Soldat. Luis' Ausweis behielt er in der Hand.
»Zur Arbeit.«
»Wo arbeiten Sie?«
»Ich habe in der Stadt einen Laden. *El Mercantil*. An der De La Juventud.«
Luis bemerkte, dass einer der Soldaten hinter dem Truck stand und die Ladefläche begutachtete. Dort lag nicht viel: ein Stück Sperrholz, ein Ersatzreifen und ein Schraubenschlüssel. Der Soldat hob das Sperrholz an, um zu sehen, was darunter war.
»Den Laden kenne ich nicht.«
»Er ist sehr klein.«
»Muss er wohl sein.«
Der Soldat machte keine Anstalten, Luis den Ausweis zurückzugeben. Er wechselte einen Blick mit dem, der die Ladefläche durchsuchte, und nickte einen kurzen Moment später fast unmerklich. Dann gab er den Ausweis zurück.
»Kann ich weiterfahren?«, fragte Luis.
»Ja. Los. Weiter.«
Luis legte den Gang ein und fuhr los. Er ließ die Straßensperre schnell hinter sich, behielt aber die Soldaten im Rückspiegel im Blick, als fürchtete er, sie würden plötzlich in ihren Wagen springen und ihm nachjagen. Ein leises Zittern überlief ihn.
So etwas kam vor. Nicht oft genug, als dass sich Luis an die unangenehmen Kontrollen gewöhnt hätte, aber oft genug, um zu wissen, wie er sich zu verhalten hatte. Er verstand nicht, wie es sein konnte, dass sich Ángel Rojas und sein Bruder trotz des Militärs so frei bewegen konnten. Die Waffe allein, die Ángel offen sichtbar am Gürtel trug, hätte schon ausgereicht, ihn hinter Git-

ter zu bringen, aber niemand verlor ein Wort darüber. Francisco Rojas trat zwar weniger offensiv als sein Bruder auf, aber auch ihn hätte man sicherlich ohne große Mühe wegen diverser Dinge belangen können.

Vielleicht hatte das mit Los Zetas zu tun. Vor denen hatte jeder Angst. Die Zetas hatten die Grenze in eine Todeszone verwandelt. Und natürlich waren sie auch in Ojinaga – schließlich waren sie überall –, aber hier mordeten sie nicht wahllos. Vielleicht, dachte Luis, hat sich irgendeine Art von Gleichgewicht eingestellt, das keiner der Beteiligten zum Kippen bringen will. Wenn der Highway, von dem immer wieder die Rede war, tatsächlich gebaut wurde, würde sich alles ändern. Bis dahin war Ojinaga eher Potenzial als Kapital.

Einstweilen würde Luis jedenfalls mit Straßensperren und Ausweiskontrollen oder auch nur schwer bewaffneten, patrouillierenden Soldaten leben müssen. So ging es allen, die in Ojinaga lebten. Die Alternative wäre, die Stadt den Zetas zu überlassen, was ohne das sorgfältig austarierte Gegengewicht von Armee und Polizei unweigerlich passieren würde.

Luis blickte immer wieder in den Rückspiegel, bis die Straßensperre nicht mehr zu sehen war. Erst dann atmete er auf und fuhr erleichtert weiter.

8

In den nächsten drei Tagen lief das Geschäft gut. Vielleicht war die Flaute endlich vorbei.

Am dritten Tag verbrachte Luis den Vormittag damit, Waren aus dem Lager in die Regale zu räumen, Ordnung zu schaffen und Staub zu wischen. Eine Glühbirne musste ersetzt werden, er holte die Leiter, um sich darum zu kümmern. Als er auf der vorletzten Stufe balancierte, kündigte das Klingeln der kleinen Türglocke einen Besucher an.

»*Un momento*«, sagte Luis. Vorsichtig hielt er die kaputte Glühbirne fest, damit sie ihm nicht aus der Hand fiel und auf dem Boden zerschmetterte. Als er die neue Birne eingedreht hatte, leuchtete sie hell auf, und er spürte ihre Hitze. Dann kletterte er von der Leiter.

Der Mann stand mit dem Rücken zu Luis an der Ladentheke und begutachtete die neben der Kasse ausgestellten Waren. Er trug ein Basecap und ein T-Shirt, auf dessen Rücken die Aufschrift SAN ANTONIO SPURS und ein Basketball abgedruckt waren.

»Kann ich Ihnen helfen?«, fragte Luis.

Der Mann wandte sich um. »Das hoffe ich doch.«

»Alberto! Warum hast du nicht gesagt, dass du das bist?«

Alberto Pérez war ein schmächtiger Mann, kleiner noch und sehniger als Luis. Um seine Beine schlackerten Bermudashorts, die Füße steckten in Nike-Sandalen. Er streckte lächelnd die Hand aus. »Luis«, sagte er. »Ist eine Weile her.«

»Ich habe gehört, du bist nach Nuevo Laredo gezogen«, sagte Luis.

»Ja. Aber jetzt bin ich wieder hier.«

»Seit wann?«

»Seit etwa einem Monat.«

»Und dann kommst du jetzt erst? Was ist los mit dir?«

Luis ging hinter die Theke und zog einen Hocker hervor. Er bot ihn Alberto an, als der ablehnte, setzte sich Luis darauf.

»Ich musste mich erst mal umsehen«, sagte Alberto. »Ist einige Zeit vergangen. Die Dinge haben sich verändert. Ich brauchte erst mal einen Überblick.«

»So viel hat sich gar nicht geändert. Du warst ja nicht ewig weg.«

Alberto schüttelte den Kopf. »Nein, es hat sich viel geändert. Und als Erstes höre ich, dass du niemanden mehr über die Grenze bringst. Dass du einen Laden aufgemacht hast. Was ist denn da passiert?«

»Ist nicht so wichtig«, sagte Luis. »Wie ist es dir ergangen? Wie war Nuevo Laredo?«

»Der reine Irrsinn. Die Golfos und Los Zetas sind überall, liefern sich Schießereien mit der Polizei und der Armee. Die Straßen schwimmen in Blut. Es ist so schlimm, dass man dort keine Geschäfte mehr machen kann.«

»Niemand geht mehr rüber?«

»Doch, aber es ist schwer. Los Zetas schnappen die Leute einfach von der Straße weg und erpressen Lösegeld. Wer nicht zahlen kann, überlebt nicht. Wer Glück hat, verliert alles und wird irgendwo am Straßenrand ausgesetzt. Und kann nicht mal mehr seinen *coyote* bezahlen. Von den Amis will ich gar nicht erst anfangen.«

»Wie ich gehört habe, greifen sie auch in Presidio härter durch«, sagte Luis.

»Wie du gehört hast? Seit wann weiß Luis González nicht haargenau, was an der Grenze vor sich geht? Ich konnte es nicht glauben, als es hieß, du hättest aufgehört.«

»Ich dachte, ein Laden würde mehr bringen«, sagte Luis. »Ich komme durch.«

»Haben die Zetas dich auch drangekriegt?«

»Nein, nein, mit denen hat das nichts zu tun. Glaub mir: Die Geschichte ist völlig langweilig. Außerdem gefällt mir mein Job. Ich habe feste Arbeitszeiten, ein regelmäßiges Einkommen, und niemand macht mir Ärger.«

»Niemand macht dir Ärger? Klingt gut.«

»Hast du mit irgendwem Ärger?«, fragte Luis.

»Ich hab gedacht, hier im Westen kann ich wieder meinen Geschäften nachgehen, ohne ständig Angst vor einer Kugel im Hinterkopf zu haben«, sagte Alberto. »Wie gesagt, Nuevo Laredo ist richtig gefährlich, und drüben ist es auch nicht besser. Erschossen werden oder im Gefängnis landen, wer will das schon?«

»Verstehe.«

»Also habe ich gedacht, vielleicht ist Ojinaga wieder das Richtige für mich. Ein ruhiger kleiner Ort. Und schließlich haben wir uns zusammen ja auch ganz gut geschlagen.«

»Das haben wir«, stimmte Luis zu. »Aber ...?«

»Ich glaube, du weißt, was jetzt kommt. Die Rojas-Brüder. Ángel und Francisco. Ich hatte keine Ahnung, dass sie alles übernommen haben. Weißt du, dass die meisten *coyotes* jetzt für sie arbeiten? Das ist immer noch besser, als die Zetas im Nacken zu haben, aber man kann sich nicht mal am Arsch kratzen, ohne erst um Erlaubnis zu fragen. Wie zum Teufel ist es dazu gekommen?«

Luis runzelte die Stirn und zuckte mit den Achseln. »Ganz allmählich. Ich war schon ausgestiegen, bevor die Rojas richtig losgelegt haben. Aber ich dachte, es gibt auch noch welche, die unabhängig arbeiten.«

»Alle weg«, sagte Alberto. »Zumindest kann ich keinen auftreiben. Alle, die wir kennen, zahlen den Rojas entweder einen Tribut oder arbeiten direkt für sie. Und ich habe schnell rausgefunden, dass neue Gesichter in Ojinaga nicht willkommen sind.«

»Du bist nicht gerade ein neues Gesicht«, sagte Luis. »Du hast hier eine Vorgeschichte.«

»So, wie ich behandelt wurde, hätte ich genauso gut von einem anderen Planeten kommen können. Klar, die Neuen kennen mich nicht, aber man sollte doch annehmen, dass die Alten mich reinlassen. Stattdessen hieß es: ›Geh zu Ángel Rojas.‹«

»Und, bist du zu ihm gegangen?«

»Klar. Er hat mir einen Deal angeboten. Ich habe dankend abgelehnt.«

Luis dachte nach. Ángel hatte ihm nicht alles verraten, aber er wusste auch so, dass ein Deal mit Ángel Rojas kein guter, zumindest kein fairer Deal war. Und er kannte Alberto Pérez, er war nicht der Typ, der Geld auf dem Tisch liegen ließ. »Wie viel nimmt er?«, fragte Luis.

»Siebzig Prozent.«

»Von welchem Preis?«

»Er sagt, er würde nur dreitausend pro Kopf verlangen, aber die übliche Rate liegt allgemein bei mindestens fünftausend. Ich gehe davon aus, dass der Rest in seine eigene Tasche wandert. Und in die seines Bruders.«

»Vielleicht gehen die zweitausend auch an die Zetas«, sagte Luis.

»Ángel dealt mit den Zetas?«

»Sagt er jedenfalls. Ich glaube ihm.«

Alberto fluchte. »Die wird man auch nirgendwo los!«

»Vielleicht behauptet er das auch nur«, wandte Luis ein. »Aber ich weiß nicht, ob sie ihm das Geschäft einfach so überlassen würden. Mit ihrem Segen. Und er sagt, er kann einem die Zetas vom Leib halten. Vielleicht bezahlt er sie von der Differenz, vielleicht aus seinem Anteil. Wer weiß?«

»Es muss einen besseren Weg geben«, sagte Alberto.

»Als da wäre?«

»Zwei alte Freunde, die gemeinsam wieder einsteigen.«

Luis sah das Blitzen in Albertos Augen, und ihm wurde schwer ums Herz. Es wusste, was Alberto dachte, und auch, wie seine Antwort lauten würde. »Ich habe dir gesagt, dass ich ausgestiegen bin«, sagte er. »Ich bin nicht mehr gut genug.«

»Nicht gut genug? Du warst immer der *Beste*.«

»Das war früher. Glaub mir, Alberto, du willst mich nicht als Partner. Ich würde dich nur in Schwierigkeiten bringen.«

Alberto hob die Hand. »Warte, bis du den Rest gehört hast, okay? Ich habe einen Kontakt in Presidio, der unsere Leute verstecken würde, und den Weitertransport kann ich auch organisieren. Alles von A bis Z. Wir arbeiten zusammen, wir teilen fifty-fifty. Ohne die Zetas und ohne Ángel Rojas.«

»Alle zahlen an die Zetas«, sagte Luis.

»Dann zahlen wir eben an sie! Denen ist wahrscheinlich egal, ob das Geld von den Rojas-Brüdern oder von zwei Unabhängigen kommt. Was die Rojas können, können wir auch.«

Luis schüttelte langsam den Kopf. Er stand vom Hocker auf, ging im Laden hin und her, schob einen Aufsteller mit Proteinriegeln zurecht. »Ich will da nicht mit reingezogen werden. Es tut mir leid.«

»*¿Por qué no?*«

»Es ist nicht mehr wie früher«, sagte Luis. »Bevor du weg bist, war es anders. Jetzt kann man kaum einen Schritt machen, ohne entweder der Polizei, der Armee oder Ángel Rojas in die Arme zu laufen. Und die Amerikaner ... du weißt selbst, unter welchem Druck sie stehen, uns zu erwischen. Die machen vor nichts halt. Es geht nicht mehr um ein paar *vaqueros*, die es mit der Welt aufnehmen. Wir haben keine Chance mehr.«

»Ich kann nicht glauben, was ich da höre«, sagte Alberto.

»Früher hätte ich es auch nicht geglaubt, aber die Zeiten ändern sich. Es ist zu kompliziert. Wie gesagt, ich mag meinen

Laden. Ich mag meine Arbeit. Wenn ich wieder einsteigen würde, was würde daraus dann werden? Ich kann nicht beides haben.«

»Das enttäuscht mich.«

»Es tut mir leid. Wirklich.«

Alberto seufzte und stützte sich auf die Theke. Tappte mit der Sandalenspitze auf den Boden. Schließlich richtete er sich auf. »Es war ein Fehler, nach Ojinaga zurückzukommen.«

»So schlimm ist es nicht.«

»Klar, wenn man seinen eigenen Laden hat und nicht mehr mit den *coyotes* läuft. Wie verbringst du deine Tage?«

»Ich lese. Ich kümmere mich um meine Hunde. Ich habe eine Frau kennengelernt.«

»Die verdammten Hunde. Hast du die immer noch alle?«

»Seit deinem letzten Besuch sind noch ein paar dazugekommen«, sagte Luis.

Alberto lächelte widerwillig. »Und kannst du dir einen Abend Zeit nehmen, um mit einem alten Freund ein paar *cervezas* zu trinken? Wenn du dich nicht um deine Hunde oder deine Frau kümmern musst.«

»Das bekomme ich sicherlich hin.«

»Dann machen wir das.«

Das Lächeln war verschwunden. Luis hätte gern etwas gesagt, um Alberto zu ermutigen, aber ihm fiel nichts ein. Unbehagliches Schweigen lag zwischen ihnen, bis Luis fragte: »Was wirst du tun?«

»Was *kann* ich tun? Ich habe keine Ersparnisse, also werde ich mir keinen Laden zulegen können. Außerdem, was würde ich verkaufen? Nein, ich eigne mich nicht zum Geschäftsmann, so wie du.«

»Also ...?«

»Gehe ich vermutlich wieder zu Ángel Rojas und sage ihm, ich hätt's mir überlegt. Das stinkt mir zwar, aber ich bin nun mal nichts anderes als ein *coyote*. Und muss wieder ganz unten anfangen. Wahrscheinlich kennen diese halben Kinder sich drüben inzwischen besser aus als ich.«

»Du kommst wieder rein.«

»Vielleicht.« Alberto tappte wieder auf den Boden. »Ich gehe besser.«

»Es war schön, dich zu sehen, Alberto. Sag einfach Bescheid, wenn du ein Bier trinken willst, ja? Das wird Spaß machen.«

»Klar. Okay. *Adíos*.«

Die Glocke klingelte, Alberto war weg. Und im Laden schien es auf einmal sehr still zu sein.

9

Luis stellte seinen Truck auf dem Parkplatz vor Adrianas Wohnblock ab. Er blieb kurz sitzen und ließ sich Albertos Besuch durch den Kopf gehen, dann schüttelte er die trüben Gedanken ab und stieg aus. Als er die Treppe hochgestiegen war und vor Adrianas Tür stand, lag ein Lächeln auf seinem Gesicht.

Die Tür wurde aufgeschlossen und zögernd geöffnet. Im Spalt stand ein kleines Mädchen und schaute zu Luis auf. Sie trug ein weißes Kleid mit grünen und roten Blumen und war barfuß.

»Hallo, Isabella«, sagte Luis. »Darf ich reinkommen?«

Isabella drehte sich um. »Mamá!«, rief sie. »Señor González ist da!«

»Lass ihn rein!«, hörte Luis Adriana sagen. Ihre Stimme schien aus der Küche zu kommen.

Das kleine Mädchen machte die Tür auf und trat beiseite, um Luis einzulassen. Er durchquerte einen Flur und kam in ein kleines Zimmer mit einem Läufer auf dem Boden und ein paar Bildern an den Wänden. In einer Ecke lief in einem winzigen Fernseher eine Sendung, die Luis nicht kannte.

»Er ist drinnen, Mamá!«, rief Isabella.

»Okay. Sag ihm, ich komme gleich.«

»Mamá kommt gleich«, sagte Isabella und machte hinter Luis die Tür zu.

Sie war sieben Jahre alt und hatte die helle Haut und dunklen

Augen ihrer Mutter. Da Luis den Vater nicht kannte, wusste er nicht, was das Mädchen von ihm hatte. Er sah nur die Ähnlichkeit zwischen Mutter und Tochter. Schon jetzt ließ sich vorhersehen, dass Isabella einmal sehr schön sein würde.

»Wie geht es dir heute, Isabella?«, fragte Luis.

»Ganz gut.«

»Was hast du gemacht?«

»Bilder gemalt. Wollen Sie sie sehen?«

»Klar.«

Isabella verschwand nach nebenan. Luis setzte sich auf das schmale Sofa. Die Wohnung war eng und bot kaum genug Platz für die wenigen Möbel, die Adriana besaß. Luis vermutete, dass sie auch nur ein Schlafzimmer hatte.

Das kleine Mädchen kam mit mehreren Blättern in der Hand zurück. Sie kniete sich vor den winzigen Couchtisch und breitete die Bilder darauf aus. Sie waren mit Buntstiften und in allen Farben gemalt, was auch bedeutete, dass die Bäume lila und der Himmel grün verhangen sein konnte. Die Menschen waren grob und ungeschickt gezeichnet, aber man sah, dass Isabella sich große Mühe gegeben hatte.

»Das hier gefällt mir«, sagte Luis. »Was ist das?«

»Das ist Mamás Arbeitsplatz. Das ist Doktor Guzman.«

»Natürlich. Er lächelt, damit man seine schönen Zähne sehen kann.«

»Ja«, sagte Isabella ernsthaft.

Sie sahen sich das gesamte Werk an. Luis' Lob war überschwänglich, auch wenn er sich nicht sicher war, ob Isabella es ihm abnahm. Schließlich kamen sie zu einem Bild von einem Haus mit vielen Tieren, die alle braun gemalt waren.

»Was ist das?«, fragte Luis.

»Das ist Ihr Haus. Mamá sagt, Sie haben ganz viele Hunde.«

»Aber du bist noch nie bei mir gewesen.«

»Ich hab's mir *vorgestellt*.«

»Ah. Und wo bin ich?«

»Sie besuchen uns.«

»Okay. Wenn du mein Haus farbig ausmalen willst, es ist blau und weiß.«

»Das mache ich«, sagte Isabella, verschwand, kam mit Buntstiften in einer Tasse wieder und begann, Luis' Haus farbig auszumalen. Sie lag nicht völlig daneben.

Schließlich erschien Adriana. Sie hatte ihre Arbeitskleidung gegen Jeans und eine einfache Bluse eingetauscht, darüber eine Schürze. »*Hola*«, sagte sie. »Tut mir leid, das Essen ist noch nicht fertig.«

»Ich hab's nicht eilig.«

»Gut, denn es wird noch ein bisschen dauern. Ich musste länger für Doktor Guzman arbeiten.«

»Kein Problem«, sagte Luis. »Lass dir Zeit.«

»Okay.«

»Brauchst du Hilfe?«

»Nur, wenn du mir Gesellschaft leisten willst.«

Luis erhob sich. »Isabella, ich gehe mit deiner Mutter in die Küche, ja? Mein Haus sieht wunderschön aus.«

Er folgte Adriana in die Küche. Hier war es genau so eng wie im Rest der Wohnung, aber es gab eine kleine Nische, in die gerade so ein Tisch und drei Stühle passten. Es roch nach Gewürzen und Fleisch, und auf den beiden Herdplatten dampften zwei große Töpfe vor sich hin.

»Danke für deine Geduld.« Adriana gab Luis einen raschen Kuss auf die Wange.

»Es macht mir wirklich nichts aus.«

»Wie war dein Tag? Meiner war verrückt. Viel zu viel zu tun.«

Luis machte eine vage Geste. »Ähnlich. Ein alter Freund hat vorbeigeschaut. Er war lange weg und ist gerade erst zurückgekommen.«

»War er enttäuscht, weil sich nichts geändert hat?«

»So in etwa. Wir gehen irgendwann ein Bier trinken und stoßen auf seine Rückkehr an.«

»Entschuldige, ich muss an die Schublade da ran.«

»Natürlich. Ich geh dir aus dem Weg.«

»Du bist mir nicht im Weg. Ich bin heute Abend nur durcheinander.«

Mit einem Lappen hob sie einen Topfdeckel an. Eine Dampfwolke quoll hervor und verteilte einen überwältigenden Duft in dem engen Raum. Adriana rührte mit einem langen Kochlöffel um und setzte den Deckel wieder auf den Topf.

»Es riecht großartig«, bemerkte Luis.

»Das ist was Einfaches. Wie ich.«

»Ich bin hier der Einfache«, sagte Luis. »Ich und meine Hunde, mehr ist da nicht.«

»Ich wollte dich schon lange fragen«, sagte Adriana, »warum hast du so viele Hunde? Du weißt, dass man dich den Hundemann nennt, ja?«

Luis nickte lächelnd. »So haben sie mich schon genannt, als ich erst fünf Hunde hatte. Jetzt habe ich noch mehr. Ich mag Hunde, und Hunde mögen mich. Ich verstehe sie. Wir passen einfach zusammen.«

»Wie meinst du das, du verstehst sie?«

»Hunde sind im Prinzip wie Menschen: Sie wollen etwas und geben im Gegenzug Loyalität. Solange du sie nicht im Stich lässt, werden sie dich immer lieben.«

»Und was ist mit Leuten, die ihre Hunde schlagen?«

»Furcht ist etwas anderes als Loyalität«, sagte Luis. »Und meine Hunde schlägt niemand. Eher würde ich denjenigen schlagen, aber meine Hunde schlägt niemand. Sie sind meine Familie.«

»Aber es sind doch nur Hunde. Oder nicht?«

Luis suchte nach den richtigen Worten. Das war immer so, wenn ihn jemand nach seinen Hunden fragte. Es ging um Gefühle, die sich nicht leicht erklären ließen. Wenn er einen Hund sah, fühlte er sich mit ihm verbunden, und meistens reagierte der Hund ebenso. Wie sollte er das jemandem verständlich machen, der so etwas nicht spürte?

»Ich hoffe, es macht dir nichts aus, dass ich frage«, sagte Adriana.

»Nein, das ist es nicht. Es ist so ... ich meine ... Hunde verlassen einen nicht. Sie werden immer bei mir bleiben. Vielleicht ist es ganz einfach das.«

»Du brauchst eine gute Frau.«

»Ich dachte, ich hätte eine gefunden.«

Adriana lächelte leicht. »*Tal vez.*«

»Du solltest mich und die Hunde irgendwann mal besuchen. Du wirst sie mögen.«

»Vielleicht mache ich das. Aber werden sie mich mögen?«
»Ein Hund spürt, ob ein Mensch gut oder schlecht ist. Ich glaube, du musst dir keine Gedanken machen.«
»Jetzt werde ich rot.«
»Das wollte ich nicht.«
»Geh ins Wohnzimmer und lass mich hier fertig werden. Dann essen wir.«

10

Nach dem Essen zwängten sie sich auf das kleine Sofa und schauten fern, bis Isabella ins Bett musste. Während Adriana im Schlafzimmer war, vertrieb sich Luis die Zeit mit den Nachrichten. Als sie nach einer halben Stunde wiederkam, stellte sie den Fernseher ab und setzte sich neben ihn.
»Satt?«, fragte sie.
»Und wie.«
»Hat es geschmeckt?«
»Wunderbar«, sagte Luis.
Adriana lehnte sich an ihn, er legte den Arm um sie. Ihr Kopf lag auf seiner Brust. »Ich bin so müde«, sagte sie.
»Wenn du willst, gehe ich.«
»Nein, bitte bleib noch.«
»Ist gut.«
Sie blieb lange so sitzen, an ihn gelehnt, bis Luis schon dachte, sie wäre eingeschlafen. Doch dann sagte sie: »Ich habe heute von meiner Mutter gehört.«
Luis rührte sich nicht. »Wie geht es ihr?«
»Nicht gut. Sie braucht mehr Geld.«
»Hast du welches, das du ihr schicken kannst?«
»Vielleicht. Es wird nicht leicht, aber ich hoffe, ich bekomme es hin.«

»Du könntest Doktor Guzman um eine Gehaltserhöhung bitten.«
»Das geht nicht. Die Praxis läuft nicht gut. Außerdem zahlt er mir schon mehr, als er eigentlich müsste.«
»Das sehe ich anders«, sagte Luis. »Du machst deine Arbeit gut. Du bist verlässlich. Was kann er noch wollen?«
Adriana schwieg eine Weile. Luis lauschte ihren Atemzügen. Er wusste, dass sie wach war, sich nicht aus der Umarmung bewegen wollte. »Meinst du, ich sollte nach Amerika gehen?«, fragte sie.
Luis sah sie an, konnte aber ihr Gesicht nicht erkennen. »Was? Warum?«
»Alle sagen, in Amerika kann man mehr Geld verdienen. Und ich habe viele Fähigkeiten. Ich könnte genau wie hier in einer Praxis arbeiten. Ich habe sogar Englisch geübt, weil oft amerikanische Patienten kommen.«
»Es ist nicht so leicht, in den USA zu arbeiten. Viel Papierkram, und auch dann ist nicht sicher, dass man einen guten Job findet. Die Mexikaner erledigen in Amerika die Jobs, die kein anderer machen will. Willst du bei irgendwem Putzfrau sein? Toiletten putzen? Weil das alles ist, was sie dich machen lassen.«
»Bist du in Amerika gewesen?«
»Ein paar Mal.«
»War das ... früher?«
Luis runzelte die Stirn. Er wollte seine Position verändern, aber Adriana lag immer noch in seinem Arm und machte keine Anstalten, sich zu bewegen.
»Du weißt, dass ich darüber nicht reden will.«
»Okay. Erzähl mir einfach, wie es dort ist. Über den Rest müssen wir nicht reden.«
Luis holte Luft. »Es ist immer viel Trubel, vor allem in den großen Städten. Und für Mexikaner geht alles zu schnell, sie bekommen nirgendwo einen Fuß dazwischen. Ich möchte, dass du das weißt: So ein Leben willst du nicht. Jeder Mexikaner, den ich in den USA gesehen habe, hat entweder Mülleimer geleert oder Rasen gemäht. Angeblich gibt es auch Erfolgsgeschichten, aber ich habe keine einzige erlebt.«

»Aber das Geld —«

»Hier kann man auch Geld verdienen. Ich verdiene hier mein Geld. Doktor Guzman auch. In Ojinaga gibt es Tausende von Mexikanern, die jeden Tag zur Arbeit gehen und ihre Familien ernähren. Leute wie du. Und niemand gilt als zweitklassig.«

Luis hörte etwas und begriff, dass Adriana weinte. Sie tat es leise, aber es entging ihm nicht. »Hey«, sagte er und richtete sie auf, »hey, nicht weinen. Ich wollte dich nicht zum Weinen bringen.«

Adriana schlüpfte aus seinem Arm und wischte sich die Tränen von den nassen Wangen. »Es tut mir leid«, sagte sie. »Ich weiß einfach nicht, was ich machen soll. Es ist alles nicht so leicht.«

»Niemand hat gesagt, dass es leicht sein würde. Es gibt Tage, da weiß ich nicht, ob ich meinen Laden noch lange halten kann, aber ich schaffe es. Und du auch.«

Sie nickte und trocknete sich die Tränen ab. Ihr Make-up war zerlaufen, und Luis spürte ihre Verlegenheit. »Ich wollte dich nicht beunruhigen«, sagte sie.

»Ich bin nur beunruhigt, weil du beunruhigt bist.«

»Es ist nur ... sie ist meine Mutter, und ich muss mich um sie kümmern. Wie du und deine Hunde.«

»Ich würde nie deine Mutter mit einem meiner Hunde vergleichen.«

»Das meine ich nicht. Sondern was du über Loyalität und Liebe gesagt hast.«

Luis bemühte sich ihr zuliebe um ein Lächeln, aber ihm war schwer ums Herz. Er strich ihr übers Haar und hätte sie gerne wieder an sich gezogen und festgehalten, bis sie sich beruhigt hatte, aber die Stimmung dafür war verflogen und etwas Schmerzhaftem und Unbehaglichem gewichen.

»Entschuldige mich«, sagte Adriana und verließ das Zimmer. Als sie zurückkam, hatte sie die Mascarastreifen abgewischt und hielt ein Taschentuch in der Hand. Luis stand auf.

»Ich gehe jetzt besser.«

»Das musst du nicht. Wir können hier noch sitzen bleiben.«

»Nein, ich muss morgen früh aufstehen, und du brauchst deine Ruhe.«

Sie umarmten sich vorsichtig, als fürchtete der eine, dass der andere zerbrechen könnte. Als Adriana ihn küsste, roch Luis ihre Tränen. Sie brachte ihn zur Tür. »Wir sehen uns bald«, sagte sie. »Vielleicht gehen wir wieder tanzen.«
»Vielleicht. Gute Nacht, Luis.«
»Gute Nacht.«
Er wartete, bis sie die Tür zugemacht und abgeschlossen hatte, dann ging er die Treppe zum Parkplatz hinab. In einigen Wohnungen war noch Licht, irgendwo rumorte ein Fernseher, in dem die Nachrichten liefen.

Luis fuhr los, folgte dem Licht seiner Scheinwerfer und dachte an Adriana. An guten Abenden war sie voller Leben und Übermut. An Abenden wie diesem verzweifelte er an ihren Tränen und dem, was sie über die USA gesagt hatte.

Luis hatte nicht gelogen, was seine Erlebnisse dort betraf. Er hatte so viele Menschen über den Fluss geführt, die alle auf ein besseres Leben hofften, und nie den Mut gehabt, ihnen zu sagen, was sie erwartete. Diese Menschen galten nicht nur als Kriminelle, sie wurden von den Amerikanern einfach nicht wahrgenommen, selbst wenn sie arbeiteten und zum allgemeinen Wohlstand beitrugen. Jenseits der Grenze waren Mexikaner unsichtbar, und wenn sie nicht unsichtbar waren, wurden sie verachtet.

So ein Leben wollte er Adriana und Isabella ersparen. Denn sie würden ja beide gehen, geführt von einem von Ángel Rojas *coyotes*. Sie würden über das harsche Land bis zum Highway marschieren oder bis hinein nach Presidio, um dort wie Schmuggelware versteckt zu werden. Irgendwann würde jemand kommen und sie in eine der großen Städte bringen: nach San Antonio oder Dallas oder sogar in einen anderen Staat. Waren sie erst einmal an ihrem Zielort abgesetzt worden, wären sie völlig auf sich selbst gestellt und hätten nur noch einander.

Es war besser, sich hier südlich der Grenze den Lebensunterhalt zusammenzukratzen, als sich dem Leben im Norden auszusetzen. Davon war Luis überzeugt. Im eigenen Land musste ein Mexikaner sich nicht für seine Herkunft entschuldigen, in den USA würde man das tagtäglich von ihm erwarten. In der Praxis von Dr. Guzman in Ojinaga hatte Adriana eine verantwortungsvolle Position und war entsprechend gekleidet. Luis konnte sich nicht vorstellen, dass sie das gegen die Uniform einer Hausangestellten und eine Klobürste eintauschen wollte.

Er erreichte die Straße, die aus der Stadt herausführte. Ojinaga ging in staubiges Wüstenland über. Als die letzte Straßenlampe an ihm vorbeiflog, lag vor ihm nichts als Dunkelheit.

11

Luis wachte mit einer Idee im Kopf auf, als hätte er die ganze Nacht im Schlaf über nichts anderes nachgedacht. Während er mit den Hunden lief, ihnen das Futter hinstellte, duschte und sich anzog, überlegte er weiter.

In seinem Leben als *coyote* hatte er andere *coyotes* gekannt, die ihr Geld zum Fenster rausgeworfen hatten. Albertos Laster war der Alkohol, und er konnte er tagelang durchsaufen, ohne nach Luft schnappen zu müssen. Manchmal war Luis dabei gewesen, aber meistens nicht, weil er seine Zeit lieber bei seinen Hunden in seinem blau-weißen Haus verbrachte. Er hatte sein Geld gespart, und als er schließlich die Grenzquerungen aufgab, hatte er genug für den Laden zusammen und noch etwas auf die Seite gelegt.

Das war besser als nichts. Luis würde seine restlichen Ersparnisse nehmen und sie Adriana geben.

Natürlich war das heikel. Das Thema musste mit äußerster Vorsicht angesprochen werden. Adriana war eine stolze Frau und würde seine Hilfe nicht annehmen wollen. Und natürlich stellte sich die Frage, was sich an ihrer Beziehung ändern würde. Sie hatten bisher noch nicht einmal miteinander geschlafen, und er wollte sie auf gar keinen Fall zur Hure machen.

Leicht fiel es ihm nicht. Wenn der Laden gut lief, konnte er davon leben. Wenn er schlecht lief, hatte Luis immer noch seinen Notgroschen. Wann immer er mehr verdiente als er benötigte, füllte er den Sparstrumpf wieder auf. Und jetzt gab er dieses Sicherheitsnetz auf, für das er so lange gearbeitet hatte.

Aber er würde es tun, und zwar bald. Bis zur nächsten Begegnung mit Adriana würde er ein bisschen Zeit vergehen lassen, damit das Unbehagen des Abends sich verflüchtigen konnte und es nicht so wirkte, als wollte er sie nur trösten. Dann würden sie gemeinsam zur Bank gehen, und er würde ihr einen Scheck über die gesamte Summe überreichen. Er würde gerade noch genug zurückbehalten, um das Konto weiterlaufen zu lassen, den Rest konnte sie gerne haben. Er wollte sie nie wieder weinen sehen.

12

Luis träumte die Art Traum, die hauptsächlich aus Erinnerungen besteht. Ihm war bewusst, dass er schlief und dass das weite, trockene Land um ihn herum nur in seiner Einbildung existierte. Ihm war nicht wirklich zu heiß, er hatte erst vor Kurzem etwas getrunken, und die Leute, die ihn begleiteten, waren nicht real.

Den Fluss hatten sie problemlos überquert. Der Rio Grande war bei Ojinaga mannstief, und wer nicht vorsichtig war, konnte leicht ertrinken, aber Luis *war* vorsichtig und passte auf, dass niemand auf den großen Reifenschläuchen abtrieb. Zitternd und nass hatten alle sicher amerikanischen Boden erreicht.

Sogar im Dunkeln fand er den Weg durch die karge Landschaft. Er war ihn schon oft gegangen. Acht Menschen folgten ihm auf den Fersen, während am Osthimmel schon das Farbenspiel begann. Sie waren spät losgegangen und würden dafür büßen müssen.

Sieben der acht waren erwachsen. Das achte Mitglied der Gruppe war ein siebenjähriges Mädchen, das an der Hand seiner Mutter ging. Beide trugen für den Marsch ungeeignete Schuhe, aber das kümmerte Luis nicht; er musste sie innerhalb eines bestimmten Zeitfensters an den verabredeten Treffpunkt bringen, nur das zählte.

Er hatte die Gruppe in den Stunden vor der Dämmerung immer wieder angetrieben, und noch mehr, als die Sonne aufgegangen war. Schließlich erreichten sie einen langen Stacheldrahtzaun, dem sie etwa eine Meile weit bis zu einem abgeschlossenen Tor folgten. Einer nach dem anderen kletterte hinüber. Die Mutter half ihrer Tochter, wie sie ihr schon am Fluss geholfen hatte.

Als sie endlich am Highway ankamen, stand die Sonne hoch am Himmel. Die Kleidung war inzwischen getrocknet, nur die noch feuchten Innensohlen der Schuhe quietschten beim Gehen leicht. Einige der Grenzquerer trugen keine Socken, um sie nicht nass zu machen. Das führte schnell zu Blasen, die sich schmerzhaft bemerkbar machten.

Der Highway erstreckte sich nach Westen und Osten bis zum Horizont. Es gab keine Straßenschilder, keine Wegmarkierungen, nichts, das die Position angezeigt hätte. Luis sah auf die Uhr. Der Van würde bald hier sein.

Luis' Aufgabe war das Überqueren der Grenze. Dann übernahmen andere. Er begleitete diese Menschen nie bis an ihr Ziel, wusste nicht einmal, wohin sie wollten. Vielleicht erst einmal nur bis Presidio, wo sie in irgendeiner ruhigen Wohnstraße versteckt wurden, vielleicht wurden sie auch irgendwo nach Osten gebracht.

Die Gefahr ging von der Border Patrol aus. Luis wusste, dass am Flussufer Sensoren ausgelegt waren, die die Schritte der Überquerenden anzeigten. Diese Sensoren waren im Boden vergraben und wurden an immer andere Stellen gebracht. Luis konnte nur auf Gott vertrauen, dass die Border Patrol nicht ausgerechnet den Uferabschnitt überwachte, an dem er gerade an Land ging.

Aber die Überquerung war ohne Zwischenfall verlaufen, ebenso der Marsch über das leere Ranchland. Blieb nur noch der Van.

Die Sonne stieg höher, die Zeit verging. Die Luft wurde trockener, die Temperatur stieg. Die Straße lag etwas höher als die Umgebung, und Luis hatte seine Gruppe angewiesen, sich am Fuß der niedrigen Böschung zu halten, während er nach dem Van Ausschau hielt. Alle schwitzten, aber er hatte nicht Zeit und Energie darauf verschwenden wollen, Wasserflaschen mitzuschleppen. Eigentlich sollte die Gruppe bereits auf der Weiterfahrt sein, und der Van hatte eine Klimaanlage.

Schließlich stand die Sonne direkt über ihren Köpfen. Die Temperatur war auf über vierzig Grad gestiegen. Die Luft über der Straße flirrte. Wenn man eine Hand auf den Asphalt legte, verbrannte die Haut. Luis sah immer wieder auf die Uhr, aber das zauberte den Van auch nicht herbei.

Er zog sein in eine Plastiktüte eingepacktes Handy aus der Tasche, wickelte es aus und wählte. Javier meldete sich beim vierten Klingeln.

»Luis hier. Was zum Teufel ist los? Wo ist der Van?«

»Wo bist du?«, fragte Javier.

»Am Treffpunkt! Der Van kommt zu spät!«

Luis hatte Javier noch nie von Angesicht zu Angesicht gesehen. Sie hatten nur telefonisch miteinander Kontakt, und auch das nur selten. Javier war derjenige, der die Vans organisierte, und er wusste, wohin die Grenzquerer gebracht wurden, wenn Luis sie übergeben hatte. Ohne Javier konnte Luis die Überquerer nicht erfolgreich über die Grenze bringen. Sie würden mitten im Nirgendwo unter der sengenden Sonne stranden. Wie jetzt.

Bisher war niemand vorbeigefahren. Luis war klar, dass sie unglaubliches Glück hatten. Wenn nur ein Autofahrer die Gruppe von Mexikanern am Straßenrand sah, wäre sofort die Border Patrol auf dem Weg. Hier draußen waren sie ausgeliefert, es gab weder Busch noch Baum, hinter denen sie sich hätten verstecken können. Der Van musste also eintreffen, bevor jemand anders vorbeikam.

»Bist du sicher, dass du an der richtigen Stelle bist?«, fragte Javier.

»Natürlich bin ich sicher! So eine Scheiße, Javier. Ich habe hier acht Leute.«

Ene Pause. Luis meinte, im Hintergrund Stimmen zu hören, aber sie waren gedämpft. »Der Van müsste da sein«, sagte Javier schließlich.

»Das weiß ich. Er hätte vor verdammt langer Zeit da sein müssen!«

»Vielleicht wurde er aufgehalten, ich weiß es nicht.«
»Dann ruf an und finde es raus.«
Luis malte sich aus, was passiert sein konnte: Der Van war auf dem Weg von wo auch immer her, und die Polizei hielt ihn wegen irgendeines Verkehrsvergehens oder auch nur einfach so an. Dann wurde die Identität des Fahrers überprüft. Vielleicht war sein Name gespeichert. Vielleicht ahnten sie, was er vorhatte. Vielleicht erzählte er der Border Police in eben diesem Moment, wo sie die Grenzquerer einsammeln konnte.
»Ich rufe an. Bleib da.«
Luis warf einen Blick hinüber zur Gruppe. Keiner hörte zu, zumindest taten sie so, als würden sie nicht zuhören. Er sah, wie die Mutter ihrer Tochter schützend die Hand über die Augen hielt. »Ich weiß nicht, wie lange ich hier noch bleiben kann.«
»Noch zehn Minuten.«
»Aber lass mich nicht länger warten.«
»Tu ich nicht. Zehn Minuten. Versprochen.«
Javier beendete das Telefonat. Luis wog das Handy in der Hand und wartete sehnsüchtig darauf, dass es wieder klingelte.
Er durfte sich nicht mit ihnen schnappen lassen. Das war ihm völlig klar. Er behielt beide Enden des Highways im Blick und erwartete jede Sekunde, ein Fahrzeug mit den grünen Streifen der Border Police auf sich zu rasen zu sehen. Sie würden wissen, dass er ein *coyote* war. Sie würden seine Fingerabdrücke nehmen. Vielleicht würden sie ihn sogar einsperren. Wie nannten sie das? *Human trafficking*. Menschenhandel. Nein, das durfte nicht passieren.
Die zehn Minuten zogen sich endlos dahin. Dann klingelte das Handy. Luis meldete sich.
»Es gibt ein Problem«, sagte Javier. »Der Van kommt nicht.«
»Was willst du damit sagen?«
»Dass er nicht kommt.«
Aus dem Augenwinkel heraus sah Luis einen dunklen Punkt, der sich zu einem Wagen formte, welcher sich schnell aus Westen näherte und genau auf Luis zu hielt. Noch konnte er nicht erkennen, ob es ein Polizeiauto war. Sein Magen verkrampfte sich.

»Ich muss weg«, sagte er, beendete das Gespräch und verpackte das Handy wieder im Plastikbeutel.

Instinktiv wollte er einfach losrennen, aber dann wären ihm die Überquerer wahrscheinlich gefolgt. Das Auto war nicht mehr weit entfernt, er konnte die Menschen hinter der Windschutzscheibe schon sehen. Die Border Police war es nicht, aber das Spiel war auf jeden Fall aus.

Er wandte sich an die Grenzquerer, die schwitzend neben der Straße hockten und nichts von dem näher kommenden Wagen ahnten. »Ich weiß, wo es Wasser gibt«, verkündete er. »Ich hole welches für uns alle.«

Einige nickten. Die restlichen verdorrten in der Sonne. Das Mädchen saß zusammengesunken auf dem Schoß seiner Mutter, die versuchte, es vor der Sonne zu schützen, aber Luis wusste, dass das nichts brachte. Die harte, staubige Erde war wie eine Herdplatte.

Das Auto donnerte an ihnen vorbei und zog einen Schwall heißer Luft nach sich. Luis erhaschte einen kurzen Blick auf den Fahrer und wusste, dass der Mann sie gesehen hatte. Sicher griff er bereits zum Telefon.

»Ich gehe jetzt«, sagte Luis. »Ich komme wieder.«

Er nahm den Weg, den sie gekommen waren, und rannte eine ganze Meile, ohne sich umzusehen. Als er schließlich einen Blick wagte, waren sowohl die Gruppe als auch der schwarze Teer des Highways in den Hitzeschwaden verschwunden.

Luis lief weiter und wandte sich nicht noch einmal um.

13

Beim Aufwachen hatte er das Gefühl zu verdursten. Sein Mund war ausgetrocknet. Er ging im Dunkeln vom Schlafzimmer in das winzige Badezimmer und trank Wasser aus der Leitung. Sein Verstand warnte ihn, zu hastig oder zu viel zu trinken, als wäre er tatsächlich gerade aus der Hitze gekommen.

Er kehrte ins Schlafzimmer zurück und setzte sich aufs Bett. Im Haus und in der Umgebung war es völlig still. Nicht einmal die Hunde regten sich. Luis rieb sich die Beine, verscheuchte die Anstrengung eines langen Marsches, den er nicht wirklich gemacht hatte.

Es würde sicher für ihn sprechen, wenn er öfter an diese Leute denken würde, aber dem war nicht so. Gelegentlich tauchten sie im Traum auf, wenn sich Erinnerungsfetzen mit Trugbildern vermischten und ihm wie jetzt den Schlaf raubten, doch eigentlich wollte er sie einfach vergessen, und es war ihm auch nahezu gelungen.

Nicht einmal an die Gesichter konnte sich Luis noch erinnern. Sonst würde ihn das Ereignis vielleicht mehr beschäftigen. Auf den Traum war kein Verlass, denn darin waren die Grenzquerer nichts als dunkle Schatten, die alle gleich aussahen, ohne eigene Gesichtszüge.

Nur an das kleine Mädchen erinnerte er sich, und an ihre Mutter. Von allen waren sie diejenigen, die am häufigsten in seine Erinnerung eindrangen. Vielleicht hatte er genauer auf sie geachtet, er wusste es nicht mehr. Und wollte sich nicht eingestehen, wie schuldig er sich ihnen gegenüber fühlte, und dass dieses Schuldgefühl sie häufiger und deutlicher wieder auferstehen ließ als die anderen.

Auf jeden Fall hatte er danach nie wieder eine Gruppe über den Fluss geführt. Er hatte das Geschäftliche mit Javier durch einen Mittelsmann geregelt, sein Geld genommen und sechs Monate zuhause bei seinen Hunden verbracht, bevor er den Laden aufmachte. Am Eröffnungstag schwor er sich, nichts zu bereuen. Reue ging immer mit Schuld einher. Auch die streifte er ab.

Er hatte zuvor schon andere Überquerer im Stich gelassen. Manche hatte er gleich am anderen Flussufer ausgesetzt, wenn er das Gefühl hatte, die Border Patrol war ihnen auf den Fersen. Manche hatte er auf offenem Gelände ihrem Schicksal überlassen. Das gehörte zum Geschäft. Zu wissen, wann es Zeit zum Rückzug war, machte den wahren Profi aus. Alles andere ließ sich lernen, aber nur wenige besaßen die Fähigkeit, sich rechtzeitig davonzumachen. Die Übrigen wurden irgendwann erwischt und hatten damit ihren Wert verloren.

Wenn die Amerikaner einen Überquerer verhafteten, ob *coyote* oder Mitläufer, nahmen sie Fingerabdrücke und machten Fotos, die für alle Zeiten gespeichert wurden. Wer ein zweites Mal verhaftet wurde, musste ins Gefängnis. Zuerst nicht lange, aber bei jedem Vergehen verlängerte sich die Haftzeit. Luis wollte nicht eingesperrt werden.

Unzählige Male hatte er die Tour nach Norden gemacht und war nie erwischt worden. Manchmal war es knapp gewesen, er hatte die Border Patrol Agents in der Dunkelheit rufen gehört und ihre Taschenlampen gesehen, war aber immer entkommen. Zurück zum Fluss. Zurück nach Mexiko.

Luis fiel auf, dass er nie einem Grenzquerer zweimal begegnet war. Sicherlich waren manche, vielleicht sogar die meisten, am Ende erwischt worden, und natürlich würden nicht alle einen zweiten Versuch wagen, aber er hatte damit gerechnet, wenigstens eines der vielen Gesichter in Ojinaga irgendwann wiederzusehen. Er wusste von Menschen, die die Grenze Dutzende Male überquert und sich nie vom nächsten Versuch hatten abschrecken lassen, aber keiner davon war in seinen Gruppen gewesen. Er wusste nicht, ob das gut oder schlecht war.

Er legte sich wieder hin und starrte die dunkle Zimmerdecke an. Um die Erinnerungen zu verscheuchen, dachte er an Adriana und Isabella. Sie waren ihm jetzt wichtig, nicht die Menschen aus der Vergangenheit, denen er nie wieder begegnet war und nie wieder begegnen würde. Er überlegte, wie er Adriana die Sache mit dem Geld verkaufen konnte. Denn in gewisser Weise verkaufte er ihr etwas. Wie jemand, der sich ziellos in seinem Laden umsah, wusste auch Adriana nicht genau, was sie suchte, wusste aber, dass sie etwas brauchte. Und er, Luis, war jetzt dazu da, es ihr zu geben.

Die Müdigkeit zog wieder an ihm. Als er die Augen schloss, sah er nicht mehr das kleine Mädchen mit ihrer Mutter am Straßenrand. Stattdessen sah er Adriana und Isabella. Sie brauchten ihn. Er würde sie nicht im Stich lassen.

14

Die Glocke an der Ladentür klingelte. Luis sah von seiner Zeitung auf.

»*Hola*, Luis«, sagte Adriana. Sie hatte eine Papiertüte dabei und war für die Praxis angezogen. Die Tür schlug hinter ihr zu, eine kurze Hitzewelle wirbelte auf und erstarb in der klimatisierten Luft.

»Adriana, was für eine Überraschung«, sagte Luis. Er kam hinter der Ladentheke hervor und umarmte sie, wobei er aufpasste, die Papiertüte nicht einzuquetschen. Adriana gab ihm einen kurzen Kuss auf den Mund. »Was führt dich her?«

»Ich bringe dir was zu essen«, erwiderte Adriana. Sie holte Behälter aus der Tüte und stellte sie auf die Theke. Plastikbesteck und Papierservietten hatte sie auch dabei. »An Getränke habe ich nicht gedacht. Tut mir leid.«

»Wenn dir Wasser recht ist, davon habe ich jede Menge.«

»Wasser ist gut.«

Luis holte ein paar Flaschen aus dem Regal. Er überlegte, den Laden abzuschließen, aber dann würde sich Adriana vielleicht eingesperrt vorkommen. Egal: Mittags kam sowieso so gut wie nie jemand.

Sie hatte Pappteller hingestellt und verteilte *arroz con pollo* darauf. Aus einem anderen Behälter kamen Bohnen, und neben jeden Teller legte sie Maistortillas.

»Es ist leider nicht heiß«, sagte Adriana entschuldigend.

»Macht nichts. Es riecht wunderbar.«

Sie standen sich beim Essen an der Ladentheke gegenüber. Luis betrachtete Adriana und überlegte, wie er das Geldthema anschneiden könnte. Er verwarf den Gedanken. Es war zu früh.

Sie bemerkte seinen Blick und zog ein Gesicht. »Hab ich gekleckert?«

»Nein, nein. Ich sehe dich einfach gerne an.«
»Das macht mich ganz verlegen.«
»Das wollte ich nicht.«
»Rede lieber mit mir. Dann starrst du wenigstens nicht.«
»Worüber soll ich mit dir reden?«
»Irgendwas. Wie läuft das Geschäft?«
»Gut. Es wird noch besser werden, wenn es wieder milder ist, aber ich komme gut durch die heißen Monate.« Schon dachte er wieder an das Geld und wechselte das Thema. »Bei Doktor Guzman ist es bestimmt das Gleiche.«
Adriana winkte ab. »Jeder Tag ist anders. An manchen ist es wie verrückt. An anderen, wie heute, geht es.«
»Daher konntest du weg?«
»Und, ist das eine schöne Überraschung?«
»Ja, eine sehr schöne.«
Sie aßen die Behälter leer, dann brachte Adriana auch noch *coyotas* zum Vorschein, mit braunem Zucker gefülltes Gebäck. Sie waren leicht zu machen, aber Luis war überzeugt, noch nie so gute *coyotas* gegessen zu haben.
Als sie fertig waren, sagte Luis: »Ich bin pappsatt. Sonst esse ich nie so viel zu Mittag.«
»Deswegen bist du so mager. Wir müssen dich mästen.«
»Würde dir das besser gefallen?«
»Ich mag dich, egal wie.«
Luis lächelte. »Ich bin froh, das zu hören.«
Er sammelte die Pappteller, Servietten und das Plastikbesteck ein und trug alles zu dem großen Mülleimer im Lager. Als er zurückkam, zupfte sie gerade ihre Bluse zurecht, als stünde sie vor einem Spiegel. Sie wurde rot.
»Ich wollte dir etwas sagen«, sagte sie, als er wieder bei ihr war. »Etwas, das ich dir schon eine Weile sagen will, ich habe mich nur geschämt.«
»Du musst dich wegen gar nichts schämen.«
»Vielleicht, vielleicht auch nicht. Ich wollte es dir neulich sagen, als du zum Essen da warst, aber da war ich in Gedanken zu sehr mit meiner Mutter beschäftigt. Das tut mir übrigens leid.«
»Nein, entschuldige dich nicht. Sie ist deine Mutter, und Fami-

lie ist wichtig. Meine Mutter ist tot, aber wenn sie in Schwierigkeiten gewesen wäre, hätte ich alles für sie getan, und ich verstehe, dass du traurig bist.« Luis hielt inne. »Und wenn ich irgendwas tun kann, du brauchst nur zu fragen.«

»Ich kann dich nicht um Hilfe bitten«, sagte Adriana, und Luis wurde schwer ums Herz. »Wir kennen uns doch erst seit ein paar Monaten.«

»Trotzdem, ich ...«

»Mach dir keine Sorgen. Ich habe verstanden, was du an dem Abend zu mir gesagt hast, und ich werde nicht aus lauter Panik irgendwas Dummes tun. Du hast recht, Isabella und ich haben unser Leben hier.«

Luis nickte, schwieg aber.

»Isabellas wegen habe ich ... nun, ich habe mich seit Ernestos Tod mit keinem Mann mehr getroffen. Ich will sie nicht verwirren. Deswegen gehe ich es mit dir so langsam an. Ich hoffe, du verstehst das.«

»Natürlich.«

»Als wir nach dem Abendessen geredet haben, da habe ich gedacht, vielleicht kann es für mich und Isabella besser werden. Vielleicht wäre es ganz schön, jemand anderen zuzulassen. Und vielleicht bist du der Richtige für uns ... für mich.«

»Ich fühle genauso«, sagte Luis.

Adriana atmete tief durch, blickte kurz auf ihre Zehen hinab und sagte dann: »Ich habe Isabella Freitagabend bei einer Freundin untergebracht. Ich fände es schön, wenn du wieder zum Essen kommen würdest. Nur wir beide. Wir haben den ganzen Abend für uns.«

Luis atmete scharf aus und lächelte. »Ich war nicht sicher, wohin das führen würde«, sagte er.

»Würde dir das gefallen?«

»Ja. Ja, würde es.«

Adriana ging zögernd auf ihn zu, und Luis breitete die Arme aus. Sie umarmten und küssten sich.

15

Er überlegte lange, was für ein Geschenk er Isabella mitbringen könnte, und entschied sich schließlich für eine Stoffpuppe: ein Mädchen in einem Bauernkleid mit langen Wollfäden als Haaren. Luis hoffte, sie würde sich freuen.
Pünktlich fuhr er auf den Parkplatz vor Adrianas Wohnblock. Er trug ein sauberes weißes Hemd mit offenem Kragen und eine neue Jeans. Dazu hatte er die Stiefel angezogen, die er schon am Tanzabend getragen hatte. Und er duftete nach Aftershave.
Für Adriana hatte er Blumen mitgebracht. Mit dem Strauß in der einen und der Puppe in der anderen Hand stieg er die Treppe zu Adrianas Wohnung hoch. Sein Herz schlug schnell, und vor der Tür wartete er kurz, bis er sich beruhigt hatte, dann erst klopfte er.
Wie beim letzten Mal öffnete Isabella ihm die Tür. Sie war nicht zum Abendessen umgezogen, sondern trug ihre Spielkleidung, Shorts und ein T-Shirt. »Hallo, Señor González«, sagte sie. »Ist es schon so weit?«
»Ich glaube schon. Vielleicht komme ich etwas zu früh.«
Das Mädchen ließ ihn ein und führte ihn in das kleine Zimmer. Er überreichte Isabella die Puppe. »Für dich«, sagte er.
Sie nahm die Puppe mit ernster Miene entgegen. »Hat sie einen Namen?«
»Nein. Du kannst ihr einen geben.«
»Hmmm«, überlegte Isabella. »Ich finde, Cecilia ist ein schöner Name.«
»Das ist ein schöner Name. Gefällt sie dir?«
»Ja, danke, Señor González.«
Luis ging in die Hocke, um auf Augenhöhe mit Isabella zu sprechen. »Wenn du magst, kannst du mich Luis nennen. Wir sind ja Freunde, oder?«

Isabella nickte, und ihr Mundwinkel zuckte, als würde sie gleich lächeln. »Ja. Aber darf ich denn einen Erwachsenen mit Vornamen ansprechen?«

»Von mir aus gerne. Ich werde mich bei niemandem beschweren.«

»Okay. Dann also Luis.«

Luis berührte Isabella leicht an der Schulter und lächelte. »Ich bin froh, dass wir das hinter uns haben«, sagte er. »Wo ist denn deine Mutter?«

»Im Schlafzimmer, sie macht sich fertig.«

»Ob du mir mit diesen Blumen helfen könntest? Habt ihr eine Vase?«

»Ich weiß nicht. Ich muss gucken.«

»Mach das, ich warte hier.«

Isabella verschwand in Richtung Küche. Nach ein paar Minuten kehrte sie mit einer weißen Vase mit blauen Blumen darauf zurück. Sie war ein wenig klein, würde aber gerade so reichen. »Ist die okay?«, fragte Isabella.

»Ja, sehr gut. Komm, wir bringen die Blumen in die Küche und stellen sie ins Wasser.«

Als sie damit fertig waren, trugen sie die Vase zurück ins Wohnzimmer und stellten sie auf den Miniaturcouchtisch.

Adriana kam aus dem Schlafzimmer. Luis sah, dass auch sie sich für den Anlass hübsch gemacht hatte und Perlenohrringe trug, die er noch nie an ihr gesehen hatte. Ob die Perlen echt waren? Sie war geschminkt und hatte sich die Haare gemacht.

»Tut mir leid«, sagte sie zu Luis. »Ich bin immer zu spät dran.«

»Kein Problem. Isabella hat mir Gesellschaft geleistet.«

»Sind die Blumen für mich? Sie sind wunderschön, vielen Dank. Und ist das eine neue Puppe, Isabella? Hast du dich bedankt?«

»Ja, *Mamá*.«

Adriana gab Luis einen raschen Kuss auf die Wange. »Das war sehr aufmerksam.«

»Muss ich jetzt los zu Hector und Marta?«, fragte Isabella.

»Ja. Hol deine Tasche.«

Isabella verschwand, Cecilia im Schlepptau.

»Hector und Marta sind die Nachbarskinder«, erklärte Adriana. »Sie sind ungefähr in Isabellas Alter.«
»Sie wird sicher Spaß haben.«
»Das hoffe ich.«
Isabella kehrte mit ihrer kleinen Tasche zurück, und Adriana schob ihre Tochter und Luis aus der Wohnung und schloss die Tür ab. Sie nahm Isabella an die Hand, brachte sie in den zweiten Stock und sprach kurz mit der Mutter von Hector und Marta, während Luis wartete. Es würde noch ein paar Stunden lang hell bleiben, und die kleine Rasenfläche in der Nähe der Wohnungen bot Schaukeln und genug Platz, um Fangen zu spielen.
Schließlich kehrte Adriana ohne Isabella zurück und lächelte etwas angestrengt. »So«, sagte sie. »Bist du bereit? Wo gehen wir hin?«
»Ich dachte, wir gehen was essen und fahren dann vielleicht noch eine Weile durch die Gegend, bevor ... bevor wir zurückkommen. Wenn es dir recht ist.«
»Klingt gut.«
»Dann nach dir.«
Sie fuhren zu einem Restaurant in der Nähe der Grenzbrücke. Ein sauberes, geräumiges Lokal, in dem alles frisch zubereitet wurde. Luis und Adriana tranken ein paar Bier; nicht genug, um betrunken zu sein, aber genug, um die Spannung, die beide spürten und über die sie nicht sprachen, abzumildern.
Nach dem Essen fuhr Luis ziellos durch die Stadt, an Geschäften und Büros und Wohnhäusern vorbei. Er überlegte, das Geldthema anzusprechen, entschied sich aber dagegen; es war immer noch zu früh. Außerdem waren sie beide schon nervös genug, und so etwas konnte die Stimmung ruinieren. *Aber bald*, schwor sich Luis.
Auf der Rückfahrt ging langsam die Sonne unter.
Von Isabella und den Nachbarskindern war nichts zu sehen, wahrscheinlich waren sie mit Einsetzen der Dämmerung ins Haus gescheucht worden. Luis parkte und sah Adriana an. Sie erwiderte den Blick zögerlich und biss sich auf die Lippen.
Dann küssten sie sich im dunklen Auto. Ihre Hände lagen auf ihm, und er berührte sie leidenschaftlicher als je zuvor. Sie gab

unter seinen Händen nach. Er spürte ihren heißen Atem auf seiner Haut. »Lass uns reingehen«, sagte sie schließlich leise.

Auf der Treppe hielt sie seine Hand, ließ sie gerade lange genug los, um die Tür aufzuschließen und hineinzugehen. Dann lagen sie auf der Couch, Arme und Beine ineinander verschlungen. Trotz der Dunkelheit konnte Luis Adriana sehen: das Haar zerzaust, die Bluse zerknittert. »Ins Schlafzimmer?«, fragte er.

Sie gingen durch den Flur. Im Dämmerlicht, das durch die Gardinen drang, waren in einem viel zu kleinen Raum zwei Betten zu erkennen. Adriana führte Luis zu dem größeren Bett und zog ihn an sich.

Er zog erst langsam sie aus und entledigte sich dann schnell seiner eigenen Kleidung. Sie lagen auf dem schmalen Bett, auf der Decke, ihre Beine um seine Hüften geschlungen. Es ging schnell, und er drang noch zwei weitere Male in sie ein, bevor sie sich auf die Seite rollten und einander ansahen. Luis' Rücken drückte gegen die Wand.

Seine Fingerspitzen lagen auf Adrianas Bauch, der sich mit den Atemzügen leicht und senkte. Er merkte, dass sie sein Gesicht betrachtete, und fragte sich, was sie dort sah.

»War es so, wie du wolltest?«, fragte Adriana.

»Ja.«

»Dann bin ich froh.«

»Geht es dir gut?«, fragte Luis.

»Alles in Ordnung. Ich wollte es auch.«

»Du hättest nicht müssen«, sagte Luis. »Ich hätte gewartet.«

»Ich weiß. Aber du hast lange genug gewartet. Es war an der Zeit.«

Er wollte sie fragen, was von jetzt an anders wäre. Einiges ahnte er. Sie würden wieder miteinander schlafen. Aber würden sie auch noch die unschuldigen Dinge tun? Luis hatte nicht vor, das aufzugeben, und hoffte, Adriana ging es ebenso. Es war jetzt anders, aber das Alte auch noch da.

»Wann musst du Isabella abholen?«, fragte Luis.

Adriana sah auf der Nachttischuhr nach. »Wir haben noch eine Stunde.«

»Und was wollen wir bis dahin machen?«

»Ich hatte gedacht, *dafür* bist du zu müde.«
»Könnte sein«, gab Luis zu. »War nur so ein Gedanke.«
»Mir gefällt es so«, sagte Adriana. »Einfach nur hier mit dir zu liegen. Das reicht mir.«
Luis schwieg. Er strich mit der Hand über ihre Hüfte, über ihr Bein, dann über ihren Arm, ihre Schulter und ihren Hals. Das Haar klebte auf der Haut in ihrem Nacken, wo der Schweiß langsam trocknete. Er zupfte die Strähnen ab.
»Liebst du mich?«, fragte Adriana.
»Ja.«
»Du musst nicht ja sagen, wenn es nicht so ist.«
»Ich lüge nicht. Ich liebe dich wirklich.«
»Ich wollte dir schon vorher sagen, dass ich dich liebe, aber es war zu früh. Ich hatte Angst, dich zu verschrecken. Aber nachdem wir jetzt miteinander geschlafen haben, scheint der Moment richtig.«
»Du hättest mich nicht verschreckt«, sagte Luis. »ich bin nicht so leicht zu verschrecken.«
»Es geht eben alles noch nicht so lange, und —«
Luis legte ihr einen Finger auf die Lippen. »Du musst mir nichts erklären. Liebe ist eine ernsthafte Sache, du bist eine ernsthafte Frau. Du willst nichts überstürzen. Das wäre nichts für dich. Und ich bin auch vorsichtig.«
Sie zog seinen Finger weg. »Du findest nicht, dass ich übervorsichtig bin?«
»Man kann nicht vorsichtig genug sein. Nicht in solchen Dingen. Du musst an Isabella denken. Es wäre nicht richtig, wenn sie einem Mann nach dem anderen begegnen würde. Gesichter, die kommen und gehen. Du hast getan, was nötig ist, damit sie sich sicher fühlt, und um selbst sicher zu sein, dass ich bleibe.«
»Dann bleibst du?«
»So lange du mich lässt.«
»Danke, Luis.«
»Nichts zu danken.«
Adriana schwieg eine Weile, bevor sie sagte: »Meinst du, du könntest mich noch einmal lieben, bevor du gehst?«
»Ich kann's versuchen.«
»Dann los.«

16

Luis saß draußen bei den Hunden, die ihre Morgenmahlzeit verschlangen. Sie ignorierten ihn völlig, waren nur damit beschäftigt, jedes noch so kleines Futterkrümelchen aus den Näpfen zu lecken und die leeren Schüsseln anschließend durch die Gegend zu schieben. Danach streiften sie um ihn herum, spürten seine nachdenkliche Stimmung, schnüffelten an seinen Händen oder drückten sich gegen seine Beine.

Er war nicht unglücklich. Die vergangene Nacht hatte all seine Hoffnungen erfüllt, und er hatte Adrianas Wohnung zwar zu später Stunde und körperlich erschöpft, aber voller Energie und Lebenslust verlassen. Zu Hause hatte er lange nicht einschlafen können, obwohl er eigentlich völlig erledigt hätte sein müssen. Als er endlich doch schlief, träumte er das blanke Nichts, das extreme Müdigkeit mit sich bringt.

Und deswegen war er heute erst spät aufgestanden und würde noch später in den Laden kommen. Er hatte keine Lust, sich zu beeilen. Ihm war eher nach Nachdenken.

Natürlich würde er sie heute in der Praxis anrufen und fragen, wie es ihr ging. Kein langes Gespräch, sie sollte nur wissen, dass er an sie dachte und dass ihm die vergangene Nacht etwas bedeutete. Damit sie verstand, dass er nicht wieder verschwinden würde, dass er die Wahrheit gesagt hatte, dass er für sie da war.

Dabei fiel ihm ein, dass Adriana und Isabella noch nie bei ihm zu Hause gewesen waren. Er dagegen war schon mehrmals bei ihnen zu Gast gewesen, und jetzt war ihm peinlich, dass er diese Gastfreundschaft bisher nicht erwidert hatte.

Das Haus musste dringend geputzt werden. Luis neigte dazu, Dinge so lange liegen zu lassen, wie sie ihm nicht im Weg waren. Er hatte sich an die Unordnung gewöhnt, und außer ihm bekam sie ja auch niemand mit. Er wusste nicht, wohin mit all dem Zeug, wenn er aufräumen würde; zum Wegwerfen waren seine Besitztümer zu schade. Er verlor sich in Überlegungen, ob das Haus für Adriana und Isabella geeignet wäre – wenn sie heiraten oder auch nur zusammenwohnen würden. Wenn er es leerräumte, konnten sie zu dritt bequem darin leben, wenn auch nicht in großem Stil. Zumindest würden Mutter und Tochter sich nicht mehr ein Schlafzimmer teilen müssen. Ein Mädchen braucht sein eigenes Zimmer, fand Luis.

Haus und Grundstück waren schuldenfrei. Sie hatten seinen Eltern gehört und waren Jahre vor deren Tod abbezahlt worden. Das Geld, das Adriana für die Miete sparen würde, könnte sie ihrer Mutter schicken, oder sie könnte es für Isabellas Zukunft aufheben. Wenn ihre Beziehung erst einmal auf sichereren Füßen stand, wäre vieles möglich.

»Was meint ihr?«, fragte Luis die Hunde. Ramiro, der hässlichste der Köter, hockte sich vor Luis hin und leckte sich die Lefzen. Er wusste auch keine klare Antwort.

Erst einmal ein Abendessen. Luis würde in den nächsten Tagen Wohnzimmer und Küche aufräumen und die Sachen von dort in anderen Räumen zwischenlagern, und dann würde zur Abwechslung einmal er für Adriana und Isabella kochen. Die beiden könnten früh kommen und mit den Hunden spielen. Das würde Isabella hoffentlich gefallen. Er hatte sich nie erkundigt, ob sie früher einen Hund gehabt hatte oder Hunde mochte. Adriana schien nichts gegen die Tiere zu haben.

Und ein Abendessen bei ihm würde auch eine gute Gelegenheit bieten, um über Geld zu sprechen. Adriana hatte das Problem zwar nicht mehr erwähnt, aber Luis war klar, dass es ihr im Kopf herumging. Ihre Mutter würde sich nicht auf wundersame Weise von ihrer Krankheit erholen, und es gab in Ojinaga keine Möglichkeiten, noch etwas dazuzuverdienen. Adriana konnte von Glück reden, einen Job zu haben, geschweige denn zwei.

Ein Blick auf sein Bankkonto hatte gezeigt, dass Luis über mehr als 100.000 Pesos verfügte, die er Adriana sofort geben konnte. Er würde wie geplant nur eine kleine Summe zurückbehalten, als Saatkorn für ein neues Vermögen. In einem Jahr wäre er dann vielleicht in der Lage, ihr noch mehr zu leihen.

Am besten wäre es, wenn Adriana ihre Mutter nach Ojinaga holen würde. In ihrer winzigen Wohnung war zwar nicht genug Platz für die alte Dame, aber Wohngeld vom Staat, zusammen mit Adrianas Gehalt und Luis' Erspartem würde reichen, um etwas Größeres zu suchen. Und wenn Adriana und Isabella erst einmal bei ihm eingezogen waren, konnte Adrianas Mutter bequem alleine wohnen.

Aber er baute Luftschlösser. Adriana hatte das Geld noch nicht einmal angenommen und erst recht nicht entschieden, wo ihre Mutter am besten wohnen und behandelt werden sollte. Und so selbstverständlich es ihm schien, es gab keine Garantie, dass sie jemals bei Luis einziehen würde.

»Eins nach dem anderen«, ermahnte er sich und ging ins Haus, um sich bereit zu machen für den Tag.

Zwanzig Minuten später war er auf dem Weg in die Stadt und grübelte immer noch. Auch als er die Zeitung geholt hatte, hing er seinen Gedanken nach und konnte sich nicht auf die Lektüre konzentrieren. Schließlich gab er auf, legte die Zeitung weg und beschäftigte sich damit, im Laden herumzukramen. Alles, um sich abzulenken. Fast klappte es.

Zur Mittagszeit rief er in der Praxis von Dr. Guzman an, es klingelte lange, aber niemand nahm ab. Als der Anrufbeantworter ansprang, legte Luis auf, ohne eine Nachricht zu hinterlassen. Und hatte einen weiteren Grund zum Grübeln: Wo war sie?

Eifersüchtig war er nicht. Eher besorgt, dass irgendetwas passiert sein mochte und er ihr nicht beistehen konnte. Vielleicht war Isabella krank geworden. Oder Adriana selbst ging es nicht gut. Oder aber, überlegte Luis, sie war mit einem weiteren Überraschungsessen auf dem Weg in seinen Laden.

Er hoffte, dass sie auftauchen würde, aber sie kam nicht. Am frühen Nachmittag rief er erneut in der Praxis an, diesmal nahm Adriana ab. »Da bist du ja«, sagte er.

»Natürlich. Wo soll ich sonst sein?«

»Ich hab's vorhin schon mal versucht, da warst du nicht da.«

»Oh, ich musste für Doktor Guzman ein Paket bei der Post abholen. Dentalalginate. Weißt du, was das ist?«
»Nicht wirklich.«
»Damit macht er Zahnmodelle. Er bestellt es in den USA, und ich muss es abholen.«
Luis kam sich dumm vor. Adriana war bloß auf der Post gewesen, um etwas abzuholen. Weder sie noch Isabella waren krank. Alles war gut.
»Ich hatte gehofft, du würdest vorbeikommen«, sagte Adriana.
»Ich habe das Gleiche gehofft.«
»Dann haben wir uns verpasst! Vielleicht morgen?«
»Ich werde kommen.«
»Gut. Ich freue mich darauf. Jetzt muss ich wieder arbeiten. *Cuídate*.«
»Du auf dich auch.«
Luis legte auf und starrte in den menschenleeren Laden. Er hatte sich völlig unnötig gesorgt. War das so, wenn man verliebt war? Das letzte Mal war so lange her, dass er sich kaum erinnern konnte.

Wenn er nicht aufpasste, würde er wieder in die Gedankenschleife von heute Morgen geraten und sich endlos im Kreis drehen. Stattdessen freute er sich darauf, Adriana morgen zu sehen. Er würde etwas zu essen mitbringen. Sie würden reden. Es würde schön sein. Und das war fürs Erste genug.

17

Luis verbrachte zwei Tage damit, Wohnzimmer und Küche zu entrümpeln und alles im zweiten Schlafzimmer zu stapeln, bis man sich darin kaum noch bewegen konnte. Er fegte und wischte die Böden und legte eine neu gekaufte Tischdecke auf den Küchentisch.

Am Äußeren des Hauses konnte er wenig ändern; zum ersten Mal fiel ihm auf, wie schmutzig und heruntergekommen es aussah. Für ihn war es immer gut genug gewesen, Hauptsache, drinnen war es gemütlich, doch jetzt hätte er gerne Zeit für einen neuen Anstrich und die Reparatur der kaputten Fliegengitter vor den Fenstern gehabt.

Immerhin machte er sich daran, den Hundebereich zu verschönern und füllte einige der tieferen Löcher wieder auf. Die Hunde hatten keine Ahnung, was er da tat oder warum, ließen ihn aber gewähren. Sie konnten die Löcher ja jederzeit wieder aufbuddeln, wenn ihnen danach war, aber zumindest für den Moment sah der Innenhof nicht ganz so bombenkraterzerpflügt aus.

Eine Woche später holte Luis Adriana ab. Isabella saß zwischen ihnen im Truck, während sie aus der Stadt hinaus und durch die eintönige Landschaft fuhren. Luis hätte gerne mehr Bäume, mehr Grün gehabt, und nicht bloß Staub und gelegentlich eine zähe Pflanze oder einen Kaktus. Ojinaga war auf trockenem Boden angesiedelt, das ließ sich nicht ändern.

Als sein Haus in Sichtweite kam, beobachtete er die Reaktionen seiner beiden Gäste. Da er keine Abneigung erkennen konnte, entspannte er sich ein wenig. Alles würde gut gehen.

Die Hunde versammelten sich bellend um den Truck, sie wussten schon, dass er nicht allein kam. Luis parkte und half Isabella aus dem Wagen, und die Hunde umringten das Mädchen. Luis stellte sich schützend vor sie, damit sie nicht umgerannt wurde. »Sie sind neugierig«, erklärte er ihr. »Lass sie schnuppern, dann gewöhnen sie sich an dich.«

Einige der Hunde liefen zu Adriana, die jetzt auf der Beifahrerseite ausstieg. Sie hielt ihnen die Hände hin, die sie beschnüffelten und ableckten. Die Hunde waren aufgeregt, aber nicht aggressiv, und darüber war Luis froh.

»Kann ich sie streicheln?«, fragte Isabella.

»Natürlich kannst du sie streicheln«, sagte Luis.

Er nahm Isabella an der Hand, führte sie weg vom Truck, und die Hunde folgten ihnen. Isabella kraulte einen schwarzbraunen Hund namens Franco, und bald wollten auch andere ihre Strei-

cheleinheiten abbekommen. Ein paar der Tiere drehten ab und kehrten zu dem zurück, was sie vor der Ankunft des Trucks gemacht hatten, ihre Neugier war befriedigt. Adriana und Isabella wurden nicht mehr ganz so belagert.
»Kommt rein«, sagte Luis. »Wir können nachher mit den Hunden spielen.«
Luis führte sie in die sauber glänzende Küche und holte einen Krug *limonada* aus dem Kühlschrank und Gläser aus einem offenen Schrank, der seine Türen schon vor langer Zeit eingebüßt hatte. Er schenkte allen ein.
Drinnen war es ein wenig stickig, daher öffnete Luis ein Fenster. Ein paar Hunde drückten ihre Nasen gegen das Fliegengitter vor der Tür, in der Hoffnung, noch einmal schnuppern zu können oder gestreichelt zu werden. Franco jaulte.
»Das also ist es«, sagte Adriana.
»Das ist es. Mein Zuhause.«
»Zeigst du uns den Rest?«
»Kommt ins Wohnzimmer«, sagte Luis. »Den Rest des Hauses können wir uns ein andermal anschauen. Die Schlafzimmer wollt ihr sicher nicht sehen.«
Bis auf eine kleine Couch und einen Schaukelstuhl hatte er alles aus dem Wohnzimmer herausgeräumt. Die Antenne des winzigen Fernsehers war verbogen und lieferte nur ein verzerrtes Bild. An den Wänden hingen Fotos, die meisten schwarz-weiß, einige auch in Farbe.
»Ist das deine Familie?«, fragte Adriana.
»Ja. Das ist meine Mutter, das mein Vater. Das sind meine Großeltern.«
»Und der kleine Junge hier musst du sein.«
»Ja.«
»Du warst aber niedlich. Und du hattest damals schon einen Hund.«
Luis wurde leicht rot. »Schon immer.«
Isabella setzte sich auf den Schaukelstuhl. Ihre Füße baumelten in der Luft. »Bringst du mir ihre Namen bei?«, fragte sie.
»Das sind viele Namen. Bist du sicher, dass du sie alle wissen willst?«

»Ja!«
»Dann bringe ich sie dir bei. Und wir können Stöckchenholen mit ihnen spielen. Das lieben sie.«
»Wann essen wir?«, fragte Adriana.
»Bald. Das meiste habe ich schon vorbereitet. Ich gehe in die Küche und mache den Rest.«
»Hättest du gerne Gesellschaft?«
»Sicher.«
»Ich will wieder zu den Hunden!«, rief Isabella.
»In Ordnung«, sagte Adriana, »aber mach dein Kleid nicht schmutzig.«
Sie kehrten in die Küche zurück. Adriana setzte sich an den Tisch, während Isabella nach draußen zu den Hunden ging. Luis machte sich ans Kochen, holte eine lange, flache Auflaufform mit sorgfältig gerollten und mit Soße übergossenen Enchiladas aus dem Kühlschrank und stellte sie in den Ofen. Dann setzte er Reis auf.
»Mein Haus macht nicht viel her«, sagte er nach einer Weile.
»Es ist hübsch. Und es ist bestimmt sehr ruhig hier draußen.«
»Das ist es. Und ein guter Ort für meine Hunde. Sie können frei rumlaufen und niemand stört sich daran. In der Stadt wäre das anders. Ich bräuchte einen großen Hof, und auch da wären sie eingesperrt.«
»Ich wusste ja, dass du Hunde hast, hatte aber keine Ahnung, dass es so viele sind.«
»Man nennt mich nicht umsonst Hundemann.«
Adriana beobachtete ihn und nippte ab und zu an ihrem Glas. Sie schien in dieses Haus zu gehören. Luis hatte befürchtet, dass er sie hier als fremd wahrnehmen könnte, dass es hier bei ihm nicht so wäre wie bei ihr. Aber als er Isabella draußen lachen hörte, war das Bild komplett und alles gut.
»Ich bin froh, dass du endlich hier bist«, sagte er. »Tut mir leid, dass es so lange gedauert hat.«
»Schon gut. Aber ich glaube, meine Wohnung wurde langsam zu klein.«
Luis dachte an sie beide in der Dunkelheit ihres Schlafzimmers. Es war bisher bei dem einen Mal geblieben. Er wollte nicht auf-

dringlich sein, er wusste ja, dass Adriana die Dinge langsam angehen wollte, trotzdem hatte er natürlich seine Bedürfnisse. »Hier ist viel Platz«, sagte er. »Auch wenn ich viele Dinge von meinen Eltern geerbt habe, die im Weg stehen. Ich muss mir dafür was überlegen.«

»Wann sind deine Eltern gestorben?«

»Vor einigen Jahren. Mein Vater starb, als ich noch jünger war. Meine Mutter hat ihn um einiges überlebt. Sie ist hier gestorben, zu Hause. So hat sie es gewollt.«

Luis sah einen Schatten über Adrianas Gesicht huschen. Sie setzte ihr Glas ab.

»Wie geht es deiner Mutter?«

»Du musst nicht danach fragen.«

»Ich möchte es aber wissen. Wenn du es mir sagen magst.«

Adriana seufzte. »Es geht ihr nicht besser.«

Luis rührte den Reis um. Dicker Dampf quoll aus dem Topf. »Ich weiß vielleicht, wie man dir helfen kann«, sagte er. »Mit deiner Mutter, meine ich.«

»Wie?«

Er räusperte sich und sagte, ohne Adriana anzusehen: »Ich habe Geld gespart. Ich könnte —«

»Nein, Luis. Nein.«

»Aber ich will. Und es ist wirklich kein Problem.«

Er spürte, dass Adriana ihn ansah, und starrte unverwandt in den Reistopf.

»Meine Mutter ist mein Problem«, sagte sie. »Ich will dich da nicht mit reinziehen.«

Luis wagte einen Blick in ihre Richtung. Sie sah nicht böse aus. »Ich habe das Gefühl, beteiligt zu sein«, sagte er. »Du und Isabella und deine Mutter ... ihr seid eins. Das ist keine Wohltätigkeit.«

»Natürlich ist es das, und ich will nicht, dass du dich für mich aufopferst.«

»Vielleicht braucht es ja ein bisschen Wohltätigkeit«, sagte Luis mit etwas mehr Nachdruck. »Du brauchst Geld für deine Mutter. Ich habe mehr Geld, als ich brauche. Das ergibt einen Sinn.«

»Ich will jetzt nicht darüber reden.«

»Schon gut«, sagte Luis und widmete sich wieder dem Topf.

Beim Essen am Küchentisch wurde Adrianas Mutter mit keiner Silbe erwähnt. Obwohl Luis beim Kochen die Übung und Adrianas Händchen fehlten, schmeckte es gut. Er war an Junggesellenmahlzeiten gewöhnt und meinte, seine Unerfahrenheit durchschmecken zu können.

Nach dem Essen gingen sie nach draußen. Luis holte den Tennisschläger und die alten Bälle und zeigte Isabella, wie man damit mit den Hunden spielte. Isabella freute sich, sie klatschte in die Hände, wenn die Hunde sich um die Bälle balgten und angerannt kamen, um sie Luis vor die Füße zu legen. Trotz Adrianas Ermahnung war der Saum von Isabellas Kleid beim Spielen mit den Hunden staubig und schmutzig geworden. Adriana schimpfte nicht.

Als die Sonne am Horizont verschwand, gingen sie nach drinnen ins Wohnzimmer und unterhielten sich. Isabella war schnell langweilig, dann wurde sie müde, und bald war sie auf der Couch eingeschlafen. Luis und Adriana ließen sie dort und gingen in Luis' Schlafzimmer.

Sie zogen sich nicht aus. Adriana hob den Rock an und lehnte sich über das Bett, und Luis drang von hinten in sie ein. Sie vermieden jedes Geräusch, das Isabella hätte wecken können. Später lagen sie in der Dunkelheit nebeneinander auf dem schmalen Bett, umgeben von Luis' Dingen.

»Danke für dein Angebot«, sagte Adriana schließlich.

»Ich möchte helfen.«

»Ich weiß, aber es ist nicht richtig. Ich werde dich nie um so etwas bitten. Es läuft alles so gut.«

»Es würde nichts ändern.«

»Doch. Wir würden versuchen, es zu verdrängen, aber beide wissen, dass sich etwas geändert hat. Wenn wir verheiratet wären ...«

Luis strich über Adrianas nackten Arm. Ihre weiche Haut war eine Wonne. »Dann sollten wir vielleicht heiraten.«

Ihr Körper spannte sich an. »Was?«

Sofort bereute Luis seine Worte. Er starrte die dunkle Decke an und versuchte, sich dorthin zu wünschen und seiner eigenen Dummheit zu entfliehen. Adriana lag wie Marmor in seinen Armen. »Vergiss es«, sagte er.

»Es ist viel zu früh, um über so was zu reden«, sagte Adriana.
»Ich weiß. Tut mir leid.«
Adriana schwieg eine Weile. »Ich hätte dir nicht sagen sollen, dass ich dich liebe.«
»Das war überhaupt nicht falsch«, sagte Luis.
»Es war zu früh. Ich hätte warten sollen.«
»Es war nicht zu früh«, sagte Luis. »Du liebst mich. Ich liebe dich. Es ist völlig normal, das auszusprechen.«
Adriana setzte sich auf und zog ihren Rock zurecht. Sie wollte aufstehen, aber Luis hielt sie am Arm fest.
»Lass los«, sagte sie.
»Geh nicht.«
»Bring mich nach Hause. Isabella soll in ihrem eigenen Bett schlafen.«
»Ich will nicht, dass du gehst. Bleib bei mir. Bitte.«
Luis lockerte den Griff um ihren Arm, und sie floh nicht, legte sich aber auch nicht wieder hin. Sie wandte ihm den Rücken zu, und er merkte, dass ihre Schultern zuckten, obwohl er ihre Tränen nicht sehen konnte.
»Weinst du meinetwegen?«, fragte er.
»Nein. Ich weine, weil es nicht fair ist.«
»Was ist nicht fair?«
»Das hier. Ich sollte dich nicht darum bitten müssen.«
Luis setzte sich hinter Adriana und legte die Arme um sie. Sie lag warm und weich in seiner Umarmung, er roch den Duft ihres Parfüms an ihrem Hals. Adriana hatte sich heute Abend so hübsch für ihn gemacht, und er hatte alles verbockt. »Du hast mich um nichts gebeten«, sagte er. »Ich habe es angeboten.«
»Dann hätte ich dir gar nicht erst erzählen dürfen, was los ist.«
»Ich will nicht, dass du mir etwas verschweigst.«
Adrianas Weinen verstärkte sich, Luis hielt sie fest. Sie versuchte nicht, sich aus seinen Armen zu befreien, und er hätte es auch nicht zugelassen. Sie verschmolzen in der Dunkelheit. Er wollte, dass sie für immer bei ihm bliebe. Schließlich drehte sie sich zu ihm um und küsste ihn, und er schmeckte das Salz ihrer Tränen. Sie legte ihren Kopf in seinen Schoß und ließ sich von ihm halten, bis das Weinen schließlich nachließ.

»Nimm das Geld«, sagte Luis, als sie sich beruhigt hatte.
»Ich kann nicht.«
»Nimm das Geld«, beharrte Luis. »Bitte. Um meinetwillen.«
Wieder langes Schweigen. »Also gut«, sagte Adriana.
»Morgen gehen wir zur Bank.«
»In Ordnung.«
»Und wenn du meinst, es mir zurückzahlen zu wollen, dann lass dir Zeit. Wie gesagt, ich habe mehr Geld, als ich brauche. Der Laden läuft von alleine. Du brauchst es dringender, und ich will dir helfen.«
»In Ordnung.«
»Geh ins Bad und wasch dein Gesicht. Isabella soll nicht sehen, dass du geweint hast. Danach fahre ich euch nach Hause.«
Sie stand auf und ging ins Bad. Licht drang unter der geschlossenen Tür hervor. Luis lauschte, ob sie wieder weinte, aber es waren wohl keine Tränen mehr da. Als sie wieder herauskam, hielten sie sich in den Armen und küssten sich, und Luis wusste, dass alles gut werden würde.

18

Es geschah wie besprochen. Luis schrieb Adriana einen Scheck aus, und sie löste ihn ein, wenn sie dabei dem Bankangestellten auch nicht in die Augen sehen konnte. Danach brachte Luis sie zur Arbeit. Sie sprachen nicht. Er fuhr zu seinem Laden.

Er schob gerade den letzten Rollladen hoch, als er Motorengeräusch hörte. Ángel Rojas' Truck tuckerte langsam die Straße entlang. Luis versuchte, ihn zu ignorieren, aber als Ángel auch noch hupte, musste er Notiz von ihm nehmen.

Ángel parkte auf dem Gehweg. Als er ausstieg und an die Ladentür kam, sah Luis wieder die offen getragene Pistole und fragte sich, warum Polizei oder Armee sie ihm nicht abnahmen.

Er, Luis, würde garantiert im Gefängnis landen, wenn er mit einer Waffe herumliefe. Ángel musste einen Schutzengel haben.

»Hundemann!«, sagte Ángel. »Genau dich wollte ich sehen.«

Luis ging in den Laden, Ángel folgte ihm. Er unterschied sich so sehr von den üblichen Kunden, dass er zwischen den Regalen völlig fehl am Platze wirkte. Jene waren die Armen, die Verzweifelten, die Hoffenden. Ángel Rojas war all das nicht.

»Was ist denn los?«, fragte Ángel. »Kein ›*Hola*‹? Kein ›Wie geht es dir, Ángel‹?«

»*Hola*, Ángel«, sagte Luis. Er zog sich hinter die Ladentheke zurück, um auf Abstand zu gehen, aber Ángel drückte einfach seinen Bauch gegen die Theke. »Wie geht es dir?«

»Danke, sehr gut«, sagte Ángel.

»Was kann ich für dich tun? Ich nehme nicht an, dass du Vorräte kaufen willst.«

»Nein, das stimmt. Aber dir ist vielleicht aufgefallen, dass dein Laden in letzter Zeit besser läuft. Wegen mir. Ich habe meinen Überquerern gesagt, sie brauchen neue Taschen oder Schuhe oder irgendwas anderes, und sie zu dir geschickt. Du solltest mir danken.«

»Danke.«

Ángel lächelte. »Gern geschehen.«

»Wenn du keine Vorräte willst, was dann?«

»Ich habe mich gefragt, ob du noch mal über unser Gespräch von neulich nachgedacht hast.«

»Wenn du damit meinst, ob ich wieder über die Grenze gehe, dann nein.«

»Obwohl du mit Alberto Pérez gesprochen hast?«

Luis stutzte und überlegte, wer Ángel Rojas von dem Treffen mit Alberto erzählt haben konnte. Niemand hatte sie zusammen gesehen. Also kam nur Alberto selbst infrage. »Alberto hat mich besucht«, sagte er.

»Alberto wollte wieder ins *coyote*-Geschäft einsteigen, auf ruhigeren Pfaden als in Nuevo Laredo. Er musste da ein paar echt harte Dinger durchziehen. Die Amis liegen ja überall auf der Lauer.«

»Hier ignorieren sie uns auch nicht gerade.«

»Aber dort ist es eine andere Nummer. Sogar ich würde es mir zweimal überlegen, bevor ich was in Nuevo Laredo mache. Und erst die Border Patrol. Die ganzen Unkosten. Mir gefällt es hier: Es ist friedlich. Ich kann meinen Geschäften nachgehen, ohne mir große Sorgen machen zu müssen.«

Luis nickte, weniger, um Ángel zuzustimmen, eher, um ihn reden zu lassen. Alles führte auf eines hinaus, und Luis wusste genau, was Ángel fragen, und ebenso, was er selbst antworten würde. Jeder hielt sich an seinen Text.

»Alberto ist ein pfiffiges Kerlchen«, sagte Ángel. »Er hat die Situation in Nuevo Laredo gesehen und sich gedacht, das kann ich besser. Aber er hat gemeint, er könnte ohne mich arbeiten, und das war ein Fehler.«

»Was hast du mit Alberto gemacht?«

»Gemacht? Gar nichts. Für wen hältst du mich?«

»Er wollte nicht mit dir zusammenarbeiten. Das hat er selbst gesagt.«

»Das hat er mir auch gesagt. Ich habe ihm geraten, mich als Mittelsmann zu nehmen, aber wie gesagt, Alberto ist ein pfiffiges Kerlchen. Zu pfiffig.«

»Wo ist Alberto?«

»Jetzt gerade? Wahrscheinlich in seiner Wohnung. Ich sage doch, ich hab nichts gemacht.«

»Aber irgendwas ist passiert.«

»Ja, irgendwas schon«, sagte Ángel, und seine Augen funkelten amüsiert.

»Arbeitet Alberto jetzt für dich?«

»Die kurze Antwort? Ja. Er hat eingesehen, dass er in Ojinaga ohne die Rojas-Brüder keine Geschäfte machen kann. Und ich bin froh, dass er zur Einsicht gekommen ist, bevor noch was passieren musste.«

Luis dachte fieberhaft nach, versuchte, den Hintersinn in Ángels Worten zu entschlüsseln. Bisher hatten Ángel und Francisco seines Wissens nach nie Gewalt angewendet, wenn jemand nicht für sie arbeiten wollte, aber ausgeschlossen war es sicher nicht. Doch wenn Ángel Hand angelegt hatte, warum rückte er nicht einfach mit der Sprache heraus?

»Ich wollte dir noch eine Chance geben, mein Angebot zu überdenken«, sagte Ángel.
»Für dich zu arbeiten? Wie ich schon gesagt habe: Ich nütze dir nichts. Bei mir sind nur noch Vorräte und guter Rat zu holen.«
»Das ist nicht alles. Wie ich höre, hilfst du Witwen in Geldnot.«
Luis spürte sein Gesicht glühen. Er wollte brüllen »Wer hat dir das erzählt?«, ließ es aber sein.
»Hast du nicht gewusst, dass ich immer weiß, was läuft? Das muss wirklich eine erstklassige *chocha* sein, wenn du so viel Geld locker machst. Die teure Sorte.«
»Raus! Raus aus meinem Laden!«
Luis schoss wutentbrannt hinter der Theke hervor und zeigte auf die Tür. Ángel war größer und schwerer als er und hatte eine Waffe, aber das war ihm egal. Er versetzte Ángel einen harten Stoß gegen die Brust und drängte ihn einen Schritt zurück.
»Jetzt wirst du hitzköpfig!«, sagte Ángel, das Gesicht dunkel.
»Verpiss dich! Raus jetzt!«
»Sei nicht dumm, Luis! Es wäre klüger, wenn du für mich arbeiten würdest!«
Luis schubste Ángel, bis dieser mit dem Rücken an der Tür stand. »Ist mir scheißegal, was du sagst! Komm hier nie wieder her!«
Ángel war halb aus der Tür. »Du wirst genau wie Alberto enden«, sagte er und ging, bevor Luis etwas erwidern konnte. Kurz darauf wurde der Truck angelassen und rumpelte vom Bordstein herunter.
Luis atmete schwer, sein Blick war nadelscharf. Er trat so heftig gegen die Tür, dass die Glocke bimmelte. »*¡Pinche culero!*«, brüllte er durch den leeren Laden.
Er beruhigte sich nur langsam, lief aufgebracht und fluchend zwischen den Regalen hin und her, hoffte halb, Ángel würde wieder durch die Tür kommen und er könnte ihm die verdammte Pistole abnehmen und ihn damit verprügeln. Er hätte gern jemanden angerufen, aber es gab niemanden. Er wusste nicht, wie er Alberto erreichen sollte, und Adriana durfte mit dieser Sache nicht belastet werden.
»Verdammt«, sagt er. »Verdammt.«

19

Luis war im Lager, als die Soldaten kamen. Sie stürmten durch die Ladentür, rissen die Glocke aus der Halterung und zertrümmerten das Glas: acht bewaffnete Männer in grünen Uniformen. Luis hatte gerade die Arme voller Schuhkartons, die er fallen ließ, als die Soldaten damit begannen, den Laden kurz und klein zu schlagen.

»Halt! Was ist hier los?«, rief Luis, als ein Soldat einen Aufsteller umkippte und Packungen mit Koffeintabletten und Energiepillen quer über den Boden verteilte. Ein anderer leerte ein Regal, indem er den gestreckten Arm darüberzog. Luis wollte ihn aufhalten, aber zwei Soldaten packten ihn an den Armen und stießen ihn rücklings gegen die Theke.

Sie gingen methodisch vor und sprachen kein Wort. Luis wusste nicht, ob sie irgendetwas Bestimmtes suchten. Sie waren nur auf Zerstörung aus, nahmen sich Gang um Gang vor und trampelten auf den heruntergerissenen Waren herum. Einer zertrümmerte mit dem Gewehrkolben die Regale, verbog sie oder riss sie aus der Verankerung. Luis schrie, sie sollten aufhören, aber bekam zur Antwort einen Schlag über den Mund.

Endlich waren sie fertig und kamen nach vorne. Einer, der das Abzeichen eines Sergeants trug, stellte sich breitbeinig vor Luis hin und brüllte ihm ins Gesicht: »Wo sind die Drogen?«

»Ich habe keine Drogen! Bitte, was tun Sie denn?«

Der Sergeant trat Luis zwischen die Beine. Luis krümmte sich, wurde an den Armen hochgerissen, würgte vor Schmerzen. »Die Drogen!«, herrschte der Mann ihn an. »Wo versteckst du sie?«

»Ich habe ... ich habe keine«, keuchte Luis.

»Nimm meine Waffe«, befahl der Sergeant einem seiner Männer. Zu denen, die Luis gepackt hielten, sagte er: »Haltet ihn aufrecht.«

Mit Fäusten wie aus Stahl hieb der Sergeant auf Luis' Körper ein, nur das Gesicht sparte er aus. Wahrscheinlich, um sich nicht die Knöchel zu brechen. Irgendwann musste Luis sich übergeben und bespritzte die Schuhe seines Peinigers. Die Miene des Mannes glich einer drohenden Gewitterwolke.

»Zange«, rief er.

Die Soldaten drehten Luis um und drückten ihn gegen die Theke. Seine Rippen stachen in sein Fleisch, er bekam kaum noch Luft. Hilflos spürte er, dass einer der Soldaten seinen Gürtel löste und ihm die Hose runterzerrte. Kalte Luft zog um seine Beine.

»Beine breit!«, befahl der Sergeant.

Sie zwangen Luis' Beine auseinander, dann legte sich etwas Hartes, Scharfes, Kaltes von unten um sein Geschlecht und drehte und zerrte daran. Luis schrie. Er fühlte Blut.

Wieder die Frage: »Wo sind die Drogen?«

»Ich habe keine –!«, brachte Luis heraus, dann schnappte die Zange wieder zu.

»Du verdammter Lügner! Wo sind die Drogen?«

Der Sergeant zog fester, der Schmerz schoss durch Luis' Körper und schnürte ihm die Kehle zu, sodass er keinen Ton mehr herausbrachte. Sie drohten, ihm die Hoden abzuquetschen, und einmal dachte er, jetzt wäre es so weit. Als die Pein endlich aufhörte, brach er zusammen, fiel auf seine auf dem Boden verstreuten Waren und zitterte unkontrollierbar; Speichel rann ihm übers Kinn, in seinen Augen standen Tränen.

Die Soldaten wechselten sich ab, ihn zu Klump zu treten, und marschierten dann durch die zerstörte Ladentür hinaus zum wartenden Truck. Über Luis' Oberschenkel lief Blut, er tastete mit den Fingern nach, aber alles war noch da. Seine Hand war blutrot.

Er schaffte es nicht, aufzustehen, seine Muskeln wollten nicht gehorchen. Zwei Kunden kamen an die Tür und flohen, als sie ihn blutend dort liegen sahen. Er war sicher, die Polizei würde kommen, aber die Polizei kam nicht. Irgendwann kroch er zur Tür und schloss ab. Es dauerte lange, bis er seine Hose hochziehen konnte, und noch länger, sich durch das Chaos zur Hintertür und zu seinem Truck zu schleppen. Auf dem Weg ins Krankenhaus verlor er zwei Mal beinahe das Bewusstsein, aber er kam an, bevor der Schock richtig einsetzte und das Zittern ihn fahruntfähig machte.

Die Krankenschwestern fragten nicht, was passiert war. Er bekam einen Verband und Pflaster, das Röntgenbild zeigte eine angebrochene Rippe. Ein Arzt untersuchte ihn, aber auch er wollte die Geschichte nicht hören. Man wies Luis ein Bett in einer Ecke der Notaufnahme zu, dort lag er zitternd unter einer dünnen Decke, bis endlich die Rezepte für die Schmerzmedikamente ausgestellt waren, dann schickte man ihn nach Hause.

Dort angekommen ignorierte er die Hunde, die sich um ihn drängten, sein Blut rochen, seine Verzweiflung spürten. Er schaffte es ins Schlafzimmer, brach angezogen auf dem Bett zusammen und weinte wie ein Kind.

Irgendwann schlief er ein und wachte erst mitten in der Nacht wieder auf. Die Hunde kratzten an der Tür, sie waren hungrig, aber er reagierte nicht. Vorsichtig zog er sich aus, froh, dass er sich in der Dunkelheit nicht sehen konnte. Der sterile Verband um seine Geschlechtsteile war unbequem, verhinderte aber, dass sie noch weiter anschwollen als es schon der Fall war.

Luis schlief wie tot und wachte erst bei Tageslicht wieder auf. Die Hunde machten sich lautstark bemerkbar. Luis zog den Bademantel über und schlurfte in die Küche, um das Futter zuzubereiten. Er vermied es, seinen Körper anzusehen.

Danach nahm er die Schmerzmittel und legte sich wieder ins Bett. Die Stunden vergingen, es wurde wieder Nacht. Als er das nächste Mal das Hundefutter vorbereitete, schienen die Bewegungen etwas leichter zu fallen, aber er wusste, das war nur Einbildung. Die Medikamente brachten Schlaf.

So vergingen drei Tage. Ein- oder zweimal klingelte ausdauernd das Telefon, aber er stand nicht auf. Am vierten Tag wagte er, den Verband von seinen Geschlechtsteilen abzunehmen, und sah die roten und schwarzen Verfärbungen, die zerrissene Haut und die immer noch anhaltende Schwellung. Das Gehen war eine Tortur, vor allem, wenn er die Beine zusammenhielt.

Am fünften Tag rief er Adriana an.

»Luis, wo bist du gewesen? Ich habe versucht, dich anzurufen. Ich war am Laden, da sieht's aus, als wärst du ausgeraubt worden! Ist alles in Ordnung?«

Luis wollte nur noch weinen, tat es aber nicht. »Alles in Ordnung«, sagte er. »Ich komme bald wieder in den Laden.«

»Was ist passiert?«

»Nichts weiter. Ein Missverständnis.«

»Ich komme zu dir raus.«

»Nein, komm nicht. Mir geht's gut.«

»Ich kann hören, dass du lügst. Ich komme raus.«

Bevor Luis widersprechen konnte, hatte sie aufgelegt.

20

Adriana ließ sich von einer Freundin fahren. Luis hörte sie ankommen, die Hunde bellten. Er blieb liegen. Sie kam durch die Küche herein und fand ihn im Schlafzimmer. Bei seinem Anblick schrie sie auf. Sein Bademantel war offen, die Blutergüsse deutlich sichtbar.

»¡Dios mío!«

Sie kam auf ihn zu und wollte ihn umarmen, aber er zuckte zurück. Als sie den Bademantel noch weiter aufzog und das ganze Ausmaß seiner Verletzungen erkannte, füllten sich ihre Augen mit Tränen.

»Was ist passiert?«

Er erzählte ihr alles. Dass erst Ángel und dann die Soldaten gekommen waren. Von dem Sergeant und der Zange. Einige Male weinten sie beide. Luis hasste sich für seine Situation, für Adrianas Schmerz, für alles. Und er hasste Ángel. Vor allem hasste er Ángel.

»Was wirst du machen?«, fragte Adriana.

»In den Laden zurückkehren.«

»Und wenn sie wiederkommen?«
»Dann kommen sie eben wieder. Da kann ich nichts machen.«
»Sie werden dich umbringen«, sagte Adriana.
»Nein, das nicht.«
»Dann bringt dich Ángel Rojas um.«
»Der auch nicht.«
»Woher willst du das wissen?«
»Ich weiß es.«
Adriana schwieg, fragte schließlich: »Wäre es so schlimm, für ihn zu arbeiten?«
Luis sah sie scharf an, entdeckte aber nichts als Offenheit in ihrem Gesicht. Und hasste sich jetzt auch noch dafür, ihr auch nur eine Sekunde lang misstraut zu haben.
»Findest du, dass ich das tun sollte?«
»Ich weiß nicht, was du tun solltest. Aber ich will nicht, dass so was noch mal passiert.«
»Ich habe aufgehört. Ich habe den Laden aufgemacht. Ich wollte nie wieder anfangen.«
»Aber er wird dir keine Ruhe lassen, oder?«
»Nein.«
»Dann musst du tun, was er will.«
»So ein Mann will ich nicht sein. Deinetwegen. Isabellas wegen.«
Wieder weinte Adriana. Tränen liefen ihr über die Wangen.
»Ich will nur, dass du bei uns bleibst.«
»Das werde ich auch.«
Luis wischte ihr die Tränen ab. Auch seine Augen wurden wieder feucht.
»Ich kümmere mich um dich, bis es dir wieder besser geht«, sagte Adriana.
»Ich kann mich um mich selbst kümmern.«
»Nein, das mache ich. Ich komme nach der Arbeit und sorge dafür, dass du ordentlich isst und dich ausruhst. Und ich füttere die Hunde.«
»Wie willst du hier rauskommen?«
Adriana lächelte. »Mit deinem Truck.«
»Findest du nicht, dass du zuerst fragen solltest?«

»Hab ich doch gerade.«

Dann ließ sie ihn schlafen. Im Traum hörte er sie in der Küche hantieren, als er aufwachte, hatte sie ihm Suppe gekocht. Er erklärte ihr, wie das Hundefutter zubereitet wurde, und auch das erledigte sie. Als sie schließlich abfuhr, war es schon fast dunkel.

Die nächste Woche verlief in diesem Rhythmus. Adriana kam nach der Arbeit und fuhr erst, wenn sie nicht länger bleiben konnte. Manchmal lag sie neben ihm im Bett, vermied es aber, die wunden Stellen zu berühren. Er freute sich, wenn sie kam, und vermisste sie, wenn sie gegangen war.

Eines Tages hörte er den Truck früher als sonst und stand auf, um sie zu begrüßen. An der Küchentür traf er auf Ángel Rojas.

»Was willst du?«, fragte Luis.

»Ich wollte dich besuchen. Dein Laden ist schon eine ganze Weile zu. Ich dachte, du bist vielleicht tot.«

»Du weißt genau, dass ich noch lebe.«

»Stimmt. Kann ich reinkommen?«

»Nein.«

»Schon gut. Ich bleibe hier draußen bei deinen Kötern.«

Die Hunde liefen umher, keiner näherte sich Ángel.

»Ist das auch mit Alberto passiert?«, fragte Luis.

»Was Ähnliches. Die Polizei hat gehört, dass er für Los Zetas Drogen schmuggelt. Sie mussten das gründlich überprüfen.«

»Du bist ein *pinche cabrón*.«

Ángel lächelte breit. »Dem widerspreche ich nicht.«

»Ich frage dich noch einmal: Was willst du?«

»Ich will wissen, wie du jetzt über unsere Partnerschaft denkst.«

»Wofür brauchst du mich überhaupt? Du hast haufenweise *coyotes* im Stall. Junge Burschen. Ich bin nicht mehr jung.«

»Das stimmt, aber du bist für meine Jungs ein Vorbild. Jeder kennt Luis González. Du kannst ihnen all deine Geheimnisse beibringen.«

»Ich habe keine Geheimnisse mehr, begreifst du das nicht?«

»Dann lässt du dir besser welche einfallen«, sagte Ángel, »oder du wirst noch öfter Besuch bekommen. Vielleicht kneifen sie dir nächstes Mal die *cojones* an der Wurzel ab.«

»Verdammt noch mal, Ángel, warum tust du das?«

»Weil ich es kann, du verdammter *mamón*! Weil es das ist, was ich *will*.« Ángels Gesichtszüge verzerrten sich, entspannten sich dann aber wieder. »Aber ich habe keine Eile. Lass dir Zeit. Erhol dich. Und wenn du wieder auf den Beinen bist, kommst du zu mir. Dann sehen wir weiter.«

Luis fühlte sich hohl. »Ist gut«, sagte er. »Ist gut.«

21

Es dauerte einen Monat, um alle von den Soldaten angerichteten Schäden zu beheben. Luis richtete die noch reparablen Regale wieder her und ersetzte die kaputten. Das Geschäft lief nur schleppend wieder an. Luis bat Adriana nicht, ihm das Geld zurückzugeben.

Seine Wunden heilten. Adriana kam noch zwei Wochen lang täglich, dann alle drei Tage, dann gar nicht mehr. Er fühlte sich wieder gut genug, um mit ihr zu schlafen. Er berührte sie so vorsichtig, als wäre sie diejenige mit den Verletzungen.

Dann rief sie ihn im Laden an.

»Ich muss wegfahren«, sagte sie.

»Wohin?«

»Zu meiner Mutter. Es geht ihr nicht gut. Sie sagen, sie hat nicht mehr lange zu leben.«

Luis stand in seinem leeren Laden. Alles war wie früher. Bei jedem großen Truck, der vorbeifuhr, zuckte er in der Erwartung zusammen, er würde anhalten und eine neue Horde von Soldaten würde hereinstürmen, aber sie kamen nie. Das Glas in der Ladentür war immer noch kaputt.

»Wie lange bleibst du weg?«, fragte er.

»Ich weiß es nicht. Ich habe Doktor Guzman schon um Urlaub gebeten, und er ist einverstanden. Ich fahre morgen.«

»So bald?«

»Ich muss, Luis. Es kann jeden Tag so weit sein.«
»Was ist mit Isabella?«
»Sie kommt mit. Sie weiß, dass ihre *abuela* krank ist. Sie ist vorbereitet.«
»Ich werde dich vermissen«, sagte Luis.
»Ich werde auch an dich denken.«
»Können wir uns sehen, bevor du fährst?«
»Ich glaube nicht, dass dazu Zeit bleibt.«
»Adriana –«
»Es tut mir leid, Luis. Ich will nicht fahren, aber meine Mutter braucht mich.«
»Ich könnte mit euch kommen«, schlug Luis spontan vor.
»Du musst dich um den Laden kümmern. Wir kommen zurecht.«
»Okay.«
»Auf Wiedersehen, Luis.«
»Auf Wiedersehen, Adriana.«
Luis legte auf. Vor dem Schaufenster standen vier Menschen, spähten hinein und berieten sich untereinander. Ángel schickte ihm wieder Kunden. Er sollte lächeln und sie hereinwinken, aber ihm war nicht danach, vor Fremden fröhlich zu tun. Also ging er hinter die Theke und starrte das Telefon an, in der Hoffnung, es würde klingeln, Adriana hätte es sich anders überlegt und er sollte mitkommen. Zum Teufel mit dem Laden.

Die Grenzquerer kamen herein. »*Hola, señor*«, sagte der Älteste. Luis hielt sie für Verwandte. Ein Onkel und drei Brüder, vielleicht auch ein Cousin darunter. Sie sahen sich alle ähnlich.

»*Hola*«, erwiderte Luis ohne Begeisterung.

»Uns wurde gesagt … das heißt, wir wurden hergeschickt, um Vorräte zu holen. Für die Überquerung.«

Luis brachte kaum die Energie auf, um zu fragen: »Wer hat euch zu mir geschickt?«

»Sein Name ist Alberto. Er hilft uns bei der Überquerung. Kennen Sie ihn?«

»Ich kenne ihn.«

»Geben Sie uns alles, was wir brauchen?«

»Ja«, sagte Luis.

In kaum zwanzig Minuten waren sie wieder zur Tür raus, beladen mit Dingen, die sie nicht wirklich brauchten. Luis verkaufte ihnen teure und überflüssige Waren, aus keinem anderen Grund, als dass es ihn insgeheim freute. Alle verdienten an diesen Leuten – Alberto, Ángel, Los Zetas -, warum also nicht Luis González? Sie würden auf der anderen Seite des Flusses mit leeren Taschen ankommen, ausgenommen von genau den Leuten, die sie für den Weg in ein besseres Leben bezahlt hatten. Einige würden verhandeln und Schulden ansammeln, die sie nie würden bezahlen können. Es kümmerte Luis nicht mehr.

Und so lief es auch mit den nächsten Überquerern, die in den Laden kamen, und mit den übernächsten. Luis nahm ihnen jeden Peso ab, konnte sich dabei selbst immer weniger ausstehen, bis er sich schließlich regelrecht verachtete. Als er am Abend die Gitter herunterzog, hasste er sich selbst mehr, als er je einen anderen Menschen gehasst hatte, sogar Ángel Rojas.

Er fuhr nicht nach Hause, sondern Richtung Norden auf die Grenze zu, bis er ein Neonschild sah, das in großen roten Buchstaben EL VAQUERO anzeigte. Dort lenkte er den Wagen in eine Lücke auf dem Parkplatz, auf dem auch Ángel Rojas protziges Gefährt stand.

Luis fand Ángel ohne Mühe. Beide Rojas-Brüder hielten in einer Sitznische gegenüber der Bar Hof. Auf einer kleinen Bühne tanzte lustlos eine Frau, die kein Top mehr trug, aber noch ihr Bikinihöschen anhatte. Luis fragte sich, wie sie sich in solchen Stöckelschuhen so gut bewegen konnte. Um die Bühne herum saßen Männer mit Drinks in der Hand und warfen Zwanzig-Pesos-Scheine auf die Bühne wie Münzen in einen Brunnen.

»Hundemann!«, rief Ángel, als er Luis sah, und winkte ihn heran. »Setz dich zu uns!«

Der Mann, der bei Ángel und Francisco gesessen hatte, verzog sich und überließ Luis seinen Platz. Francisco ähnelte seinem Bruder, war aber schlanker und hatte mit seinem Ziegenbärtchen etwas Teuflisches. Luis hatte Francisco nie außerhalb des El Vaquero gesehen.

»Hundemann, du kennst meinen Bruder«, sagte Ángel. »Francisco, Hundemann.«

»*Hola*«, sagte Luis.
»Was zu trinken?«, fragte Ángel. »Trink was mit uns.«
»Nein, danke.«
»Bist du geschäftlich hier?«
»Warum wohl sonst?«, fragte Luis.
Ángel grinste und stupste seinen Bruder an. »Ich hab dir ja gesagt, er würde irgendwann kommen. Der Hundemann ist vieles, aber ganz sicher nicht dumm.«
»Habt ihr Überquerungen geplant?«
»Immer. Wann willst du gehen?«
»Bald.«
»Bald ist gut. In zwei Nächten?«
»Ist gut«, sagte Luis.
»Es werden ein Dutzend Leute sein. Hast du was dagegen, beim ersten Mal eine große Gruppe zu übernehmen?«
»Nein, ich komm damit klar.«
»Das freut mich zu hören. Wir treffen uns hier Donnerstagabend gegen sieben. Wenn es dir nichts ausmacht, den Laden früher zu schließen.«
Luis war wie ferngesteuert. Er spürte, dass Francisco ihn beobachtete. Er nickte. »Kann ich machen.«
»Dann Donnerstagabend. Ach, Hundemann! Es ist schön, dich bei uns zu haben.«

22

Am Donnerstagabend scheuchte Luis die letzten beiden Kunden hinaus, die noch im Laden stöberten. Sie sahen zu, wie er die Gitter herunterzog, und trollten sich, als er die Ladentür abschloss. Als er mit dem Truck auf die Straße abbog, waren sie verschwunden.

Er fuhr zum El Vaquero und parkte. Heute standen dort

weniger Autos als vor zwei Tagen, aber es war auch noch früh. Ángels Truck war bereits da.

Luis holte eine blaue Windjacke hinter dem Sitz hervor und zog sie an. Wie zum Schutz zog er den Reißverschluss halb hoch und betrat die Bar durch die rote Tür.

Auf der Bühne tanzte heute eine andere Frau, ein einsamer Gast sah ihr zu. Ángel saß in seiner Nische vor einem Bier, er war allein. Als er Luis sah, hob er grüßend eine Hand. »Hundemann. Schön, dich zu sehen.«

Luis blieb neben der Nische stehen. »Ich bin da. Wann gehen wir?«

»Bald, bald. Keine Eile. Setz dich und trink was mit mir. Flaco! Ein Bier für meinen Freund hier.«

»Ich will nichts trinken«, sagte Luis. Er setzte sich zu Ángel, war sich Franciscos Abwesenheit und der generellen Leere der Bar bewusst. Sie fielen auf, und er fühlte sich unbehaglich.

»Du trinkst was mit mir«, sagte Ángel.

Das Bier wurde gebracht. Die Flasche schwitzte, das Bier war goldfarben. Luis streckte die Hand aus und berührte das Glas mit den Fingern. In der Bar war es kühl, aber das Bier war noch kühler.

»Los doch«, sagte Ángel. »Trink.«

Luis nahm die Flasche, setzte sie an den Mund und trank. Das kalte Bier schmeckte trotz allem seltsam gut. Er stellte die Flasche ab und schob sie von sich, er brauchte heute Abend einen klaren Kopf.

»Gut, dass du bereit bist«, sagte Ángel.

»Ich will es hinter mich bringen.«

Ángel lachte und schüttelte den Kopf. »Wir haben noch nicht mal angefangen und du willst schon wieder nach Hause! Weißt du nicht, dass du dich nicht ablenken lassen darfst? Das sollte ich dir doch nicht sagen müssen.«

»Wann gehen wir?«

»In ein paar Stunden. Keine Eile. Wir haben die ganze Nacht.«

»Warum sollte ich dann so früh herkommen?«

»Weil ich ein bisschen Zeit mit dir verbringen wollte. Ist das so schlimm? Einfach reden.«

Luis griff wieder zur Flasche und trank, hastig, wütend. Er wollte sich nicht über Ángel aufregen, nicht kurz vor einer Überquerung, und das Bier würde ihn vielleicht beruhigen. Als die Flasche leer war, rief Ángel nach einer zweiten. Auch die trank Luis. Und schalt sich für seine Unbesonnenheit. *Ein klarer Kopf. Weißt du noch?*

»Langsam«, sagte Ángel. »Hetz nicht so.«
»Worüber wolltest du mit mir reden?«
»Dies und das. Wie es dir geht. Alles verheilt?«
»Ja.«
»Gut. Und der Laden läuft wieder?«
»Ja.«
»Noch besser. Ist ja, als wäre nie was passiert.«

Luis fragte sich, ob Ángel ihm den Hass von den Augen ablesen konnte. Kurz überlegte er, noch ein Bier zu bestellen, aber er hatte mehr als genug. Noch mehr Kontrollverlust konnte er sich nicht leisten.

»Weißt du, ich hab die nicht gerne auf dich angesetzt. Aber es schien der einzige Weg zu sein, dich rumzukriegen.«
»Na, dann hast du ja erreicht, was du wolltest.«
»Ja«, sagte Ángel und lächelte kurz. »Ja, habe ich.«

Das Gespräch verebbte. Ángel trank langsam sein Bier aus. Sein Blick lag auf der Tänzerin, einer schmalen Frau mit kleinen Brüsten und knabenhaften Hüften. Luis machte sich nicht die Mühe, hinzusehen.

»Das Mädchen da vorne«, sagte Ángel schließlich. »Bevor wir nachher gehen, ficke ich sie.«
»Schön zu hören.«
»Dich fickt sie auch, wenn du willst.«
»Schon gut.«
»Ich vergaß: Du hast eine Frau. Wie heißt sie noch?«
»Adriana.«
»Und sie hat ein Kind, stimmt's? Immer ein Problem. Ich vergeude meine Zeit nicht mit Frauen mit Kindern. Gibt so viele andere, die man vögeln kann. Na ja. Später ist noch genug Zeit für solche Sachen. Entschuldige mich, Hundemann.«

Ángel schob sich vom Sitz und ging zur Bühne. Er steckte der

Frau einen Geldschein ins Bikinihöschen und applaudierte laut, als sie von der Bühne ging. Sie verschwand durch einen Perlenvorhang in ein Hinterzimmer, und Ángel folgte ihr. Luis blieb, wo er war.

Irgendwann wurde er zu unruhig, stand auf und verließ die Nische. Auf der Bühne wand sich ein neues Mädchen. Luis schob sich in der Tür an ein paar gerade eintreffenden Männern vorbei und floh auf den Parkplatz, um durchzuatmen.

Er stieg in seinen Truck. Am liebsten wäre er einfach weggefahren, aber er konnte nirgends hin. Zu Hause würde Ángel ihn finden, und im Laden war er auch nicht sicher. Er lag an einer unsichtbaren Kette, deren Ende von Ángel im El Vaquero gehalten wurde.

Nach einer Weile kam Ángel aus der Bar. Seine Schritte knirschten über den Kies, als er auf Luis zu kam. »Ich dachte schon, du bist mir abgehauen«, sagte er.

»Ich bin hier.«

»Na, da du bereit bist, können wir auch gleich los. Fahr mir nach.«

Ángel lenkte seinen eigenen Truck vom Parkplatz, und Luis folgte. Sie durchquerten die Stadt und hielten am östlichen Rand von Ojinaga vor einem Wohnblock, der den Anschein machte, beim nächsten Windstoß in sich zusammenzufallen. Davor parkte ein großer Truck, wie das Militär sie hatte.

»Komm mit rein«, befahl Ángel, als sie ausgestiegen waren. Er ging auf eine Erdgeschosswohnung zu und schloss die Tür auf.

Drinnen warteten die Grenzquerer, einige im Wohnzimmer, andere im Schlafzimmer. Auf dem Boden lagen Matratzen, es war die einzige Einrichtung. Ein Fernseher oder auch nur ein Radio fehlten. Es war stickig und stank nach altem Schweiß, aber niemand hatte es gewagt, ein Fenster zu öffnen.

»Deine Kundschaft«, sagte Ángel.

Sie kamen aus verschiedenen Winkeln der Wohnung zusammen. Sieben Frauen, vier Männer und ein kleines Mädchen, vielleicht so alt wie Isabella. Ihre Kleidung war schmutzig. Die meisten trugen dreckige Kleidung, als wären sie von weiter gekommen und hätten weder Wasser noch Seife gehabt, und vielleicht war es so.

»Das ist euer Führer«, sagte Ángel zu den Grenzquerern. Luis konnte den Blick nicht von dem kleinen Mädchen abwenden. Er erinnerte sich an einen heißen Nachmittag und einen Asphaltstreifen, der links und rechts am Horizont endete.

Ángel fuhr fort: »Ihr tut genau, was er sagt, und stellt keine Fragen. Das gilt auch für mich – wenn ich euch sage, was ihr zu tun habt, dann tut ihr verdammt noch mal genau das, oder ich setze euch da draußen aus.«

Luis riss seinen Blick von dem kleinen Mädchen los. »Du?«, fragte er. »Was soll das heißen?«

»Nicht vor den Kindern«, sagte Ángel.

Sie gingen nach draußen, Ángel schloss hinter ihnen die Tür. Luis fühlte erneut Angst aufsteigen. »Wovon redest du?«, fragte er.

»Ich komme mit«, sagte Ángel.

»Seit wann gehört das zu unserer Abmachung?«

»Du bist eine Weile raus aus dem Geschäft, Hundemann. Jemand muss dich im Blick behalten, um sicherzugehen, dass du's noch bringst. Ich würde Francisco mitschicken, aber seine Fingerabdrücke sind drüben schon im System, und er darf nicht noch mal erwischt werden. Also übernehme ich selbst. Du lässt nicht zu, dass ich erwischt werde.«

»Ich dachte, du vertraust mir?«

»Klar vertraue ich dir. Das hat nichts damit zu tun. Sieh es einfach als Arbeitsinspektion.«

»Mir gefällt nicht, dass ein Kind dabei ist.«

»Na und? Sie ist ein Knirps und macht keinen Ärger. Ihr Onkel bringt sie in die Staaten.«

»Ihr Onkel«, sagte Luis.

»Genau. Weswegen machst du dir Sorgen?«

Luis sah vor sich, wie er die Überquerer am Straßenrand zurückgelassen hatte, immer weiter nach Süden gelaufen war, bis sie verschwunden waren. Er hatte den Fluss nach Mexiko alleine überquert. »Ich wusste nicht, dass ein Kind dabei ist.«

»Ach, mach dir keinen Kopf. Sieh mal, da ist Ignacio.«

Ein junger Mann in einem verbeulten weißen Ford Pick-up fuhr schwungvoll vor dem Wohnblock vor und stieg aus. Er war mager und tief gebräunt, sein Haar so kurz, dass es wie ein Schatten wirkte. Dazu ließ er sich einen Strich von Schnurrbart stehen. Luis hielt ihn für keine zwanzig.

»Ignacio«, sagte Ángel. »Komm her und lern den Hundemann kennen.«

Der Junge näherte sich und ließ seinen Blick abschätzend über Luis gleiten. Er streckte dünne Finger aus. »*Mucho gusto.*«

Luis schüttelte Ignacios Hand. »Wer ist das?«, fragte er Ángel.

»Wie ich gesagt habe: Ignacio. Einer meiner Jungs. Er kommt mit.«

»Warte mal«, sagte Luis und hob protestierend die Hand. »Du hast nichts davon gesagt, dass auch noch einer von deinen Leuten mitkommt.«

»Ist das ein Problem?«

»Ja, das ist ein Problem. Wir bringen sowieso schon eine große Gruppe rüber, und jetzt muss ich auch noch an dich und Ignacio denken. Wie viele von deinen Leuten willst du noch mitnehmen?«

Ángel schüttelte den Kopf. »Du regst dich schon wieder auf. Nur mich und Ignacio. Was ist los, willst du keine Hilfe? Du hast selbst gesagt, dass du eingerostet bist. Ignacio hat schon ein paar Gruppen rübergebracht.«

»Ángel sagt, dass du gut bist«, sagte Ignacio. »Dass ich von dir lernen kann.«

»Das bezweifle ich«, erwiderte Luis.

»Nicht so bescheiden«, sagte Ángel.

»Elf Leute. Ein Kind. Du und Ignacio. Sind das jetzt alle?«

»Das ist alles. Abgesehen von *la mota.*«

Luis zuckte zusammen und hatte das Gefühl, erschlagen zu werden. Er bemühte sich, seine Stimme fest klingen zu lassen, obwohl er am liebsten losgebrüllt hätte. »Was für Marihuana?«

»Jeder trägt eine Ladung«, sagte Ángel. »Gehört zum Deal.«

»Verdammt, Ángel, ich schmuggle keine Drogen! Das war nicht Teil *meines* Deals!«

»Was dein Deal ist, bestimme ich!«, schnauzte Ángel zurück.

Luis wollte etwas erwidern, aber ein Blick von Ángel ließ ihn verstummen. Das Gefühl des Erschlagenseins hielt an. Ignacios

Mundwinkel wölbten sich zu einem Grienen, und Luis wusste genau, was der andere dachte. Sein Gesicht brannte.
Adriana, warum bin ich nicht mit dir gegangen?
»Alles klar?«, fragte Ángel mit gepresster Stimme.
»Okay«, sagte Luis. Er ließ den Kopf sinken. »Okay.«
»Schon besser«, erwiderte Ángel, und der Ärger verschwand aus seiner Miene. »Es gibt keinen Grund, warum nicht alles wie am Schnürchen laufen sollte. Du musst uns nur den Weg zeigen, Hundemann. Wir kümmern uns um den Rest.«

TEIL DREI

MARISOL

1

Das Krähen des Hahns im Morgengrauen hatte sie geweckt, doch sie regte sich nicht, lag ruhig da und lauschte der Stille – leere Straßen und dunkle Häuser – und ihrem eigenen Herzschlag. Erst als sie in der Ferne Motorengeräusch hörte, schlug sie die Decke zurück und stieg aus dem Bett: ein niedriges Metallgestell, das ihrer Großmutter gehört hatte. Durch die Spitzengardinen am Fenster fiel sanftes Licht herein.

Noch im Nachthemd ging sie zu einer Holzkommode, auf der neben einem Wasserkrug eine große Emailleschüssel stand. Sie goss Wasser in die Schüssel und wusch sich ohne Seife Gesicht und Hände.

Das Haus war klein, es hatte nur drei Zimmer, aus dem größten führten zwei Türen hinaus. Sie öffnete die Hintertür und durchquerte den kleinen Garten zur Außentoilette, erledigte ihr Morgengeschäft und kehrte ins Haus zurück.

Die Küche hatte abgerundete Ecken und wurde von einem Lehmofen beherrscht, der mit Holz angefacht wurde. In die einzige Steckdose hatte sie eine Kochplatte gestöpselt, auf der sie eine Pfanne erhitzte und sich Eier zubereitete, die sie an dem winzigen Wohnzimmertisch sitzend aß.

Als sie in ihr Schlafzimmer zurückkehrte und sich anzog, war es draußen schon heller geworden. Ihre Kleidung war einfach: Bluse, Rock und Sandalen. Der Boden des Hauses bestand aus bloßen Holzdielen, die manchmal splitterten, und die Sandalen schützten ihre Füße.

Als sie aus dem Haus trat, begegnete sie einem ihrer Nachbarn, der gerade sein Fahrrad aufschloss. »*Buenos días*, Marisol«, sagte der Mann.

»*Buenos días*, Señor Martínez«.

»Einen schönen Tag«, rief der Mann, als er an Marisol vorbei die Straße entlangradelte.

In diesem Winkel des Dorfes Perquín drängten sich viele kleine, aber stabil gebaute Häuser aneinander. Auf der anderen Straßenseite wucherte der Wald, und die Straße stieg steil an: Dies waren die Berge von Morazán in El Salvador, mehr als einhundert Kilometer von San Miguel, der nächsten richtigen Stadt, entfernt. Die Hintergärten einiger Häuser waren groß genug, um dort Ziegen und Hühner zu halten. Marisol nutzte ihren zum Gemüseanbau.

Neben ihrer Haustür stand ein großer Eimer. Marisol sicherte die Tür mit einem Vorhängeschloss, nahm den Eimer und folgte Señor Martínez den Berg in Richtung Dorfplatz hoch, aber so weit brauchte sie nicht zu gehen.

Jetzt am Morgen schien die Sonne, doch gegen Mittag würden Wolken aufziehen, und am Nachmittag würde es regnen. Ende Juli war Regenzeit, da musste man ein- bis zweimal am Tag mit Schauern rechnen. Für Marisols Pflanzen war das gut, aber die alles durchdringende Feuchtigkeit klebte wie ein klammer Film auf der Haut.

Nach etwa einer Meile erreichte Marisol einen Brunnen, der von einer hüfthohen Mauer umgeben war. Von einem Gestell aus konnte man den Eimer absenken und einholen, aber es gab auch eine Handpumpe, die alle nutzten.

Marisol füllte ihren Eimer fast bis zum Rand. Sie trank ein paar Schlucke direkt aus der Pumpe, dann hob sie den schweren Eimer an und machte sich auf den Heimweg. Andere kamen ihr entgegen, manche würden diesen Weg mehrmals am Tag gehen.

Perquín war kein großes Dorf, aber es gab reichere und ärmere Viertel. In einigen Straßen hatte man fließendes Wasser und Innentoiletten, dort, wo Marisol wohnte, jedoch nicht. Sie holte ihr Wasser täglich aus dem Brunnen und verbrauchte es sparsam. Als sie noch mit ihrer Großmutter zusammengelebt hatte, war sie mehrmals am Tag gegangen, aber jetzt musste es nur noch für sie alleine reichen.

Zu Hause schloss sie die Tür auf und trug den Eimer hinein. Sie füllte erst den Krug im Schlafzimmer auf, dann einen weiteren Krug mit Teeblättern, den sie zum Ziehen in die Sonne stellte.

Heute hatte sie keine Arbeit, konnte aber nicht untätig zu Hause sitzen. Sorgfältig zählte sie etwas von dem Geld, das sie unter der dünnen Matratze im Schlafzimmer aufbewahrte, für Einkäufe ab. Den Rest versteckte sie wieder. Unter einer Diele im Küchenboden befand sich noch ein Geldversteck, aber das rührte sie unter keinen Umständen an.

Sie schlang sich einen Leinenbeutel über die Schulter, in dem sie alles tragen konnte, das nicht zu klobig war. Wieder schloss sie die Haustür ab und stieg den steilen Berg hoch. Diesmal würde sie bis ins Dorf gehen.

Der Wald hallte von den Geräuschen aufwachender Vögel und summender Insekten wider. Perquín war auf allen Seiten von wilder, unberührter Natur umgeben, die teilweise unter dem Schutz des Staates stand. Vom *Cerro de Perquín* aus hatte man einen großartigen Blick bis nach Honduras. Perquín schwamm auf einem Meer aus Grün, das sich endlos in alle Richtungen bis zum Horizont erstreckte.

Zum Markt brauchte sie eine Viertelstunde. Es war noch so früh, dass die Verkäufer gerade erst ihre Waren unter den losen Markisen entlang der Hausmauern ausbreiteten. Der Markt schmiegte sich in die Kluft zwischen zwei Häuserreihen und bildete einen langen Korridor, in dem man alles von Gemüse bis hin zu Fernsehern und CD-Playern bekommen konnte.

Auf dem nahen Dorfplatz wurde gerade das Winterfest aufgebaut. Marisol würde die ganzen fünf Tage, die das Fest dauerte, dort sein, aber zuerst musste eingekauft und alles vorbereitet werden.

Sie musste warten und leistete sich eine Flasche Kolashanpan für später. Dann würde das Getränk zwar warm sein, aber das machte nichts. Marisol war daran gewöhnt.

Als der Markt schließlich öffnete, machte sie ihre Einkäufe, ging von Stand zu Stand und manchmal wieder zurück, immer auf der Suche nach dem besten Preis. Mitunter musste sie hartnäckig feilschen, aber das gehörte dazu; die Verkäufer kannten sie, sie kannte die Verkäufer, und alle wussten, was sie ausgeben konnte. Nach etwa zwei Stunden hatte sie alles zusammen und machte sich mit prall gefülltem Beutel wieder auf den Heimweg.

2

Sie sah die *turistas*, bevor diese sie sahen. Mit kurzen Wanderhosen und Schlapphüten, Sonnenbrillen und umgehängten Wasserflaschen waren sie unschwer zu erkennen. Die Touristenbusse hielten nahe am Dorfplatz, und diese beiden hatten sich vermutlich von ihrer Gruppe getrennt. Manche Touristen wollten Perquín lieber auf eigene Faust und ohne Führer erkunden, und obwohl der Ort so klein war, verliefen sie sich grundsätzlich.

Ein Mann und eine Frau, tief gebräunt, als würden sie schon lange Urlaub machen. Als Marisol sich näherte, stieß die Frau ihren Begleiter an und machte eine *Beeil dich*-Geste. Der Mann trat vor und sprach Marisol an.

»*Con permiso, señorita*«, begann er. »*Donde esta* —«

Marisol lächelte ihn an. »Ich spreche Englisch, Sir.«

»Oh, wirklich? Wunderbar. Mein Spanisch ist nicht so gut.«

»Es ist okay«, sagte Marisol. »Ich spreche gerne Englisch.«

Die Frau stellte sich neben den Mann, und beide betrachteten Marisol, als hätten sie gerade eine neue Affenart entdeckt. Marisols Lächeln erstarb. »Brauchen Sie etwas?«, fragte sie.

»Oh, ja. Wir suchen das *Museo de la Revolución*. Das Guerilla-Museum. Ich glaube, wir sind falsch abgebogen.«

Marisol zeigte in die Richtung, aus der sie gekommen waren. »Da lang. Es ist ausgeschildert.«

»Vielen Dank. Äh, *muchas gracias*.«

»Gern geschehen. Viel Spaß im Museum.«

Der Mann und die Frau bedankten sich nochmals und gingen ihres Weges. Marisol sah ihnen nach, um sicher zu sein, dass sie der Straße folgten und nicht wieder falsch abbogen, bis sie außer Sicht waren.

Alle Touristen besuchten das Museum. Es war Perquíns Hauptattraktion. Alle wollten die Ausstellungsstücke aus dem Bürgerkrieg sehen, die an die Guerilla-Kämpfer der FMLN erinnerten, und den Krater, den eine fünfhundert Pfund schwere amerikanische Bombe in den Boden gerissen hatte. Marisol wusste nicht recht, was an einem Loch im Boden so interessant sein sollte, aber sie war ja auch keine Touristin.

Sie selbst fand das Naturreservat, das Perquín umgab, weitaus sehenswerter. Die Flüsse und Tiere und das dichte, unendliche Grün waren das, was Marisol an dieser Gegend so liebte. Man konnte schwimmen gehen, und Touristen, das wusste sie, wanderten und campten gerne. Marisol fand das echte Leben viel interessanter als die Überreste von zwölf Jahren Krieg. Was kümmerten sie Waffen und Bomben? Die allerdings schienen die Touristen und die alten Guerillas, die jetzt als Tourguides fungierten, zu faszinieren.

Nach der unerwarteten Gelegenheit, Englisch zu sprechen, war sie ganz aufgekratzt. Immer musste sie alleine und anhand von Büchern üben und konnte niemanden fragen, wenn sie nicht sicher war, wie ein Wort ausgesprochen wurde. Ein paar von den alten Guerillas im Museum konnten möglicherweise Englisch, aber mit denen hatte sie nichts zu tun.

»Hallo, mein Name ist Marisol Herrera«, sagte sie laut zu sich selbst. »Wie geht es Ihnen? Danke, mir geht es gut.«

Schwer beladen, wie sie war, brauchte sie für den Heimweg länger als gewöhnlich. Sie begegnete weder weiteren Touristen noch irgendwelchen Fahrzeugen. Keiner ihrer Nachbarn besaß ein Auto, einer hatte lange ein Pferd gehalten, bis es an Altersschwäche gestorben war. Die einzigen Fahrzeuge, die man hier sah, waren Polizeiwagen, aber die blieben meistens im Dorfzentrum.

Auf dem Weg übte sie weiter laut Englisch, nannte die Namen der Dinge, die sie sah – »Baum«, »Felsen«, »Sonne« – und versuchte sich an schwierigeren Sätzen: »Können Sie mir bitte sagen, wie ich zum Bahnhof komme? Wann kommt der Bus an?«

Ihre Großmutter hatte zu Lebzeiten wenig von Marisols Enthusiasmus gehalten. »Was machst du dir die Mühe?«, hatte sie oft gefragt, aber Marisol hatte trotzdem weitergelernt. Manchmal hatte sie die nörgelnde Stimme ihrer Großmutter noch im Kopf, aber hörte nach wie vor nicht darauf.

Zu Hause in ihrer Küche legte sie ihre Einkäufe auf ein in die Wand eingelassenes, schmales Regal. Den Beutel Zwiebeln stellte sie neben die Tür. Ein Dutzend große Tomaten und drei Kohlköpfe hatte sie auch gekauft.

Das Gemüse würde nicht lange frisch bleiben, und sie würde täglich auf den Markt gehen müssen, aber zumindest fürs Erste hatte sie die Grundzutaten für *pupusas revueltas* zusammen. Sie würde die Teigfladen auf der kleinen Arbeitsfläche neben dem Lehmofen zubereiten und sie backen, bis sie braun gesprenkelt waren. Doch erst in zwei Tagen, wenn das Winterfest begann.

Sie verkaufte jedes Jahr Selbstgemachtes auf dem Winterfest. Die *pupusas* würden nicht viel einbringen, doch der Gewinn wanderte direkt in das Geldversteck unter dem Küchenboden.

Sie ging ins Wohnzimmer und griff zu einem ihrer Englischbücher: ein Kinderbuch über die Geschichte der USA, der Einband war schon abgenutzt gewesen, als Marisol es bekommen hatte. Sie schlug irgendeine Seite auf und begann, laut zu lesen. Nach zwanzig Seiten legte sie das Buch beiseite.

Das Englischsprechen fühlte sich gut, fast natürlich an. Vielleicht würde sie später noch den Liebesroman lesen, den eine Touristin letztes Jahr an der Bushaltestelle hatte liegen lassen. Marisol verstand Englisch sehr gut und konnte besser lesen als sprechen, und der Liebesroman war voller umgangssprachlicher Ausdrücke, die sie hilfreich fand. Marisols Großmutter hätte den Inhalt nicht gutgeheißen: Frauen, die sich vor der Heirat mit Männern einließen. Aber sie hatte auch nicht verstanden, dass Perquín nicht die Welt war und dass Frauen in den großen Städten, in den großen *amerikanischen* Städten, anders lebten. Nicht besser oder schlechter, einfach anders.

Marisols Bruder wohnte mit Frau und Kindern in der Stadt, in San Salvador. Marisol überlegte, ob er und seine Frau Sara wohl schon vor der Hochzeit miteinander geschlafen hatten. Höchstwahrscheinlich ja. In Perquín wussten alle alles über jeden. Man konnte keinen Schritt tun, ohne dass jemand davon erfuhr. Das hieß nicht, dass Männer und Frauen sich voneinander fernhielten, aber die Generation ihrer Großmutter sah es als ihre Aufgabe an, jeden Fehltritt durch Klatsch und Tratsch zu verdammen.

In Marisols Leben hatte es Raul gegeben, aber mit ihm war nie mehr gewesen als verschämtes Gefummel in dunklen Ecken. Hätte sie ihn gelassen, wäre er weiter gegangen, aber er war ihr das Risiko nicht wert gewesen. Zum Teil aus Rücksicht auf ihre Großmutter, aber Raul war auch nicht der Mann gewesen, mit dem sie sich eine Ehe hätte vorstellen können. Und wenn sie miteinander geschlafen hätten und ein Unfall passiert wäre, dann hätten sie heiraten müssen; etwas anderes hätte man in Perquín niemals hingenommen. Marisol wollte das nicht, und so hatte sich Raul Inez Alfaro gesucht. Sie hatten ein Kind gezeugt, geheiratet und wohnten am anderen Ende des Dorfes in einem Haus, das zu klein für sie drei war.

Die Hitze des Tages stieg, Marisol öffnete die Fenster und hoffte auf eine Brise. Die Luft regte sich nicht und sog sich mit immer mehr Feuchtigkeit voll. Der Regen würde nicht mehr lange auf sich warten lassen.

Sie ging in den Garten und jätete etwa eine Stunde lang das Unkraut. Als die ersten Tropfen fielen, ging sie erleichtert ins Haus, denn ihr schmerzten vom Herumkriechen auf dem Boden die Knie.

Der Regen konnte schnell vorüberziehen oder lange andauern, man konnte es nie wissen. Marisol dachte an den Liebesroman, ging aber stattdessen ins Schlafzimmer. Auf dem Regal lag neben einem fast leeren Schmuckkästchen eine zusammengefaltete Landkarte, die sie auf dem kleinen Tisch im Wohnzimmer ausbreitete.

Die Route war mit Bleistift eingezeichnet, von Perquín nach San Salvador und weiter. Die Karte zeigte Mexiko, Guatemala, El Salvador und Honduras. Sie war nicht sehr detailreich, aber der Weg nach Norden ließ sich von Ort zu Ort bis an die amerikanische Grenze nachvollziehen. Dahinter lag nur leeres, mattes Rosa. Um mehr zu erfahren, musste Marisol in die Dorfbibliothek gehen und in dem Weltatlas nachschlagen, den es dort gab. In den konnte sie keine Bleistiftlinien einzeichnen, aber manchmal zog sie mit dem Finger unsichtbare Linien nach Osten oder

Westen, nach New York City oder Sacramento oder Atlanta. Vielleicht würde sie auch nach Washington, D.C., ziehen.
 Lauter exotische Namen, wie auch die der dazugehörigen Staaten. Dagegen waren El Salvador und die umliegenden Länder klein genug, um verschluckt zu werden und nie wieder aufzutauchen. Mexiko erschien ihr riesig, ein Gigant im Vergleich zu den südlicheren Staaten, aber die USA waren noch viel größer.
 »Können Sie mir bitte sagen, wie ich zum Bahnhof komme?«, fragte sie wieder.

3

Am nächsten Morgen stand sie nackt im Schlafzimmer und wusch sich von Kopf bis Fuß mit Wasser aus der Schüssel. Sie zog ihren besten Rock, ihre schönste Bluse und braune Schuhe an. Dann schminkte sie sich vor dem angelaufenen Spiegel und verwendete mehr Sorgfalt auf ihre Frisur als sonst. Als sie fertig war, schloss sie das Haus ab und machte sich auf den Weg.
 Die Schuhe waren unbequem, und sie erreichte das Dorfzentrum mit schmerzenden Füßen. Der Touristenbus setzte gerade seine Ladung weißer Besucher ab. Diese schenkten Marisol keine Beachtung, und sie ging ihnen aus dem Weg, denn sie hatte ein anderes Ziel.
 Das Haus der Cañenguez' war größer als die meisten anderen und von einer Mauer umgeben. Sr. Cañenguez besaß ein neues Auto, mit dem er in sein Büro bei einer Organisation namens Prodetur fuhr. Marisol hatte nur eine unklare Vorstellung davon, was Prodetur eigentlich machte, aber es hatte irgendwas mit dem Rio-Sapo-Schutzgebiet zu tun. Ob die Organisation es verwaltete oder einfach nur beaufsichtigte, wusste sie nicht.
 Am Tor zog Marisol an der Strippe, die eine Klingel zum Läuten brachte. Nach etwa einer Minute schob jemand den Riegel

auf der anderen Seite zurück und öffnete das Tor: das Hausmädchen, Señora Martí.

»*Buenos días*«, sagte Marisol. »Ich komme wegen Lupita.«

»Ja«, erwiderte Sra. Martí. Sie war eine einfache Frau von unbestimmbarem Alter, aber älter als Marisol. Manchmal fragte sich Marisol, ob Sra. Martí vielleicht mit Farabundo Martí verwandt war, unter dessen Namen die FLMN ihren Krieg gegen die Regierung geführt hatte, aber sie traute sich nicht zu fragen. Vielleicht war sie eine entfernte Cousine. Aber was machte das schon?

Sra. Martí hielt Marisol das Tor auf und schob hinter ihr den Riegel wieder vor. Sie ging zur Haustür und öffnete auch diese. Marisol folgte.

Die Eingangshalle war so groß wie zwei Zimmer in Marisols Haus. Der Boden war gekachelt, die Decke gewölbt. An der Wand hing ein schweres, mit Perlen und bunten Steinen verziertes Kreuz. In einem Spiegel an einer anderen Wand begegneten sich die Gäste beim Eintreten selbst. Eine Treppe führte in den oberen Stock.

»Ich sage Bescheid, dass Sie da sind«, sagte Sra. Martí.

Das Hausmädchen verschwand, und Marisol wartete. Irgendwo im Haus waren die erhobenen Stimmen eines Mannes und einer Frau zu hören, aber Marisol verstand nicht, worum es ging. Bei einem Blick in den Spiegel fiel ihr auf, wie gewöhnlich sie in dieser noblen Umgebung wirkte. Sie hatte das Gefühl, nicht angemessen gekleidet zu sein, obwohl sie immer diese Sachen trug, wenn sie zu den Cañenguez' ging. Kurz zupfte sie an ihrem Haar herum und wischte sich ein wenig Lippenstift aus dem Mundwinkel. Sie sah auf ihre Schuhe hinab und merkte, dass diese vom Laufen verstaubt waren.

Sra. Martí kehrte zurück. »Kommen Sie mit.«

Marisol folgte der Frau durch das Haus. Die lauten Stimmen waren jetzt deutlicher zu hören, und Marisol meinte, die Stimme von Sra. Cañenguez zu erkennen. Der Mann sprach lauter und nachdrücklicher, und Marisol hörte, wie er Sra. Cañenguez mit einem Wort beschimpfte, das sie im Leben nicht in den Mund nehmen würde.

Sie betraten ein Wohnzimmer, in dem ein bequemes Sofa und

zwei Sessel standen. Über einem kleinen Regal mit ordentlich aufgereihten Büchern hing ein abstraktes Gemälde. In diesen Raum wurde Marisol immer geführt, sie kannte ihn besser als den Rest des Hauses. Sie setzte sich aufs Sofa und wartete, während Sra. Martí wieder verschwand.

Der Streit schien sich gelegt zu haben. Im Haus wurde es ruhig. Marisol hörte eine Tür knallen. Kurz darauf klackerten Absätze über die Fliesen, und Sra. Cañenguez erschien.

Sie war so schön, wie Sra. Martí einfach war; eine hochgewachsene Frau mit heller Haut und strahlenden Augen. Sie war immer gut angezogen und verkörperte pure Eleganz. Marisol hatte keine Ahnung, was Sra. Cañenguez in Perquín machte, und nahm an, dass sie nur wegen der Arbeit ihres Mannes hierhergekommen war. Sie war wie die Frau in Marisols Liebesroman: Sie gehörte in eine andere Welt.

Als Sra. Cañenguez das Zimmer betrat, stand Marisol auf. Da sie in ihrer Anwesenheit nie wusste, wohin mit den Händen, verschränkte sie sie vor ihrem Körper. Sra. Cañenguez schien es nichts auszumachen, dass Marisol Zeugin des Streits geworden war, oder aber sie überspielte es elegant.

»*Buenos días*«, sagte Sra. Cañenguez. »Es tut mir leid, dass Sie auf Lupita warten müssen. Sie ist heute Morgen ziemlich faul. Ich habe ihr schon drei Mal gesagt, dass sie aufstehen soll.«

»Schon gut, *señora*«, sagte Marisol. »Sie kann sich gerne Zeit lassen. Ich bin ja da.«

»Sie dürfen sie nicht so verwöhnen«, erwiderte Sra. Cañenguez. »Sie soll Englisch lernen, keine Ausreden.«

»Sie macht sich sehr gut«, sagte Marisol.

Sra. Cañenguez wirkte kurz verärgert, aber das verflog. »Mein Mann beschwert sich, dass sie zu langsam lernt«, sagte sie. »Finden Sie auch, dass sie zu langsam lernt?«

»Nein. Ich finde sie sehr intelligent.«

»Gut. Ich vertraue Ihrer Einschätzung. Und hier kommt sie!«

Lupita Cañenguez kam durch dieselbe Tür wie ihre Mutter. Sie trug ein Sommerkleid und Schnallenschuhe und bestand wie alle Mädchen ihres Alters aus Armen und Beinen. Als Marisol sie kennengelernt hatte, war Lupita acht gewesen. Jetzt war sie zehn

und schoss in die Höhe. »Señorita Herrera«, sagte Lupita, und dann auf Englisch: »Guten Morgen.«
»Guten Morgen, Lupita«, erwiderte Marisol ebenfalls auf Englisch. »Wie geht es dir?«
»Danke, mir geht es gut.«
»Sehr schön«, sagte ihre Mutter. »Ich lasse euch allein.«
»Danke, *señora*«, sagte Marisol. »Komm und setz dich, Lupita.«
Das Mädchen setzte sich und zog eine kleine Schreibunterlage unter dem Sofa hervor. Marisol ging zum Regal und holte das Unterrichtsmaterial: Vokabelkarten, Arbeitshefte und Schreibpapier. Alles Routine.
Marisol fuhr auf Englisch fort: »Worüber möchtest du heute sprechen?«
»Über das Winterfest«, antwortete Lupita.
»Gehst du hin?«
»Ja. Mutter sagt, wir gehen. Gehen Sie auch?«
»Ich werde dort ein paar Sachen verkaufen.«
»Was werden Sie verkaufen?«
»*Pupusas*.«
»Machen Sie die selbst?«
»Ja.«
»Was tun Sie hinein?«
»Bohnen, Käse, *chicharrón*.«
»Die will ich probieren.«
»Vielleicht kannst du das. Auf was freust du dich außerdem?«
»Ich verstehe nicht ...?«
»Was möchtest du sonst noch machen?«
»Oh. Spielen. Musik hören.«
»Und tanzen?«
»Mit mir will niemand tanzen.«
Marisol lächelte. »Noch nicht, aber bald wirst du viele Verehrer haben. Jetzt setzen wir uns an die Bücher.«
Die Arbeitsbücher wurden von einem Verlag in El Salvador herausgegeben und enthielten viele Puzzles und Wortspiele. Für Lupita waren sie eine Herausforderung, aber auch Marisol lernte noch dazu. Sie arbeiteten immer drei Seiten durch, sprachen darüber, übten dann eine halbe Stunde lang Vokabeln und setzten

sich wieder für einige Seiten an das Arbeitsbuch. Die Vokabeln mochte Lupita am wenigsten.

Lupita machte ihre Aufgaben, und Marisol sah sie durch. »Du lernst schnell genug«, sagte sie.

»Was?«

»Ach, nichts. Das hast du heute sehr gut gemacht. Nur zwei Fehler. Siehst du?«

Gemeinsam durchlitten sie die Vokabelkarten. Bald würden neue besorgt werden müssen, denn Lupita kannte inzwischen fast alle Wörter. Auch das sollte Sr. Cañenguez zufriedenstellen. Er hatte Marisol nie selbst nach Lupitas Fortschritten gefragt.

Als sie den zweiten Teil aus dem Arbeitsbuch erledigt hatten, übten sie wieder Konversation. »Wie sieht es in Ihrem Haus aus?«, wollte Lupita von Marisol wissen.

»Es ist ein sehr einfaches Haus.«

»Kann ich zu Besuch kommen?«

»Ich weiß nicht, ob deine Eltern das erlauben würden.«

»Mutter schon.«

»Und dein Vater?«

»Wahrscheinlich nicht. Aber ich möchte es!«

»Ich fände es auch schön.«

Wieder kündigte das Klappern von Absätzen Sra. Cañenguez' an. »Fertig für heute?«, fragte sie.

»Ja«, sagte Marisol. »Sie können Ihrem Mann sagen, dass Lupita sehr schnell lernt.«

»Das wird ihn sicher freuen«, erwiderte Sra. Cañenguez. Marisol fragte sich, ob sie sich den säuerlichen Unterton einbildete.

»Mutter, darf ich irgendwann Srta. Herrera zu Hause besuchen?«, fragte Lupita.

Ihre Mutter sah erst sie, dann Marisol an. »Ich weiß nicht«, sagte sie. »Srta. Herrera hat viel zu tun.«

»Sie macht *pupusas* für das Winterfest.«

»Wie schön.«

Sra. Cañenguez zog ein kleines Portemonnaie hervor, aus dem sie das Geld für Marisols Unterricht holte. Marisol nahm es, ohne nachzuzählen, und steckte es in ihre Tasche. Es stimmte, das wusste sie.

»Ich gehe jetzt besser«, sagte sie.
»Sra. Martí wird Sie hinausbegleiten.«
»Auf Wiedersehen. Auf Wiedersehen, Lupita. Bis übermorgen.«
»Auf Wiedersehen, Srta. Herrera.«
Sra. Martí erschien, führte Marisol hinaus und verriegelte hinter ihr das Tor. Marisol stand allein auf der Straße.

4

Am Morgen des ersten Winterfest-Tages stand Marisol schon vor Sonnenaufgang auf. Sie fachte ein Feuer im Lehmofen an, bis die Hitze in der Küche sogar bei geöffneter Tür stand, dann bereitete sie die *pupusas* vor.

Dafür verwendete sie getrocknetes Nixtamal, ein Maismehl, das sich gut zum Backen eignet. Mit einem metallenen Brotschieber schob sie die *pupusas* in den Ofen und holte sie wieder heraus, als sie braun gesprenkelt und heiß waren. Dann füllte sie die noch warmen Teigfladen mit Bohnen und Käse, der in der Resthitze schmolz. In der Sonne würde der Käse später wieder weich und würzig werden, die Bohnen herzhaft.

Als die Sonne aufging, hatte Marisol Dutzende von *pupusas* gemacht, die sie in einen großen Korb auf ein Tuch legte. Der Korb war bis zum Rand gefüllt.

Sie faltete eine bunte Decke zusammen und legte sie auf die *pupusas*, um die Wärme zu halten. Dann holte sie ein paar Dollar aus ihrem Matratzenversteck und steckte sie in die Tasche ihres Kleids. Jetzt war sie bereit, schloss das Haus ab und machte sich auf den Weg den Berg hoch zum Dorfplatz.

Marisol war nicht die Einzige, die sich dort in aller Frühe einen Platz suchte. Es gab mehr oder weniger feste Buden, in denen bemalte Kinkerlitzchen aus Holz oder Papiermaché verkauft wurden. Andere boten Essen, Süßigkeiten oder Getränke an. Ein Verkäufer hatte sich auf Eis in verschiedenen Geschmacksrichtungen spezialisiert und ließ den ganzen Tag einen Generator laufen, der das Eis in der Hitze kühl hielt.

Marisol fand einen Platz, legte die bunte Decke auf dem Kopfsteinpflaster aus und stellte den Korb daneben. Sie würde die *pupusas* erst herausholen, wenn mehr Menschen kamen, bis dahin lagen die kleinen, warmen Teigtaschen dicht an dicht im Korb.

Auf der anderen Seite des Platzes wurde eine Bühne aufgebaut. Bald würden hier Musiker ihre Instrumente auspacken. Auch Jongleure würden kommen, ebenso Feuerschlucker und Zauberkünstler. Jeder, der irgendetwas Amüsantes zu bieten hatte, reiste aus einem Umkreis von vielen Meilen an, denn in den kommenden fünf Tagen war Perquín voll von Menschen, die bereitwillig Geld dafür ausgaben, dass man sie zum Lachen oder Staunen brachte.

Die ersten Touristenbusse trafen ein. Während des Winterfests gab es mehr Verkehr als zu jeder anderen Jahreszeit. Natürlich kamen auch die Dorfbewohner, aber es waren die neugierigen Touristen, die am meisten Geld auszugeben hatten.

Polizisten waren ebenfalls vor Ort. Meistens hielten sie sich im Hintergrund und waren leicht zu ignorieren, aber wo Touristen waren, gab es auch Bewaffnete. Ein uniformierter Polizist stand keine zehn Meter von Marisol entfernt und hielt ein Gewehr an einem Gurt vor seinem Körper. Er beachtete sie nicht, sondern ließ seinen Blick aufmerksam über den Platz schweifen.

Niemand erwartete ernsthaft, dass es auf dem Fest zu Gewalt kommen würde. Einige würden in Feierlaune zu viel trinken und sich danebenbenehmen, gelegentlich gab es kleinere Reibereien. Wer über die Stränge schlug, den brachte die Polizei über Nacht ins Dorfgefängnis, um ihn am nächsten Morgen reumütig und mit Kopfschmerzen wieder laufen zu lassen. Die größte Plage waren Taschendiebe und Trickbetrüger, die es auf die Touristen abgesehen hatten. Marisol glaubte jedoch nicht, dass die Polizei sich diese mit vorgehaltener Waffe vorknöpfen würde.

In den Städten war es viel schlimmer, das wusste sie. Dort war die Polizei wegen der Gangs allgegenwärtig. In Perquín gab es keine Gangs, jedenfalls wussten Marisol und ihre Nachbarn nichts davon. Das Dorf war zu abgelegen, um für eine Gang interessant zu sein. Hier machte sich die Jugend mit Graffitis und gelegentlichem Vandalismus Luft. Es gab Betrunkene, aber all das erforderte nicht den Gebrauch von Waffen. Der Anblick der Polizisten beim Winterfest erinnerte alle daran, dass es unruhigere Orte als Perquín gab.

Aber Marisol wollte nicht an solche Dinge denken. Sie strich ihr Kleid glatt und setzte sich auf die Decke. Dies war ihr Platz, und ihre Ware lag bereit. Sie würde mögliche Kunden anlächeln und ihnen eine *pupusa* aus dem Korb anbieten. Sie verlangte nur einen Dollar dafür. Auch ein armer Dorfbewohner konnte es sich zu besonderen Anlässen leisten, einen Dollar für eine Leckerei auszugeben.

Ein Häufchen Touristen stand diskutierend am Rand des Platzes. Noch hatten die Feierlichkeiten nicht richtig begonnen, vermutlich wunderten sich die Touristen, wo Musik und Tanz blieben. Sie wussten nicht, dass ein kleines Dorf nur allmählich zum Leben erwachte, selbst an einem Festtag.

Vielleicht würden sie, während sie warteten, etwas Warmes und Nahrhaftes zu sich nehmen wollen.

5

Sie verkaufte gleich zu Beginn fünf *pupusas*, dann ebbte das Geschäft ab. Immer mehr Menschen strömten auf den Platz und füllten ihn mit Leben. Die ganze Zeit spielten Musikgruppen, hörte eine Band auf, setzte sofort die nächste ein, als wäre der Übergang geprobt. Vor der Bühne wurde getanzt, aber Marisol konnte wegen der vielen Menschen nichts sehen.

Immer, wenn sie schon dachte, sie würde nichts mehr verkaufen, kam wieder jemand und bat um eine *pupusa*. Sie hatte das mitgebrachte Kleingeld zum Wechseln bisher nicht gebraucht, rollte die Scheine sorgfältig zusammen und steckte sie in ein Holzrohr, das sie in ihre Tasche schob.

Ein Touristenpaar näherte sich. Beide waren blond, im Partnerlook weiß angezogen und trugen tief über die Sonnenbrillen gezogene Basecaps, um das grelle Licht abzuwehren. Marisol lächelte sie an.

»Was ist das?«, fragte die Frau.

»Das ist *pupusa revuelta*«, erwiderte Marisol. »Sehr lecker. Probieren Sie eine.«

»Was kostet das?«

»Eins«, sagte Marisol und hielt einen Finger hoch.

»Wir nehmen zwei.«

Der Handel war gemacht, Marisol bedankte sich, aber die beiden gingen schon weiter, die unsichtbaren Blicke auf den nächsten Händler gerichtet. Marisol war nicht beleidigt, so hatten sich Touristen in Perquín immer schon benommen. Das gehörte zum Touristsein dazu, vermutete Marisol, die noch nie eine gewesen war.

Sie zählte die *pupusas*. Wenn es so weiterging, würden sie vor Sonnenuntergang ausverkauft sein. Dann würden die bunten Lichter um den Platz herum angehen, der Alkohol in Strömen fließen, und die Gesichter der Verkäufer würden sich mit dem Wechsel von heißem Tag zu schwüler Nacht verändern. Für sie reichte es, sie musste früh zu Bett gehen, um am nächsten Morgen frische *pupusas* zu backen.

»Srta. Herrera!«

Marisol sah sich um und entdeckte Lupita, die sich mit ihrer Mutter im Schlepptau durch die Menge drängte. Beide waren für das Fest in helle Farben gekleidet, Lupita blühte in ihrem Kleid wie eine Blume. In der Hand hielt sie eine Zuckerstange, mit der sie Marisol zuwinkte.

»Sieh mal einer an, wie hübsch du bist!«, sagte Marisol zu dem Mädchen, als es vor ihr stand.

»Ich mag *Ihr* Kleid«, erwiderte Lupita.

Sra. Cañenguez stand neben ihnen, und Marisol musste ihre Augen abschirmen, um zu ihr aufsehen zu können. »*Señora*«, sagte sie, »wie schön, Sie zu sehen.«

»Srta. Herrera«, erwiderte Sra. Cañenguez ohne große Begeisterung. Sr. Cañenguez war nirgends zu sehen, Marisol nahm an, dass er sich nichts aus solchen Festen machte. Und wahrscheinlich hatte er zu viel zu tun, wie alle wichtigen Männer, und keine Zeit für Musik und Tanz und Süßigkeiten.

»Sind das die *pupusas*?«, fragte Lupita.

»Ja. Möchtest du eine?«

»Darf ich, Mutter?«

Marisol gab Lupita eine *pupusa* von ganz oben. Die Sonne hatte sie warm gehalten, der Käse war weich und klebrig, wenn auch nicht so klebrig wie Lupitas Zuckerstange.

»Ein Dollar«, sagte Marisol.

Als Sra. Cañenguez aus ihrem kleinen Portemonnaie bezahlte, bemerkte Marisol einen dunklen Fleck auf ihrem Arm, gleich unter dem Ellbogen, aber bevor sie sich sicher sein konnte, was sie da sah, zog Sra. Cañenguez die Hand weg. Marisol sah sie an, aber Lupitas Mutter ließ nicht erkennen, ob sie wusste, dass Marisol den blauen Fleck gesehen hatte.

»Mutter und ich haben einen *payaso* jonglieren gesehen!«, rief Lupita.

»Wirklich? Ich habe vorhin einen Mann mit einem Affen gesehen. Du auch?«

»Nein. Wo ist er?«

»Irgendwo. Du findest ihn bestimmt.«

Lupita biss in die *pupusa*, in der anderen Hand hielt sie die Zuckerstange. Sie machte ein zufriedenes Geräusch und biss schnell noch einmal ab.

»Kau richtig. Das Essen läuft nicht weg.«

»Es schmeckt sehr gut.«

»Danke sehr.«

Sra. Cañenguez trat ungeduldig von einem Fuß auf den anderen. Als sie Lupita die Hand auf die Schulter legte, sah Marisol deutlich den blauen Fleck. »Beeil dich, Lupita, wenn du alles sehen willst.«

»Ich komme gleich, Mutter.«

Lupita verschlang die restliche *pupusa* und lächelte. »Werden Sie sich das Fest ansehen, Srta. Herrera?«

»Leider muss ich hier bleiben.«
»Sie tanzen nicht?«
»Nein. Das hier hält mich auf Trab.«
Ein Mann näherte sich und bat um eine *pupusa*. Als Marisol sich wieder zu Lupita umwandte, hatte Sra. Cañenguez das Mädchen an der Hand genommen und zog es fort.
»Wir gehen jetzt, Srta. Herrera«, sagte Lupita. »Wie schade, dass Sie nicht mitkommen können!«
»Ja, das ist schade. Viel Spaß!«
Marisol winkte, dann wurden Lupita und ihre Mutter von der Menge verschluckt. Sie war wieder allein.

»Hübsches Mädchen«, sagte die Frau, die neben Marisol auf einer dicken Decke saß und Krachmacher verkaufte.

»Ja«, sagte Marisol, dabei spürte sie eine Schwere, die ihr das Lächeln von den Lippen wischte. Sie versuchte, noch einen Blick auf Lupita und Sra. Cañenguez zu erhaschen, aber sie waren nicht mehr zu sehen, vermutlich hatten sie den Platz bereits halb überquert. Marisol hoffte, Lupita würde den Mann mit dem Affen finden.

Die Frau neben ihr hatte Gesprächsbedarf. »Wie läuft's bei Ihnen?«

»Nicht schlecht«, erwiderte Marisol. »Und bei Ihnen?«

Sie hatte vorher nicht auf die Frau und ihre Krachmacher geachtet, sah aber jetzt, dass diese aus Holz handgefertigt und glänzend poliert waren. Und sie hatten verschiedene Formen, manche die von Tieren. Hier und da lagen kleine Papierkarten mit den Preisen darauf, aber wegen des grellen Sonnenlichts konnte Marisol nichts erkennen. Mit Sicherheit waren sie teurer als ihre *pupusas*.

»Es geht so. Ist erst der erste Tag«, sagte die Frau.

»Genau«, sagte Marisol.

»Sind Sie aus Perquín?«

»Ja.«

»Ich komme aus Arambala. Ich übernachte heute hier.«

Marisol nickte. Viele Verkäufer verbrachten die Nacht auf dem Platz, um ihre Waren zu bewachen oder sich ihren Platz für den nächsten Tag zu sichern oder auch nur, weil sie nirgendwo sonst hinkonnten. Marisol war froh, dass ihr das erspart blieb.

Eine Wolke schob sich vor die Sonne. Marisol blickte auf und sah, dass weitere heranzogen. Kurz darauf kam ein Regenschauer. Die Verkäufer ließen ihn über sich ergehen, obwohl die Menge ausdünnte und die Kunden eher nach einem Platz zum Unterstellen als nach Souvenirs suchten.

Marisol berührte das eng zusammengerollte Dollarbündel in ihrer Tasche. Dafür konnte man ein bisschen Regen aushalten. Ihr Korb war noch nicht leer und der Tag noch nicht zu Ende.

6

Sie stand an allen fünf Festtagen früh auf, bereitete *pupusas* zu und nahm ihren Platz ein. Zwei Mal saß sie neben der Frau aus Arambala, an den übrigen Tagen musste sie sich eine andere Stelle suchen. Einmal saß sie dicht an der Bühne und wurde den ganzen Tag lang von Musik beschallt. Dort machte sie ihr bestes Geschäft, weil die Tänzer hungrig und durstig von der Tanzfläche kamen. Sie überlegte, wie viel sie wohl mit Getränken aus einer Kühlbox einnehmen würde, wie manche sie hatten.

Am Ende des Winterfests hatte sie etwas über einhundertfünfzig Dollar eingenommen. Das Geld versteckte sie nicht unter der Matratze, sondern unter der Bodendiele in der Küche. Am Tag nach dem Fest trug sie ihr ganzes Geld ins Wohnzimmer und zählte nach.

Sie hatte ihre Entscheidung nicht leichtfertig getroffen. Von Anfang an hatte sie gewusst, dass sie die benötigte Summe nur mit großer Willensstärke und unter manch schmerzhaftem Opfer zusammensparen konnte. Zuerst hatte sie nur einen Teil ihrer Einnahmen abgezweigt, aber das reichte nicht, und bald hatte sie jeden Cent gespart, den sie erübrigen konnte.

Niemand wusste von ihren Ersparnissen. Nicht einmal ihre Großmutter hatte davon geahnt. Die alte Frau war jeden Tag über die lose Diele gelaufen, ohne zu vermuten, was darunter verborgen lag. Marisol gab weder mit ihrer Sparsamkeit an, noch verriet sie den Grund dafür. Den hatte ihre Großmutter gekannt, wie Marisol vermutete, aber sie hatten nie darüber gesprochen.

Als sie vor zehn Jahren mit dem Sparen begonnen hatte, waren ihre Ambitionen noch bescheiden gewesen. Sie wollte wie ihr Bruder nach San Salvador ziehen und sich dort Arbeit suchen. Im Laufe der Zeit hatten sich ihre Vorstellungen verändert, sie war in ihrer Fantasie immer weiter gereist und hatte irgendwann die Grenzen von El Salvador überschritten, auf dem Weg nach Norden, immer weiter nach Norden, bis nur noch ein Ziel übrig war.

Sie hatte sich keine Illusionen gemacht, was sie das kosten würde. Hatte jeden Job angenommen, der sich ihr bot, manchmal sogar zwei gleichzeitig, um das nötige Geld zusammenzubringen. Es gab nur wenig zu tun in Perquín, und sie hatte Glück gehabt, immer wieder Arbeit zu bekommen. Am längsten hatte sie als Putzfrau im Hotel Perkin Lenca gearbeitet, in dem Touristen aus Amerika und Kanada abstiegen, wenn sie eine Bergtour machen wollten. Eine Zeit lang hatte sie auch weiter entfernt auf einer Kaffeeplantage gearbeitet und gerade genug zum Leben, geschweige denn zum Sparen, verdient.

Marisol hätte sich nie eingestanden, dass es nach dem Tod ihrer Großmutter einfacher geworden war. In ihren letzten Lebensjahren hatte die alte Frau nicht mehr arbeiten können und war von dem abhängig gewesen, was Marisols Bruder aus San Salvador schickte und was Marisol abzweigen konnte. In dieser Zeit war Marisol das Sparen wie Betrug an der eigenen Familie vorgekommen, aber sie konnte nicht mehr aufhören, denn ihr Entschluss stand fest: Sie würde Perquín verlassen.

Eine Zeit lang hatte sie gehofft, ihr Bruder würde auch nach dem Tod der Großmutter noch ein wenig Geld schicken, doch er hatte seine Familie zu versorgen, und Marisol war allein. Alle paar Monate telefonierten sie miteinander, Marisol ging dafür zu einem Nachbarn. Obwohl die Hauptstadt nur wenige Stunden von Perquín entfernt lag, war es, als würde man vom Mond anrufen.

Marisol legte das Geld vom Winterfest zu dem Rest und rechnete alles zusammen. Sie brauchte fast eine Stunde, um die vielen

Dollarscheine zu zählen, aber am Ende hatte sie ein Ergebnis. Es war genug.
Mit zitternden Händen sammelte Marisol das Geld ein. *Es ist genug.* Sie war auf diesen Moment nicht vorbereitet gewesen und jetzt, da er endlich gekommen war, völlig überwältigt. Benommen ging sie in die Küche, wo sie das Geld wieder sorgfältig in sein Versteck und die Diele an ihren Platz legte. Zur Sicherheit trat sie noch einmal mit dem Fuß darauf und fühlte sich langsam etwas geerdeter.
Obwohl es spät war, verließ sie das Haus und ging vier Türen weiter zu Adolfo Morán. Als sie an die Tür klopfte und wartete, zitterten ihr wieder die Hände, sie ballte sie zu Fäusten, da verflog das Gefühl.
Adolfo Morán lebte allein. Er war mit Marisols Großmutter befreundet gewesen und hatte ihr sogar den Hof gemacht, obwohl sie für solche Dinge viel zu alt gewesen waren. Sein Haus war groß genug für eine vierköpfige Familie, aber seine Kinder waren schon vor Langem fortgegangen. Er lebte von einer Pension, und es wurde nicht darüber gesprochen, woher diese stammte. So etwas tat man nicht in Perquín, dem Zentrum der Revolution.
»Marisol«, sagte Sr. Morán, als er die Tür öffnete. »Was bringt dich her?«
»Haben Sie schon geschlafen, Sr. Morán?«
»Nein, nein. Ich bin wach. Aber wenn jemand nachts an meine Tür klopft, befürchte ich das Schlimmste.«
»Ich wollte nur fragen, ob ich Ihr Telefon benutzen könnte.«
»Das Telefon? Sicher. Wen musst du so dringend anrufen?«
»Meinen Bruder Eduardo.«
»Komm rein, komm rein.«
Der alte Mann trat beiseite und ließ Marisol herein. Aus dem Wohnzimmer fiel das Licht in den kleinen Flur. Das Haus war solider gebaut als das von Marisol und verfügte über mehr Räume.
»Da ist es. Das weißt du ja.«
»Danke, Sr. Morán.«
Das Telefon stand im Wohnzimmer auf einem schmalen Re-

gal, das sich unter Büchern bog. Marisol zog einen Stuhl heran und setzte sich. Sie wählte die Nummer ihres Bruders, und diesmal zitterten ihre Hände nicht.

Das Klingeln am anderen Ende der Leitung schien weit weg zu sein. Es dauerte lange, bis jemand abnahm, Marisol hörte die verärgert klingende Stimme ihres Bruders: »Ja? Hallo?«
»Eduardo«, sagte Marisol, »Ich bin's, deine Schwester.«
»Marisol. Es ist spät.«
»Ich weiß. Tut mir leid. Aber es gibt Neuigkeiten.«
»Was denn?«
»Ich verlasse Perquín. Ich komme nach San Salvador.«
»Was? Wann?«
»Sobald wie möglich. Ich brauche dort eine Unterkunft, Nur für kurze Zeit. Ich hatte gehofft, ich könnte bei dir bleiben.«
»Du willst hier wohnen?«
»Nein, nur ein-, zweimal übernachten. Geht das, Eduardo?«
Ihr Bruder schwieg. Marisol hielt den Hörer in beiden Händen.
»Wir haben nicht viel Platz, Marisol.«
»Nur für ein paar Tage, versprochen.«
»Wann kommst du?«
»Ich muss das Haus verkaufen. Das kann etwas dauern. Zwei Wochen? Drei? Einen Monat?«
»Du willst Großmutters Haus verkaufen?«
»Ich werde nicht mehr dort wohnen, Eduardo. Ich verlasse Perquín für immer.«
»Großmutters Haus verkaufen ... Was hast du vor, Marisol?«
»Das erzähle ich dir, wenn ich da bin. Ich versuche, dich vorher anzurufen.«
»Mach keine Dummheiten, Marisol.«
»Mache ich nicht. Danke, Eduardo.«
Sie legte auf und trug den Stuhl zurück an seinen Platz.
Sr. Morán stand in der Tür und beobachtete sie. »Du verlässt Perquín?«, fragte er.
»Ja.«
»Für wie lange?«
»Für immer«, sagte Marisol. »Sobald ich kann.«

Sr. Morán schüttelte den Kopf. »Die Städte sind nicht gut für junge Frauen wie dich. Bleib besser hier.«

»Ich weiß, dass es dort nicht ungefährlich ist, aber ich kann nicht bleiben.«

»Magst du Kaffee?«, fragte Sr. Morán. »Ich mache uns Kaffee.«

Da ihr keine Ausrede einfiel, wartete Marisol im Wohnzimmer, während Sr. Morán in die Küche ging. Sie hörte ihn herumhantieren und das Geräusch kochenden Wassers. Schließlich kam er mit zwei kleinen Tassen zurück, die trotz der Wärme im Raum dampften.

»Bitte sehr«, sagte Sr. Morán. »Trink.«

Sie setzten sich auf die Couch. Sr. Morán hatte Zucker und Milch in Marisols Kaffee getan, sodass er nicht allzu stark war. Nachdenklich nippte der alte Mann an seiner Tasse, er hatte es nicht eilig, etwas zu sagen. Marisol wartete.

»Als dein Bruder in die Stadt zog, war deine Großmutter traurig«, sagte er schließlich. »Aber er musste Arbeit finden, und hier in Perquín gibt es für einen Mann außer auf den Kaffeeplantagen nichts zu tun. Ich konnte verstehen, dass er fortgegangen ist. Im Laufe der Zeit hat sie es wohl auch akzeptiert.«

»Sr. Morán —«

»Bitte, lass mich ausreden. Du sollst wissen, es hat deiner Großmutter viel bedeutet, dass du geblieben bist. Vor allem am Ende. Und sie wäre sehr stolz auf dich, weil du allein in dem Haus lebst und deinen eigenen Weg gehst. Vielleicht hätte sie dich gerne verheiratet gesehen, vielleicht nicht. Sie wollte, dass du glücklich bist.«

»Ich tue das, um glücklich zu werden.«

»Fortlaufen? In die Stadt?«

»Das ist nicht alles.«

»Dann erklär es mir.«

Marisol öffnete den Mund, brachte aber kein Wort heraus. Sie hatte das Geheimnis so lange bewahrt, dass sie jetzt nicht wusste, wie sie es jemand anderem verständlich machen sollte. Vielleicht, wenn sie ihm die Karte zeigte, ihm erzählte, dass sie die Reise in ihrer Fantasie bereits Hunderte von Malen gemacht hatte ... vielleicht dann.

»Ich weiß, ich bin nicht deine Großmutter«, sagte Sr. Morán.
»Du musst dich mir gegenüber nicht rechtfertigen.«
»Wissen Sie, was ich denke?«, fragte Marisol.
»Nein. Aber ich war auch mal jung.«
»Es fällt mir schwer, die richtigen Worte zu finden.«
»Auch gut. Lass mich dir eines sagen: Die Stadt ist verlockend, wenn man mehr Jahre vor als hinter sich hat. Aber die Stadt ist voller Gewalt und Leid. Ich bin geflüchtet, sobald ich konnte. In Perquín habe ich Frieden gefunden, als es im ganzen Land keinen Frieden gab.«
»Die Dinge haben sich geändert.«
»Sie sind anders, aber nicht besser. Es gibt keinen Bürgerkrieg mehr, aber auch keinen Frieden.«
Marisol schluckte. Ihr Mund war ausgetrocknet, sie trank einen Schluck Kaffee. »Und was ... was, wenn ich weiter als nur in die Stadt gehen würde?«
Sr. Morán sah sie lange an. »Das ist es also«, sagte er.
Jetzt war es einfacher auszusprechen. »Ich gehe weiter«, sagte sie. »In die USA.«
»Weißt du, wie lange du dafür brauchen wirst?«
»Ja.«
»Weißt du, wie gefährlich das ist?«
»Ja.«
»Und du willst trotzdem gehen?«
»Ich kann nicht für immer in Perquín bleiben.«
Sr. Morán seufzte tief. Er trank seinen Kaffee aus und stellte die Tasse beiseite. »Du wirst auf dieser Reise alles verlieren. Du wirst deine Geschichte verlieren.«
»Aber ich kann so viel erleben.«
»Das Land der unbegrenzten Möglichkeiten?«
»Ja.«
»Die USA haben dazu beigetragen, unser Land im Krieg in ein Schlachtfeld zu verwandeln. Mit ihren Bomben. Ihren Waffen. Sie haben Salvadorianern gezeigt, wie man Salvadorianer tötet. Wir haben Glück, das überlebt zu haben. Und jetzt sehen alle die USA als Heilsbringer an.«
»Der Krieg ist vorbei.«

»Er ist vorbei«, sagte Sr. Morán traurig. »Und die Amerikaner haben ihn gewonnen.«

Marisol setzte ihre Kaffeetasse ab. »Ich muss gehen«, sagte sie.

Sr. Morán erhob sich und bot Marisol seine Hand an. Sie ergriff sie, spürte die Schwielen. Sie fragte sich, womit er sich seine Pension verdient hatte, was er im Bürgerkrieg getan hatte. Es fiel schwer, ihn sich anders als den vorzustellen, der er jetzt war: ein alter Mann, der allein in Perquín lebte und auf den Tod wartete. Sie würde nicht werden wie er.

»Danke, dass ich telefonieren durfte«, sagte sie.

»Jederzeit.«

Sie gingen zur Tür, und Sr. Morán ließ Marisol aus dem Haus. Auf der Schwelle zögerte sie. »Es tut mir leid, dass ich nicht hierbleiben kann.«

»Verkauf das Haus deiner Großmutter wenigstens an anständige Menschen. Damit ihr Geist in guter Gesellschaft bleibt.«

»Das mache ich.«

»Gute Nacht, Marisol. Und wenn wir uns nicht mehr sehen, alles Gute.«

»Alles Gute, Sr. Morán.«

Sie ging, und Sr. Morán schloss hinter ihr die Tür, sperrte das goldene Licht der Glühbirne ein. Marisol blieb auf der Straße stehen und lauschte den nächtlichen Geräuschen des Waldes. Sie wollte fühlen wie Sr. Morán, dass dieser Ort sie festhalten und nicht loslassen würde, aber dem war nicht so. Sie sah nichts als die steile Straße und den Wald und ein Dorf, das langsam im Schlaf versank.

Sie lief zu ihrem Haus zurück und ging hinein. Sie legte sich schlafen und träumte, ihre Großmutter würde endlos den Boden fegen; als sie wieder aufwachte, war ein neuer Tag.

7

Die Familie hieß Ramirez und hatte zwei kleine Kinder. Sie kamen am späten Vormittag, vor dem Regen, in ihrer besten Kleidung, nur die Schuhe waren ausgetreten und dreckig. Marisol bat sie herein und bot ihnen Wasser an, das sie annahmen.
Zu fünft war es eng im Wohnzimmer, und Marisol schlug den Kindern vor, zum Spielen in den kleinen Hinterhof zu gehen. »Seid vorsichtig mit dem Gemüse«, ermahnte sie sie und ließ sie durch die Küchentür hinaus.
Als sie zurückkehrte, standen die Ramirez' immer noch unbehaglich mitten im Wohnzimmer, als hätten sie Angst, irgendetwas anzufassen. Marisol lächelte und hoffte, sie würden sich entspannen und zu Hause fühlen. Wenn sie das Haus kauften, würde es ja ihr Zuhause sein.
»Wie Sie sehen, ist das Haus nicht sehr groß«, sagte sie. »Möchten Sie das Schlafzimmer sehen?«
Das Paar murmelte Zustimmung, und Marisol führte sie in den Raum nebenan. Hier war es mit dem Bett und der Kommode und dem kleinen Tisch mit Schüssel und Krug noch enger. Durch das Fenster fiel harsches Licht aufs Bett. Es war sehr warm im Zimmer. Marisol öffnete das Fenster. Kein Lufthauch war zu spüren.
»Die Möbel lasse ich da«, sagte Marisol. »Das Bett ist solide. Auf dem Sofa kann man auch schlafen. Im Wohnzimmer ist genug Platz, um für die Kinder Pritschen aufzustellen. Als meine Großmutter und mein Bruder und ich hier gewohnt haben, war es eng, aber wir haben uns arrangiert.«
»Es ist gut«, sagte Sr. Ramirez, ohne sie anzusehen.
Marisols Bemühungen zum Trotz blieben die beiden nervös. Vielleicht, weil sie über Geld würden sprechen müssen, was im-

mer schwierig war, wenn man nur wenig hatte. Wahrscheinlich arbeiteten sowohl Sr. Ramirez als auch seine Frau und ließen die Kinder bei Verwandten. Jeder Dollar, den sie sparen konnten, floss in dieses Haus. Marisol wünschte, sie könnte ihnen einen Palast bieten.

»Möchten Sie sich nicht aufs Sofa setzen? Dann sehen Sie, wie bequem es ist.«

Sie gingen ins Wohnzimmer zurück, und die Ramirez' setzten sich dicht nebeneinander aufs Sofa. Sr. Ramirez trank sein Glas in einem Zug aus und hielt es Marisol hin, die es nahm. Sra. Ramirez hatte noch nicht einmal genippt.

»Wir sind nicht reich«, sagte Sr. Ramirez.

Es ging also ums Geld. Marisol kam plötzlich der Gedanke, dass sie vielleicht eine zu hohe Summe gefordert hatte, dass man sie schief ansehen und annehmen würde, sie wolle Gewinn aus der Situation schlagen. So wollte sie nicht gesehen werden; sie wollte nur die Summe, die für das kleine Haus und den winzigen Garten angemessen war.

»Wenn es zu viel ist ...«, hob sie an.

»Nein, nein, es nicht zu viel. Aber meine Frau und ich müssen darüber sprechen.«

»Ich lasse Sie allein.«

Marisol ging in die Küche. Die Hintertür stand offen, sie konnte die Kinder draußen spielen sehen. Sie waren jung genug, um kein Spielzeug zu brauchen. Ihnen reichten Erde und ihre dicklichen kleinen Finger und Zehen. Beide hatten ihre Schuhe abgestreift. Ihre Eltern würden sich sicherlich über die Flecken auf der Kleidung aufregen.

Marisol sah ihnen zu und blendete das Gemurmel aus dem Nebenzimmer aus. Das eine Kind, ein Mädchen, formte einen dicken Matschklumpen. Als er fertig war, schmiss sie ihn auf die Erde und zerdrückte ihn zwischen den Fingern. Darüber musste sie lachen, und Marisol lächelte bei dem Geräusch.

Marisol war achtundzwanzig. Weitaus jüngere Frauen waren verheiratet und hatten Kinder. Sra. Ramirez konnte kaum älter als Mitte zwanzig sein. In dem Moment wurde Marisol bewusst, auf was sie in den letzten zehn Jahren alles verzichtet hatte. Nicht nur auf Geld, auf vieles andere auch. Im Wissen, dass es irgendwann vorbei sein würde, dass irgendwann alles zurückbleiben würde.

Mit eigenen Kindern würde es für sie kein Amerika geben. Sie würde für alle Zeiten in Perquín festsitzen und sich nicht aus dem Dunstkreis des Hauses ihrer Großmutter herausbewegen, dessen winzige Räume die Kinder mit Lärm füllten, während ihr Mann zur Arbeit ging und abends mit Dreck unter den Fingernägeln nach Hause kam.

Sie lehnte Ehe und Kinder nicht grundsätzlich ab. Beides wollte sie. Aber sie war nicht gewillt, für ein gewöhnliches Leben ihren Traum aufzugeben. Wahrscheinlich war das selbstsüchtig von ihr. So hätte ihre Großmutter gesagt. Vielleicht dachte ihr Bruder auch so. Und Sr. Morán, auch wenn er sich anders ausgedrückt hatte.

Der kleine Sohn der Ramirez' hüpfte wie ein Frosch durch den Matsch, gefährlich nahe an Marisols Tomaten heran. Sie wollte schon etwas sagen, ließ es dann aber sein. Bald würde all das nicht mehr ihr gehören – weder der Garten noch das Beet oder die Wände – und sie würde für immer fort sein. Wenn die Ramirez' es nicht kauften, dann jemand anders. Ein Haus, jedes Haus, war besser als eine Hütte, und davon gab es in Perquín viele.

»*Señorita*«, rief Sr. Ramirez aus dem Wohnzimmer.

Marisol ließ die Kinder allein und kehrte zurück zu den Eltern, die immer noch wie zusammengewachsen auf dem Sofa hockten. Wenigstens hatte Sra. Ramirez das Wasser getrunken, sie hielt das Glas vorsichtig in den Händen, als fürchtete sie, es könnte herunterfallen.

»Wir kaufen es«, sagte Sr. Ramirez.

»Das freut mich«, erwiderte Marisol. Ihr Herz klopfte.

»Wann ... wann können wir einziehen?«

»Sobald ich das Geld habe, ziehe ich innerhalb von einer Woche aus. Dann gehört alles Ihnen.«

»Gut«, sagte Sr. Ramirez. »Gut. In drei Tagen habe ich das Geld.«

»Drei Tage sind in Ordnung«, sagte Marisol. »Sie finden mich hier.«

Jetzt finden Sie mich noch hier, dachte sie. *Aber nicht mehr lange.*

»*Sí. Muy bueno.*«

Sehr gut. Marisol fühlte sich, als würde sie wachsen und die Wände des Hauses sprengen. Sie fühlte sich leichtfüßig. Dieses Gefühl hielt auch noch an, als die Ramirez' ihre Kinder einsammelten, sich an der Tür verabschiedeten und sogar noch, als sie auf der steilen Straße außer Sichtweite verschwanden. Nur noch dünne Fäden hielten Marisol am Boden.

Sie machte sich in der Küche etwas zu essen, die Tür stand offen und draußen waren die Spuren der Kinder auf dem Boden zu sehen. Auf *ihrem* Boden. Es war fast, als würde das Haus der Familie Ramirez bereits gehören, und Marisol wäre ein Geist, der darauf wartete, in eine andere Welt überzuwechseln. Sie aß, ohne etwas zu schmecken, und verschlief den Nachmittagsschauer traumlos.

8

Am nächsten Tag stand wieder eine Unterrichtsstunde bei den Cañenguez' an. Marisol war wie immer gekleidet, wenn sie dorthin ging, musste aber diesmal an die Ramirez' denken und wie sie sich besondere Mühe gegeben hatten, respektabler zu erscheinen, als sie waren. Ob sie selbst auf Sra. Cañenguez auch einen schäbigen Eindruck machte? Der Gedanke war entmutigend, aber es war viel zu spät, um daran etwas zu ändern.

Wie immer ließ Sra. Martí sie herein und führte sie ins Wohnzimmer. Marisol legte die Vokabelkarten und Arbeitsbücher bereit – schweren Herzens, denn heute tat sie dies zum letzten Mal.

»Srta. Herrera!«, rief Lupita, als sie ins Zimmer gerannt kam. Marisol streckte die Arme aus und umarmte das kleine Mädchen, eine Geste, die sie bisher sorgfältig vermieden hatte. Sie meinte, in Sra. Martís Gesicht Missbilligung zu erkennen, aber bevor sie ein zweites Mal hinsehen konnte, war das Hausmädchen schon gegangen.

»Schön, dich zu sehen«, sagte Marisol. Ihre Stimme zitterte, und sie wusste, dass sie die heutige Unterrichtsstunde nicht ohne Tränen hinter sich bringen würde. Lupita war ahnungslos, und jedes Hinauszögern wäre grausam gewesen. Marisol atmete tief ein und hielt kurz die Luft an, bevor sie wieder ausatmete. Gelassenheit.

»Haben Sie es heute eilig?«, fragte Lupita.

»Was? Warum?«

»Sie haben schon die ganzen Sachen geholt. Das ist meine Aufgabe.«

»Tut mir leid, du hast recht. Verzeih mir. Ich war nur so aufgeregt.«

»Machen wir heute etwas anderes?«

Marisol kam in den Sinn, dass sie vielleicht für heute etwas anderes hätte planen sollen, aber sie hatte nicht daran gedacht. Bisher war der Abschied unwirklich gewesen, jetzt musste sie sich tatsächlich von jemandem verabschieden. Und war nicht darauf vorbereitet.

»Vielleicht können wir das Arbeitsbuch heute weglassen?«, schlug Lupita vor.

»Ist gut, das machen wir«, stimmte Marisol zu. »Heute reden wir nur. Wir üben unser Englisch. Was hältst du davon?«

»Okay.«

»Wie geht es deinen Eltern?«

»Danke, es geht ihnen gut.«

»Findet dein Vater immer noch, dass du zu langsam lernst?«

Lupitas Blick verdüsterte sich, sie zwinkerte die Dunkelheit weg. »Er spricht mit mir nicht darüber.«

»Dann machst du bestimmt alles richtig«, sagte Marisol.

»Ich habe Mutter gefragt, ob Sie öfter zu uns kommen können. Mehr als zwei Mal die Woche.«

Marisol hoffte, dass ihr schlechtes Gewissen sich nicht von ihrem Gesicht ablesen ließ. Sie setzte ein Lächeln auf, das sich falsch anfühlte. »Und was hat sie dazu gesagt?«

»Sie hat nein gesagt.«

»Es tut mir leid, aber sie hat recht. Du brauchst mich nicht so häufig. Eigentlich brauchst du mich gar nicht mehr. Dein Englisch ist so gut, du kannst alleine üben!«

»Ich möchte lieber mit Ihnen üben.«

»Und ich würde gerne mit dir üben«, sagte Marisol, »aber nichts ist für die Ewigkeit.«

»Was bedeutet das?«

»Es bedeutet ...«, sagte Marisol und brach ab. »Es bedeutet, es wäre nicht so schlimm für dich, wenn ich weg wäre. Du kannst alleine weiterlernen und immer besser werden.«

»Aber ich will nicht.«

Marisol atmete tief durch und sagte in ruhigem Ton: »Das weiß ich. Aber ... ich muss dir etwas sagen. Es wird dir leider nicht gefallen.«

Lupita riss die Augen auf und saß regungslos da.

»Ich verlasse Perquín.«

Lupita reagierte eine Weile nicht, aber Marisol sah die Rädchen in ihrem Kopf rattern. Schließlich fragte das Mädchen: »Wann gehen Sie?«

»Sehr bald. Nächste Woche.«

»Warum?«

»Warum ich gehe?«

»Ja.«

»Weil ich woanders hinwill. An einen weit entfernten Ort. Ich habe das schon sehr lange vor, und jetzt ist meine Chance gekommen.«

Lupita rührte sich immer noch nicht, als wäre sie festgefroren.

»Wo gehen Sie hin?«

»Nach Norden. Nach Amerika.«

»Nach Amerika?«, rief Lupita und riss die Arme hoch. »Das ist so weit weg! Warum wollen Sie so weit weg?«

»Das ist schwer zu erklären«, sagte Marisol. »Ich träume schon seit Jahren davon. Ich habe sehr hart gearbeitet und gespart. Jetzt ist es so weit.«

»Und was ist mit mir?«

»Ich wünschte, ich könnte dich mitnehmen«, sagte Marisol.

Lupita senkte den Blick auf ihre im Schoß gefalteten Hände.

Alle Energie schien sie verlassen zu haben, zusammengesunken saß sie da. Marisol sah das Kinn des Mädchens zittern und wurde von Schuldgefühlen überwältigt. Sie hätte das besser hinbekommen müssen. Die Nachricht hätte nicht so unerwartet kommen dürfen.

»Lupita...«, sagte Marisol. Sie legte ihre Hand auf die Schulter des Mädchens, das erschreckt zusammenzuckte.

Unter dem Träger von Lupitas Kleid war ein blauer Fleck zu sehen. Er war rund und dunkel und frisch, und die bloße Berührung hatte Lupita wehgetan. Marisol wollte sich schier der Magen umdrehen.

»Wie ist das passiert?«, fragte Marisol.

»Was?«

»Der blaue Fleck. Wie hast du den bekommen?«

Tränen standen in Lupitas Augen, rollten über ihre Wangen. Sie warf sich in Marisols Arme, vergrub ihr Gesicht in ihrer Bluse und schluchzte laut. Vorsichtig legte Marisol den Arm um Lupita, sie fürchtete noch mehr blaue Flecken. Und verspürte Wut.

»Gehen Sie nicht weg, Marisol!«, sagte Lupita. »Bitte gehen Sie nicht weg!«

Jetzt konnte auch Marisol die Tränen nicht mehr zurückhalten, sie umklammerte Lupita, wie diese sie umklammerte. Zusammen weinten sie, ohne darauf zu achten, wo sie waren oder wer sie sehen mochte.

»Ich muss«, sagte Marisol, als sie sich etwas beruhigt hatten. »Es ist alles vorbereitet. Aber ich werde dir schreiben. Jede Woche. Das ist, als wäre ich hier!«

Lupitas Augen waren rot und verquollen. Sie rieb mit dem Arm darüber und löste sich widerwillig von Marisol. »Ist es nicht.«

»Doch. Und ich schicke Bilder.«

»Das ist nicht das Gleiche!«

Marisol hatte das Klackern von Sra. Cañenguez' Absätzen nicht gehört und wurde von ihrem Erscheinen überrascht. Sra. Cañenguez sah Lupita an, dann Marisol, dann wieder Lupita. Sie zog die Augenbrauen zusammen. »Was ist hier los?«

Lupita lief zu ihrer Mutter. Auf ihrem Rücken waren die blauen Flecken jetzt deutlich zu sehen. »Srta. Herrera geht fort, Mutter! Sie geht fort aus Perquín!«

»Stimmt das?«

»Ja, es stimmt«, sagte Marisol. »Das ist heute meine letzte Stunde. Es tut mir leid.«

»Wohin wollen Sie? In die Stadt?«

»Erst einmal.«

»Das kommt sehr plötzlich.«

»Ich wünschte, es wäre nicht so. Ich wünschte, ich könnte bleiben. Lupitas wegen.«

»Ich hatte erwartet, Sie würden zumindest den Sommer hindurch kommen.«

»Es tut mir leid.«

Lupita weinte wieder bitterlich, und Marisol wollte sie in den Arm nehmen und die Tränen aus ihr herauswringen. Wenn sie fest genug drückte, dann würde es keinen Schmerz mehr geben, keinen Grund zu weinen.

»Diese Stunde ist wohl zu Ende«, sagte Sra. Cañenguez. »Ich gebe Ihnen Ihr Geld.«

»Ich habe heute nicht unterrichtet. Sie können das Geld behalten.«

Marisol erhob sich vom Sofa. Ihr Blick fiel immer wieder auf Lupitas blaue Flecken. Sie wollte etwas sagen, fand aber keine Worte. Ihr war schlecht, nichts war mehr richtig. Wenn sie Lupita nur mitnehmen könnte ...

»Wenn das alles ist, sollten Sie jetzt gehen«, sagte Sra. Cañenguez.

»Gut. Lupita? Ich gehe jetzt.«

»Dann gehen Sie doch! Ich will Sie nicht mehr sehen!«

Weitere Tränen rollten über Lupitas Wangen und wurden wütend weggewischt. Sra. Cañenguez' Blick brannte auf Marisol herab, die es nicht wagte, ihn zu erwidern.

»Sie kennen ja den Weg«, sagte Sra. Cañenguez.

»Ja. Ich gehe. Alles Gute, Lupita.«

»Leben Sie wohl, Srta. Herrera«, sagte Sra. Cañenguez.

Bevor Sra. Martí reagieren konnte, war Marisol durch die Tür und zum Tor hinaus. Das Hausmädchen starrte ihr böse nach und knallte das Tor zu. Erst dann hörte Marisol nicht länger Lupitas Schluchzen.

Ihre Beine gaben nach, sie setzte sich an den Straßenrand und weinte eine halbe Ewigkeit. Zum Glück kam niemand vorbei, Marisol wollte so nicht gesehen werden. Sie fühlte sich so verlassen, dass sie fast geklingelt und darum gebeten hätte, Lupita noch einmal sehen zu dürfen. Natürlich würde man ihr das nicht gestatten. Lupita war jetzt Vergangenheit, wie auch Perquín bald Vergangenheit sein würde und damit alles, was sie bisher gekannt hatte.

Schließlich stand Marisol auf und ging. Auf dem Marktplatz fühlte sie sich wieder sicherer auf den Beinen und konnte atmen, ohne dass ihr Brustkorb schmerzte. Sie blieb eine Weile auf dem Platz stehen, der bis auf einen Obstverkäufer mit seinem Karren verlassen da lag. Nach einiger Zeit brannten ihre Augen nicht mehr und die Nase hatte aufgehört zu laufen. Marisol hatte nicht mehr das Bedürfnis, zu Lupita zurückzulaufen und um Verzeihung zu bitten.

Ihr wurde klar, dass sie nicht mehr oft auf diesem Platz stehen würde. Sobald sie den Ramirez' das Haus ihrer Großmutter übergeben hatte, würde sie von hier den Bus nach Süden nehmen. Dies war ihr letztes Winterfest gewesen, nie wieder würde sie *pupusas* verkaufen.

Sie verließ den Platz und setzte festen Schrittes ihren Weg fort. Heute würden keine weiteren Tränen fließen.

9

Auf dem Markt erstand Marisol einen stabilen Koffer, groß genug für Kleidung für drei Tage und ein paar Wertsachen: ihre geliebte Geschichte der USA, die sie so oft schon gelesen hatte. Ein Ring, der ihrer Großmutter gehört hatte und der zu groß für ihre Finger war. Ein Stück Spitze vom Hochzeitskleid ihrer Mutter. Ihr Pass. Fotografien von Eduardo, seiner kleinen Tochter Sofia und einige von ihr selbst und ihrer Großmutter. Sie besaß nur wenig.

Sr. Ramirez kam früh am Morgen, sie begrüßten und verabschiedeten sich. Marisol nahm das Geld entgegen und verstaute es im Koffer. Den Rest ihres Vermögens trug sie in mit Klebeband verbundenen Papiertütchen unter ihrem Kleid versteckt. Sie hatte beschlossen, nur das Geld aus dem Hausverkauf auszugeben und den Rest unangetastet zu lassen. Wenigstens, bis sie in Mexiko war.

Marisol brauchte Sr. Ramirez nur den Schlüssel für das Vorhängeschloss zu übergeben. Weder für das Haus noch für das Grundstück existierten irgendwelche offiziellen Papiere; es war allgemein akzeptiert, dass es Marisols Großmutter einfach gehört hatte. Jetzt gehörte es einer neuen Familie, und die Nachbarn würden auch das akzeptieren.

Sr. Ramirez wünschte Marisol viel Glück. Sie dankte ihm. Und verließ das Haus, ohne sich noch einmal umzusehen.

Nebel hüllte das Dorf an jenem Morgen ein und ließ den Dorfplatz gespenstisch wirken. Marisol hatte erwartet, noch andere Reisende an der Bushaltestelle zu treffen, aber sie war allein. Der Nebel dämpfte die Geräusche der Welt, und sie hätte der letzte Mensch auf Erden sein können.

Nach einer Stunde hörte sie das Motorengeräusch des Busses. Das uralte Vehikel näherte sich durch die Nebelschwaden, seine Scheinwerfer leuchteten ihm den Weg, und es kam mit quietschenden Bremsen vor ihr zum Stehen. Der Fahrer öffnete die Tür. »San Miguel?«, fragte er. Marisol versagte die Stimme.

Sie wollte einsteigen, aber der Busfahrer hob die Hand. »Ihr Koffer muss aufs Dach. Drinnen ist nicht genug Platz.«

Marisol trat einen Schritt zurück und sah, dass am Heck des Busses eine rostige Leiter aufs Dach hinaufführte. Der Fahrer machte keine Anstalten, ihr zu helfen. Sie ging zu der Leiter und setzte probeweise einen Fuß darauf. Die Streben hielten.

Aufs Dach zu klettern war nicht so einfach. Oben standen und lagen Pakete und Kisten und Koffer wie ihrer, zusammengehalten von Stricken und Bändern. Marisol suchte sich eine Lücke, in die sie den Koffer klemmte. Mit einem Seil vertäute sie ihn an einer Kiste mit der Aufschrift FRÁGILES. Dann kletterte sie wieder auf den sicheren Boden hinunter.

Der Fahrer stand vorne neben seinem Bus und streckte sich. Der Motor lief rumpelnd. Der Fahrer war ein kleiner Mann mit hängenden Schultern. Um den Bauch trug er eine Geldtasche mit Reißverschluss, der Name der Bank war schon fast abgerubbelt.

»San Miguel?«, fragte er erneut.

Jetzt brachte Marisol ein »Ja« heraus.

»Zwanzig Dollar.«

»So viel?«

»Zwanzig Dollar«, wiederholte der Fahrer, und Marisol war klar, dass es eigentlich nicht *so* viel kostete. Sie holte Geld aus der Tasche ihres Rocks und bezahlte. Der Fahrer steckte den Schein in seine Geldtasche, holte eine weiße Fahrkarte hervor und lochte sie.

Dann stieg Marisol ein. Der Bus roch nach Menschen und Schimmel. Aus den Sitzreihen blickten sie Gesichter an, Fremde aus umliegenden Dörfern, die sie nicht kannte und nie besucht hatte. In Bluse und Rock kam sich Marisol zu fein angezogen vor. Sie bahnte sich ihren Weg den Mittelgang entlang.

Im hinteren Teil des Busses fand sie eine leere Sitzbank, setzte sich ans Fenster und sah hinaus auf den nebelverhangenen, fremd wirkenden Dorfplatz.

Der Fahrer stieg nicht gleich wieder ein, sondern wanderte draußen ziellos auf und ab, als würde er auf spät kommende Fahrgäste warten. Der Motor lief immer unruhiger, bis er mit einem Keuchen stehen blieb. Niemand im Bus sprach oder regte sich.

Erst jetzt kletterte der Fahrer die Stufen hoch. Er zog die Tür zu und warf den Motor an, der röchelte und röhrte, aber schließlich wieder zum Leben erwachte. »Arambala!«, rief der Fahrer. »Nächster Halt Arambala! Danach Joateca.«

Er legte den Gang ein, und das Gefährt setzte sich in Bewegung. Sie fuhren um den Platz herum und bogen auf die asphaltierte Straße ab, die aus dem Dorf herausführte. Marisol schien es, als würden sie sehr langsam fahren.

Sie ließen Perquín hinter sich und fuhren auf einer immer abschüssiger werdenden Straße durch dichten Wald. Die Straße verlief nicht gerade, sondern wand sich am Hang eines grünen Hügels hinab, und der Fahrer trat vor jeder Kurve auf die Bremse und beschleunigte auf den freien Stücken.

Marisol sah aus dem Fenster; die Sonne vertrieb allmählich den Nebel, die Bäume kamen zum Vorschein, der Himmel klarte auf, es wurde ein heller, warmer Morgen. Als Marisol sich umdrehte und aus dem Rückfenster schaute, war Perquín schon nicht mehr zu sehen.

Die anderen Fahrgäste schenkten Marisol keine Beachtung. Einige unterhielten sich gedämpft, andere schwiegen beharrlich. Der Fahrer warf ab und zu einen Blick in den Rückspiegel. Marisol konnte nicht sagen, ob er sie beobachtete. Am Ende hielt sie es für unwahrscheinlich.

Sie fuhren, und Marisol wartete.

10

Sie kamen in südlicher Richtung durch Dörfer und Städte, die Marisol nur als Punkte auf der Landkarte kannte. Sunsulaca. Lolotiquillo. Gotera. San Carlos. Mit ihren weißen Gebäuden tauchten sie wie Pilze aus dem Grün des Waldes auf. An manchen Stellen war die Straße geteert, aber meistens war sie nicht mehr als ein matschiger Weg, der sich durch unebenes Terrain schlängelte und die lange Reise noch länger erscheinen ließ. Manchmal kam ihnen ein Lkw oder Auto entgegen, und der Bus musste gefährliche Ausweichmanöver vollführen. Marisol machte sich mitunter Sorgen, dass sie mitten im Nirgendwo liegen bleiben würden.

Wann immer möglich, stieg sie aus, um frische Luft zu schnappen und den Kreislauf wieder in Gang zu bringen. Je näher sie

San Miguel kamen, desto voller wurde der Bus, bald musste Marisol ihre Sitzbank nicht nur mit einer, sondern gleich mit zwei anderen Frauen teilen. Sie saßen dicht aneinandergedrängt, die äußere fiel fast vom Sitz, aber sie wechselten kein einziges Wort. Marisol konzentrierte sich auf das vorbeiziehende Grün, das sich niemals zu verändern schien, egal, wie weit sie fuhren.

Noch nie in ihrem Leben hatte sie sich so weit von Perquín entfernt. Ihr Bruder war schon vor Jahren nach San Salvador gezogen, aber sie hatte ihn dort nie besucht. Ob ihre Großmutter überhaupt jemals einen Schritt aus Perquín heraus gemacht hatte, konnte Marisol nicht sagen. Alle ihre Erinnerungen blieben in einem Dorf, das sie nie wiedersehen würde.

Die Orte, durch die sie fuhren, ähnelten Perquín, was Marisol vermuten ließ, dass sie in ihrem Leben noch nicht allzu viel verpasst hatte. Einige wirkten noch ärmlicher als Perquín, hatten nicht einmal einen ausgebauten Dorfplatz in der Mitte. In diesen Dörfern hielt der Bus anscheinend wahllos vor irgendeinem Gebäude, die Räder gruben sich in den Schlamm ein, dann wartete man, ob jemand kam oder eben auch nicht. Es waren Geisterdörfer, kaum ein Mensch war zu sehen.

Die Städte waren anders. Hier waren die Straßen oft geteert und es gab ordentlich ausgebaute Bushaltestellen. Fliegende Händler verkauften Erfrischungen – Obst, Saft oder Limonade – und Marisol gönnte sich ein paarmal etwas. Sie erlebte die Städte als dichte Gebäudehaufen, die sich im Grün verloren, denn selbst hier war der Wald überwältigend und allgegenwärtig.

Irgendwann fuhren sie nur noch auf asphaltierten und breiteren Straßen. Immer mehr Fahrzeuge kamen ihnen entgegen, aber jetzt musste der Bus nicht mehr umständlich ausweichen. Wenig später kamen die Ausläufer von San Miguel in Sicht, kleine Häuser und Läden am äußersten Stadtrand.

Der Fahrer bahnte sich seinen Weg ins Zentrum von San Miguel. Überall trafen Straßen aufeinander, gesäumt von niedrigen Gebäuden, und zum ersten Mal erlebten sie richtigen Verkehr, der die Fahrt verlangsamte. Nur drei Stunden von Perquín entfernt war die Welt schon eine andere. Vor allem hatten sie die Berge hinter sich gelassen, Marisol sah jetzt nur noch große Hügel.

Als der Bus schließlich an der Haltestelle zum Stehen kam, drängten die Fahrgäste nach vorne zur Tür. Marisol war eine der letzten. Sie kam an dem neben der Tür wartenden Fahrer vorbei und sagte: »*Gracias*.«
Die Passagiere kletterten auf dem Dach herum, um an ihre Sachen zu kommen. Einige warfen unten wartenden Begleitern ihre Taschen zu. Marisols Koffer wurde nicht heruntergeworfen. Als sie es endlich schaffte, auf den Bus zu klettern, fand sie ihn achtlos zur Seite geworfen. Sie suchte nach Beschädigungen, aber der Koffer hatte gehalten.

Sie war noch nie in einem Busbahnhof gewesen und überrascht angesichts der vielen dort versammelten Menschen, die lesend oder aufrecht schlafend oder einfach in die Gegend starrend dicht an dicht auf langen Bänken saßen. Die große Uhr über den Kartenschaltern zeigte eine andere Zeit an als Marisols Armbanduhr, schnell stellte sie sie um.

Dann reihte sie sich in eine scheinbar endlose Schlange ein, die alle paar Minuten ein Stückchen weiterkroch, bis sie endlich vor dem Fahrkartenschalter stand. »Einmal nach San Salvador«, sagte sie.

»Nur hin?«

»Ja.«

Die Fahrkarte kostete weniger als die Fahrt von Perquín nach San Miguel. Sie ärgerte sich über den Busfahrer. Sie hatte nicht erwartet, der Gier schon so bald zu begegnen. Der Mann am Schalter gab ihr eine lange, blaue Fahrkarte, auf die in rot die Abfahrtszeit gedruckt war.

Die Toilettenräume im Busbahnhof waren sauberer als erwartet. Marisol sah Frauen, die sich vor den Spiegeln schminkten, und war verunsichert, weil sie selbst kein Make-up benutzte. Während sie anstand, bis eine Toilette frei wurde, stiegen ihr die gegensätzlichen Gerüche von Parfüm und Urin in die Nase.

Danach suchte sie nach einem Platz zum Warten, bis ihr Bus fuhr. Die Bänke waren voll besetzt, viele Menschen mussten stehen. Marisol entdeckte eine freie Ecke neben den Münztelefonen, setzte ihren Koffer dort ab und hockte sich auf ihn.

Es wimmelte vor Menschen, und die wenigen an der Decke

verteilten Ventilatoren schafften es kaum, die Hitze zu vertreiben. Marisol schwitzte, ob vor Aufregung oder wegen der Schwüle, wusste sie nicht. Um sich abzulenken, beobachtete sie die Leute um sie herum.

Sie wusste, dass die meisten von ihnen genau wie sie selbst aus den Dörfern und kleinen Städten um San Miguel herum gekommen waren, aber sie verhielten sich ganz anders als die Leute in Perquín: Abgesehen von denen, die auf den Bänken saßen, waren alle ständig in Bewegung. Das Stimmengewirr schwebte hoch zur Decke und wurde von dort zurückgeworfen. Es war unmöglich, eine Unterhaltung von der anderen zu unterscheiden.

Einige Male fing sie Blicke von Männern auf und versuchte dann, sich so unauffällig wie möglich zu geben. Sie wusste, als Frau alleine zu reisen, würde Herausforderungen mit sich bringen. Je weniger die Männer sie wahrnahmen, desto besser, und jetzt war sie froh, nicht geschminkt zu sein. So unscheinbar, wie sie aussah, würde man sie hoffentlich bis San Salvador und darüber hinaus in Ruhe lassen.

Sie wartete, langsam krochen die Stunden vorüber, bis es endlich so weit war.

11

Der neue Bus war viel schöner und hatte saubere Sitze. Marisols Koffer wurde im Gepäckraum verstaut, wo auch die Taschen der anderen Fahrgäste lagen.

Die Fahrt nach San Salvador verlief über eine ausgebaute Schnellstraße, vorbei war es mit dem mühseligen Geratter von Ort zu Ort auf löchrigen Landstraßen. Und die Dörfer und Städte entlang des Weges schienen wohlhabender zu sein als die, die Marisol auf dem Weg von Perquín nach San Miguel durchquert hatte. Manche Dörfer waren immer noch klein, sie zeigten sich nur kurz am Rand der Straße und zogen sich gleich in den Wald zurück. Größtenteils dienten sie nur als Zwischenstopps, an denen Passagiere ein- oder ausstiegen, jeder auf seiner eigenen, geheimnisvollen Reise, von der Marisol nie erfahren würde.

Als die Landschaft sich veränderte, wusste Marisol, dass sie sich San Salvador näherten. Der Wald war immer noch dicht, aber es gab große, leere Flächen, gerodet, um neue Gebäude zu errichten. Heftiger Regen setzte ein, und Marisol betrachtete aus dem Fenster die vorbeifahrenden Autos, die Wasserfontänen hinter sich herzogen. Der Bus setzte ungeachtet des Wetters seinen Weg fort.

Je weiter der Bus in die Stadt vordrang, desto höher wuchsen die Gebäude. Der Verkehr war so dicht wie in San Miguel, eher noch schlimmer. In der Innenstadt gab es außer auf den Plätzen nur wenig Grün. Über den Straßen hing ein Gewirr aus Kabeln und verwob die Gebäude in einem Netz aus Gummi und Kupfer. Vor den Läden leuchteten Neonschilder, die Waren in den Schaufenstern waren mit Metallgittern gegen Vandalen und Diebe gesichert.

Der Bus überquerte langsam eine verstopfte Kreuzung, und Marisol sah zwei Polizisten, die einen dritten beobachteten, der den Verkehr regelte. Alle drei trugen automatische Waffen. Am Straßenrand stand ein schwarzer Polizeiwagen. Der Regen trommelte auf das Busdach.

Schließlich fuhren sie in einen riesigen Busbahnhof ein, mit vier Fahrbahnen und einem Betondach darüber. Der Fahrer knipste die Innenbeleuchtung des Busses an. Die Fahrgäste erhoben sich und drängten zur Tür, auch Marisol.

Im Busbahnhof roch und klang es nach Bussen. Marisol wartete, während der Fahrer den Gepäckraum öffnete und schließlich ihren Koffer herauszog, nachdem fast alle anderen ihr Gepäck schon bekommen hatten. Vorsichtig überquerte sie die Fahrbahnen und betrat das Gebäude.

Das war viel größer als das in San Miguel und genau so übervölkert. Überall liefen Menschen herum oder saßen auf Bänken oder öffneten und schlossen Schließfächer. Wieder bemerkte Marisol Polizisten, die lässig ihre Waffen hielten und unbeeindruckt das quirlige Chaos betrachteten.

Sie ging zu den Fahrkartenschaltern, ein Dutzend Angestellte hinter Glasscheiben. Eine große Tafel zeigte die Ankünfte und Abfahrten an. Ein Mann wechselte mit einem langen Stock Buchstaben und Nummern aus, Marisol suchte nach einem Bus nach Guatemala-Stadt. Der Bus fuhr einmal am Tag und war heute bereits abgefahren. Der nächste stand für morgen Nachmittag auf dem Plan.

Marisol sah hinüber zu den Polizisten und ging auf einen zu.

»Entschuldigung. Können Sie mir sagen, wo die Telefonzellen sind?«

Der Polizist musterte sie von Kopf bis Fuß und zeigte dann in eine Richtung. »Da lang.«

»Vielen Dank.«

Sie folgte seinem Fingerzeig und bog um eine Ecke. Dort fand sie eine Reihe alter, abgenutzter Münztelefone, die fast alle besetzt waren. Marisol ging zu einem freien und klemmte ihren Koffer sorgfältig zwischen ihren Füßen ein. Sie suchte in ihren Taschen nach Münzen, warf sie in den Schlitz und wählte die Nummer ihres Bruders.

Das Telefon klingelte zehn Mal, ohne dass jemand abnahm. Widerstrebend legte Marisol auf und sammelte ihr Geld ein. Sie sah auf die Uhr; wahrscheinlich war Eduardo noch bei der Arbeit. Sie könnte hier warten, aber das Gedränge behagte ihr nicht.

Sie überlegte, noch einmal anzurufen, aber es wäre sinnlos. Daher trug sie ihren Koffer zurück in die große Halle mit den Bänken, ging zu den Schließfächern, suchte eines, das groß genug für ihren Koffer war, und warf Geld ein. Dann bahnte sie sich ihren Weg nach draußen, wo immer noch der Regen fiel.

Es war unklug gewesen, ohne Regenschirm aus Perquín aufzubrechen, aber sie hatte nur das Allernotwendigste mit auf die Reise nehmen wollen. Doch als sie jetzt unter dem schützenden Vordach des Busbahnhofs stand und dem strömenden Regen zusah, wäre sie froh über etwas mehr Luxus gewesen.

Aber der Regen dauerte nicht ewig an, wurde schließlich zu einem Nieseln, dann hörte auch das auf. Der Asphalt dampfte. Marisol wagte sich ins Freie und die Straße hinunter, ohne genau zu wissen, wo sie hinwollte.

Sie verspürte Hunger und hatte das Bedürfnis nach etwas Nahrhafterem als den Snacks, die sie den Tag über gegessen hatte. Nach einer halben Stunde entdeckte sie einen kleinen Imbiss, in dessen Schaufenster eine Neonreklame *sándwiches, sopa* und *café* anpries. Direkt hinter der Tür blies ein Ventilator heftigen Wind in ihr Gesicht. Der Raum war überhitzt und roch stark nach Gebratenem. Es gab einen Tresen und ein paar Sitznischen. Marisol entschied sich für den Tresen.

Eine Frau in Kellnerinnenschürze brachte eine Speisekarte. Ein paar Meter neben dem Tresen standen eine Fritteuse und ein Grill, den ein Mann mit einem Metallschaber sauber schrubbte.

»Wie geht es Ihnen?«, fragte die Kellnerin.

»Danke, gut. Könnte ich bitte ein Glas Wasser bekommen?«

Die Kellnerin ging das Wasser holen, und Marisol warf einen Blick in Speisekarte. Die Auswahl war groß, nicht alles kannte sie. Das einzige Restaurant für Einheimische in Perquín bot einfachere Speisen an. In der Stadt war eben alles anders.

Das Wasser wurde gebracht, Marisol trank einen Schluck. »Vielen Dank«, sagte sie.

»Wissen Sie schon, was Sie wollen?«

»Nicht genau. Was ist denn gut?«

»Der Koch macht gute *panes con pavo*.«

»Das nehme ich.«

»Die Portionen sind groß. Sie können den Rest mitnehmen.«

Der Koch machte sich an die Arbeit. Marisol hielt das Glas fest in den Händen und sah ihm zu. Ihr war bewusst, dass die Kellnerin sie vom Ende des Tresens aus beobachtete, aber sie wagte nicht, den Kopf zu drehen und den Blick zu erwidern. Wenn nur jemand anderes kommen und die Frau ablenken würde.

Als das Sandwich fertig war, kam die Kellnerin wieder an und füllte Marisols Glas auf. »Woher kommen Sie?«, fragte sie.

»Woher wissen Sie, dass ich nicht aus der Stadt bin?«

»Das ist Ihnen anzusehen.«

Marisol wurde rot. Sie blickte auf ihr Sandwich. »Ich bin aus Perquín.«

»Oben in den Bergen, wie?«

»Ja.«

»Wie ist es da oben?«
»Anders.«
»Mit Sicherheit. Essen Sie in Ruhe und rufen Sie mich, wenn Sie was brauchen.«

Das Sandwich schmeckte gut, das gewürzte und gebratene Putenfleisch ließ ihr das Wasser im Munde zusammenlaufen. Die Portion war so groß, dass Marisol die Hälfte übrig lassen musste. Die Kellnerin kam mit einer Papiertüte.

»Gut geschmeckt?«, fragte sie.
»Ja, vielen Dank.«
»Noch Wasser?«
»Nein, danke.«

Das Sandwich wurde in Wachspapier eingewickelt und in die Tüte gesteckt. Marisol zahlte, die Kellnerin gab ihr das Wechselgeld und sah sie dann mit schief gelegtem Kopf an. »Sind Sie zu Besuch hier in der Stadt?«

»Ja, nur zu Besuch.«
»Und Sie haben wen, der sich um Sie kümmert?«
»Ja.«
»Gut. Vielleicht wissen Sie's ja, aber San Salvador ist nichts für Landeier«, sagte die Kellnerin. »Ich will Sie damit nicht beleidigen. Es ist einfach so. Halten Sie sich an Ihre Leute. Gehen Sie nachts nicht raus.«

»Bestimmt nicht«, sagte Marisol und meinte es auch. Am Abend hoffte sie bei ihrem Bruder und seiner Familie zu sein. Sie wollte gar nicht daran denken, im Dunkeln orientierungslos durch die Straßen zu irren. Sie war sich nicht ganz sicher, wie sie zum Busbahnhof zurückfinden sollte, aber würde es schon schaffen. Überall standen Polizisten herum. Im Notfall konnte sie einen fragen.

»Viel Spaß in der Stadt«, sagte die Kellnerin. »Ist was Besonderes.«

Marisol nickte, erwiderte aber nichts. Sie nahm ihre Sandwichtüte und ging nach draußen, wo erneut Regen eingesetzt hatte. Da sie nicht wieder hineingehen wollte, machte sie sich im Nieselregen auf den Rückweg, wobei sie immer wieder dem Spritzwasser vorbeifahrender Autos ausweichen musste. Nach wenigen Minuten war sie völlig durchnässt und fürchtete, jemand könnte den selbstgebastelten Geldgürtel unter ihrem Kleid sehen.

Als sie schon glaubte, sich verlaufen zu haben, kam der Busbahnhof in Sicht. Sie schaffte es gerade noch durch eine Seitentür hinein, dann fing es an zu donnern und ein Wolkenbruch setzte ein. Tropfnass stand sie in der Halle, hielt ihre Sandwichtüte umklammert und beobachtete misstrauisch die Gesichter der fremden Menschen um sie herum, aber niemand schien sie zu beachten.

Sie ging zu den Telefonen, rief wieder bei ihrem Bruder an, und diesmal wurde abgenommen. Marisol fragte: »Bist du das, Sara?«

»Ja, bist du es, Marisol?«

»Ja. Ich hatte angerufen und gesagt, dass ich bald in die Stadt kommen würde. Jetzt bin ich da. Am Busbahnhof im Zentrum.«

»Eduardo ist noch bei der Arbeit. Er hat das Auto.«

»Wann kommt er nach Hause? Ich müsste nur abgeholt werden.«

»Er kommt sehr spät. So lange willst du bestimmt nicht warten.«

Marisol betrachtete die Pfütze, die sich um ihre Füße herum gebildet hatte. Schwül, wie es war, wäre ihre Kleidung erst in Stunden wieder trocken. »Ich habe keine Wahl«, sagte sie. »Ich wollte ihn vor der Weiterreise noch mal sehen. Mein Bus geht morgen.«

»Tut mir leid, aber ich habe kein Auto und kann dich nicht abholen. Du hättest Eduardo sagen sollen, wann genau du kommst. Wir sind nicht auf Besucher vorbereitet.«

Sara hatte natürlich recht. Marisol hätte noch einmal anrufen sollen, hatte aber Sr. Morán nicht noch einmal gegenübertreten wollen. Sie machte alles zu schnell, überhastete und überstürzte die Dinge. Sie zwang sich, ruhiger zu werden.

»Ich kann ein Taxi zu euch nehmen«, sagte sie schließlich.

»Wie gesagt —«

»Ich muss nicht bleiben. Ich kann irgendwo in der Stadt übernachten. Ich will nur noch einmal meinen Bruder sehen. *Por favor*, Sara?«

Ihre Schwägerin zögerte. Marisol hörte im Hintergrund das Gebrabbel eines Babys und das Rauschen des Fernsehers. Sara seufzte. »Also gut. Ich gebe dir die Adresse. Und halte mich nicht für unfreundlich. Eduardo will dich bestimmt auch sehen. Ich rufe ihn gleich an und sage ihm, dass du kommst.«
»Danke, Sara. Das bedeutet mir viel.«
Sara gab Marisol die Adresse, dann legten sie auf. Marisol ging zu den Schließfächern, holte den Koffer und trug ihn zum Haupteingang, wo sie ein Taxi heranwinkte.
»Der Verkehr ist irre«, sagte der Taxifahrer. »Das kann eine Weile dauern.«
»Schon gut«, sagte Marisol. »Ich habe Zeit.«
Sie fuhren los und ließen den Busbahnhof im Regen zurück.

12

Eduardos Zuhause war nicht so winzig wie das Haus, das er früher mit seiner Großmutter und Schwester geteilt hatte, aber es war auch nicht groß. Es lag ihm Norden der Stadt an einer gewundenen Straße, die auf beiden Seiten dicht an dicht mit Häusern bebaut war. Überall prangten Graffiti, Erkennungstags von Gangs und Symbole, die Marisol nichts sagten. Kinder spielten auf der Straße und stoben auseinander, als das Taxi sich näherte.

Die Fahrt war teurer als ihr lieb war, trotzdem gab sie Trinkgeld. Der Regen hatte aufgehört, und als Marisol vor dem Haus ihres Bruders stand, war sie nach der langen Fahrt fast wieder trocken. Der Geruch der Zigaretten des Fahrers hing in ihrer Kleidung.

Auf der kleinen Veranda des Hauses lagen ein paar Bälle und ein Plastikdreirad, außerdem standen dort einige billige Metallstühle. Die eigentliche Haustür lag hinter einer Außentür aus schwarz bemaltem Eisen und war fest verriegelt. Marisol klopfte.

Sie war Sara nur einmal begegnet, auf der Hochzeit ihres Bruders in Perquín. Als ihre Schwägerin mit einem Baby auf der Hüfte die Tür öffnete, war Marisol überrascht, wie alt Sara wirkte. Früher schlank, sah sie jetzt abgemagert aus, das Kind, das nichts als eine Windel trug, war allerdings gesund und rund.

»Marisol«, sagte Sara. »Schön, dich zu sehen.«

»Gleichfalls. Darf ich reinkommen?«

Sara öffnete die Tür und ließ Marisol eintreten. Drinnen war es kühler, die Fenster, die vergittert waren, standen offen, und im Vorderzimmer drehte sich ein Ventilator. Überall lag Kinderspielzeug verstreut. Im Fernsehen lief irgendeine Talkshow. Marisol hatte zu Hause nie ferngesehen.

»Kann ich den irgendwo absetzen?«, fragte sie und hob den Koffer leicht an.

»Wo immer du willst.«

Marisol stellte den Koffer neben das Sofa. Sara bedeutete ihr, darauf Platz zu nehmen, setzte sich selbst ans andere Ende und nahm das Kind auf den Schoß.

»Ist das mein Neffe?«, fragte Marisol.

»Ja. Er heißt ebenfalls Eduardo.«

»Wo ist Sofia?«

»Heute bei meiner Mutter. Damit ich mal Pause habe. Möchtest du ihn nehmen?«

»Ja, gerne.«

Sara gab Marisol das Kind. Eduardo war etwa achtzehn Monate alt und hatte das dichte, lockige Haar seines Vaters geerbt. Er roch immer noch nach Baby.

»Hallo, Eduardo. Ich bin deine Tante Marisol«, sagte sie. »Du bist aber ein hübscher kleiner Junge.«

Eduardo lächelte sie an und zappelte, aber nicht, um von ihr wegzukommen.

Marisol hielt ihn noch eine Weile auf dem Schoß. Sie zählte die Finger und Zehen, spielte mit ihm *Ich habe deine Nase* und gab ihn dann seiner Mutter zurück. Sara sah ausdruckslos zu. Als sie ihren Sohn wieder auf den Knien hatte, hielt sie ihm einen Schnuller hin, den er gierig in den Mund steckte.

»Er ist bildhübsch«, sagte Marisol. »Ich freue mich darauf, Sofia zu sehen. Ich kenne nur das Foto von ihr.«

»Sie ist ein ganzes Stück gewachsen«, sagte Sara. »Du wirst sie kaum wiedererkennen.«

Marisol sah sich im Zimmer um. An den Wänden hingen gerahmte Fotos, eines davon zeigte ihre Großmutter. Der Fußboden bestand aus Beton, die vergipste Decke war mit Rissen durchzogen. Eduardo und Sara besaßen nur wenige Möbel, durch die Küchentür sah Marisol einen kleinen Tisch und Stühle, auch einen Kinderstuhl. »Ihr habt ein schönes Haus«, sagte sie.

»Es ist ein Dach über dem Kopf«, erwiderte Sara. »Seit wir die Gitter angebracht haben, ist nicht mehr eingebrochen worden. Davor ungefähr ein Dutzend Mal. Zwei Mal, während wir zu Hause waren.«

»So schlimm ist es?«

»Wir wohnen im Grenzgebiet zwischen zwei Gangs, Mara Salvatrucha und 18th Street. Beide gehen hier auf Beutezug. Vor ein paar Tagen wurde zwei Türen weiter ein Junge erschossen. Alleine gehe ich nicht mehr raus.«

»Das ist ja furchtbar.«

»Das ist San Salvador.«

»Tut die Polizei denn nichts?«

»Wenn sie kann. Sie muss die ganze Stadt schützen. Wir sind nur ein kleiner Teil davon.«

Marisol schüttelte den Kopf. In Perquín wurde über Gewalt geredet, aber sie erreichte das Dorf nicht. Sie versuchte, sich ein Leben hinter Gittern vorzustellen, und konnte es nicht.

Sie hatte die Idee gehabt, erst einmal bis San Salvador zu reisen und eine Weile zu bleiben. Sich einen Job zu suchen. Mehr Geld zu sparen. Diese Idee löste sich jetzt in Luft auf. San Salvador war kein Ort, an dem sie bleiben wollte. Ihre Zukunft wartete weit im Norden, jenseits des großen Flusses, auf ihrer alten Landkarte nur als einheitliches Rosa angezeigt. Sie hatte sich richtig entschieden, dessen war sie sich jetzt ganz sicher.

»Wann kommt Eduardo nach Hause?«, fragte sie.

»Um acht. Drei Mal die Woche arbeitet er lange.«

»Weiß er, dass ich da bin?«

»Ja, ich habe ihn angerufen, aber er kann nicht früher kommen. Der Job, du verstehst.«

»Natürlich. Mein Bus fährt erst morgen Nachmittag; es bleibt also Zeit.«

Sara nickte, sagte aber nichts vom Übernachten.

»Entschuldige, kann ich mich irgendwo hinlegen? Ich bin seit dem frühen Morgen unterwegs und gerade sehr müde.«

»Du kannst dich ins Schlafzimmer legen.«

Sara führte Marisol durch einen Flur auf zwei Türen zu. Hinter der einen lag das Kinderzimmer, dessen weiße Wände mit Ballons und Tieren bemalt waren und in dem noch mehr Spielzeug herumlag. Die andere führte in das Schlafzimmer von Eduardo und Sara, wo eine große Matratze auf einem billigen Bettgestell mit Rädern lag. Es gab kein Kopfteil und auch sonst nur wenig Überflüssiges. In Körben lag dreckige Wäsche. Eine dunkle Kommode passte gerade noch so in den engen Raum. Und das Fenster war vergittert.

»Hier kannst du dich hinlegen«, sagte Sara. »Wenn du in ein paar Stunden nicht wieder wach bist, wecke ich dich.«

»Vielen Dank, Sara.«

»Du gehörst zur Familie. Schlaf gut.«

Als Sara gegangen war, knöpfte Marisol ihre Bluse auf und überprüfte den Geldgurt. Die Feuchtigkeit und das Klebeband hatten ihre Haut gerötet, aber das war nicht weiter schlimm. Die Geldbündel drückten, als Marisol sich aufs Bett legte, aber sie war so müde, dass sie schnell einschlief. Sie träumte von der Busfahrt und dem endlosen Wald und dem stetigen Rauschen des Regens.

13

Marisol wachte erst wieder auf, als Sara einige Stunden später leise gegen den Türrahmen klopfte. Sie streckte sich und spürte, wie sich die Geldbeutel von ihrer Haut lösten. Ihre Kleider waren endlich wieder trocken.

Sie spielten eine Weile mit dem kleinen Eduardo und sprachen über dies und das. Ab und zu fuhr ein Auto die Straße entlang, dann zuckte Sara zusammen, als erwartete sie, dass gleich etwas Schreckliches passieren würde. Einmal vernahm Marisol etwas, das ein Schuss hätte sein können, aber sie hatte noch nie einen gehört und war sich nicht sicher.

Als die Schatten länger wurden, machte Sara das Licht an, das sogleich von Insekten umschwirrt wurde. Sie ging in die Küche, um das Abendessen zu kochen, und schon bald roch es im ganzen Haus nach gebratenem Fleisch und Gewürzen. Marisol erinnerte sich, dass sie noch ein halbes Sandwich hatte, und beschloss, es für morgen aufzuheben. Es blieb unausgesprochen, dass sie heute Abend bei Sara essen würde.

Saras Mutter kam und brachte Sofia. Das kleine Mädchen stürmte ins Zimmer, zog sich aber schüchtern zurück, als Sara ihr Marisol vorstellte. Sofia wollte nicht mit Marisol reden, sondern spielte leise mit ihrem Bruder vor dem Fernseher. Marisol nahm es ihr nicht übel; Kinder ihres Alters fühlten sich bei Fremden selten wohl, und Marisol war eine Fremde. Der Gedanke stimmte sie traurig.

Acht Uhr kam und ging, Eduardo war immer noch nicht zu Hause. Erst kurz vor halb neun hörten sie das Klappern des Tores an der Auffahrt. Scheinwerferlicht schwenkte durchs Zimmer. Dann kam Eduardo herein.

Sara umarmte und küsste ihren Mann. Marisol stand wartend daneben.

»Deine Schwester ist da«, sagte Sara.

Eduardo sah viel älter aus als in Marisols Erinnerung. Sein Haar war noch schwarz und der Schnurrbart buschig, aber um Augen und Mund hatten sich Falten gebildet. Wie seine Frau wirkte er abgemagert, obwohl es ihnen Marisols Meinung nach doch gut zu gehen schien. Eduardo besaß ein Auto und ein Haus, das groß genug für die Familie war. In Perquín galt das als Zeichen von Erfolg und Wohlstand.

»Marisol«, sagte Eduardo und streckte ihr die Hände entgegen.

Marisol umarmte ihren Bruder und gab ihm einen Kuss auf die Wange. »Schön, dich zu sehen«, sagte sie.

»Es ist eine Weile her. Sara, ist das Essen fertig? Komm, setz dich zu uns.«

Die Familie versammelte sich um den Tisch. Sofia saß neben Marisol, sprach aber immer noch nicht mit ihr. Zum Tischgebet nahmen sich alle an den Händen. Sara hatte einen kräftigen Rindereintopf mit Wurzelgemüse zubereitet. Dazu tunkten sie Tortillas in die Soße.

»Du bist früher gekommen, als ich erwartet hatte«, sagte Eduardo zu Marisol.

»Alles ist sehr schnell gegangen.«

»Das Haus ist verkauft?«

»Ja. An eine nette Familie.«

»Ein komisches Gefühl, dass jetzt Fremde in Großmutters Haus wohnen.«

»Für mich ist es auch komisch. Aber ich glaube, sie werden gut darauf achtgeben.«

»Und du kannst nicht mehr nach Hause«, sagte Eduardo.

Marisol erwiderte nichts. Sie aß, wischte ihren Teller mit einer Tortilla sauber und wich dem Blick ihres Bruders aus.

»Wo willst du als Nächstes hin?«

»Guatemala-Stadt.«

»Aber da bleibst du auch nicht?«

»Nein.«

Eduardo legte seine Gabel beiseite. »Warum willst du in die USA?«

Sie hatte nichts davon gesagt, aber jetzt war es ausgesprochen. Eduardo hatte es auch so gewusst. Marisol war plötzlich so verlegen, als wäre ein großes Geheimnis enthüllt worden. Ihre Hände zitterten, sie verbarg sie in ihrem Schoß. »Ich muss einfach. Das weiß ich schon seit Langem.«

»Das sind Tausende von Meilen, und du bist eine allein reisende Frau. Du bist noch nie aus Perquín weg gewesen. Wieso glaubst du, dass du es schaffen kannst?«

»Eduardo —«, warf Sara ein.

»Nein, Sara, ich will die Antwort wissen«, sagte Eduardo. Marisol sah seine Augen blitzen und wusste, dass er wütend war. »Du konntest es gar nicht abwarten, wegzukommen, wie? Du bist nur geblieben, solange Großmutter noch lebte.«

»Ich bin geblieben, bis ich genug Geld für die Reise zusammenhatte. Das hatte mit Großmutter nichts zu tun.«
»Was würde sie davon halten? An der Grenze nach Guatemala halten sie dich auf. Spätestens an der mexikanischen Grenze. Und da bist du noch nicht mal annähernd in den USA. Wie willst du leben? Wer passt auf dich auf?«
»Ich passe selbst auf mich auf.«
»Man wird dich ausbeuten. Wie alle anderen Mädchen vom Land.«
»So ist das nicht!«
»Erzähl du mir nicht, wie es ist. Ich lebe lange genug in der Stadt, um zu wissen, wie hart die Welt da draußen ist, und die Menschen werden keine Rücksicht auf dich nehmen wie in Perquín. Du musst noch viel lernen.«
Marisols Hände auf ihrem Schoß waren jetzt zu Fäusten geballt und schweißnass. »Ich schaffe es«, sagte sie.
»Wieso glaubst du das? Weil du ein paar Brocken Englisch sprichst?«
»Weil ich es *kann*.«
»Du bist genauso töricht wie Mutter.«
»Zieh sie da nicht mit rein.«
Eduardo schnaufte verächtlich und erhob sich. Sara und Sofia starrten auf ihre Teller, während der kleine Eduardo unbeeindruckt an einem Plastiklöffel kaute. »Sie hat uns bei Großmutter zurückgelassen, um ihrem eigenen dummen Traum zu folgen. Und was ist aus ihr geworden? Soll es dir auch so ergehen?«
»Nein. Wird es nicht.«
»Wir werden sehen. Wenn wir dich überhaupt je wiedersehen.«
Eduardo ging, Marisol hörte die Schlafzimmertür zuschlagen. In der Küche herrschte Schweigen, unterbrochen nur von den leisen Klängen des Fernsehers im Nebenzimmer. Marisol wischte sich eine Träne von der Wange. »Es tut mir leid«, sagte sie zu Sara.
»Er meint nicht, was er sagt«, erwiderte Sara.
»Ich glaube doch.«
»Nein. Seit deinem Anruf macht er sich Sorgen. Er hat Angst um dich.«

»Weiß er nicht, dass ich auch Angst habe? Ich habe auf diesen Moment gewartet, seit ich ein Mädchen war, und jetzt ist er gekommen. Ich weiß nicht, ob ich es schaffe oder nicht. Ich wollte nur, dass er versteht, dass ich es versuchen muss.«
Sara stand auf und begann, den Tisch abzuräumen. »Du kannst morgen noch mal mit ihm reden. Heute schläfst du auf dem Sofa. Geh unter die Dusche, zieh frische Kleidung an. Morgen ist er anders gestimmt. Du wirst sehen.«

14

Marisol folgte Saras Rat: Sie duschte sich in dem kleinen Badezimmer und zog am folgenden Morgen frische Kleidung an. Sie war vor allen anderen wach und saß still auf dem Sofa, bis Eduardo auftauchte.
»Guten Morgen«, sagte Marisol.
»Guten Morgen. Möchtest du Frühstück?«
»Nur, wenn es möglich ist.«
»Natürlich ist es möglich.«
Er kochte Haferbrei, und sie setzten sich zusammen an den Tisch. Sara war noch nicht aus dem Schlafzimmer gekommen, obwohl die Kinder zu hören waren. Sie wollte Bruder und Schwester Zeit für sich geben.
»Das mit gestern Abend tut mir leid«, sagte Eduardo. »Ich habe die Beherrschung verloren. Das hätte nicht passieren dürfen.«
»Sara meinte, du machst dir nur Sorgen.«
»Ich mache mir Sorgen. Dass du nicht weißt, was du tust. Ich meine, was ich gesagt habe: Niemand wird dir auf der Reise zu Hilfe kommen. Du bist auf dich allein gestellt.«
»Ich bin seit Großmutters Tod auf mich allein gestellt. Ich bin keine Porzellanpuppe, Eduardo.«
Er nickte langsam und kratzte die Schüssel aus. »Ich fahre dich zum Busbahnhof. Aber früh, ich muss arbeiten.«

»Danke.«

»Weißt du ...«, begann er und verstummte.

»Was?«

»Du könntest eine Weile in San Salvador bleiben. Dir Arbeit suchen, eine Wohnung. Ich könnte dir helfen.«

Marisol schüttelte den Kopf. »San Salvador ist kein Ort für mich.«

»Aber die USA schon?«

»Ich glaube schon.«

»Wie viele Leute machen sich auf diesen Weg, Marisol? Wie viele schaffen es nach Amerika? Dir muss klar sein, dass die Chancen nicht gut stehen. Überall wird dir die Polizei auf den Fersen sein und dich sofort dahin zurückschicken, wo du hergekommen bist. Und du kannst jetzt nicht mal mehr in Großmutters Haus zurück.«

»Ich muss es versuchen.«

»Das hast du schon gesagt.«

»Es kann kaum gefährlicher sein, als hierzubleiben. Sara hat mir von den Gangs und der Gewalt erzählt. Das ist kein Ort für mich.«

»Amerika ist ein Ort für dich.«

»Ja.«

»Wo dir alles auf einem Silbertablett serviert wird«, sagte Eduardo verbittert.

»Nein, davon gehe ich nicht aus. Aber in Amerika habe ich die Chance auf etwas Besseres, als auf dem Winterfest *pupusas* zu verkaufen, jeden Tag Wasser aus dem Brunnen zu holen und einen Garten zu beackern, weil ich mir auf dem Markt nichts leisten kann. Du hast es in Perquín doch auch nicht ausgehalten. Du bist weg, sobald du konntest.«

»Und jetzt sitze ich hier. Hätte ich nach Amerika gehen sollen?«

»Du hast eine Familie. Du hast Wurzeln. Ich habe keine mehr.«

»Also bist du frei und ich nicht.«

»So darfst du es nicht sehen.«

Als Eduardo sie anschaute, bemerkte Marisol die Tränen in seinen Augen. Sein Mund zitterte. »Wie soll ich es denn sonst sehen? Du bist meine einzige Schwester und machst dich auf nach Gott-weiß-wo. Vielleicht kommst du dabei um. Jedenfalls sehe ich dich nie wieder.«

Marisol nahm Eduardos Hand. »Vielleicht kann ich auch zurückkommen. Ich weiß es nicht. Aber erst mal muss ich es bis dahin schaffen. Der Rest findet sich.«

Eduardo entzog ihr seine Hand. »Ich sage dennoch, dass du nicht gehen solltest.«

»Und ich gehe trotzdem.«

»Ich habe dein Faible für die USA nie verstanden. Schon als kleines Mädchen, immer diese Fragen. Englischunterricht bei Sr. Quiñones. Du wolltest immer weg.«

»Jetzt weißt du, dass es so ist.«

»Ich muss mich fertig machen«, sagte Eduardo abrupt. »Bist du in einer halben Stunde bereit?«

»Ja.«

»Gut«, sagte Eduardo und verließ die Küche.

Kurz darauf kam Sara mit den Kindern und gab Marisol den kleinen Eduardo, während sie das Frühstück zubereitete. Sofia setzte sich wieder neben ihre Tante und sah sie aus dunklen Augen an. »Möchtest du heute etwas sagen?«, fragte Marisol.

»Nein«, sagte Sofia.

»Hast du aber gerade getan.«

Ein winziges Lächeln huschte über Sofias Gesicht. »Du bist meine *tía*?«

»Ja.«

»Wieso habe ich dich noch nie vorher gesehen?«

»Ich weiß es nicht«, gab Marisol zu. »Ich bin nie zu Besuch gekommen. Das tut mir jetzt leid.«

»Und jetzt fährst du wieder weg?«

»Ja. Weit weg.«

»Weil du uns nicht sehen willst?«

Marisol spürte, dass Sara sie beobachtete, blieb aber bei Sofia. »Nein, nein«, sagte sie. »Ganz und gar nicht. Wenn ich könnte, würde ich bleiben, aber ich muss eine lange Reise machen und kann nicht länger warten.«

Sofia nickte ernst. »Wirst du uns schreiben?«

»Ja. Und Bilder schicken. Schickst du mir auch welche?«
»Ja, wenn Mutter und Vater sagen, dass ich darf.«
»Du darfst«, sagte Sara.
Marisol strich Sofia über das Haar und lächelte. Sie spürte Traurigkeit in sich aufsteigen, die sie verdrängen musste, um nicht von ihr überwältigt zu werden. »Es tut mir leid, dass ich nicht länger bleiben kann. Eines Tages wirst du es hoffentlich verstehen. Und deine Eltern auch.«
»Frühstück ist fertig«, unterbrach Sara. Sie nahm Eduardo und setzte ihn auf den Kinderstuhl. Marisol ging ins Zimmer nebenan und packte ihren Koffer zu Ende. Dann war es Zeit zu gehen.

15

Schweigend fuhr Eduardo Marisol zum Busbahnhof. Dort angekommen, umarmten sie sich ein letztes Mal. »Pass auf dich auf«, sagte Eduardo noch, dann ließ er sie los.
 Sie verbrachte den Morgen und den frühen Nachmittag auf einer Holzbank sitzend, und als ihr Bus endlich abfahrbereit war, ging sie als Erste an Bord. Der Bus war ausgebucht, Marisol saß neben einem Mann, der einige Jahre jünger als sie selbst zu sein schien. Er trug ein T-Shirt, eine Kappe und eine Jeansjacke und wippte im Sitzen häufig mit den Knien.
 Nach einer halben Stunde Fahrt wandte er sich plötzlich an Marisol. »Ich bin Heriberto.«
»Marisol.«
»*Mucho gusto*. Sind Sie aus San Salvador?«
»Nein, aus Perquín.«
»Oh, das ist ein langer Weg. Was wollen Sie in Guatemala-Stadt?«
 Marisol überlegte, ihm die Wahrheit zu sagen, zögerte aber. Sie dachte an Eduardos Warnungen. »Ich mache eine Urlaubsreise«, sagte sie schließlich.

»Die Stadt wird Ihnen gefallen. Größer als San Salvador. Ich arbeite dort. Zwei Mal im Jahr besuche ich meine Familie in San Salvador.«

Marisol nickte höflich.

»Lebt Ihre Familie in Perquín?«

»Nein, mein Bruder wohnt in San Salvador. Ich habe ihn gerade besucht.«

»Es muss ein Erlebnis sein, die Stadt zu sehen. Perquín ist ja nur ein Fliegenschiss.«

»Es ist sehr klein.«

Das schien Heriberto zu genügen, denn er schwieg. Marisol richtete ihre Aufmerksamkeit auf die vorbeiziehende Landschaft, wenn auch nichts als Grün zu sehen war. Sie meinte zu spüren, dass Heriberto sie beobachtete, aber drehte sich nicht um.

Je näher sie der Grenze nach Guatemala kamen, desto langsamer schien der Bus zu fahren, doch schließlich hatten sie sie erreicht. Uniformierte Soldaten mit offen getragenen Waffen hielten vor einem Metalltor Wache, das drei Fahrbahnen überspannte. Die Passagiere mussten aussteigen und ihr Gepäck an sich nehmen. Sie reihten sich vor einem kleinen Gebäude auf und wurden einer nach dem anderen vorgelassen.

Als Marisol das Gebäude betrat, sah sie drei Männer und eine Frau hinter einem breiten, hüfthohen Tisch stehen. Der Reisende vor ihr stopfte gerade seine Sachen wieder in seine Tasche zurück und ging dann auf der guatemaltekischen Seite hinaus. Marisol spürte die Geldbündel unter ihrer Bluse.

»Bitte legen Sie Ihren Koffer auf den Tisch«, sagte einer der Männer. »Öffnen Sie ihn.«

Marisol gehorchte. Der Mann durchsuchte ihre Sachen und schob dem nächsten Mann den Koffer zu, der den Vorgang wiederholte, aber auch noch das Innenfutter abtastete.

»Haben Sie etwas zu verzollen?«

Marisol schluckte. Ihr Mund war trocken. »Nein.«

Der Mann sah sie prüfend an, und einen Moment lang fürchtete sie, er würde sie durchsuchen lassen. Ein Zittern überlief sie und ließ sich nicht unterdrücken. Er bemerkte es. »Was wollen Sie in Guatemala?«

»Ich bin auf der Durchreise«, sagte Marisol. Ihre Kehle war wie zugeschnürt, sie räusperte sich. »Ich will weiter nach Mexiko.«
»Nach Mexiko? Weswegen?«
»Zum Arbeiten.«
»In El Salvador gibt es keine Arbeit?«
»Bessere Arbeit.«
»Besser, wie? Sie werden enttäuscht sein. Gehen Sie weiter.«
Sie kam bei der Frau an, vor der eine Vielzahl von Stempeln und ein Stempelkissen standen. »Pass«, sagte die Frau, Marisol hielt ihn ihr hin, die Frau stempelte ihn ab. »Dieses Touristenvisum ist dreißig Tage gültig.«
»Ja. Danke sehr.«
»Nächster.«
Zitternd trat Marisol auf der guatemaltekischen Seite der Grenze aus dem Gebäude und ging mit weichen Knien und leicht schwankend auf den bereits wartenden Bus zu. Sie zwang sich, ruhig zu atmen.

Einer nach dem anderen versammelten sich die Passagiere wieder im Bus. Heriberto setzte sich neben Marisol. »Bürokratie«, seufzte er. Marisol konnte nur nicken.

Kurz darauf waren sie wieder auf dem Weg und durchquerten eine Kleinstadt, deren Namen Marisol nicht kannte. Sie hatte El Salvador verlassen, die erste Hürde genommen.

Erschöpft lehnte sie den Kopf an die Fensterscheibe und versank in Schlaf. Sie wusste nicht, wie viel Zeit vergangen war, als sie von einer Berührung geweckt wurde. Sie brauchte einen Moment, um zu sich zu kommen, aber dann fühlte sie, wie eine Hand sich auf ihrem Schenkel nach oben schob, ihren Rock über das Knie hochgezogen hatte. Abrupt setzte sie sich auf. »Was zum Teufel tun Sie da?«

Heriberto zog schnell seine Hand weg. »He, das war doch nichts«, sagte er.

»Nehmen Sie Ihre Finger weg! Fassen Sie mich ja nicht an!«
»Hey, Lady, ich habe keine Ahnung, wovon Sie reden!«

Marisol erhob sich vom Sitz, soweit das möglich war, denn sie war zwischen Heriberto und dem Fenster eingeklemmt. Die Gepäckablage zwang sie, den Kopf einzuziehen.

»Sie haben mich angefasst!«

Die anderen Passagiere wurden aufmerksam, und Marisol sah den Fahrer in den Rückspiegel spähen. Heriberto versuchte, sie an den Händen zu packen und zurück auf den Sitz zu ziehen.

»He, beruhigen Sie sich!«

»Lassen Sie das! Fassen Sie mich nicht an!«

Ein Mann stand auf und kam den schmalen Gang entlang.

»Was ist hier los?«

»Dieser Mann hat mich am Bein berührt, als ich geschlafen habe!«

»Ich habe gar nichts gemacht!«

»Sie haben mich unter dem Rock berührt! Helfen Sie mir, von ihm wegzukommen!«

Der Mann packte Heriberto. »Los, lassen Sie die Dame raus.«

Heriberto wehrte sich. »Ich habe nichts gemacht«, wiederholte er. »Die ist verrückt!«

»Stehen Sie auf!«

Heriberto warf sich auf den Mann, und sie rangen miteinander. Als der Fahrer hart auf die Bremse trat, wurden alle im Bus nach vorne katapultiert. Alles schrie durcheinander, es herrschte Aufruhr.

Der Mann packte Heribertos Jackett und zog es ihm über den Kopf. Heriberto boxte blind um sich, traf Sitze und Mitreisende, aber nicht sein eigentliches Ziel, den anderen Mann. Marisols Herz hämmerte.

Dann griff der Fahrer ein, und jetzt kämpften sie zu dritt. Heriberto wurde nach vorne zur Tür geschleift und aus dem Bus geworfen. Die anderen Passagiere drückten sich an den Fenstern die Nasen platt, Marisol aber nicht.

Die Tür ging zu. Der andere Mann kam auf Marisol zu. »Alles in Ordnung?«, fragte er.

»Ich denke schon, ja. Danke Ihnen.«

»Perverse. Die sind überall.«

»Alle hinsetzen!«, rief der Busfahrer. »Ruhe jetzt! Es ist alles vorbei!«

Marisol sank auf ihren Sitz zurück und zog ihren Rock zurecht. Ihre Gedanken wirbelten wild durcheinander. Der Mann kehrte auf seinen Platz zurück, und der Bus fuhr an. Draußen lag tiefgrüner Wald. Der Fahrer hatte Heriberto mit nichts als dem, was er am Leibe trug, ausgesetzt. Marisol konnte Heriberto von ihrem Platz aus nicht sehen.

Es dauerte lange, bis sie sich beruhigte. Wieder und wieder schielte sie auf den leeren Platz neben sich und meinte, Heribertos Hand auf ihrem Oberschenkel zu spüren. Sie zitterte. Und hatte das Gefühl, die anderen Passagiere würden sie anstarren.

Der Bus fuhr und fuhr.

16

Guatemala-Stadt war so groß, wie Heriberto gesagt hatte. Überall breite Straßen und hohe Gebäude und Beton. Die Natur hatte keine Chance. Aber die Stadt wirkte sauberer als San Salvador, und es standen auch nicht an jeder Kreuzung bewaffnete Polizisten. Der Busbahnhof verfügte über eine klimatisierte Wartehalle mit hohen, gestrichenen Wänden und einer Snackbar.

Marisols Bus fuhr erst am nächsten Morgen. Sie lief ein wenig durch die Gegend, fand ein kleines, preiswertes Hotel und nahm sich ein Zimmer. In der Lobby lungerten einige Frauen herum, und Marisol fragte sich, ob sie Prostituierte sein mochten. Zwar waren sie nicht aufreizend angezogen, aber vielleicht wäre ihnen sonst die Polizei auf den Fersen gewesen.

Das Zimmer war klein, aber bot ein Bett und eine funktionierende Dusche. Die Tür war mit drei verschiedenen Schlössern gesichert. Durch die Wand hörte Marisol einen Fernseher plärren. Sie wusch sich und zog sich um. Bald würde sie irgendwo ihre Kleider waschen müssen, schmuddelig und unordentlich wollte sie nicht reisen. Denn dann würde sie als Migrantin auffallen, was es unbedingt zu vermeiden galt.

Sie schlief unruhig und wachte mehr als einmal mit dem Gefühl auf, jemand würde sie berühren. Sah eine Weile fern, fand das Programm aber uninteressant. Aß den Rest des Sandwichs, seit dem Frühstück hatte sie nichts mehr in den Magen bekommen.

Am Morgen kehrte sie zum Busbahnhof zurück. Sie aß in der Snackbar Ei mit Schinken und bestieg einen Bus gen Westen. Diesmal hatte sie zu ihrer Erleichterung die Sitzbank für sich allein und stellte ihren Koffer auf den Nebensitz, um andere davon abzuschrecken, dort Platz zu nehmen.

Der Bus fuhr die Kuppe einer Gebirgskette entlang, der Sierra Madre. Die Vegetation war hier völlig anders als in El Salvador. Der Wald um Perquín herum war dicht und feucht, hier war es viel trockener, und es wuchsen eigenartige Bäume. Zu Marisols Überraschung durchquerten sie eine ganze Reihe von Städten, viel größer als die kleinen Dörfer, die in den Bergen ihres Heimatlandes versprengt lagen.

Schließlich ließen sie die Berge hinter sich, und Marisol wusste, dass sie bald den Fluss erreichen würden, der Guatemala von Mexiko trennte.

Wenige Stunden später kamen sie dort an. Marisol stieg mit den anderen Passagieren aus. Im Westen zog sich der breite Fluss dahin, die Straße führte auf eine Brücke zu. Am Ufer standen Menschen, einige hatten Flöße aus Innenreifen, auf denen sie den Fluss überquerten, wie Marisol sah, sie schwammen gegen den Strom an, ihre Habseligkeiten zum Schutz gegen das Wasser auf die Reifen gebunden.

Bis zur Brücke war es noch ein ganzes Stück. Neben den Fahrbahnen befand sich ein schmaler Übergang für Fußgänger. Der Verkehr staute sich fast ein Meile weit zurück, die Wagen kochten in der Sonne. Marisol betrat die Fußgängerbrücke und ging auf ein Gebäude mit den Flaggen von Guatemala und Mexiko zu.

Diesmal hatte sie keine Angst. Sie stellte sich hinter ein halbes Dutzend anderer Grenzüberquerer in die Schlange, wartete, bis sie an der Reihe war, und zeigte dem mexikanischen Grenzbeamten Koffer und Pass.

Der Mann betrachtete den Pass, den Koffer rührte er nicht an. Zwei Mal sah er sie kurz an, verglich das Passbild und untersuchte den Stempel, den sie an der guatemaltekischen Grenze bekommen hatte. Schließlich sagte er: »Sie waren nicht lange in Guatemala.«

»Ich bin auf der Durchreise«, sagte Marisol mit fester Stimme.

»Und wohin?«

»Nach Norden. Mexico City.«

»Kennen Sie dort jemanden?«

»Ich habe da einen Cousin«, log Marisol. Es fiel ihr leicht.

»Wie heißt der Cousin?«

»Eduardo Herrera.«

Der Mann öffnete ihren Koffer, wühlte kurz darin herum und schloss ihn wieder. Er reichte ihr den Pass. »Ich kann Ihnen im Moment kein Visum erteilen.«

»Warum nicht?«

»Ich glaube nicht, dass Sie einen Cousin in Mexico City haben. Wenn Sie in Mexiko arbeiten wollen, müssen Sie ein Arbeitsvisum beantragen.«

»Ich will in Mexiko nicht arbeiten.«

»Tut mir leid, aber Sie bekommen kein Visum.«

»Und wenn ich morgen wiederkomme, und Sie sind nicht hier?«

»Wollen Sie das wirklich wagen?«, fragte der Mann. »Wir hängen Ihr Bild auf. Sie kommen nicht durch.«

»Ich will doch nur nach Mexico City fahren.«

»Heute fahren Sie nirgendwohin. Jetzt machen Sie bitte Platz für den Nächsten.«

Marisol öffnete den Mund, um etwas zu sagen, aber klappte ihn wieder zu. Sie nahm ihren Koffer und ging durch die Tür hinaus, durch die sie hereingekommen war. Der nächste Grenzüberquerer zeigte Koffer und Pass vor. Im Gehen hörte Marisol ein paar Gesprächsfetzen.

Tränen stiegen ihr in die Augen, aber sie schluckte sie herunter und atmete tief durch, denn ihr Brustkorb war wie zugeschnürt. Doch am Ende der Brücke hatte sie keine Kraft mehr, hielt an und weinte.

Sie bemerkte den Polizisten erst, als sein Schatten auf sie fiel. Sie blickte auf, wischte sich die Wangen ab und bemühte sich vergeblich um eine gleichmütige Miene.

»Sie werden nicht durchgelassen?«, fragte der Polizist. Er trug eine Pistole am Holster und eine verschwitzte kurzärmelige Uniform. Die Augen waren hinter einer Sonnenbrille verborgen.
»Nein«, sagte Marisol.
»Keine Sorge. Die sind immer misstrauisch. Kaum jemand kommt durch.«
»Aber ich muss nach Mexiko.«
»Müssen das nicht alle?«
Marisol sah den Polizisten an, konnte seinen Gesichtsausdruck aber nicht deuten.
»Reden Sie mit den Jungs da unten am Fluss«, sagte der Polizist. »Die bringen Sie für tausend Quetzales rüber.«
»Ich habe nur US-Dollar.«
»Die nehmen sie auch. Reden Sie mit ihnen.«
Marisol wandte sich dem Fluss zu. Sie sah zwei junge Männer mit nackten Oberkörpern ein Floß aus sechs Innenreifen auf das Ufer ziehen. Einer zündete sich eine Zigarette an. Sie schienen zu warten.
»Wirklich, das ist der beste Weg, um rüberzukommen«, sagte der Polizist.
»*Gracias*«, sagte Marisol.
»Weinen Sie nicht. Es gibt immer einen Weg«, erwiderte der Polizist lächelnd. Marisol versuchte, ebenfalls zu lächeln.
Der Polizist ging weiter.
Marisol kletterte das steinige Flussufer zu den Männern mit dem Floß hinunter. Sie sahen sie kommen und schnippten ihre Kippen weg. Einer winkte. »*Hola*«, rief er. »Hierher.«
Marisol näherte sich ihnen mit klopfendem Herzen. Die Männer lächelten. Obwohl die beiden halbnackt vor ihr standen, war sie es, die sich entblößt fühlte. Die Männer waren tief gebräunt.
»Sie wollen rüber?«, fragte der Mann, der gewunken hatte.
»Ja.«
»Dann sind Sie bei uns richtig. Ich bin Adolfo. Das ist Felipe. Wir bringen Sie rüber.«
Marisol blickt auf in den Himmel, wo die Sonne fast am höchsten Punkt stand. »Jetzt?«, fragte sie.
»Wann sonst?«

»Sehen die uns nicht?«
»Klar«, sagte Adolfo.
»Das verstehe ich nicht.«
»Wo kommen Sie her?«
»Aus El Salvador.«
»In Guatemala funktioniert das so: Sie zahlen, wir bringen Sie rüber, und drüben zahlen Sie wieder.«
»Ich bezahle Sie noch mal?«
»Nein, Sie bezahlen *die*. Sehen Sie, da drüben.«
Adolfo zeigte, und Marisol folgte seinem Finger mit den Augen. Sie sah, wie ein anderes Floß am gegenüberliegenden Ufer anlegte und zwei Gestalten auf die Überquerer zugingen. Eine schien ein Gewehr zu tragen.
»Drüben wartet die Polizei?«, fragte Marisol.
»Natürlich. Es kostet, an ihnen vorbeizukommen, aber nicht sehr viel. Hundertfünfzig Quetzales oder so. Nicht viel, wenn Sie uns die Tausend gezahlt haben.«
»Ich weiß nicht, wie viel das ist.«
»Sie sind aus El Salvador. Haben Sie US-Dollar?«
»Ja.«
»Wir nehmen einhundert Dollar. Die Überfahrt ist garantiert. Wir fahren gleich los.«
Marisol zögerte. Nicht wegen des Geldes, das hatte sie. Sondern weil es helllichter Tag war und der Fluss offen dalag und die Menschen, die ihn überquerten, das, was da drüben lag, nicht zu fürchten schienen. *Das bist jetzt du*, dachte sie. *Du schaffst das.*
»Hier, nehmen Sie das Geld«, sagte Marisol und gab den beiden fünf Zwanziger. Sie spürte Adolfos und Felipes Blicke auf dem Geldbündel und steckte es schnell wieder weg. »Bringen Sie mich rüber.«
»Wir warten noch auf ein paar mehr. Dann setzen wir über. Warten Sie so lange da.«
Marisol setzte sich auf den Rand des Floßes. Menschen kamen zu zweit oder zu dritt mit ihrem Gepäck zum Ufer herunter und gingen auf Männer wie Adolfo und Felipe zu. Sie schaute hinüber zu der Stelle, an der der Bus sie abgesetzt hatte, gerade war dort ein anderer Bus angekommen und ließ seine Passagiere

aussteigen. Die Hälfte machte sich sofort auf den Weg ans Ufer.

Nach etwa einer Stunde hatten sich drei weitere Passagiere für die Überfahrt eingefunden: ein Mann und eine Frau, die sich fest an den Händen hielten, und ein allein reisender Mann. Als sie von allen das Fährgeld eingesammelt hatten, zogen Adolfo und Felipe das Floß ins Wasser. Marisol zog ihre Schuhe aus und watete in den Fluss. Ihr Rock wurde nass.

Sie halfen ihr, den Koffer festzubinden, und Felipe hob sie aufs Floß. Sie würde nass werden, aber nicht so nass wie Adolfo und Felipe, die mit kräftigen Stößen neben dem Floß herschwammen und die Innenreifen über den schnell dahinfließenden Fluss bugsierten.

Das Licht wurde vom Wasser zurückgeworfen und stach Marisol in den Augen. Das andere Ufer schien weit weg zu sein, kam aber schneller näher als erwartet. Schon bald steuerten sie im flachen Wasser auf die steinige Uferböschung auf der mexikanischen Seite zu. »Buena suerte«, wünschte Adolfo Marisol noch, dann waren er und Felipe schon wieder auf dem Rückweg.

Marisol sah, dass sich zwei mexikanische Polizisten näherten. Einer trug eine Pistole, der andere ein Gewehr. Einen Moment lang kam ihr in den Sinn, dass sie alle illegale Grenzüberquerer waren und erschossen werden würden, aber die Polizisten legten die Waffen nicht auf sie an.

Stattdessen gingen sie als Erstes auf das Pärchen zu, verlangten Geld und bekamen es. Danach bezahlte der allein reisende Mann seine Überfahrt, und dann war Marisol an der Reihe.

»Die Zollgebühr«, sagte der Polizist mit dem Gewehr.

»Wie viel wollen Sie?«

»Wie viel haben Sie?«, fragte der andere.

»Nehmen Sie amerikanisches Geld?«

»Klar«, sagte der erste Polizist.

Marisol wandte sich ab, damit sie nicht sahen, wie viel Geld sie bei sich trug. Sie wickelte zwei Zwanzigerscheine ab und hielt sie den Polizisten hin. »Ist das genug?«

»Gut genug«, sagte der erste. »Wo wollen Sie hin?«

»In die USA.«

»Das ist eine weite Reise. Sie sind illegal im Land. Wenn Sie erwischt werden, schickt man Sie zurück nach Guatemala.«
»Ich muss nur einen Bus finden.«
»Einen Bus? Von hier fahren keine Busse. Leute wie Sie nehmen den Zug.«
»Leute wie ich?«
»Illegale. Sie stehen jetzt außerhalb des Gesetzes. Jeder, der Ihnen hilft oder Sie unterbringt, riskiert Gefängnis bis zu sechs Jahren. Niemand wird Ihnen beistehen.«
»Aber wie kann ich es nach Norden schaffen?«
»Wie gesagt: Nehmen Sie den Zug. Wenn Sie sich beeilen, bekommen Sie vielleicht noch einen, bevor es dunkel wird.«
»Vielen Dank.«
»Danken Sie uns nicht«, sagte der andere Polizist. »Wir wollen nur das Geld. Die nächsten Polizisten, denen Sie begegnen, sind vielleicht weniger freundlich.«
Marisol nahm ihren Koffer und kletterte das Ufer hoch, bis sie an eine Teerstraße kam. Sie zog die Schuhe an, warf noch einen Blick zurück und ging weiter.

17

Ein regelrechter Strom von Migranten war auf dem Weg zu den Zügen, und Marisol folgte ihm. Sie hatte einen Bahnhof mit Wartebänken und Fahrkartenschaltern erwartet, fand aber einen großen und überfüllten Rangierbahnhof vor. Ein langes Stück Maschendrahtzaun war umgerissen worden, sie stieg darüber hinweg.
»Wo ist der Bahnhof?«, fragte sie einen Mann, der in dieselbe Richtung ging.
»Hier ist kein Bahnhof«, erwiderte er.
»Wie sollen wir dann einen Zug nehmen?«

»Oben drauf«, sagte der Mann und zeigte, was er meinte.

Marisol sah, dass die Migranten auf Waggons stiegen, die nicht für Passagiere bestimmt waren. Ein gutes Dutzend saß auf einem Kohlewaggon, andere hielten sich oben auf einem Tankwaggon fest. Überall kletterten Menschen auf die Züge.

Ganz in der Nähe ertönte ein Pfeifsignal. Der Zug, neben dem Marisol stand, ruckte an und setzte sich in Bewegung. Die Leute oben auf einem Frachtcontainer riefen ihr zu: »Los! Kletter hoch! Schnell!«

An der Seite des Containers war eine Leiter, Marisol musste rennen, denn der Zug wurde immer schneller. Sie bekam die unterste Sprosse zu fassen und hatte alle Mühe, mit der einen Hand den Koffer festzuhalten und sich mit der anderen an die Leiter zu klammern.

Eine Frau über ihr streckte ihr die Hand entgegen, aber sie war außer Reichweite; Marisol musste erst weiter nach oben klettern.

Der Boden unter ihren Füßen flog immer schneller dahin, wenn sie noch länger zögerte, würde sie fallen. Sie zog sich mit der freien Hand hoch, bekam die nächste Sprosse zu fassen. Die andere Hand schmerzte von der Anstrengung, gleichzeitig Koffer und Leitersprosse festzuhalten.

»Lass den Koffer fallen!«, schrie die Frau von oben.

Der Zug wurde immer schneller.

»Das geht nicht!«, schrie Marisol zurück.

Mit größter Mühe schaffte sie es eine Sprosse höher, jetzt baumelte sie mit den Beinen in der Luft und versuchte, irgendwo Halt zu bekommen. Ihr Fuß fand den Rand des Flachwagens, auf dem der Container stand, er bot kaum genug Halt für ihre Zehen, aber es reichte. Sie zog sich eine weitere Sprosse hoch, dann noch eine, endlich stand sie mit den Füßen auf der Leiter.

»Gib mir den Koffer!«, rief die Frau. Marisol reichte ihn nach oben.

Das letzte Stück war leichter, obwohl sie einen Krampf in der Hand bekam. Oben angekommen, ließ sie sich zitternd und schwitzend auf den Container fallen. Der Wind wehte über sie hinweg und wurde immer stärker, je mehr der Zug Fahrt aufnahm.

Drei Frauen und sechs Männer saßen auf dem Dach. Einige trugen kleine Rucksäcke, andere reisten ohne Gepäck, aber alle hatten große Plastikkanister mit Wasser oder Drei-Liter-Flaschen mit anderen Getränken dabei. Die Frau gab Marisol den Koffer zurück. »Warum hast du ihn nicht fallen lassen?«, fragte sie. »Du hättest unter die Räder kommen können.«

»Dann hätte ich nichts mehr«, antwortete Marisol.

»Der Koffer ist sowieso ungeeignet. Wie willst du ihn tragen, wenn deine Hände müde werden?«

Marisol schüttelte den Kopf. Sie sah sich um und entdeckte auf allen Waggons Migranten. Einige erwiderten ihren Blick, andere blickten unverwandt nach vorne, zur Spitze des Zuges hin.

»Ich heiße Alicia«, sagte die Frau zu Marisol, ohne die Hand auszustrecken.

»Marisol. Wohin fährt dieser Zug?«

»Nach Norden«, sagte einer der Männer.

»Nach Norden«, stimmte Alicia zu. »Wie weit, weiß niemand. Aber der Zug ist lang, das bedeutet normalerweise, dass er einen weiten Weg hat.«

»Wir fahren bis zum Ende mit?«

»Und dann nehmen wir den nächsten Zug.«

Marisol wandte den Blick zur Seite, drehte den Kopf aber schnell wieder nach vorne. Das Schwanken und die Bewegung des Waggons ließen sie schwindelig werden, sie hatte das Gefühl zu fallen. Besser nach vorne schauen.

Alicia hatte eine Wasserflasche. Sie trank und hielt sie danach Marisol hin. »Hier. Hast du nichts dabei?«

»Ich wusste nicht, dass ich was zu trinken mitbringen muss.«

»Wenn wir anhalten, kaufst du dir besser was, wenn du kannst. Die Sonne und Hitze ... trocknen einen aus.«

Marisol trank nur ein paar kleine Schlucke aus Alicias Flasche. Sie kam sich dumm vor. Busbahnhöfe? Cafés? Billige Hotels zum Übernachten? Das alles hatte sie in Mexiko erwartet, ganz sicher nicht das hier. In Guatemala hatte es keinen interessiert, warum sie nach Norden wollte, aber hier war sie auf der Flucht, wie der Polizist gesagt hatte. »Verhaftet die Polizei die Leute auf den Zügen?«, fragte sie.

Alicia nickte. »Manchmal schon.«
»Hast du das schon mal gemacht?«
»Vier Mal.«
»Und du willst nach Amerika?«
»Wenn ich es schaffe. Mit den Zügen komme ich ziemlich weit. Dann gehe ich zu Fuß. Je weiter man nach Norden kommt, desto sicherer ist es, den Bus zu nehmen oder per Anhalter zu fahren. Ich habe genug Geld für einen Bus bis zur Grenze. Und um einen *coyote* zu bezahlen.«
»Woher kommst du?«, fragte Marisol.
»Aus Honduras.«
»Hat man dich je erwischt?«
»Warum mache ich das wohl zum fünften Mal?«, fragte Alicia und lachte. »Wo kommst du her?«
»Aus El Salvador.«
Alicia wandte sich an die anderen auf dem Dach. »Kommt einer von euch aus El Salvador?«
Ein Mann hob die Hand. »Ich. César.«
»Sie ist auch aus El Salvador«, sagte Alicia. »Ihr solltet zusammen reisen.«
Marisol sah César an. Er war jünger als sie und so dünn, dass sein T-Shirt um seinen Körper schlackerte. Er hatte einen Rucksack und einen Wasserkanister dabei. Seine Schuhe sahen neu aus. Er war eindeutig besser auf diese Reise vorbereitet als sie. César erwiderte den Blick kurz, nickte und wandte sich ab.
»Es ist immer besser, mit den eigenen Leuten zu reisen«, sagte Alicia. Sie zeigte auf drei der anderen auf dem Dach. »Wir sind alle aus derselben Gegend. Wir machen die Reise gemeinsam.«
Dann schwieg sie, und Marisol blieb nur, in die Gegend zu gucken. Der Zug fuhr sehr schnell, wenn sie herunterfiele, würde sie zurückbleiben oder unter den Rädern zermahlen werden, daher rückte sie so weit wie möglich von den Rändern ab und unbewusst ein Stück näher zu César hin, blieb aber in Alicias Nähe. Nach einer Weile ließ sie den Kopf sinken und döste vor sich hin, eingelullt vom Rattern von Stahl auf Stahl.
Den ganzen Tag bis in die Nacht hinein fuhren sie nach Norden.

18

Als sie aufwachte, hing der Mond kränklich gelb schimmernd hoch über ihr. Die anderen schliefen ausgestreckt auf dem Dach des Frachtcontainers. Keiner drehte sich im Schlaf um, als wüsste ihr Unterbewusstsein, dass sie sonst abstürzen und von den Rädern in kleine Stücke gerissen werden würden. Sie schliefen wie tot, absolut regungslos.

Ohne anzuhalten oder die Fahrt zu verlangsamen, hatte der Zug Dörfer und Städte durchquert. Einige der Dörfer ähnelten denen, die Marisol aus ihrer Heimat kannte: Elendsbehausungen ohne Wasser oder Strom, die sich an den Bahngleisen entlangzogen. Manchmal waren Kinder oder Hunde neben dem Zug hergerannt. Die Kinder winkten. Marisol winkte zurück.

Sie hatte Durst, wollte aber niemanden um Wasser bitten. César schlief neben seinem Wasserkanister. Marisol war überrascht, wie stark die Versuchung war, einen Schluck zu stehlen.

Sie setzte sich auf und sah zu den anderen Waggons hinüber. Auch dort schliefen alle. Der Mond tauchte die Landschaft in fahles Licht.

In ihrem Kopf nahm langsam ein Plan Gestalt an. Sie würde mit diesem Zug so weit wie möglich nach Norden fahren, und dann den nächsten nehmen. Vielleicht würde César sie begleiten, vielleicht nicht. Wenn sie sich im Norden gefahrlos unter Mexikaner mischen konnte, würde sie einen Bus nehmen. Außerdem wollte sie irgendwo ihre Kleider waschen und in einem richtigen Bett schlafen. Ihr wurde klar, dass das kein wirklich ausgereifter Plan war.

Sie wurde nicht schlau aus César. Zwei Mal hatte sie versucht, ein Gespräch zu beginnen, hatte einfach nur wissen wollen, von wo aus El Salvador er stammte, aber er war zugeknöpft geblieben. Sie wusste nicht einmal, ob das seine erste Reise war, allerdings ließ seine Ausrüstung vermuten, dass sie es nicht war.

Die Erinnerung an Heriberto war noch frisch. César schien nicht so ein Typ zu sein, aber konnte sie das wissen? Sie wäre lieber mit einer Frau gereist, das würde alles viel einfacher machen.

Marisol hielt sich so lange wie möglich wach, aber die Eintönigkeit der Umgebung ließ ihre Lider schwer werden, und sie schlief wieder ein.

Als sie aufwachte, war es hell, und César und die anderen aßen Kekse und Chips. Marisols Magen verkrampfte sich, selbst wenn sie etwas zum Essen gehabt hätte, hätte sie vermutlich kaum einen Bissen heruntergebracht. Die Spucke lief ihr im Mund zusammen, was zumindest den Durst erträglicher machte.

César merkte, dass sie ihn beobachtete, und bot ihr eine halb volle Tüte Maischips an. »Nimm ruhig«, sagte er, für seine Verhältnisse fast redselig.

Marisol aß nur wenig und ließ einen Rest übrig. César rollte die Tüte zusammen und verstaute sie wieder. Er trank Wasser und hielt Marisol den Kanister hin.

»Danke«, sagte sie.

»*De nada.*«

Nachdem er den Kanister wieder zugeschraubt hatte, starrte er vor sich hin. Marisol hätte gern ein paar Worte mit Alicia gewechselt, aber die war mit ihren Landsleuten aus Honduras ins Gespräch vertieft, auch das Essen teilten sie miteinander.

»Sie sagen, wir sollten zusammen reisen«, sagte Marisol zu César. »Weil wir beide aus El Salvador kommen.«

Vielleicht hatte César genickt. Es war schwer zu sagen.

»Weißt du, wo du hinwillst?«

Marisol dachte schon, er würde nichts sagen, aber schließlich drehte er seine Kappe so, dass er sie ansehen konnte, und erwiderte: »Ojinaga.«

»Ist das ein Ort?«

»Eine Stadt. An der Grenze.«

»Da gehst du rüber?«

Dieses Mal erkannte Marisol das Nicken. »Wo willst du rübergehen?«, fragte er.

»Keine Ahnung.«

»Du hast dir überhaupt keinen Plan gemacht, wie?«

Marisol wurde rot und senkte den Blick. »Ich habe gedacht, ein Ort ist so gut wie jeder andere. Solange man einen Führer hat und ihn bezahlen kann.«

»Das stimmt nicht. An manchen Stellen ist es viel zu gefährlich. Zu viele Polizisten. Man muss da rübergehen, wo sie nicht sind.«

»Ojinaga?«, fragte Marisol.

»Ojinaga.«

»Nimmst du mich mit?«

César sah sie scharf an. »Warum sollte ich dich mitnehmen?«

»Weil du weißt, was du tust.«

»Ich glaube, ich bin alleine besser dran.«

Marisol dachte fieberhaft nach und sagte dann: »Ich kann bezahlen.«

Wieder sah César sie an. »Was willst du damit sagen?«

»Ich habe Geld. Ich kann mit dir teilen.«

»Du kennst mich doch gar nicht.«

»Ich kenne niemanden.«

»Ich bin kein *coyote*.«

»Du musst mir nur zeigen, wo ich hin muss, dann suche ich mir einen.«

César antwortete nicht. Er wandte sich ab, und Marisol hielt das Gespräch schon für beendet, aber schließlich sah er sie aus dem Augenwinkel an und sagte: »Wie viel Geld hast du?«

»Genug, um für uns beide Essen zu kaufen. In einem Hotel zu schlafen. Den Bus zu nehmen.«

»Zeig her.«

Marisol zögerte, holte dann aber die Rolle mit den Geldscheinen hervor. César riss sie ihr nicht aus der Hand, sondern nickte nur.

»Okay, wir reisen zusammen. Aber wir müssen erst nördlich von Mexico City sein, bevor wir in Hotels übernachten und den Bus nehmen können. Südlich davon halten sie immer nach Migranten Ausschau. Bis dahin bleiben wir auf den Zügen.«

»Ist gut«, stimmte Marisol zu.

»Und du übernimmst das Schmiergeld, wenn nötig.«
»Ja.«
Damit schien César zufrieden und starrte wieder in die Landschaft. Marisol hätte gerne noch länger mit ihm geredet, aber er zeigte kein Interesse. Sie zog ihren Koffer an sich und strich mit den Fingern über die Außenhülle. Einerseits fühlte sie sich mit der Abmachung sicherer, andererseits hatte sie immer noch das Gefühl, ein Dummchen zu sein. César war, wenn es hochkam, zwanzig Jahre alt, hatte aber viel mehr Ahnung von der Welt als sie. All die Bleistiftstriche auf ihrer Landkarte waren nichts als Träumereien gewesen. Die Wirklichkeit saß auf einem Frachtzug im mexikanischen Hinterland.

19

Als der Zug endlich hielt, hatte sie keine Ahnung, wo sie waren. Wieder ein Rangierbahnhof, größer als der, auf dem ihre Reise begonnen hatte. Überall Züge, ein Labyrinth auf Rädern, durch das sich die Migranten auf Marisols Zug wieselflink ihren Weg suchten.

Marisol sah sich Hilfe suchend nach César um. Sie kletterte gerade mühsam vom Container herab, da war er schon voraus, verlor sich fast in der Menschenmasse, die von den Waggons herabquoll. Da alle schwiegen oder lediglich flüsterten, wagte Marisol nicht, ihm laut nachzurufen, dass er auf sie warten solle.

Sie huschten über Gleise und an Zügen vorbei, die alle gleich aussahen. César war auf der Suche nach irgendetwas, von dem Marisol nicht einmal ahnte. Einmal hielt er kurz an und wechselte ein paar leise Worte mit einer anderen Gruppe, dann zog er Marisol hastig zu sich heran: »Die Polizei ist da.«

»Wo?«

»Irgendwo da«, sagte er mit einer vagen Handbewegung.

»Was machen wir jetzt?«
»Wir suchen uns einen Zug und hoffen, dass sie uns nicht finden. Sonst müssen wir ihnen Geld geben.«
»Woher weißt du, welchen Zug wir nehmen müssen?«
»Wenn ich ihn sehe, weiß ich es.«
Er ging vor ihr her, Marisol sah viele andere Migranten, die ebenfalls suchten. Schließlich hielt César auf den offenen Laderaum eines Frachtwaggons zu und sprang hinein.
»Der hier?«, fragte Marisol. Für sie sah dieser Zug wie alle anderen aus.
»Der hier.«
Marisol hob ihren Koffer hinein und kletterte hinterher. Der Waggon war leer, der Boden staubig und mit Heu bedeckt. Es roch nach Rost und Öl. »Ich denke –«, setzte sie an.
»Pssst!«
César wich von der offenen Waggontür in den dunklen Schatten zurück und winkte Marisol zu sich. Sie nahm ihren Koffer und folgte ihm, ihre Schritte dröhnten laut, während draußen bleierne Stille herrschte.
Minutenlang verharrten sie regungslos. Als Marisol schon sicher war, dass César sich geirrt hatte, hörte sie Schritte über den Kies knirschen und zwei Männer näher kommen.
Durch die offene Tür fielen zwei Schatten hinein. Einer hob ein Gewehr und legte es an seine Schulter. »Jemand da drin?«, rief ein Mann.
Marisol hielt die Luft an. Sie konnte César nicht sehen, vermutete aber, dass er das Gleiche tat.
Die Schatten verharrten. »Wenn da jemand drin ist, kommen Sie raus. Hier ist die Polizei. Zwingen Sie uns nicht, reinzukommen und Sie rauszuholen.«
»Wenn wir reinkommen und Sie finden«, fügte der zweite Mann hinzu, »ist das nicht gut für Sie.«
Marisol war wie versteinert. Sie hörte César einen Schritt machen und sah ihn ins Licht treten. »Nicht schießen«, sagte er.
»Sind Sie allein?«
»Nein.«
Jetzt kam auch Marisol zum Vorschein. Sie umklammerte im-

mer noch ihren Koffer, konnte ihn nicht loslassen, und das Sonnenlicht, in das sie trat, erschien ihr plötzlich heiß und grell.
Die Polizisten waren magere Männer in schlecht sitzenden braunen Uniformhemden mit Abzeichen. Beide waren bewaffnet, aber es war der kleinere, der das Gewehr hielt. Sie lächelten, weder Marisol noch César erwiderten das Lächeln.
»Nur zwei?«, fragte der mit dem Gewehr.
»Nur wir«, sagte César.
»Da drin ist genug Platz für viele.«
»Nein, wir sind nur zu zweit.«
»Kommt da runter.«
César sprang aus dem Waggon. Der andere Polizist half Marisol mit ihrem Koffer und bot ihr eine helfende Hand an, als sie herunterkletterte.
»Wo kommt ihr her?«
»Aus Guatemala«, log César. Marisol widersprach ihm nicht.
»Seid ihr verheiratet?«
»Nein, *señor*. Sie ist meine Cousine.«
»Na, ihr beide fahrt jetzt zusammen nach Hause.«
»Bitte«, sagte Marisol plötzlich.
Die Polizisten sahen sie an. Der mit dem Gewehr fragte: »Was soll das heißen?«
»Bitte schicken Sie uns nicht zurück.« Marisol sah nur noch verschwommene Umrisse und merkte, dass sie weinte. Flehend hob sie die Hände. »Wir wollen hier nicht bleiben, wir wollen bloß nach Amerika. Bitte. Lassen Sie uns gehen.«
»So sind die Gesetze. Ihr seid Illegale.«
»Wir bezahlen«, sagte Marisol. »Wir haben Geld. Wir geben Ihnen Geld, wenn Sie uns gehen lassen.«
»Wie viel zahlt ihr?«
Die Frage ließ sie innehalten. Wenn sie ihnen ihr ganzes Reisegeld gab, hätte sie nur noch die Scheine, die sie am Körper trug, und alle, auch César, würden wissen, dass sie eine große Summe dabei hatte. Es war ihr letztes Geheimnis.
»Wie viel zahlt ihr?« Der Mann wiederholte seine Frage.
»Wie viel wollen Sie?«
Der Polizist überlegte. »Zweihundert. Für jeden.«

Marisol zuckte zusammen. Das war viel Geld. »Nehmen Sie amerikanisches Geld?«

»Sie haben amerikanisches Geld? Wo haben Sie das denn her?«

»Nehmen Sie es?«

Die Polizisten wechselten einen Blick und nickten.

Marisol zahlte. Sie war nicht sicher, ob das Geld reichte, aber die Polizisten schienen zufrieden. Im Handumdrehen waren die Scheine in ihren Taschen verschwunden.

»Um über die Grenze zu kommen, brauchen Sie aber einen ganzen Batzen mehr«, sagte der mit dem Gewehr.

»Viel mehr«, bekräftigte der andere.

»Wir schaffen es schon«, sagte César.

»Sind das etwa Widerworte?«

»Nein, *señor*.«

»Dann steigt mal in den Zug. Ich glaube, der hier fährt nach Zacatecas.«

Marisol beeilte sich, wieder in den Waggon zu kommen, sie spürte die Blicke der Polizisten im Rücken. César half ihr hoch, was er zum ersten Mal tat, aber sein Gesicht blieb ausdruckslos.

Die Polizisten gingen immer noch nicht. »In den USA wird es für euch nicht leichter werden«, sagte der mit dem Gewehr. »Amerikaner nehmen kein Schmiergeld.«

Damit wandten sie sich ab. Marisol sah ihnen nach. Erst als ihre Schritte verklungen waren, atmete sie laut auf. César setzte sich neben sie. »Gott sei Dank«, sagte er. »Ich hatte Angst.«

Marisol sah ihn an. Sie konnte immer noch nichts von seiner Miene ablesen. Nur um Augen und Mund herum bemerkte sie eine gewisse Anspannung. Sie verstand ihn nicht. »Du hattest Angst?«, fragte sie.

»Klar. Man weiß nie, ob sie das Geld nehmen.«

Sie fragte sich, wie alt César sein mochte, der so viel wusste und doch so jung war. Sie hatte das Gefühl, jünger als er zu sein und kopflos durch die Welt zu stolpern. Ihr Herz klopfte immer noch heftig.

»Zacatecas«, sagte César. »Das ist gut. Du willst duschen, schlafen und den Bus nehmen? Von da an geht das.«

20

Auf der dreitägigen Fahrt gingen erst Césars Essensvorräte zu Ende, dann das Wasser. Sie teilten sich die Lebensmittel so gut wie möglich ein, aber es reichte hinten und vorn nicht. Und obwohl sie im Frachtwaggon zumindest im Schatten saßen, war die Hitze unerträglich. Manchmal tanzten Punkte vor Marisols Augen.

Am dritten Tag zogen Wolken auf, und als sie auf den Rangierbahnhof in Zacatecas einfuhren, tobte ein gewaltiges Unwetter über ihnen. Sie rannten aus dem Bahnhof hinaus und in ein Meer aus Schlamm hinein.

Meilenweit liefen sie durch den Regen, bis sie ein Motel fanden. Der Rezeptionist ignorierte ihren Zustand und nahm bereitwillig Marisols Dollars an. Ihr Zimmer lag im oberen von zwei Stockwerken, der Regen trommelte auf das Dach über ihnen.

Im Zimmer standen zwei schmale Betten, ein Fernseher und ein Telefon. Césars tropfnasses T-Shirt klebte an seinem Körper; er war zu Beginn der Reise schon schmal wie ein Windhund gewesen, das Hungern in den letzten Tagen hatte es nicht besser gemacht.

Marisol legte ihren Koffer auf eines der Betten und wrang das Wasser aus ihrem Rock. Ihre Schuhe waren schlammverkrustet. Sie wollte versuchen, sie zu säubern.

César ging ins Bad, und sie hörte ihn aus dem Wasserhahn trinken. Danach trank auch sie gierig, bis ihr Bauch ganz schwer war. Wahrscheinlich würde ihr übel werden, aber da sie seit fast zwei Tagen nichts mehr in den Magen bekommen hatte, war ihr das egal.

»Gib mir etwas Geld«, bat César. »Ich hole was zu essen.«
Marisol gab ihm Geld, und er verschwand.

Sie ging ins Bad und zog ihre nasse Kleidung aus. Die Sachen im Koffer waren zwar schon getragen, aber dafür trocken, also zog sie sich um und hängte die nassen Kleider an der Duschstange auf.

César kehrte mit Brot, Fleisch und Getränken zurück. Vor Nässe tropfend warf er sich auf sein Bett und fiel über das Essen her. Auch Marisol merkte nach dem ersten Bissen, wie ausgehungert sie war. Sie aßen alles auf, was er eingekauft hatte.

»Auf dem Weg habe ich eine *lavandería* gesehen«, sagte César. »Und einen Laden, in dem du neue Schuhe kaufen kannst. Die da sind nutzlos. Du brauchst welche, in denen du lange Strecken laufen kannst. Und wir besorgen uns Essensvorräte.«

»Wie weit ist es noch?«

»Mit dem Bus? Vielleicht zwei Tagesreisen. Wir müssen sauber und ordentlich aussehen, damit wir keinen Verdacht erregen.«

»Das kriegen wir hin.«

César nickte und lächelte zum allerersten Mal, wenn auch nur ein wenig. »Das kriegen wir hin.«

Sie blieben zwei Tage lang im Motel, um wieder zu Kräften zu kommen und sich auszuruhen. Marisol brachte ihre dreckigen Sachen in die *lavandería* und kaufte sich Turnschuhe.

Bevor sie das Motel verließen, duschten sie und zogen saubere Kleidung an. César gelte seine Haare nach hinten, Marisol schminkte sich. Wie gehabt schenkte der Rezeptionist ihnen keinerlei Beachtung, aber rief ein Taxi, als sie ihn darum baten.

Das Taxi brachte sie zum Busbahnhof. Dort mischten sie sich unter die Menge, wobei Marisol jeden Moment fürchtete, die Polizei würde auftauchen und sie festnehmen. César blieb entspannt und kaufte die Fahrkarten. Als er zu ihr zurückkehrte, nahm er sogar ihre Hand. »Alles okay?«, fragte er.

»Ja«, erwiderte Marisol. »Alles erledigt?«

»Ja. Erst bis Torreón, dann weiter nach Chihuahua. Von dort nehmen wir den Bus nach Ojinaga. Morgen sind wir in Chihuahua.«

So nah, dachte Marisol.

»Was machen wir jetzt?«, fragte sie.

»Nichts. Es liegt in Gottes Hand.«

Gott. Marisol hatte keine Ahnung, welcher Wochentag war, nicht einmal das Datum wusste sie. Falls Sonntag war, würde sie in die Kirche gehen und für eine sichere Reise beten? Auf ihre Art hatte sie jeden Tag dafür gebetet. Sie war froh, César bei sich zu haben, froh, es so weit geschafft zu haben, und froh, dass sich bald am Río Bravo alles entscheiden würde.

21

Anders als die Busse, die sie vorher genommen hatte, war der Bus ab Zacatecas klimatisiert und hatte hohe, gepolsterte Sitze. Marisol stieg hinter César ein, nervös suchte sie in den Gesichtern der Mitreisenden nach Anzeichen, dass sie durchschaut worden waren. Der Fahrer hatte ein Funkgerät, er könnte jederzeit die Polizei rufen und sie am Straßenrand übergeben.

Irgendjemand hatte eine Zeitschrift liegen lassen. Ein Promimagazin voller Hochglanzbilder von Männern und Frauen, die Marisol nicht kannte, und Werbung für Produkte, von denen sie noch nie gehört hatte. Sie las jedes einzelne Wort, und dann noch einmal und noch einmal. Erst dann hatte sie genug, legte die Zeitschrift weg und versuchte zu schlafen.

Sie träumte vom Fluss. Da sie noch nie ein Foto davon gesehen hatte, musste sie ihre Fantasie spielen lassen. Sie stellte sich einen breiten, tiefen Strom vor, an den Ufern glitschige Steine, zwischen denen Frösche lebten, und sie selbst lief barfuß ans Wasser hinunter und hörte sie quaken. Am anderen Ufer verdeckte Schilf die Böschung, dort flogen Insekten umher.

Sie steckte die Hand ins Wasser, das schnell durch ihre Finger strudelte und weiter, immer weiter bis in den Golf von Mexiko floss. Das Meer hatte sie auch noch nie gesehen und konnte sich den Anblick und den Geruch nicht vorstellen. Wenn sie erst in

Amerika war, würde sie vielleicht irgendwann den Ozean sehen. Oder sogar an der Küste leben. Sie ließ sich vom Traum treiben. Perquín kam ihr in den Sinn, weit weg und winzig, als würde sie es durch das falsche Ende eines Fernrohrs betrachten. Alles war klein – die Straßen, die Gebäude, das Haus ihrer Großmutter – und wurde von grünem Wald verschluckt. Sie fühlte sich ihrem Heimatdorf so fremd wie jemand, der noch nie dagewesen war; es schien in einer anderen, seltsamen Welt zu existieren. Und Lupita war nur noch ein Staubkörnchen.

Jetzt rollten Räder unter ihr, sie fuhr über eine entlegene Straße. Trieb auf schaukelnden Kissen über Wasser, das von Rädern aufgewühlt wurde. Und lächelnde, fremde, schöne Gesichter kamen auf sie zu.

Sie wachte auf. Es war dunkel. Auf der anderen Seite des Gangs schlief César, den Kopf zur Seite gekippt, mit offenem Mund. Sie hörte ihn schnarchen.

Sie fuhren durch eine vertrocknete, zerklüftete, schwarz daliegende Landschaft. Irgendwann tauchten in der Dunkelheit Lichtpunkte auf, und sie erreichten die Ausläufer einer Stadt, die wohl Chihuahua sein musste. Sie waren fast am Ziel.

Marisol sah, wie die Stadt sich aus dem Staub erhob und zu Schildern und Straßenlaternen und vorbeifahrenden Autos formte. Sie wusste nicht, wie spät es war, doch die Stadt war noch wach. Marisol streckte sich und überlegte, ob sie César wecken sollte. Im Schlaf wirkte er viel jünger, das Misstrauen war aus seinem Gesicht gewichen.

Auch die anderen Passagiere regten sich. Wie viele waren hier wohl am Ziel, und wer würde weiterreisen? Würden manche Gesichter ihnen auf dem Weg nach Ojinaga noch einmal begegnen? Waren diese Menschen auch auf dem Weg zur Grenze?

César wachte auf, und Marisol wandte schnell den Blick ab, er sollte nicht merken, dass sie ihn beobachtet hatte. Als sie wieder hinsah, lag erneut die Maske auf seinem Gesicht. Er nickte ihr zu.

Der Busbahnhof lag zu dieser späten Stunde fast völlig verlassen da, die Fahrkartenschalter waren geschlossen. Ein einsamer Polizist wanderte durch die Wartehalle, er kümmerte sich nicht um die Leute, die ausgestreckt auf den Bänken lagen und schliefen. Marisol vermied es, ihm in die Augen zu sehen.

César ging zu der Tafel mit dem Fahrplan. Marisol wartete mit dem Koffer auf den Knien auf einer Bank und hoffte, sie sähe aus wie jede andere Mexikanerin. Würde ihr restliches Geld noch für weitere Bestechungen reichen? Sie waren jetzt fast in Ojinaga, und sie wollte auf keinen Fall zurückgeschickt werden.

»Wir müssen bis morgen früh warten.« César war zurückgekommen.

»Ich will hier nicht bleiben«, sagte Marisol.

»Warum nicht?«

»Der Polizist«, erwiderte sie rasch.

»Okay.«

Sie verließen die Wartehalle und sahen unter einer Straßenlaterne ein Taxi stehen, dessen Fahrer ein Buch las und rauchte. Marisol bat ihn, sie zu einem preiswerten Hotel zu bringen, und setzte sich neben César auf die Rückbank.

Das Taxi brachte sie zu einer kleinen Pension einige Meilen entfernt, wo sie eine alte Frau empfing und ihnen saubere Handtücher gab. Im Zimmer stand nur ein Bett.

»Das nimmst du«, sagte César. »Ich lege mich auf den Boden.«

»Das musst du nicht. Ich kann genauso gut auf dem Boden schlafen.«

»Nein, ist schon gut.«

Weder Marisol noch César hatten das Bedürfnis zu reden, Pläne zu schmieden, sich ihre Träume zu erzählen. Marisol wusste, dass sie beide nur noch eines im Sinn hatten: die Grenze. Sie lag lange wach und malte sich aus, wie diese wohl aussah, die Bilder aus ihrem Traum mischten sich mit denen im Wachzustand. Natürlich würde die Realität ganz anders sein als ihre Vorstellung.

Nach einer Weile hörte Marisol César neben dem Bett leise schnarchen. Bestimmt würde sie selbst kein Auge zumachen. Der Raum war zu klein, um aufzustehen und hin und her zu gehen. Sie setzte sich im Bett auf, lehnte sich an das Kopfende und starrte in die Dunkelheit.

Was passierte wohl gerade im Haus ihrer Großmutter? Ganz Perquín schlief bestimmt. Und was geschah im Haus ihres Bruders in San Salvador? Träumten sie dort von ihr? Sahen sie sie im Schlaf aus weiter Entfernung? Draußen fuhr mit dröhnendem Motor ein Truck vorbei und tauchte den Raum kurz in helles Licht. Marisol legte sich wieder hin und schlief bald darauf ein.

22

Das bestellte Taxi ließ so lange auf sich warten, dass sie fast den Bus verpasst hätten. Der war nicht so luxuriös wie der vorige, aber immer noch um Welten besser als der, den Marisol in Perquín bestiegen hatte. Der Morgen war kühl, Marisol ließ das Fenster herunter und atmete die frische Luft ein.

Die Straße führte durch eine verlassene Gegend, die spärlich mit Kakteen, trockenen Gräsern und verkrüppelten Bäumen bewachsen war. Marisol konnte sich nur noch verschwommen erinnern, wann sie zuletzt das tiefe Grün gesehen hatte, das Perquín umschloss. Irgendwo in Guatemala. Es schien eine Ewigkeit her.

Nach drei Stunden Fahrt kam Ojinaga in Sicht. Eine niedrig gebaute Stadt auf flachem Land, die Gebäude standen vereinzelt in der Gegend herum, bis sie sich in der Mitte zu einem Zentrum zusammenwürfelten. Marisol sah viele Schilder von Zahnarztpraxen. Die Menschen gingen zu Fuß. An der Hauptstraße parkten ein paar Autos, es gab nur wenig Verkehr.

Ojinaga hatte keinen richtigen Busbahnhof, nur ein kleines Gebäude mit einem Fahrkartenschalter, davor einen Gehsteig zwischen zwei Fahrbahnen. Als Marisol und César den Bus verließen, brannte die Sonne grell und heiß auf sie herunter.

Marisol verspürte Hunger, der Geruch von Essen lockte sie über die Straße in ein kleines Café. Sie bestellten Eier mit Chorizos und frisch gepressten Orangensaft. Die Bedienung behandelte sie wie alle anderen Kunden, und Marisol hoffte, dass sie nicht fremd wirkten und wie normale Mexikaner aussahen. Sie sprachen gutes Spanisch und waren sauber und ordentlich, keine Fremden aus einer anderen Welt.

»Was machen wir jetzt?«, fragte Marisol, als sie aufgegessen hatten und auf die Rechnung warteten. »Einen *coyote* suchen?«

»Ja«, antwortete César. »Aber es ist noch zu früh. Wir müssen bis zum Abend warten.«

Nachdem sie das Café verlassen hatten, wandten sie sich ziel- und planlos nach Norden. Und sahen schon bald den Fluss und die Brücke, die darüber führte.

Marisol hatte recht behalten: Die Realität war völlig anders als ihre Fantasie. Sie hatte nicht geahnt, wie staubig und verdorrt das Land war, durch das sich der Fluss zog, auch nichts von der hässlichen Funktionalität der Brücke. Eine Schlange aus Autos, anderen Fahrzeugen und Trucks stand wartend davor. Auf die Entfernung konnte Marisol die amerikanischen Grenzbeamten nur als dunkle Gestalten ausmachen, die einen Wagen nach dem anderen durchsuchten.

Sie würde diese Brücke nicht einfach zu Fuß überqueren können. Sie hatte schon für Mexiko kein Visum und besaß nur ihre Ausweispapiere aus El Salvador. Und Bestechung kam nicht infrage, auf so etwas reagierten die Amerikaner äußerst ungnädig.

Sie sah César an, der ebenfalls auf den Fluss starrte. Sie konnte nicht wissen, was ihm gerade durch den Kopf ging. Es sei denn, sie fragte. »Was denkst du?«

»Ich denke, dass ich das hier zum allerletzten Mal machen will.«

»Wie oft hast du es schon gemacht?«

»Drei Mal.«

»Du musst noch sehr jung gewesen sein.«

»Ja. Ich war immer mit meiner Mutter unterwegs. Jedes Mal hat uns *la migra* geschnappt und zurückgeschickt. Sie konnte es nicht noch einmal versuchen, aber sie wollte, dass ich gehe. Deswegen bin ich jetzt hier.«

»Meinst du, diesmal schaffst du es?«

César sah sie wie aus weiter Ferne an. »Ja. Dieses Mal schaffe ich es.«

Damit wandten sie sich ab und wanderten durch Ojinaga. Marisol spürte, dass ihr Koffer Blicke auf sich zog, und hätte ihn gerne irgendwo aufbewahrt, aber dazu gab es keine Möglichkeit. Schließlich kamen sie an einen Park mit einem großen Schattenbaum und einem kleinen *fútbol*-Feld. Auch Klettergerüste für Kinder standen hier, allerdings waren keine Kinder zu sehen. Marisol setzte sich auf eine Bank, nach kurzem Zögern nahm César neben ihr Platz.

»Danke«, sagte er nach langem Schweigen.

»Wofür?«

»Du bist sehr großzügig gewesen. Du kennst mich nicht und hast dein Geld mit mir geteilt.«

»Du hast auch mit mir geteilt«, entgegnete Marisol.

»Das war nichts. Ich habe eine Schwester. Du erinnerst mich ein bisschen an sie.«

»Sie wollte nicht nach Norden?«

»Nein, ihr geht es da gut, wo sie ist. Drei Kinder und ein Ehemann. Der einen guten Job hat. Sie kommen zurecht. Wenn ich in Amerika bin, schreibe ich ihnen.«

Auf der anderen Seite des Parks sah Marisol eine Frau, die ein Baby auf dem Arm trug und ein Kleinkind an der Hand führte. Sie überquerte das *fútbol*-Feld und hielt auf die Klettergerüste zu. Marisol wurde unruhig. Sie hockten hier buchstäblich auf gepackten Koffern herum, und man konnte nicht wissen, was die Frau von ihnen halten würde.

»Meiner Mutter schreibe ich auch«, fuhr César fort. »Sobald ich Arbeit habe, schicke ich ihr Geld. Es geht ihr nicht gut. Sie findet keinen Job.«

»Was ist mit deinem Vater?«, fragte Marisol. Die Frau kam immer näher.

»Der ist weg. Ich weiß nicht, wo er ist.«

»Dann bist du der Mann in der Familie.«

»Vermutlich. Ich denke nicht darüber nach.«

Das Kind lief auf das Klettergerüst zu und machte sich sofort an den Aufstieg. Die Mutter steuerte mit dem Baby direkt auf die Bank zu, auf der Marisol und César saßen. Marisol stockte fast der Atem.

»*Buenos días*«, sagte die Frau, als sie vor ihnen stand.

»Hallo«, erwiderte Marisol. »Möchten Sie sich setzen?«

Sie rutschte zur Seite, die Mutter ließ sich neben ihr nieder. Sie war nicht älter als Marisol und seufzte tief. »Danke sehr. Die Kleine hier ist ganz schön schwer.«

»Sie ist sehr hübsch.«

»Ja. Sie heißt Luz. Ich bin Manuela.«

César drehte sich weg und stellte seinen Rucksack zwischen Manuela und sich. Marisol hatte keine Wahl. »Ich heiße Marisol. Wie alt ist Luz?«

»Acht Monate.«

Marisol nickte. Sie wusste nicht, was sie sonst noch sagen sollte.

Manuela unterbrach die Stille: »Ihr seid auf der Durchreise?«

»Ja.«

»Über den Fluss?«

Wieder stockte Marisol der Atem. Sie bemerkte Césars Anspannung, doch sie nickte. »Ja. Aber wir machen keinen Ärger.«

Manuela lächelte. »Ihr seht mir nicht aus, als würdet ihr Ärger machen. Wir sehen hier ständig Überquerer. Von woher kommt ihr?«

»Von weit weg.«

»Ich höre Ihren Akzent. Es muss sehr weit sein.«

»Sie machen sich keine Vorstellung«, sagte Marisol, und ihre Anspannung ließ nach. Der kleine Junge auf dem Klettergerüst quietschte freudig, und das helle Sonnenlicht und die Hitze fühlten sich plötzlich weniger bedrückend an. Sie saßen einfach zu viert auf einer Bank, ohne Angst.

»Habt ihr schon einen *coyote* gefunden?«

»Nein.«

»Geht ins El Vaquero. Das ist eine Bar im Westteil der Stadt. Die kennen alle. Dort findet ihr *coyotes*.«

»Danke«, sagte Marisol.

»Seien Sie vorsichtig«, erwiderte Manuela. »Sie sind eine nette Frau. Ich möchte nicht, dass Ihnen was passiert.«

23

Wie Manuela gesagt hatte, war das El Vaquero leicht zu finden. Marisol und César erreichten die Bar kurz nach Einbruch der Dunkelheit, als sie voller Menschen und der Parkplatz gut besetzt war. César bestand darauf, ihr Gepäck in einem Dickicht aus stachligen Büschen zu verstecken. »Wir wollen nicht wie Landeier aussehen«, sagte er.

Beim Eintreten schlug Marisol der Geruch von Zigarettenrauch und Alkohol entgegen. Aus einem Lautsprecher direkt über der Tür dröhnte Musik. Als Marisol auf der Bühne eine nackte Frau entdeckte, wandte sie schnell den Blick ab.

Marisol hatte César Geld gegeben, von dem er jetzt an der Theke Getränke holte. Mit ihm an ihrer Seite fühlte sich Marisol sicher, aber als er zwischen den Männern in Richtung Bar verschwand, hatte sie das Gefühl, alle würden sie anstarren.

César drückte ihr ein kaltes Glas in die Hand. Marisol beugte sich zu ihm und sagte: »Ich trinke nicht.«

»Ist nur Mineralwasser.«

Es gab kaum Platz zum Stehen, zum Sitzen erst recht nicht. Schließlich wurden sie in eine Ecke neben einen uralten Zigarettenautomaten gedrängt, mit direkter Sicht auf die Bühne und die Auftritte der nackten Frauen. Immer, wenn eine neue kam, dröhnte ein anderer Song aus den Lautsprechern und in Marisols Ohren. Um die nackten Mädchen nicht ansehen zu müssen, starrte sie abwechselnd die Decke oder den Fußboden an.

»Ich gehe jetzt los«, sagte César schließlich.

»Gehen? Wohin?«

»Einen *coyote* finden.«

»Halt«, sagte Marisol und hielt ihn am Ärmel fest. »Nimm mich mit.«

»Wir können nicht die ganze Zeit zusammenbleiben. Warte einfach hier auf mich.«

Bevor sie widersprechen konnte, war César schon in der Menge verschwunden. Wieder betrat ein neues Mädchen im Bikini die Bühne, und die Männer johlten.

Marisol hielt nach César Ausschau, ihr Herz klopfte, das Blut rauschte ihr schmerzhaft in den Ohren. Krampfhaft hielt sie sich an ihrem leeren Glas fest. Sollte irgendwer es wagen, sie anzufassen, würde sie ihm das Glas ins Gesicht schlagen.

Erst mehrere Songs später kehrte César zurück und bedeutete ihr, ihm zu folgen. Sie schob sich vorsichtig an einer Gruppe von Männern vorbei und streckte die Hand aus, César ergriff sie und zog Marisol zu sich.

»Hast du einen *coyote* gefunden?«, fragte sie. Dazu musste sie ihm ins Ohr brüllen, die Musik war lauter denn je.

»*Sí*. Komm mit.«

Sie verließen die Bar. Marisol merkte, dass sie immer noch das Glas in der Hand hielt.

Draußen auf dem Parkplatz trafen sie neben einem dreckigen weißen Pick-up einen mageren jungen Mann, wohl noch jünger als César. Er trug einen schmalen Schnurrbart, kaum mehr als ein Strich. »Das ist sie?«, fragte er, als sie vor ihm standen.

»Meine Cousine«, sagte César.

»Hast du ihr gesagt, wie viel?«

»Noch nicht.«

Der junge Mann seufzte und wandte sich an Marisol. »Die Überquerung kostet fünftausend. Ihr kommt jetzt mit und zahlt. Kein Rabatt, kein Gefeilsche.«

»Wir gehen jetzt rüber?«, fragte Marisol.

»Nein. Wir bringen euch unter. In ein, zwei Tagen gehen wir rüber. Hast du das Geld?«

»Ja.«

»Dann steig hinten in den Truck.«

»Meine Sachen«, wandte Marisol ein.

Wieder seufzte der junge Mann. »Beeilt euch!«

César holte das Gepäck aus dem Versteck und kletterte auf die Ladefläche des Trucks. Er half Marisol hoch, der junge Mann setzte sich ans Steuer und ließ den Motor an. Es war dunkel und wurde schnell kalt. Marisol wünschte sich, sie hätte einen Pullover.

Nach etwa zwanzig Minuten Fahrt hielt der Truck vor einem Wohnblock. Sie stiegen von der Ladefläche und folgten dem jungen Mann zu einer Tür im Erdgeschoss. Er holte einen Schlüssel hervor. »Ihr bleibt hier. Jemand kommt dann und holt das Geld ab. Haltet es bereit.«

Die Tür ging auf und setzte menschliche Gerüche aller Art frei. Auf dem Boden des Vorderzimmers lagen überall Matratzen, in einer Ecke stand eine Tischlampe. Die dort wartenden Menschen sahen hoffnungsvoll auf, als der junge Mann Marisol und César hineinschob.

»Geht nicht nach draußen«, sagte er. »Lasst die Fenster zu. Macht keinen Lärm.«

»Ich kann gleich bezahlen«, sagte Marisol.

»Wie schon gesagt: Es kommt jemand.«

»Bist du unser *coyote*?«

»Lass die Fragen! Geht da jetzt rein!«

Als sie eingetreten waren, schloss der junge Mann hinter ihnen die Tür ab, die sich von innen nicht mehr öffnen ließ. Im Raum war es stickig und trotz der Lampe sehr dunkel. Marisol meinte, Urin und anderes zu riechen.

Niemand sagte ein Wort. Marisol und César gingen von einem Zimmer ins andere, insgesamt waren es drei, die alle gleich aussahen: voller Matratzen und Menschen. Im kleinsten Zimmer fand sich etwas Platz, dort ließen sie sich mit ihren Sachen nieder. Neben ihnen hockte ein Mann mit einem kleinen Mädchen. Er nickte Marisol zu.

»So läuft das also?«, fragte Marisol César. In der Stille wirkte ihre Stimme unnatürlich laut.

»Ja«, antwortete César. Er legte seinen Rucksack als Kissen auf eine der Matratzen und streckte sich aus. Das kleine Mädchen starrte sie an.

24

Am ersten Tag kam niemand. Marisol fand heraus, dass die Toilette im Bad verstopft war und bestialisch stank. Aber die Dusche funktionierte, und sie konnte sich waschen. Danach zählte sie auf ihrer Matratze die fünftausend Dollar ab, ohne sich noch darum zu sorgen, dass alle ihr Geld sahen. Etwas über eintausend Dollar blieben ihr noch, die sie in den Koffer steckte.

Es war nichts zum Essen da, zum Trinken nur Leitungswasser. Jemand aus dem Vorderzimmer füllte Wasser in Eiswürfelformen, ließ es in der Tiefkühltruhe gefrieren und verteilte die Würfel. Kein richtiges Essen, aber wenigstens etwas zum Kauen.

Marisol erfuhr den Namen des Mannes und des kleinen Mädchens, Rudolfo und Inez. Sie war seine Nichte und fast acht Jahre alt. Sie sprachen nicht viel, denn schweigend schienen sich die Enge der Wohnung und die steigende Hitze besser ertragen zu lassen. Reden kostete Kraft.

Am zweiten Tag wurde die Tür aufgeschlossen, und ein Mann erschien, den Marisol nicht kannte. Er war groß, hatte einen dicken Bauch und trug eine Pistole am Gürtel. Die Leute bedrängten ihn mit Fragen, aber er scheuchte sie weg. »Wo sind die Neuen? Die beiden Neuen, wo seid ihr?«

Marisol und César meldeten sich. »Hier.«
»Ihr schuldet mir Geld.«
»Sind Sie unser *coyote*?«
»Gib mir einfach das Geld. Fünftausend Dollar.«

Marisol gab das dicke Geldbündel nur ungern aus der Hand. Sie spürte Widerwillen, als er es ihr abnahm, und ein Gefühl von Verlust, als er nachzählte. Die lange, mühevolle Zeit, die sie gebraucht hatte, um es zu verdienen, war nichts gegen den einen Moment, in dem sie es weggeben musste.

Der Mann stopfte die Scheine in seine Taschen. »Gut«, sagte er. »Ihr habt Glück: Wir gehen morgen, also müsst ihr nicht lange warten. Und euer *coyote* ist der beste. Ihr bekommt was für euer Geld.«

Danach schloss der Mann sie ein, und in der Wohnung kehrte wieder Lethargie ein. Alle paar Stunden gab es einen neuen Eiswürfel zum Kauen, so markierte Marisol die verstreichende Zeit.

Der dritte Tag schien endlos, denn heute würde es endlich losgehen. Marisol wusste nicht, wie lange die anderen schon in der Wohnung festgehalten wurden, aber sie konnte die Verzweiflung in ihren Augen sehen. Nach einer Woche in dieser Behausung würde sie sicher genauso aussehen.

Erleichtert sah sie die Sonne untergehen und wartete auf das Geräusch des Schlüssels in der Tür und die Rückkehr des Mannes mit der Pistole. Ein letztes Mal teilte sie mit den anderen die Eiswürfel, dann drang Motorenbrummen durch die dünnen Wände, und sie hörten laute Stimmen und Schlüsselgeklimper.

Der Mann mit der Pistole kam in Begleitung eines weiteren Mannes, der eine blaue Windjacke trug. Der Mann mit der Waffe stellte ihn wie einen alten Freund vor, dann gingen sie wieder nach draußen und diskutierten weiter. Marisol hörte heraus, dass sie sich über irgendetwas nicht einig waren.

Der Mann mit der Pistole war in einem Pick-up gekommen, kurz darauf traf der dreckige weiße Truck ein, in dem Marisol und César hergebracht worden waren. Der Mann mit der Pistole nannte den jungen Mann Ignacio und den mit der Windjacke Luis. Marisol gelang es, den Namen des Pistolenmanns aufzuschnappen: Ángel.

»Machen wir uns auf den Weg«, sagte Ángel. »Holen wir sie raus.«

Die Grenzquerer verließen die Wohnung und versammelten sich zwischen den beiden Trucks. Sieben Männer, vier Frauen, ein Kind. Marisol hielt den Koffergriff mit beiden Händen umklammert.

»Ihr da, in den weißen Truck«, befahl Ángel. »Die anderen in meinen. Beeilt euch!«

Sie gehorchten. Marisol sah den Mann namens Luis mit bestürzter Miene an der Seite stehen. Er war anders als die beiden anderen. Er sagte nichts, aber sein Blick sprach Bände.

Kurz darauf fuhren die beiden Trucks über einsame Straßen durch die Nacht. Zuerst schien es, als würden sie zur Brücke fahren, aber dann bogen sie von der Hauptstraße ab und nahmen Seitenstraßen, die zu holprigen Schotterwegen wurden. Gelegentlich sah man im Scheinwerferlicht ein Kaninchen fliehen. Marisol versuchte nachzuvollziehen, in welche Himmelsrichtung sie fuhren, hatte aber schon nach wenigen Minuten die Orientierung verloren.

Der Feldweg endete im Nirgendwo, vorsichtig setzten die Trucks den Weg fort. Marisol konnte überhaupt keine Landmarken mehr sehen, nur die Sterne und einige Bäume, die aus der Dunkelheit auftauchten.

Nach langer Fahrt hielten sie an, die Motoren wurden abgestellt, und bis auf das gelegentliche Knacken von Metall herrschte Stille. Ángel, Luis und Ignacio stiegen aus und redeten eine Weile miteinander, dann kam Luis zu ihnen. »Steigt aus«, sagte er. »Wir gehen hier ganz in der Nähe rüber.«

Die Gruppe versammelte sich in der Dunkelheit. Marisol spürte César neben sich. Die Sterne warfen ihr silbriges Licht auf die Überquerer und zeigten Marisol, wohin Luis sie führte.

25

Obwohl Marisol den Fluss weder sehen noch riechen konnte, spürte sie ihn ganz in der Nähe. Sie marschierten schnell nach Norden, als plötzlich in der Dunkelheit ein weiterer Truck zu erkennen war. Zwei Männer kamen auf sie zu, die ihre Namen nicht nannten.

»Hört zu!«, verkündete Ángel in leisem Ton. »Ich sage euch jetzt, wie ihr euch die Überquerung verdienen werdet. Das Geld war nur die Anzahlung. Ihr werdet etwas für mich rübertragen.«

Die Ladeklappe des Trucks war heruntergelassen, auf der Fläche lagen viereckige Bündel, die von den beiden Männern abgeladen und auf den Boden gelegt wurden. Marisol sah, dass sie mit Klebeband zusammengeschnürt wurden. Sie verströmten einen Geruch, der ihr unbekannt war.

César trat vor und hob eines der Bündel auf. Es hatte Riemen aus Stricken und Klebeband und ließ sich wie ein Rucksack tragen. Er setzte es sich auf den Rücken und kam auf Marisol zu. »Hier«, sagte er. »Ich helfe dir.«

Das Bündel war schwerer, als es aussah, und die provisorischen Riemen schnitten in Marisols Schultern. Aber da alle Überquerer klaglos ihre Bündel aufsetzten, sagte sie auch nichts. Die anderen Männer und Luis und Ángel sahen schweigend zu. Nur die kleine Inez bekam kein Bündel.

Als Nächstes luden die beiden Männer, die die Bündel gebracht hatten, große Pakete aus gelbem Plastik ab. »Seid ihr bereit?«, fragte Luis, und Marisol hörte die Anspannung in seiner Stimme. »Dann los.«

Nach etwa hundert Metern wurde der Boden ebener. Plötzlich sah Marisol vor sich den Fluss im Licht der Sterne schimmern. Sie wollte darauf zulaufen, das Wasser über ihre Beine spritzen fühlen, marschierte aber im Gleichschritt mit den anderen weiter, obwohl ihr Herz zerspringen wollte.

Die beiden Männer, die immer noch bei ihnen waren, warfen die gelben Pakete auf den Boden und holten einen kurzen, schwarzen Gegenstand hervor. Eine Pumpe, wie Marisol begriff, und die gelben Pakete waren Schlauchboote.

Selbst mit der Pumpe brauchten sie lange, um die Schlauchboote mit Luft zu füllen. Marisol und die anderen hockten wartend im Staub. Sie beobachtete Luis, der unaufhörlich auf und ab lief, aber immer noch nichts sagte.

Endlich waren die Boote bereit und wurden ins flache Wasser getragen. Die beiden namenlosen Männer setzten die Ruder zusammen und kletterten an Bord. Ángel trieb die Überquerer zur Eile an: »Immer zwei in ein Boot! Los, schnell!«

Marisol stieg weder als Erste noch als Letzte ein. Langsam ruderten die Männer über den Fluss. César saß bei Ignacio im Boot, sie selbst in dem, das Luis steuerte. Dieser sah sie auf der ganzen Überfahrt nicht an.

Drüben angekommen, spürte sie keinen Unterschied. Sie hatte nicht wirklich gewusst, was sie erwarten würde, war aber irgendwie davon ausgegangen, bei ihrem ersten Schritt auf amerikanischem Boden von großen Gefühlen überwältigt zu werden. Nichts davon trat ein. Das Ufer war genauso flach und sandig wie auf der anderen Seite, und es war so kühl, wie eine Wüstennacht eben ist. Sie war unter Fremden und wurde von Fremden geführt, und wenn sie die Gruppe verließe, wäre sie im Nichts verloren.

Luis führte sie weiter. Die namenlosen Männer blieben bei den Booten zurück, die Gruppe setzte ihren Marsch über den steinigen Boden fort. Ab und zu hielt Luis an und sah auf zum Himmel, Marisol wusste, dass er sich an den Sternen orientierte.

Sie mochten über eine Meile marschiert sein, Marisol konnte es nicht sagen. Vor ihnen ragte ein einsamer Baum in der trockenen Ödnis auf. Auf diesen gingen sie zu, als sie ihn erreicht hatten, ließ Ángel die Gruppe anhalten.

»Was soll das?«, fragte Luis. »Wir haben einen weiten Weg vor uns.«

»Ich hab was zu erledigen«, erwiderte Ángel.

»Nein! Keine Überraschungen mehr!«

»Halt verdammt noch mal die Schnauze!«

Ángel und Ignacio wandten sich an die Gruppe. Ángel zog die Pistole. »Ihr teilt euch jetzt auf. Die Frauen da rüber. Die Männer da rüber. Sofort.«

»Was hast du vor, Ángel?«

»Ich sagte, halt die Schnauze!«

Die Überquerer gehorchten. Marisols Herz schlug heftig. Sie sah César zwischen den Männern stehen, das Gesicht unter der Kappe unsichtbar. Aber hätte sie darin überhaupt etwas gesehen?

Rudolfo blieb bei Inez. »*Señor*. Was ist mit -?«

»Ich habe gesagt, Männer da rüber, Frauen da rüber!«

Rudolfo gab nach, ließ Inez los und ging zu den Männern.

Ángel zeigte mit der Waffe auf eine der Frauen. »Du da. Komm her.«

Als die Frau sich ihm näherte, packte Ignacio ihren Arm und drehte ihn nach hinten. Die Frau gab einen Schmerzenslaut von sich, schrie aber nicht.

Ángel sagte: »Runter mit der Hose!«
»Ángel, nicht!«
»Wenn du mich noch einmal unterbrichst, Luis, erschieße ich dich auf der Stelle und gehe alleine weiter.«
»Es ist ein Kind dabei!«
»Sieht für mich wie eine kleine Frau aus«, sagte Ángel. Er und Ignacio lachten.

Marisol war wie versteinert. Sie atmete nur noch flach, ihre Brust war zugeschnürt. Hilflos musste sie zusehen, als Ángel und Ignacio der Frau die Kleider vom Leib rissen und sie zu Boden zwangen. Gürtelschnallen und Reißverschlüsse wurden geöffnet. Es passierte wirklich.

Als Ignacio mit der Frau fertig war, hob er ihre Unterhose auf und hängte sie an einen Ast des einsamen Baumes. Ángel gab ihm die Pistole und sagte: »Ich hole die Nächste.«

Marisol verstand die Welt nicht mehr. Die Frauen stellten sich auf, und wenn mit der Pistole auf sie gezeigt wurde, gehorchten sie einfach. Eine nach der anderen. Die beiden Männer wechselten sich ab. Luis stand daneben, ein schwarzer, lebloser Schatten. César und die anderen gaben keinen Laut von sich.

Marisols spürte eine Berührung. Inez stand neben ihr und hatte ihre kleine Hand in die von Marisol gelegt.

In dem Moment begann das Blut in Marisols Adern wieder zu fließen, und sie atmete tief ein. Ángel und Ignacio vergewaltigten gerade die nächste Frau und hielten die Waffe in eine andere Richtung. Marisol machte einen vorsichtigen Schritt und zog Inez mit, auf Luis zu.

Noch ein Schritt und ein dritter. Sie ließ die Riemen von ihren Schultern rutschen und das Bündel zu Boden fallen, fast geräuschlos, als würde die Erde es auffangen. Dann griff sie nach ihrem Koffer.

»Ángel...« sagte Luis und hob die Hände an den Kopf.

Die beiden Männer waren gerade mit der dritten Frau fertig und hängten deren Unterhose an den Baum. Niemand stand mehr zwischen Marisol und der Pistole, mit der Ángel auf sie deutete. »Jetzt du.«

Da schwang Marisol den Koffer, mit voller Wucht. Sie fühlte, wie er Ángels Arm traf, hörte keinen Schuss. Drehte sich um, packte Inez an der Hand und rannte um ihr Leben.

Luis war neben ihr. »Rennt!«, rief er. »Rennt! Rennt!«

Alle drei rannten sie. Marisol hörte Luis hinter sich, seine Schritte im Staub. Aber nichts war so laut wie ihr eigener Atem, ihr Herzschlag, das Weinen von Inez.

»Verdammt noch mal, Luis!«

Ein Schuss donnerte, dann noch einer und noch einer. Marisol spürte eine Patrone an sich vorbeifliegen, zumindest bildete sie sich das ein. Sie hörte Luis aufstöhnen und sah sich um.

Er stolperte unsicher vorwärts, mit ausgebreiteten Armen, und fiel dann mit dem Gesicht in den Staub. Marisol wusste, er war tot.

Wieder ein Schuss, aber er verfehlte sein Ziel. Marisol lief mit Inez weiter, stolperte über Steine und Erdspalten, stand mit blutenden Händen auf und rannte.

Sie liefen, bis kein Rufen mehr zu hören war und keine Schüsse mehr abgefeuert wurden. Die Bäume standen hier dichter beieinander, Marisol suchte unter einem Schutz und zog Inez an sich. Das Mädchen zitterte am ganzen Körper, ihr Herzschlag hämmerte gegen Marisols Brust.

Marisol erwartete, dass die Männer sie suchen würden, aber die Minuten vergingen, ohne dass jemand kam. Als sie sicher war, dass niemand ihnen folgte, verließ sie mit Inez den Schutz des Baumes und begann zu gehen, obwohl sie keine Ahnung hatte, wo sie waren.

Sie liefen, bis die Sonne aufging, dann suchte Marisol eine flache Senke, in die sie sich hineinducken und die Umgebung beobachten konnten. Außer Bäumen und Staub war nichts zu sehen, keine Spur von den Männern und der Überquerergruppe. Sie blieb mit Inez dort, bis die Sonne hoch am Himmel stand, erst dann wagte sie es, weiterzugehen.

»Wo ist mein Onkel?«, fragte Inez.

»Ich weiß es nicht«, antwortete Marisol.

»Werden wir ihn wiederfinden?«
»Ich weiß es nicht.«
Marisol orientierte sich an der Sonne und ging in, wie sie hoffte, nördliche Richtung. Alles um sie herum sah gleich aus, es war nicht festzustellen, ob sie eine gerade Linie liefen oder nicht. Der Stacheldrahtzaun schien aus dem Nichts zu kommen und streckte sich aus, so weit das Auge reichte. Anstatt hinüberzuklettern, folgten sie dem Zaun und stießen nach Stunden, wie es ihnen schien, mitten in der Staubwüste auf einen zweispurigen Weg. Dieser führte zu einem Tor, hinter dem wieder offenes Gelände lag. Marisol hatte Durst, und auch Inez musste durstig sein, aber keiner der beiden hatte Wasser bei sich.

Sie gingen und gingen und gingen, und schließlich wurde aus dem Weg eine Teerstraße mit einer gelb markierten Mittellinie. Kein Schild verriet ihnen, wo sie waren, es hätte Marisol auch nichts gesagt. Die Sonne hatte ihren Zenit erreicht, und Osten und Westen waren schwer zu bestimmen.

Marisol hockte sich an den Straßenrand und ließ Inez auf dem Koffer Platz nehmen. Das Kleid des Mädchens war dreckig. Marisol leckte ihren Daumen an und wischte einen Staubfleck von Inez' Wange.

»Kommt mein Onkel bald?«
Wieder antwortete Marisol: »Ich weiß es nicht.«
Sie saßen da und ließen die sich langsam weiterbewegende Sonne auf sich herunterbrennen. Irgendwann wusste Marisol wieder, in welche Richtung die Straße führte, aber dieses Wissen war nutzlos. Wo und wie weit entfernt mochte die nächste Stadt liegen? Was würde sie den Leuten dort sagen? Sie war nicht mehr in Mexiko.

Gerade hatte sie beschlossen, sich nach Westen zu wenden, da sah sie einen Punkt am Horizont. Dieser wuchs zu einem Truck heran, der eine Staubwolke hinter sich herzog. Je näher er kam, desto langsamer schien er zu werden, schließlich donnerte er an ihnen vorbei.

Marisol blickte ihm nach und sah die Bremslichter aufleuchten. Der Wagen hielt etwa zweihundert Meter entfernt an und fuhr rückwärts wieder auf sie zu.

Von Nahem sah sie, dass der Truck ziemlich alt war, die Ladefläche aus Holz, die Rückklappe fehlte. Das Nummernschild war mit Draht befestigt. Der Wagen kam immer näher, und Marisol schob Inez aus dem Weg.

Der Mann am Steuer hatte ein sonnengebräuntes, faltenreiches Gesicht und sah nach Latino aus. »*¿Estás perdido?*«, fragte er.

»Wir haben uns verlaufen«, erwiderte Marisol auf Englisch.

»Wie lange seid ihr schon hier draußen?«

»Zu lange. Die Kleine braucht Wasser.«

»Steigt ein. Wir besorgen Wasser.«

Sie stiegen ein, Inez saß in der Mitte. Marisol legte den Koffer auf den Boden. Der Mann sah sie an und nickte dann.

»Bis wohin können Sie uns mitnehmen?«, fragte Marisol.

»So weit, wie es nötig ist.«